KB272839

성냥과 풋사과

성냥과 풋사과

성냥과 풋사과

단요 장편소설

위즈덤하우스

욥은 성경에서 가장 터무니없는 이유로 고통받은 사람이다. 고발자는 신에게 "욥이 흠잡을 데 없이 고결한 것은 축복을 누린 까닭이니, 은총을 거둔다면 그 역시 당신을 저주할 것입니다"라 말하고, 신은 기꺼이 욥을 시험대에 올려놓는다. 전 재산이 사라지고 자식들이 죽고 몸이 병들어 짓무르는 동안 욥의 친구들은 그가 죄를 저질렀기 때문에 패가망신한 것이라 주절거리고, 결백을 주장하던 욥은 급기야 신을 저주하기 시작한다. 이에 신이 나타나 욥에게 일갈한다. 내가 땅의 기초를 놓을 때에 네가 어디에 있었느냐?

즉 욥은 무고한 사람이다. 그는 까닭 없는 불행과 상실에 슬퍼하고, 분노하고, 저항하며, 세상을 저주한다. 완벽히 자연스러운 반응이다. 이에 비하면 신의 태도는 잔혹할 만큼 무심하다. 그는 자신의 가장 충실한 종을 파멸시키고, 그가 겪은 상실에 응답하는 대신 세계의 원리를 들먹이며, 욥에게 재산을 되돌려줄 때조차 이전의 아들딸은 예외로 둔다. 새로 태어난 아들딸이 있을 뿐이다. 그런데 가장 기묘한 점은, 욥이 신의 호통 앞에서 한 발짝씩 물러나다가 끝내 굴복한다는 것이다.

그의 마지막 말은 아래와 같다.

당신께서 어떤 분이시라는 것을 소문으로 겨우 들었는데

이제 저는 이 눈으로 당신을 뵙습니다.

그리하여 제 말이 잘못되었음을 깨닫고

티끌과 잿더미에 앉아 뉘우칩니다.

수많은 이들이 욥이라는 난제를 해명하고자 했다. 그의 내면에는 침묵하는 욥과 불평하는 욥이 야누스의 얼굴처럼 맞붙어 있고, 둘 중 하나를 무시할 수는 없다.

어떤 사람은 욥이 시련을 겪은 후 결국 보상받은 데에서 인과응보의 논리를 발견했다. 어떤 사람은 고통받는 이의 반항과 절규야말로 가장 절실한 신앙이라고, 신에게 기대는 일은 그를 향한 원망을 포함한다고 보았다. 어떤 사람은 욥의 고통이 기껏해야 둘째 순위라고 보았다. 죽어 잊힌 아들딸이야말로 가장 고통받은 이들이기 때문이다. 어떤 사람은 갑작스러운 굴복과 어색한 종결을 불순종의 증표로 이해했다. 무심한 세계의 민낯을 목격한 이들이 풍요 앞에 겸허해지듯, 재물을 되찾은 욥은 신을 찬양하지 않는다. 그리고…… 더 많은 이야기들이 있다.

그중 내가 가장 좋아하는 것은 아우슈비츠에 얽힌 사연이다. 욥이 "어서 말씀하소서. 서슴없이 답변하겠습니다. 아니면 제가 말씀드리겠사오니 대답하여주소서"라고 말하며 신을 재판정으로 불러냈듯이 수용소에 갇힌 하시드파 랍비들 역시 신을 상대로 궐석재판을 벌였다. 신은 유죄였지만 랍비들은 기도를 멈추지 않았고, 이방인에 불과했던 욥을 민족의 대변자로 받아들였다. 풀려나 삶을 재건한 후에도 그들은 계속 욥기를 읽었다—우리 세계가 작동하는 방식도 이와 같다.

터무니없는 비극 앞에서 희생자는 불평하고 눈물 흘리며 괴로워하다가, 끝내 구경꾼들이 가져다 붙인 이유들에 고개를 끄덕이며 혼란스러워한다. 혹은 더욱 열심히 정의를 울부짖는다. 그러나 이 모두는 인간의 일에 불과하다. 베수비오 화산을 법정에 세우지 못하고 이미 죽은 이들을 되살릴 수 없듯이, 세계는 고통받은 이들에게 온전히 응답하지 않으며 회복은 상실의 복원과 거리가 멀다. 일상을 되찾은 뒤에도 잃어버린 것들의 영토는 유령처럼 그 자리에 있다.

산산조각 난 삶들은 바로 이러한 이유로 인해 지속된다. 삶이 퇴장을 권할 때 가능한 저항은 꿋꿋이 무대에 남아 버티는 것 외에 없다. 이 모두가 영원의 시간 아래 저물겠지만, 그럼에도 우리는 잠깐 살아 있고 세계는 유죄다.

1

많은 사람이 일상의 파편을 짜맞춰서 근사한 에세이를 써낸다. 반면 자기 일상을 설명하기 위해 르포르타주를 써야만 하는 사람도 있다. 극심한 가정 폭력에서 살아남았다거나, 오토바이를 타다가 반신불수 신세가 되었다거나. 전자의 삶이 다양한 에피소드로 이루어진 시트콤이라면 후자의 삶은 단일한 사건의 연장이라는 점에서 장편영화다. 내가 왜 이렇게 살고 있는지 설명하려면 7년 전으로 돌아가야 하는데, 7년 전의 사건을 설명하려면 14년 전 이야기를 꺼내야 하고, 이 모든 일은 26년 전으로부터 시작되어……

손쉬운 분류법을 적용한다면 나는 후자다. 오른뺨에서 시작된 화상 흉터가 목을 지나 어깨에 이르는 데다가 발까지 절룩대니까 거창한 사연을 나열할 필요조차 없다. 다들 한쪽 발목에만 힘을 실은 채로 걸어보시라. 그러면 우리의 뼈와 근육과 인대가 얼마나 정교하게 맞물렸는지를 깨닫게 될 것이다. 발목은 걸음걸음마다 미세하게 좌우로 흔들리며 균형을 잡아주는데, 균형추의 절반이 쓸모를 잃는다면 반대편 허벅지 근육이 그 부담을 감당하게 된다. 심지어 방향을 바꿀 때는 발뒤꿈치를 축 삼아 몸 전체를 빙글 돌리기 위해 잠시 멈춰야 한다. 아주 잠깐이면 충분한 일이지만 거슬리는 것은 어쩔 수가 없다. 갈치구이에서 등뼈를 발라내듯이, 척추가 점점 기울어가다가 끝내 몸을 벗어날 거라는 예감에 두려워질 때가 많다.

어쩌다가 그렇게 됐냐고?

큰 사고가 났다. 반올림하면 서른 해나 된 일이다. 자세한 내막은 거의 잊었다.

솔직히 인정하건대 시간이 이만큼 흐르고 나니 내 삶도 유별날 게 없다. 사람들이 '흉터가 크고 한국어 발음도 이상하신데 어쩌다가 그렇게 되셨냐'는 질문을 참느라 쩔쩔매는 걸 보면 문제는 내가 아니라 상대에게 있다는 생각마저 든다. 최소한 나는 그런 일로 힘들어하진 않으니까. 객관적인 형편도 괜찮은 축이다. 작은삼촌이 돌아가시면서 합천 구옥과 백 평 규모의 텃밭이 내 몫으로 떨어졌고, 그걸 계기로 시골 생활을 시작했다. 값을 따지자면 서울에서는 18평형 구축 아파트 한 칸도 못 살 땅이지만 북적북적한 곳을 꺼리는 사람에게는 최고의 보금자리다.

물론 운이 좋기도 했다. 귀촌한 도시 사람들은 텃세에 시달리기 마련이라던데, 나는 마을 회관에 들러 꾸벅 인사한 다음 "그

집 손지가 이래 컸네", "니 다리벵시이 된 기는 인자 개않나?" 하는 말을 듣는 게 신고식의 전부였던 것이다. 조부님께서 동네 유지였던 데다가 나 역시 시골집에서 청소년기를 보낸 덕분이었다. 또 인근에 친척이 여럿 살았으므로 밭일에 필요한 장비들도 손쉽게 빌릴 수 있었다. 귀농 생활에 골품제가 있다면 나는 성골쯤 되는 셈이다.

다만 평안 감사도 저 싫으면 그만이라고들 하고, 현대인은 완벽한 시골 구옥보다 추레한 서울 원룸을 선택하곤 한다. 오래도록 동거했던 여자 친구는 같이 합천으로 내려가자는 말을 동반 자살 선언처럼 받아들였다. 자기는 아직 젊은데 어떻게 그 깡촌에서 평생을 살겠냐고, 자신에게는 노래방과 보세 옷 가게와 미술관이 필요하다고 했다. 참 많이도 싸웠다. 아니, 싸웠다기보는 여자 친구가 "진짜 합천 갈 거야?"라며 묻고 나는 고개를 끄덕이면서 분위기가 냉랭해지는 상황이 반복됐다.

진짜 간다고?

그러면 가지 안 가나.

너는 재택근무가 된다 쳐도, 나는? 난 뭐 하고 살아?

집안일 하고 밭일하고 지내면 되지, 그런 걸 뭐 물어보고…….

나, 못 해본 것도 많고 하고 싶은 것도 많은 사람이야. 조선 시대 여자들처럼 집안일에 밭일하다가 죽고 싶지는 않아.

여자 친구 이름이 송이서였다. 내가 보기에 이서가 서울에서 누리는 즐거움이라고는 한심한 친구들과 함께 새벽까지 술을 마

서대다가 집에 돌아와서 그 친구들의 한심스러움을 읊어대는 것
외에 없었다. 그럴 바에는 연락을 끊으라고 충고했으며 이서도
동의했지만 어째서인지 그 결심이 실천으로 이어지지는 않았다.
심지어 일을 제대로 하는 것도 아니었다. 반년 이상 다닌 직장이
없었다. 어쩌면 당시 나는 1960년대 중국 관료들이 그랬듯 타락
한 청년을 시골로 내려보내면 정신이 개조되리라 믿었는지도 모
른다. 그들과 나의 차이점은, 그들은 독재국가의 관료였지만 우
리 집의 정치체제는 민주주의였다는 것이다. 결국 헤어졌다. 그
것만 아니었더라면 지금쯤 애가 둘 있었을 텐데, 음, 물 건너간
일이다.

마흔을 향해가고 있지만 나는 여전히 동네에서 제일 '어린' 사
람이고, 독신이며, 르포거리가 될 만한 사건은 딱히 없다. 지난
여름 폭우로 물난리가 난 탓에 밭 둔덕과 근처 수로가 망가진 게
가장 큰 골칫거리일 만큼 순조로운 일상이다. 순조롭다 못해 졸
리다. 사촌 형의 연락을 받기 전까지는 그랬다.

바깥삼촌의 손자가, 자기 아내를 죽이고 자살한 까닭에 자식
둘이 덩그러니 남게 되었다는 소식이었다.

바깥삼촌이 바깥삼촌인 이유는 그분이 첩의 자식이기 때문이다.
21세기에 이런 소리를 하자니 이상하지만 한번 들어보시라. 한

국인의 상식은 세대별로 다르고, 요새는 아침 드라마 소재로나 쓰일 만한 이야기가 반세기 전에는 일상이었다. 다만 고령 최씨 집안에서 벌어진 일을 연속극으로 각색한다면 백 부작으로도 모자랄 테니 시놉시스만 요약하는 편이 낫겠다.

조부님께서는 일찍이 장남—나한테는 큰아버지 되시는 분이다—을 서울에 유학 보냈고 나머지는 모두 한동네에 눌러앉혔는데, 덕분에 분위기가 험악해졌다. 동생들은 장남더러 집안 돈 끌어모아 서울 사람이 된 인간이라며 이를 갈고, 장남은 장남대로 집안에 보탠 게 있으니 서로 억울한 것이다. 설상가상으로 첩이 낳은 자식까지 둘 있었다. 집안 돈을 싸 들고 가출했다가 모두 날려버린 뒤 털레털레 돌아온 사람들이었다. 덕분에 할아버지께서 돌아가시자마자 집안이 세 파벌로 갈려 싸우기 시작했다—우리 아버지 한 분만 빼놓고.

아버지는 늦둥이 막내아들이었던지라 복잡한 집안 사정과는 사실상 담을 쌓았고, 대학도 서울로 갔다. 그리고 할아버지께서 돌아가셨을 때는 미국에 삶의 터전을 잡아놓은 상태였다. 얼마 떨어지지도 않을 유산을 탐내다가 집안 전체에 미움을 살 바에는 통 크게 양보하는 편이 낫다고 판단하셨을 것이다. 훌륭한 판단이었다. 결국 조부님 집과 작은 텃밭이 작은삼촌을 거쳐 나한테로 떨어졌고, 일가친척과도 두루두루 친한 사이로 남았으니 말이다. 그런데 발이 넓다는 건 가끔 약점이다. 합천 사람들은 서울 친척들에게 연락하고 싶을 때면 나를 먼저 찾고, 그 반대도 마찬가지다. 중간에서 전화교환원 노릇을 하다 보면 한자리에 모아놓고 화해를 주선하고 싶어질 지경이다. 그런데 이제 바깥 삼촌의 아들의 아들의 아들딸까지 떠맡아야 한다니.

사촌 형과의 통화 자체는 얼굴 한번 보자는 말로 끝났다. 내일 오후나 모레 중으로 합천에 들를 텐데, 이야기나 하려고 내려오는 것이지 억지로 맡길 생각은 아니니 염려하지 말라고 했다. 그러나 강남에서 평생 살아온 양반이 직접 이 시골까지 행차하시는 걸 보면 마음을 단단히 먹은 것이다. 형이 보내온 기사들은 작년 8월의 것으로, '강북구에서 40대 가장 A 씨가 아내 B 씨를 살해하고 자살했다'는 단신이었다. 후속 기사는 없었다. 댓글 창에는 짧은 안내 문구 하나만 박혀 있었다.

인명(人命) 관련 민감한 이슈가 포함되어 이 기사에는 댓글 서비스를 제공하지 않습니다…….

지금이 2월 중순이니 서울의 친척들은 이 사건을 반년간 함구해왔다는 말이 된다. 아이들이 그간 누구의 집을 전전했을지는 모르겠으나 이제 그건 내 문제가 됐다. 어떤 사건은 발생한 시점이 아니라 인식한 시점에 터져 나오는 듯하다. 나는 사건 사고 단신의 뒤편에 어떤 광경이 펼쳐져 있을지, 세상에는 정말로 그런 일이 일어나기도 하는지, 무엇을 모르거나 안다는 것은 어떤 의미인지, 일어났지만 아직은 모르는 일과 이제야 알게 된 일의 차이는 어디에서 기원하는지 곰곰이 생각해봤다.

살아남은 중학생들은 나한테 재종손이었다. 열다섯 살짜리 남자애가 하나, 두 살 어린 여자애가 하나. 건우와 다은. 둘의 얼굴을 삼촌들 장례식장에서 한번쯤은 보았던가, 그런 순간마저 없었던가 긴가민가했다. 없었을 것이다.

12시경에 오전 작업을 마치고 점심 준비를 하는데 부엌 창문 너머로 엔진 소리가 났다. 나가보니 은색 승용차 한 대가 마당으로 미끄러져 들어오고 있었다. 혹시나 해서 어제 빗장 문을 열어둔 게 도움이 되었다. 운전석 문이 열리더니 남청색 골프 재킷을 걸친 남자 한 명이 내렸다. 아래로 슬쩍 처진 눈매와 입가 주름이 서글서글한 인상을 주는 장년이었다. 머리카락이 부쩍 희어진 게 눈에 띄었다.

"오랜만이에요, 민석이 행님. 국도에 눈이 앤가히 쌓였을 긴데 오느라 고생 많으셨지요."

"어, 선재야. 다 녹아가지고 괜찮더라. 그간 잘 지냈냐."

"저야 뭐 갠찮구요, 보재이, 저번 여름에 숙모님 장례식 치를 때 한번 봤네요. 그 후에 제가 서울 갈 일이 생겼던 거로 기억하는데, 그때 물난리로 암 겨를이 없어가꼬……."

"네가 뭐 집안 대소사 꼬박꼬박 참석하는 사람이냐. 됐다. 이 집안 사람들 다 챙기려면 몸이 다섯 개라도 모자라. 인간이 많기도 많고 눈만 뜨면 사고가 터지니 말이야. 나는 요새 들어 그걸 각별히 통감하고 있어."

나는 뒷문을 살폈다. 흐린 선팅 유리 너머로 뜨개 방석 두 개만 덩그러니 놓여 있었다.

"건우랑 다은이는 안 데꼬 왔어요?"

"결론도 안 났는데 데려오기부터 해서 뭣 해. 선재 너한테도 폐 끼치는 일이고." 민석은 잠시 멈추더니 조심스러운 목소리로 질문을 던졌다. "그래, 내가 서두르느라 저번에 이 말 해두는 걸 잊었는데—다른 친척들한테 이 이야기 했니?"

"아뇨, 암 말도 안 했습니다. 아는 사람 지금 없어요."

"그래, 잘 생각했다. 내가 보기엔 이 동네에서 그런 딱지 달고 지내는 게 청소년기 애한테 좋지가 않아. 여러모로 안 좋아. 사건 자체로도 문제고, 바깥네 평판이라는 게……."

말끝을 흐린 민석은 오른편 담장을 향해 시선을 옮겼다. 감나무 한 그루가 벽가에 바짝 붙어 자라고 있었다. 접목을 어설프게 했는지 굵은 가지 하나만 빼면 죄 떫은 감만 열리는 나무였는데, 정작 단감이 열리는 갈래는 옆집 마당으로 꺾여 있었다. 커다란 개를 묶어놓지도 않고 기르던 집이었다. 어렸을 때, 개를 피하겠답시고 사다리를 받쳐놓고 담장 위로 올라가서 감을 따려다가 떨어져서 다쳤던 기억이 났다.

"저 땡감은 까치밥도 못 되는구나."

그렇게 말하는 민석의 시선은 곪은 감 하나에 붙박여 있었다. 따지 않고 내버려둔 감은 껍질이 검게 말라붙으면서 속이 텅 비었다. 무게는 거의 없었다. 손에 쥐고 힘을 살짝만 주면 불태운 종잇조각처럼 부스러졌다.

짧은 침묵 끝에 민석이 고개를 떨어트렸다.

"들어가서 이야기하자. 이거는 마당에서 말할 내용이 아니다."

"영 아이지요."

집은 시멘트 기단이 토방(土房)을 겸하는 옛날식 구옥이었다. 전면부 외창을 겸하는 미닫이문을 열고 들어가면 널찍한 거실 마루와 작은방 두 개가 나타났고, 그 양옆으로는 부엌과 큰방이 마주 보는 구조였다. 큰방을 작업실이자 침실로, 작은방 하나를 서재로 쓰는 중이었다. 나머지 하나는 옷장 겸 창고였는데 별 물건은 없었으므로 금방 비울 만했다.

"일단 작은방에 하나 들어가고 다른 하나보고는 별채를 쓰라카는 쪽으로 생각하고 있어요. 별채가 엉망이긴 한데 하루이틀 정리하모 될 겁니다. 전기선과 별개로 보일러 연결이 됐는지는 나중에 살펴보구요."

"아냐, 아냐. 나도 양심이 있지 두 명 다 맡길 생각은 없어. 만약 맡아준다면 건우 하나만 보내려 그래. 하나라면 내가 충분히 챙길 텐데 둘씩이나 되니 벅차서……."

작은방을 들여다보던 민석은 고개를 설레설레 내젓더니 대뜸 물었다.

"그나저나 네가 원래부터 사투리를 썼던가? 이것저것 섞였지?"

"맞아요. 어릴 때는 미국 살았어도 집에서는 한국말 썼고, 사고 크게 난 뒤로 여 와서는 합천 말이랑 대구 말 번갈아가 듣다가 또 대학을 서울로 갔으니. 그래가 합천 말도 아이고 이상하이 됐고, 처음 보는 사람들은 중국인이냐 캐요. 강세가 있으면 다 중국어로 들리는갑지."

"접때는 그래도 서울말을 했던 것 같은데. 작년에는 그랬어."

"그랬나?"

"내가 쭉 보니까 선재 너는 자기가 어른이라고 생각하는 사람한테만 사투리를 써. 이 동네 있을 때는 특히 그래. 서울 올라와서 지낼 때는 멀쩡히 떠드는 놈이 말이야. 요새 염색을 거르긴 했는데, 솔직히 말해봐라, 내가 그렇게 늙어 보이냐? 귀농할 나이가 된 것 같아?"

나는 퍼뜩 입을 다물었다가 말투를 고쳐 헤헤 웃었다.

"의식적인 게 아니라가지구요. 무의식중에 모드가 바뀌는 거라서."

"그러니까 네 무의식이라는 게 그렇다는 거구먼. 알았어. 너랑 내가 항렬로 따져야 사촌이지, 사실 너랑 우혁이가 동갑 아니냐. 앞으로는 형님 할 것도 없고 아저씨라 불러라."

"그게요, 형님, 제가 우혁이보다 한 살 많긴 합니다."

"하여간 말이야, 우혁이가 너만큼이나 멀쩡히 잘 자랐으면 내가 원이 없겠어. 애당초 애 하나 맡기겠다고 여기까지 오지도 않았을 거다. 이 나이가 되어놓고, 아들뻘한테 이런 부탁 하는 게 나로서도 마음 편한 일이 아니야."

우혁은 민석의 외동아들로 이리저리 방황하느라 집안 돈을 축냈다. 재작년 초에 한량 생활을 접고 학원 강사가 되었다고 했는데, 마음을 고쳐먹었다고 해서 과오가 즉각 청산되는 것은 아니다. 개인회생이 끝나려면 한참 남았다는 이야기를 들었다. 노후 대비도 자식 농사도 시원찮은 판에 덜컥 친척 애까지 돌보게 된 장년의 남자. 나는 그 남자를 연민 반, 동지애 반으로 바라보다가 거실 벽면에 기대어둔 소반을 펼쳤고, 부엌 쪽으로 걸음을 옮겼다.

"빵이랑 커피 내오겠습니다. 점심 먹을라던 참이어서……."

"나도 아침 가볍게 때우고 바로 내려온 거야. 핵심만 짧게 이야기하고 나가서 식사해."

"아무래도 길어질 것 같아서요."

나로서도 궁금한 점이 많은 사건이었다. 애들 상태가 어떤지, 지난 반년간 무슨 일이 있었는지, 바깥네 친척들 중에는 애들을 맡으려는 사람이 한 명도 없었는지, 큰아버지네에서는 또 아무도 없었는지, 애들 외가에서는 어땠는지 하는 것들이었다. 후견인 등록이나 유산 관리처럼, 법적인 문제들도 마음에 걸렸다.

대답은 예상 범위 내였다. 유산이라고는 빚뿐이라서 아이들은 한정상속 절차를 밟은 상황이었다. 외가 사람들은 최씨 집안이라면 진저리를 내고, 바깥네는 자기 앞가림에만도 바쁜 데다가, 큰아버지네 또한 엇비슷하다고 했다.

"그래도 민형이 형님은 의사 아녜요?"

"걔는 아예 몰라. 이야기 자체를 꺼낸 적이 없어. 애초에 연락이 거의 되지를 않아서 뭐 하고 사는지도 모르겠어. 억지로 찾아가서 양육비를 보태라고 했다가는 경을 칠 것 같아서, 내가 떠맡았지. 일전에 부모님 병원비는 민형이가 거의 다 냈으니 지갑 열게 시킬 명분도 없고……."

"이게 참 어렵네요. 암튼 이해했습니다."

"일단 복잡한 수속은 끝마쳤다. 애들이 성씨를 엄마 쪽으로 바꾸고 싶다기에 그것도 법원 절차 거쳐서 정정을 해놨어."

"성씨를 바꿔요?"

"간단히 말해 살인범 성씨 쓰기 싫다는 거지. 최건우랑 최다은이 아니라 민건우랑 민다은이 됐어. 내 생각에도 최씨 성 그대로 쓰는 것보다는 바꾸는 편이 훨씬 나아. 최씨인데 서울 간 쪽도 아니고 남은 쪽도 아니다—노친네들이 뭐라고 생각할지 뻔하지 않으냐."

"아, 예. 것도 이해합니다. 바깥네 사람이라고 솔직히 말하는 것보단 그게 낫죠."

한갓진 동네일수록 타인의 속사정에 관심이 많다. 그 타인이 외지인이라면, 그것도 애들이라면 말할 것도 없다. 집성촌까지는 아니라도 최씨라면 고령 최씨인 동네였다. 큰아버지네 핏줄도 아니고 이쪽 가계도 아닌 애들이 덜컥 나타나면 무슨 소리를 들을지 뻔했다.

"여기 노친네들이 말을 자꾸 붙이지? 자기들끼리는 소식도 빠를 테고."

"뭐어, 그렇죠. 제가 몸이 이렇다 보니까 힘쓸 일은 덜 시킵니다만, 휴대폰이 갑자기 이래 됐는데 어떻게 고치냐, 이런 문제로 부르시는 분들 많아요. 것도 그렇고 그냥 심심하면 저기 토방에 걸터앉으셔가지고 부르십니다. 나이가 들면 삶이라는 게 시들시들해지니까. 맨날 먹던 것 먹고, 자던 데에서 자고, 하던 일 하는 건데 그러면 남는 게 사람이죠. 사람 외에 관심 가질 게 딱히 없죠. 요새는 지자체에서 노인용 문화센터도 잘 차려놓고 있습니다만 그것도 결국 인간과 인간의 일이고……."

"그게 종종 징그러워. 어릴 때는 노친네들 참견할 일도 많다 했는데, 인제는 내가 애들한테 그러고 있는 걸 깨닫게 돼. 특히 퇴직을 하고 나니까……."

"그래도 형님은 서울 사람이죠. 여기서는 처음 보는 어르신이 대뜸 마당까지 들어와서 재야, 있나, 해요. 누구시냐고 물어보면 돌아오는 말이, 니 내 모르나. 잘 보면 이 가계도라는 게 생각 이상으로 복잡하고 인간도 많아요. 고령 당숙도 있고 대구 사촌도 있고 가야 작은고모도 있는 겁니다. 그래가지고 지금은 15촌 친척까지도 얼굴을 아는데, 15촌이 무슨 친척이야, 성씨만 같지 생판 남이죠."

나는 습관적으로 얼굴 흉터를 문질렀다. 살이 익었다가 굳은 자리는 울퉁불퉁하면서도 매끈거렸고, 단단하면서도 탄력이 있었다. 무늬가 찍힌 지우개를 뺨에 붙이고 다니는 기분이라고 하면 좋은 비유가 될까.

"말이 나와서 하는 소리인데, 여기서 지내는 게 애한테 좋을지가 의아스럽긴 합니다. 제가 그냥 대구 올라가서 사는 친척들한테 연락을 돌려보는 게 낫겠는데요. 대구면 그래도 대도시고, 합천이랑은 비교가 안 되니까. 거긴 나이대도 그나마 젊어요."

"선재 너도 어릴 때 여기서 자랐지."

"그야 저는 스마트폰도 뭣도 없을 때, 2000년대 초반에 미국에서 막 돌아와가지고 지낸 거니까 별문제가 없었죠. 사정이 다르지 않습니까. 또 여기서 야로중학교까지 2킬로미터 거리니까 학교 가는 게 어렵진 않을 텐데, 거기 학생이 고작해야 서른 명쯤 돼요. 사건도 사건이고, 건우랑 다은이가 평생 서울 살았죠? 여기 와서 적응을 하려나 싶어가지고."

민석은 고개를 설레설레 내저었다.

"아―건우는 자퇴했어. 사건이 터지고부터 학교를 제대로 못 갔거든. 의무교육이라 자퇴가 되나 싶었는데, 출석 일수가 부족하면 정원 외로 빠지게 된다는구먼. 아마 고등학교도 안 가려는 모양이야. 우혁이가 그래도 학원 강사 노릇을 하니까, 개를 붙여 놓고 설득을 한참 해봤는데 고집이 이만저만이 아니야."

"한국에서 그래갖고 됩니까? 요새 초졸은 아르바이트로도 안 써줄걸요."

"아니, 검정고시부터 치고 수능 준비를 일찍 시작하겠다던데, 그게 그냥 해보는 말이지 진심인 것 같지는 않아. 생각해봐라, 애가 상황이 이래서는 연필이 손에 잡히겠어? 집에 드러누워서는 사건 기사 보고 또 보고, 아니면 누워서 게임만 하고, 나한테도 영 퉁명스러우니까 이게 감당하기가 쉽지 않네."

"심리 상담은 받고 있는 거죠?"

"박수도 손뼉이 맞아야 소리가 나는 게 아니겠냐. 나랏돈으로 지원해주는 프로그램이라 돈 부담이 있는 건 아닌데, 애들이 힘들어해. 건우는 몇 회기 보내고 관뒀어. 자기는 괜찮다고, 괜찮으니까 뭐 시킬 필요가 전혀 없다고 뻑뻑 우기는데 별수 있나."

"여자애는요?"

"다은이는 그나마 상태가 나아. 3월부터는 이 동네에서 학교도 다닐 테고. 적응을 잘하느냐는 다른 문제겠다만……. 이렇게 된 김에 화성이나 평택쯤으로 내려갈까 싶기도 해. 평생 산 곳이라 버티고는 있었는데, 집만 괜히 강남에 두는 게 좋다고 생각되지를 않아. 내 사정은 이래."

민석은 한숨을 푸우 내뱉더니 쓴물 삼키듯 커피를 들이켰다. 손바닥으로 머그잔을 감싸보니 거의 식은 상태였다. 나도 한 모금 마셨다.

"접때 말씀 들었던 듯한데, 그게 자가가 아이지요?"

"지금은 전세야. 아는 동생 말만 듣고 투자를 해보려다가 강남

집 한 채 해먹었지. 덕분에 친척 애 맡아준다는 소리를 꺼내자마자 집사람이 펄펄 뛰더군. 모은 돈 남 주고 허공에 뿌리는 취미라도 있느냐는 거야. 그래도 사정이 참 안쓰럽다는 점에는 피차 동의를 해서 데려온 건데…… 이게 집사람한테도 미안하고…… 나한테 매번 타박을 하긴 해도, 그 사람도 또 마음이 여려서……."

나는 커피를 한 모금 더 마셨다. 건우가 불붙은 화약고 상태만 아니었더라면 민석이 내게 연락하진 않았으리라는 느낌이 왔다. 다은이만 두 명 있었더라면 무리해서라도 혼자 책임졌을 것이다. 막 사춘기에 접어든 데다가 섣불리 위로하기도 어려운 고통을 달고 다니는 남자애. 그런 남자애를 다루는 건 대학교 4년, 아니, 거기에 대학원 2년을 더해 6년씩 인간 심리를 배운 전문가에게도 어려운 일이다.

솔직히 인정하건대 나로서는 건우에게 해줄 수 있는 일이 얼마 없었다. 시간이 약이려니 믿으면서 기다려주는 게 한계였다. 동네 어르신들이 과한 관심을 보이지 않는다는 전제하에. 그리고 건우가 대뜸 서울로 가출하거나, 밭 작물을 다 뽑아놓거나, 다른 집 창문에 돌을 던져대지 않는다는 전제하에. 그 이상의 걱정은 하지 않으려 했다. 국도를 면한 채로, 코앞에 고속도로와 톨게이트를 두고 있는 동네였다. 고속도로 방면으로 혹은 그 반대편으로 10분가량 걸으면 관광객 상대로 영업하는 가게들이 나왔고, 그 외에는 아무것도 없었다. 그보다 멀리 가려면 시티 바이크 정도는 몰 줄 알아야 했다. 혈기 왕성한 남자애의 유배지로는 참

알맞은 곳이다…….

내가 어렸을 때는 주로 책을 읽으며 시간을 보냈다. 미국에서 가져온 원서가 절반, 대구 삼촌과 고모 들이 물려준 책이 절반이었다. 선산을 오르다가 멧돼지 발자국을 보고 헐레벌떡 뛰어 내려오거나, 걸어서 해인사까지 가보겠답시고 국도 갓길을 따라 한참이나 걷던 기억도 났다. 당시에는 외양간에 송아지와 늙은 닭이 한 마리씩 있었다. 송아지는 어렵겠지만 닭 하나쯤은 들일 만도 하겠다. 아니다. 열다섯 살짜리가 병아리 한 마리에 감동하리라는 믿음은 어른의 환상일지도 모른다. 애들을 본 지 하도 오래되었다 보니 감이 잡히질 않았다.

침묵이 길어지자 민석이 짚이는 구석이 있다는 듯 입을 열었다.

"선재 너부터가 넉넉한 형편이 아닐 텐데 이런 부탁 하기가 참 뭣하다. 갑자기 일이 이렇게 되었으니까. 아마 부족하겠지만 그래도 달에 50씩은 부쳐주마. 나도 그 이상은 영 어려워서……."

나는 이게 무슨 소리인가 생각하다가 이만 손사래를 쳤다.

"아뇨, 괜찮습니다. 돈 문제는 없어요. 그냥 다른 생각을 잠깐 하느라."

"부담 가지지 말고 편히 받아. 나도 염치가 있어."

"진짜 괜찮습니다. 벌 만큼은 벌어요. 돈 쓸 일도 얼마 없고, 달러돈 받고 살아가지고 환율 오른 후로는 특히 남아돕니다."

"달러?"

"번역 일로 생활비 번다고 했잖아요. 원래는 영한 번역 주로 했는데, 전 세계적으로 한류 열풍이다 보니 요새는 한영 번역 일감이 꽤 생겼어요. 보통은 영한만 하고 한영이 되는 사람은 드물긴 한데, 저는 되는 쪽이고, 어느 쪽이든 미국에서 직접 일 받으면 한국보다 페이가 좋습니다. 일감 안정적으로 물어 오는 사람이랑 연결이 되어 있기도 하고요.”

민석은 눈을 몇 차례 깜박이더니 묘한 목소리로 중얼거렸다. 풍선에서 공기가 빠져나갈 때 나는 파스스 소리 같았다.

“그렇구먼.”

“그렇죠.”

“서울살이가 부담이 되는가 보다 했어. 거기서는 원룸 월세만도 달에 70은 넘게 나가니까.”

“서울에 못 올라간다기보다는 안 올라가는 거죠. 사람 많고 복작거리고, 건물 가득한 곳은 영 숨이 막혀가지고.”

“네가 번역 일 한다는 건 알았다만, 나는 부업인 줄로만 알았다. 미리 말해줬으면 걱정을 덜었을 텐데. 괜히 넘겨짚어서 생긴 문제긴 하다만은…….”

“제가 동네 심부름 하고, 이 집안 저 집안 불려 다니느라 바쁜 거 형님도 아실 겁니다. 여기서 돈까지 그럭저럭 벌고 다닌다 하면 곤란해요. 인간 심리라는 게, 혼자서 충분히 해결할 일이라도 도움 구할 곳이 있으면 일단 한번씩 찔러보게 되죠. 저는 그게 저한테나 상대한테나 좋다고 생각하지를 않아요. 괜히 앙심만 사고. 형님이니까 말씀드리는 겁니다.”

"네가 참 영리하구나."

그렇게 말해놓고도 무언가 마음에 걸리는지 민석의 질문이 연이었다. 인공지능 때문에 번역가들 일감이 끊기는 추세라던데 정말로 괜찮은지, 나중에라도 후회할 수 있는데 받아두는 건 어떻냐는지 하는 것들이었다. 여의치 않으면 보육원에 보내도 된다는 뜻을 은연중에 전하려는 것도 같았다.

나는 내가 좋은 동생일 수 있는 것은 처세술 덕분이라고 믿어왔다. 좋은 사람 노릇을 하려면 좋은 사람이기 어려운 부분에서만큼은 패를 감춰야 하는 것이다. 말인즉슨 나는 가계 사정 핑계를 대며 갑작스러운 부탁을 거절할 수도 있었는데, 지금까지 그래왔는데, 갑자기 솔직해진 건 건우를 맡고 싶어서인 듯했다.

대화를 마치고 나니 오후 2시였다. 둘 다 커피만 마셨고 썰어놓은 빵 조각은 절반이 넘게 남은 상태였다.

"빈속에 커피만 들이켰더니 속이 쓰리군 그래. 슬슬 나갈까."

"좋습니다."

"뭐라도 제대로 먹으려면 차 몰고 읍내까지는 가야 하지?"

"여기서 해인사가 10킬로미터 거리지 않습니까. 근처에 관광객 대상으로 장사하는 가게들이 몇 있어요. 걸어서 얼마 안 됩니다."

"그래, 봤던 기억이 난다. 고기 파는 데도 있니?"

"예."

"그러면 가까운 데로 가자."

외투를 걸치고 밖으로 나왔다. 그새 눈이 펑펑 내리고 있었다.

봄이 가까워서 그런가 빗줄기에 가깝게 질었다. 그래도 아직 기온이 영하였다. 앞마당 수돗가의 수전이 조르르 소리를 내며 가느다란 물줄기를 흘리고 있었다. 동파를 막기 위해 틀어놓은 것이었다. 보아하니 그 밑에 받쳐둔 대야가 거의 찼다. 나는 대야를 흔들어 살얼음을 깨고 내용물을 쏟아부은 뒤 수돗가 구석 자리로 밀어놓았다.

민석이 한마디를 툭 던졌다.

"제대로 보니 다리 저는 게 심하구나."

"눈이 와서 그럽니다. 평소에는 발 앞부분이 질질 끌리는 수준인데, 춥고 습한 날에는 발목이 뻣뻣하게 굳어요. 의사한테 물어보니 그냥 이렇게 살아야 한다고 합디다."

"이상한 이야기지만, 네가 그래서 건우를 잘 맡아줄 수 있겠다고 생각했다."

"글쎄요. 사람마다 경우가 다르고 성격도 다르니……. 해야 할 것만 딱 시키고 일상생활에서는 가급적 안 건드리려 해요. 아무리 힘들더라도 해야 하는 일이 있고, 힘들면 일단 제쳐둬야 하는 일이 있으니. 그 이상은 모르겠습니다."

"나는 그 구분부터를 제대로 몰랐던 거야. 그게 후회가 된다."

시멘트 덮인 마당이 툭 끊기는 자리에서 아스팔트 도로가 시작되었다. 차 한 대가 겨우 지나갈 만큼 좁은 골목길이 굴비 두름처럼 양옆으로 집들을 꿰고 있었다. 나는 몇 걸음 걷다가 뒤를 돌아보았다. 신발 밑창이 지나온 자리마다 반투명하고 무른

굴곡이 남아 있었다. 골목을 빠져나오자 길이 좌우로 쫙 갈라지며 시야가 넓게 트였다. 오른쪽으로 향하면 마을 깊숙이 들어가게 됐고 왼쪽으로는 국도가 있었다. 전신주가 부려놓은 전선 가닥에 평행해 달리면서 산줄기 사이로 뻗어가는 4차선 도로……. 나는 그 방향으로 쭉 걸으면 나오는 가게들을 떠올리다가 끈덕진 시선을 느끼고 고개를 돌렸다. 빨간지붕댁 당고모가 마을 회관 입구에 걸터앉아서는 말도 없이 민석을 응시하고 있었다. 나는 못 본 척 민석에게 말을 붙였다.

"위쪽으로는 중국집이랑 삼겹살 하는 곳이 있고, 반대편으로 가면 설렁탕 하는 곳이 하나 있습니다. 가장 가까운 곳은 설렁탕 집이구요."

"삼겹살로 해."

우리는 별다른 대화 없이 걸었다. 중국집과 모텔 건물을 지나니 인도가 뚝 끊겨서 갓길을 따라 걸어야 했다. 삼겹살 집 한 블록 앞에 오래된 정려각(旌閭閣)이 생뚱맞게 서 있었다. 효자와 열녀를 기리기 위해 마을 어귀에 세우는 미니어처였다. 기와를 얹고 단청을 칠한 목조 가옥이 신식 쇠 울타리에 갇힌 모습이 이채로웠다. 민석은 정려각 앞 안내판을 힐끗 보더니 이쯤이면 됐다 싶었는지 입을 열었다.

"아까 말했던 것 있지. 건우 말이다, 내 외조카라고 소개해라. 생활비 받고 맡아주고 있다고. 여기 가야산 고시원에 공부하러 들어오는 애들도 있지 않냐. 그런 거라고 둘러대."

"건우한테도 거짓말을 시키구요?"

"별수 있나."

"그게 영 안 좋을 것 같은데요."

그러나 솔직히 말하는 것도 좋아 보이지 않았으므로, 나는 그러마고 했다.

오래전의 일이다.

지인 중에 이런 사람이 있었다. 고졸이고, 끔찍한 가정 폭력에 시달렸고, 성인이 된 후로는 가출 청소년 쉼터 상근 활동가로 일했는데 화가 많았다. 애들 앞에서는 보살이 따로 없지만 불퉁한 택시 기사 같은 인간을 보면 불쑥불쑥 머릿골이 뜨거워진다는 거였다. 싸움은 예사에, 낮에 불붙은 화가 새벽까지도 가라앉지를 않아서 밤을 지새우는 나날이 길었다. 정신과 의사가 말하기를, 항불안제와 수면제를 처방해주겠지만 약은 근본적인 처방이 아니니 심리 상담을 정기적으로 받아보라고 했다. 상담을 몇 회기 받고 났더니 화가 더 많아지는 게 눈에 보였다. 그 상담사들이 교과서를 읽고 시험 칠 시간에 자기는 인생을 살았는데 저들이 뭘 안답시고 자길 봐주느냔 거였다.

"그래도 경험을 한 거랑 이론을 똑바로 아는 건 달라. 네가 박쥐라고 쳐봐. 박쥐는 초음파를 쏘지. 하지만 그 주파수가 정확히 얼마인지, 초음파가 어떤 종류의 파장인지 박쥐가 알겠어? 그건 과학자가 알지."

"야, 아냐, 달라. 어쨌든 과학자들은 초음파를 듣는다는 게 무슨 **느낌**인지 모르잖아. 이게 MRI 기계로 종양을 찍어서 도려내는 종류의 문제라면 나도 불만 없어. 하지만 그게 아니니까 그래. 내가 이 방식이랑 안 맞는다는 거야. 나는 말이야, 응, 어렸을 때 일 가지고 징징 짜면서 그게 엄청난 상처였니 뭐니 하고 싶은 마음이 아예 없어. 나는 가출한답시고 바깥을 나도느라 아버지를 제때 패버릴 기회를 날린 게 엿 같고, 노친네가 나이 먹고 아예 폭삭 주저앉아버린 걸 보면 아주 끝장난 기분이 든단 말이야. 완전히 털 빠진 토끼 같아. 이거를 지금 두들겨 패봐야 화도 안 풀리고 나만 개자식 되는 거야. 알아? 난 어떻게든 결판을 내고 싶은데 상담사는 나를 문제에서 아예 뜯어내려고 해. 그게 아니라니까."

"그건 고집이야. 쓸데없이 고집을 부리니까 상담을 받아야 하는 거고."

"네가 할 소리냐. 너는 인마, 어, 같이 다니면 쪽팔려. 같이 다니는 사람한테 부끄러움을 줘. 저번에 이태원에 있는 카페 갔을 때도, 어?"

"그런데 나는 너처럼 처음 보는 사람한테 지랄하진 않으니까……. 알잖아, 나는 충동구매도 안 하고 일도 멀쩡히 하고 술도 안 마시고 담배도 안 태우고 사람들이랑도 나름 잘 지내고……."

나는 그렇게 말하고는 흐흐 웃어서 욕을 더 얻어먹었다.

이태원에 있는 카페란 중동식 물 담배 가게를 가리키는 것이었다. 낡은 상가 건물의 3층에 입점해 있었는데 문을 열고 들어가면 완전히 다른 세계가 펼쳐졌다. 잘 익은 과일과 낯선 향신료 향기가 콧속을 가득 채웠고, 화려한 깔개와 태피스트리 들은 술탄의 궁전에서 훔쳐 온 듯했다. 온 사방이 꿈같은 연무로 가득했는데, 그러니까, 그 광경을 보자 기억들이 갑자기 번쩍 번쩍 번쩍 했다. 섬처럼 동떨어져 있던 것들이 번쩍거리면서 한 줄기로 엮였다. 기억으로는 용에 맞서는 기사를 수놓은 태피스트리 뒤편에 커다란 외창이 숨어 있었다. 나는 테이블들을 차례대로 가리키면서, 입구에 휘발유를 뿌리면 저기까지 금방 옮겨붙을 테고, 여기 앉은 사람들은 빠져나가려다가 한 덩어리가 되어버릴 것이며, 창문 근처에 있는 사람들이 빨리빨리 뛰어내려야만 나머지도 살 수 있으리라고 떠들기 시작했는데, 당시의 나는 보통 사람이 그런 생각을 아예 하지 않는다는 사실을 몰랐다. 정확히 말하자면, 알고는 있었지만 이게 그토록 이상한가 싶었다.

현대인들이 아파트를 고를 때 남서향과 남동향을 따진다면 나는 풍수지리를 보는 지관(地官)이고, 현대인들이 카페 인테리어에 감탄하는 동안 나는 탈출 경로를 떠올리며 즐거워한다. 웃음이 나고 목소리가 커지고 신난다. 학교의 도덕·사회 교과서가 가르치기로는 각자의 시야가 다름을 받아들이고 다양성을 포용해야 한다고들 했다. 그런데 여기에 우열이 있고 틀림이 있다니—놀랍게도 우열이 있었는데—10년이 훌쩍 흐른 지금은 전혀 그런 생각이 들지 않는 걸 보면 내가 사람들이 불타 죽는 이야기를 신나게 떠들었던 것, 영화를 틀면 불붙는 장면마다 눈을 떼지 못했던 것, 주유소를 볼 때는 저기가 바로 휘발유를 말통에 넣어 아무에게나 파는 곳인가 하는 생각에 사로잡혀 우두커니 서 있었던 것은 트라우마 증상이었으며—정말 놀랍게도—그 복판에서 허우적대던 시절에는 그것 자체를 알아차리지 못했고, 알아차리지 못했으므로 상담사에게도 가지 않으려 했다. 심지어 오래전의 사건이 나한테 영향을 줬다는 사실조차 인정하지 못하고 있었다.

그래, 그것 때문에 내가 장애인이 됐고 한국으로 돌아오게 된 게 맞아! 그런데 그건 지나간 일이고, 나는 이제 다 잊었고, 내가 지금 힘든 건 발목이랑 신경통 때문이고, 내가 가끔 머리가 도는 것도 신경통 때문이야. 신경통이 되게 심했는데 친척들이 아무도 안 믿어줬거든. 어른들 잘못은 아니야. 애당초 다들 골병 하나씩 있는 사람들이기도 했고, 좀 절뚝거리긴 해도 멀쩡히 할 거 다 하는 애가 계속 뭐가 아프다고 하는데 그걸 어떻게 이해하겠어? 그리고 사실 내가 미친 건 내 본성일 수도 있는데, 아마 본성일 텐데, 그냥 내가 글러먹은 인간으로 태어나서 그렇고, 친척 중에 정신 나간 사람이 한 트럭인 걸 보면 이건 유전자 문제가 아닐 수가 없고, 그 일은 진짜 아무것도 아니었는데…….

당시 내가 제일 미워했던 부류는 기어코 진실을 읊으며 내 눈을 뜨게 만들려던 사람들이었고, 그 미움은 종종 살의에 가까울 만큼 예리해졌다. 나도 사실은 알고 있다는 마음이 절반, 결코 알고 싶지 않다는 마음이 절반이었던 것 같다. 그들에게는 미안하다. 그래서 종종 그 시절의 나를 불러내서, 너 이리 와서 앉아봐라, 하는 상상에 몰두한다. 결과는 언제나 좋지 않다. 설득할 방법을 떠올리지도 못했다. 정답을 쏙 빼놓은 상태로, 오답만 두고 연필을 굴려대는 학생을 어떻게 가르치겠는가?

내가 어쩌다가 정답을 고르게 됐지?

정답을 골랐으니까 이제는 정말로 잊을 수 있게 된 것인데…….

기억이 안 났다.

그러나 상담 덕분은 아니었다. 상담사 얼굴은 살면서 딱 한 번 보았고 두 번째부터는 아예 가지 않았다.

2

건우가 합천으로 내려오기까지는 보름이 더 걸렸다. 그간 나는 작은방을 싹 비웠고 침대와 매트리스도 새로 들였다. 원래는 서울에서 쓰던 것들을 용달차에 실어 내려보내기로 했는데, 오래됐기도 하고 짐 자체가 원체 적다 보니 수지 타산이 안 맞겠다는 계산이 섰다. 책걸상은 대구까지 포터를 몰고 가서 직접 사 왔다. 그렇게 분주히 돌아다니고 있노라니 동네 어르신들이 관심을 보였다. 마을 회관 앞을 지나는데 할머니 한 분이 불쑥 튀어나와 나를 잡아당겼다. 그대로 거실까지 끌려가니, 사방에서 질문이 날아들기를, 늦장가라도 가느냐고들 했다. 나는 허허 웃었다.

"머슴아 하나 올 겁니다. 올해로 열다섯인가 열여섯인데. 민석이 행님이 아 하나 맡아돌라 카니까 알따 캤어요."

"그라모 갸는 핵교를 야로중으로 가는 기가?"

좋은 기회다 싶어 신문 기사에서 읽은 내용과 민석이 해준 이야기를 절반씩 섞어 주절거렸다. 성적이 좋은 애들은 자퇴하고 일찍부터 수능 공부에 매진하는 게 요새 유행이라고, 그런데 서울은 놀거리도 많고 신경 쓸 것도 많으니 시골집에 잠시 내려오는 거라고, 가야산에서 법 공부하는 고시생이나 마찬가지라고 했다. 현직 강사들이 들으면 무슨 시대착오적인 이야기냐며 코웃음을 치겠지만 여기서는 충분히 먹히는 이야기였다.

"얼라가 공부를 얼맨치 하길래 그라노?"

"할 만큼 하겠죠. 제가 뭘 압니까."

나는 요새 애들 무섭다는 말로 으름장을 놓은 뒤 접근 금지령을 내렸다. 서울 애들은 참견당하는 걸 특히 싫어하거니와 모르는 어른들이 말만 붙여도 참견인 줄 안다는 거였다. 이곳저곳에서 하모, 하모 소리가 이어지면서 자기네 손자 손녀들 이야기로 주제가 옮겨 갔다. 어르신들도 시대가 시대니만큼 '신식' 마인드를 탑재하고 계셨던 것이다. 한편 텃세든 뒷말이든 동네 사람이 상대여야 나오는 것이지, 잠깐 머물렀다가 돌아갈 사람에게는 도리어 너그러운 면이 있기도 했다.

나는 잡담에 맞장구를 치다가 빠져나왔다. 한 시간이 훌쩍 지나 있었다. 한 시간 만에 건우를 소개했으니 싸게 먹힌 편이었다. 그 후로 친척들에게서 간간이 질문을 받았으나 대화가 길게 이어지지는 않았다.

"아, 예. 민석 형님."

"짐은 박스에 담아서 택배로 보내고, 건우는 내가 차 태워서 데려가겠다고 했었잖아. 기억하지? 아마 택배는 다 갔을 텐데, 큰 상자로 세 개야. 겨울옷 부피가 커서 그렇지 풀어놓으면 얼마 안 돼. 아직 풀지는 말구. 건우가 자기 물건 건드리는 걸 엄청 싫어하거든."

"예, 아직 못 들여놔서 그렇지 짐은 제대로 왔습니다. 왔을 겁니다. 동네가 외진 곳이라 택배 차가 골목까지 안 들어오거든요. 택배 기사가 주마다 한 번씩 와가지고, 동네 앞쪽 컨테이너에 물건들 쌓아두고 그래요. 내일이 택배 오는 날이니까 그때 가서 가져오면 됩니다. 짐 정리는 직접 하라 시킬게요."

스피커 너머에서 짧은 한숨이 들렸다.

"고생이군 그래. 하여간 그 일은 됐고, 본론은 따로 있어."

"무슨 일이라도 났습니까?"

"다음 주 월요일에 내려가기로 했잖아. 애가 신세 지기 싫다면서, 그냥 자기 혼자 KTX 타고 대구까지 가겠다 그러네. 대구에서 시외버스 타고 합천 가면 된다고."

그게 가능한 일인가 싶었다. 내려온 뒤로 자가용만 타고 다닌 탓에 대중교통 사정에는 완전히 깜깜이었다. 808번 버스가 하루에 네 번 온다는 것, 그 버스가 합천 터미널에서 출발해 해인사에 이른 뒤 회차한다는 것만 겨우 알았다.

"애가 도시 바깥에서 버스를 안 타봤나 보죠?"

"도시 바깥이 뭐야, 평생 살면서 경기도 광역 버스도 타본 적이 없을 것 같더만. 제 딴에는 철저히 준비를 하겠답시고 배차 시간표 검색해서 이동 경로도 짜놨던데, 생각대로 안 될 거라고 말해줘도 귓등으로 듣네."

"차가 절대 제시간에 안 오죠."

"그러니까 말이야."

"내려오는 김에 스마트폰도 해지했다지 않았어요?"

"으응, 지금은 구식 폴더폰 쓰고 있지. 전화랑 문자메시지만 딱 되는 물건. 그러니까 말이야, 참……."

"거참 웃긴 녀석일세. 보아하니 형님 차 타고 내려가기가 불편한 것 같은데, 그냥 KTX에서 내리면 역 앞에 서 있으라 그래요. 제가 데리러 가겠습니다."

통화를 마치고는 작은방을 들여다봤다. 방 오른편에는 싱글 침대와 옷걸이를, 왼편에는 수납장이 딸린 공부용 책상을 들인 상태였다. 원래는 철제 프레임 위에 나무 상판만 간소하게 얹은 것을 염두에 뒀는데 기왕이면 튼튼한 것으로 사자 싶어 고른 물건이었다. 그런데 묘하게도 창고 방을 사람이 쓸 방으로 바꿔나가는 동안에는 정작 그 사람이 누구일지를 거의 생각하지 않았다.

민석이 보내준 건우의 사진은 누군가의 카카오톡 프로필을 캡처한 것이었다. 아들 하나와 딸 하나로 이루어진 가족이 화원을 배경으로 어깨동무를 하고 있었다. 활짝 웃는 여자애는 엄마 쪽을 닮았고, 뚱하니 정면을 바라보는 남자애는 제 아버지를 빼다 박았다. 눈매가 민석 같고 코는 당숙에게서 따온 듯한데 턱과 입매는 영 낯설었다. 열서너 살 때 찍은 사진이라더니, 제 아버지와 맞먹을 만큼 커다란 게 인상 깊었다. 아버지가 작달막하기도 하고, 내가 알기로 최씨 집안 남자들 중에 180센티미터를 넘는 사람이 없으니 다른 쪽에서 온 유전자인 듯했다. 이상하게도 그 외에는 별다른 생각이 떠오르지 않았다. 기껏해야 이 녀석이 막 나가면 나로서는 붙잡아 세우기가 힘들겠구나, 책상에 앉아 공부하는 모습도 당분간 보기 어렵겠구나 하는 것뿐이었다. 그래도 어쩌면 밭일을 시킬 수도 있겠지. 일당 겸 용돈 조로 5만 원씩 챙겨주고…… 톨게이트 근처에 관광객용 카페와 편의점이 하나씩 있으니까…….

월요일 오전까지 나는 가급적 좋은 생각만 하려 했다. 일요일 저녁, 친구들과 술자리에 둘러앉아 주말의 끝을 실감하는 직장인들과 비슷한 심리였다. 불퉁한 사춘기 남자애는 먼 친척으로 남아 있을 때나 좋은 존재고, 께느른한 몽상은 끝나가고 있다. 게다가 이 남자애가 겪고 있는 건 평범한 사춘기가 아니다. 아니, 사실은 사춘기조차 아니다. 나는 녀석의 머릿속에서 무슨 감정이 널뛰고 있을지 잘 몰랐다. 몰라서 상상하지 않으려 했다.

한편 민석이 나를 어떻게 소개했을지 궁금하기도 했다. 건우가 나를 아저씨라 부를지 할아버지라 부를지, 얼굴 흉터를 빤히 볼지 혹은 별 반응을 않을지 하는 것들 말이다. 정답은 각각 2와 1.5였다. 도착 당일, 건우에게 통화를 건 상태로 서대구역 플랫폼을 휘젓고 다니다 보니 검정 롱 패딩에 검정 백팩을 멘 남자애가 볼에 작은 폴더폰을 붙인 게 보였다. 덩치가 나랑 엇비슷했다. 손을 흔들자 남자애가 나를 보고는 이렇게 물었다. 합천 할아버지세요? 그러고는 고개를 슬쩍 돌린 채 눈동자만 슬금슬금 움직여 나를 봤다. 익숙한 눈짓이었다. 흉터를 자세히 살피고 싶은데, 실례라는 걸 아니까 의식적으로 시선을 피하는 것이다. 그런 예절이라도 있으면 됐다.

"대구에서 점심 먹고 가자. 뭐 먹을래?"

"아무거나요."

묻자마자 대답이 튀어나왔다. 처음부터 이렇게 답하겠다고 정해둔 것만 같았다.

"가리는 거 있으면 말해라. 알레르기 있으면 그것도."

"없는데요."

"그러면 일단 차부터 끌고 나오자."

역에 딸린 푸드코트에서 간단히 때우는 건 손님을 맞아들이는 태도가 아니었다. 갈비찜이든, 곱창이든, 삼겹살이든, 소갈비든, 첫 만남에는 네발 달린 고기를 먹어야 한다는 소신이 있었다. 2번 출구로 나와 주차장을 찾을 때까지는 서로 아무런 이야기를 하지 않았다. 그러다가 흰색 EV 포터 앞에 서고서야 건우의 입이 열렸다.

"이게 할아버지 차예요?"

"보조금이 붙어서 그렇지 가격만 따지면 그랜저 한 대다. 조수석에 타."

건우는 군말 없이 올라탔지만 표정을 보아하니 '잘못 왔다'고 생각하는 듯했다. 흙 묻은 바닥은 물론이고 조수석 아래 널브러진 목장갑에도 심기가 긁히는 모양이었다. 나는 이 녀석이 집을 보면 무슨 표정을 지을까 궁금해하면서 슬슬 차를 돌렸다. 서대구역네거리 근처는 온통 작은 공장과 회사 들로 뒤덮여 있어서 점심 먹을 곳이 마땅치 않았다. 얼마 없는 식당들은 지금쯤 직장인 손님을 받느라 붐빌 게 뻔했다. 나는 서대구로까지 내려가 적당한 곳에 차를 세운 뒤 이곳저곳 둘러보았다. 대로변에 들어서자마자 교회 전도사가 건우에게 전단지가 동봉된 물티슈를 건넸다. 곁눈질로 보니 '당신도 행복해질 수 있습니다' 하는 문구가 커다랗게도 박혀 있었다.

"거 길에다가 버리지 말고 이리 줘라."

건우는 더러운 걸 작대기로 밀어 치우는 사람처럼 물티슈를 넘겼다. 내 손끝에 닿으려고도 하지 않았다. 나는 물티슈를 주머니에 챙기고는 고깃집으로 들어섰다. 소고기가 좋냐 돼지고기가 좋냐, 육회도 시켜줄까 하고 묻자 이번에도 아무거나요, 하는 대답이 돌아왔다. 그래도 소고기 모둠을 한 판 시키니 조용히 잘 먹었다. 침묵은 차에 올라타 대구 시내를 빠져나가도록 계속됐다. 나쁘지 않았다. 나는 높이 솟은 아파트와 빌딩이 교외의 단층

점포로 변하며 먼 풍경에 산줄기가 훤히 드러나는 순간의 멈춘 듯한 아득함을 좋아했다. 서대구역IC 언저리, 각종 길이 한데 모이며 꼬이는 자리에서 도로가 1차선으로 훌쩍 좁아지는데 그 양옆으로 나무들이 울창하니 서 있었다. 여름에는 긴긴 녹색 터널을 지나오는 듯한 곳이었다. 그 후 창밖 풍경이 몇 차례 바뀌더니 차가 낙동강을 지났다. 여기서부터는 가드레일 너머가 온통 밭이고 비닐하우스고 산비탈이었다. 너 낙동강 오리 알이라는 말 알지, 그 낙동강이 여기다, 그런 말들이 떠올랐지만 소리 내어 말하진 않았다. 산 중턱을 뚫어 낸 터널로 들어가는 길이 바늘귀에 실을 꿰는 듯했다. 터널이 시작되었고 끝났고 다시 시작되었다가 다시 끝났다. 곧 낙동강에 비하면 훨씬 폭이 좁은 지류가 창 귀퉁이를 스쳤다.

대구는 한참 전에 뒷길로 넘어갔으나 어릴 적 나는 이 강을 봐야만 비로소 합천에 가까워지고 있음을 실감했다. 처음 합천으로 오던 날 가교 위에 전두환 전 대통령 탄신 축하 플래카드가 걸렸던 까닭일 테다. 그 시절에는 거의 모두가 전두환 이름 뒤에 전 대통령을 붙였고 플래카드도 매해 걸렸는데 이제는 일해공원에서 전두환의 호인 일해(日海) 자를 떼어내려는 사람이 많아졌다. 기조가 언제부터 그렇게 바뀌었는지 알 길이 없다. 시간이라는 것이 한데 고인 정념을 쓸어냈으리라 짐작할 뿐이다. 인터넷의 전두환은 빙퉁그러진 극우의 아이콘이 되었으며 신문 사설에서도 곧잘 그의 망령을 불러내곤 하지만 인간 전두환을 온 마음으로 추억할 사람들은 세월 속에 스러지는 중이다. 사과할 일도 용서받을 일도 없이 미결인 채로……. 망각은 치유가 아니라지만 어떤 회복은 망각과 쇠멸 위에서만 자라날 자리를 찾는 듯하다. 나는 잠깐 생각하다가 입을 열었다.

"동네 어르신들한테는 너를 민석 형님 외조카로 소개해놨다. 최건우가 아니라 민건우야. 여기가 반쯤은 최씨 집성촌이라는 거 너도 알 테고, 최씨라는 거 알려져봐야 너만 귀찮다."

"알아요. 설명 들었어요."

"네가 몇 학년이더라?"

"나이 아시잖아요."

"그게 학교로 따지면 몇 학년이냔 말이야."

"올해 중 3 돼요."

"노트북이나 전자 기기 같은 건 가져왔어?"

"없어요. 태블릿도 동생 줬어요."

"여기서 뭐 하고 지낼지는 생각해봤고?"

건우는 답이 없었다.

"뭘 시키려는 게 아니야. 닦달하려는 것도 아니고. 소란만 안 부리면야 나는 괜찮다만, 컴퓨터도 스마트폰도 없으면 앞으로는 시간이 썩어날 테니 잘 쓸 고민을 해보라는 거다."

해인사IC로 접어들기 직전의 두 터널 길이를 합하면 2킬로미터에 가까웠다. 소백산맥의 등허리를 관통해 나오는 길이었다. 단조로운 어둠이 계속되던 끝에 시린 빛이 앞창으로 달려들었다. 2차선 도로는 산등성이 사이로 굽이굽이 흐르며 지대를 점차 낮춰갔다. 전답과 색색깔 지붕들이 앞뒤로도 위아래로도 가까워졌다. 이제 평지였다. 차는 5분간 더 달려 목적지에 이르렀다. 텅 빈 외양간과 본채와 창고 건물이 디귿 자로 놓인 집이었다. 창고 옆구리에는 세 평에 약간 못 미치는 별채가 붙어 있었다. 건우의 눈이 별채부터 외양간까지를 빠르게 훑었다.

"명절에 시골집 가봤지?"

"다들 아파트랑 빌라 사셨는데요. 그리고 명절 때 어디 잘 안 갔어요."

"그러면 설명을 잠깐 하자."

"혹시 해서 말씀드리는 건데 저 일부러 챙겨주실 필요 없고요, 그냥 밥만 먹고 잘 수만 있으면 돼요. 신경 안 써주셔도 돼요."

"그러니까 하는 소리 아니냐. 여기서 사는 법을 따로 배워야 돼. 너 이리 와봐라."

외양간 바로 앞, 큰방 뒷문 바로 아래에 아궁이가 딸려 있었다. 시멘트 기단을 올려 토방을 만들 때 화구(火口)를 그 벽면에 함께 낸 것이었다. 위에 한가득 쌓인, 오래된 성냥갑들은 이 집과 함께 물려받은 물건이었다. 오래전 폐업한 다방에서 판촉물로 뿌린 것인데 써도 써도 줄지를 않았다. 건우를 옆에 세워놓고 아무 성냥갑이나 열었더니 성냥 대가리가 초록색이었다. 나는 두약 색깔과 쓴 성냥 개수로 그날 운세를 점치곤 했다. 초록색은 길한 축에 속했다. 아까 받아 온 물티슈의 비닐 포장을 벗기고는 교회 전단지까지 분리한 뒤에 운을 뗐다.

"캔은 아예 안 타고, 비닐이랑 플라스틱은 태우면 환경호르몬이 나온다. 알지."

"알죠."

"종이나 휴지처럼 타는 쓰레기는 아궁이에 가져다 넣으면 되는데, 나머지는 부엌에 분리배출함이 따로 있어. 분류 안 되는 쓰레기도 거기에 버리면 되고. 이따 네 짐 정리할 때, 테이프를 다 떼고 박스만 여기에 내어놔라. 위험하니까 직접 태우지는 말고. 아궁이에 불붙이는 건 나만 하는 일이야, 알았지?"

아궁이 입구를 가린 솥뚜껑을 치우고 보니 태울 것들이 적잖았다. 번역 원고를 A4 용지에 인쇄해서 검토하는지라 이면지 더미가 항상 생겼다. 나는 병입해둔 휘발유를 스치듯 뿌리고는 성냥을 휙 그었다. 두 개 연속으로 대가리가 맥없이 부러지더니 세 개째는 두약이 으스러졌고, 네 개째가 되어서야 불이 붙었다. 네 개는 살짝 흉한 축이었다. 즉 절반은 길하고 절반은 흉했다.

이것까지가 다 사람이 만든 미신이다.

나는 불붙은 성냥과 구깃구깃 접은 교회 전단지를 아궁이에 함께 던져 넣었다. 불길이 순식간에 몸집을 키우며 그림자를 불쑥 밀어냈다. 아지랑이의 경계 면에서 온갖 색이 파도에 얹힌 포말처럼 앞뒤로 흔들리고 부서지고 합했다. 건우가 짧게나마 우와 소리를 내더니 뚱한 표정으로 되돌아왔다. 나는 종이 태울 때 풍기는 달큰한 냄새를 즐기느라 잠시 눈을 감았다.

건우를 데리고 집 안을 한 바퀴 돌면서 이런저런 설명을 늘어놓다 보니 한 시간이 훌쩍 지났다. 거실 한구석에 쌓아둔 커피 캔은 내가 마시는 건데 필요하면 너도 마시고, 식빵은 내 아침이니까 되도록이면 다른 간식을 먹고, 아침에는 생활 사이클이 안 맞겠지만 점심이랑 저녁은 억지로 깨워서라도 같이 먹을 테니 그렇게 알고, 서재에 있는 책들은 마음껏 읽어도 되는데 들고 나갈 때는 허락을 받고, 톨게이트 쪽으로 걷다 보면 카페가 하나 있고, 필요한 물건이 있으면 말하든지 편지를 써서 탁자에 올려놓고, 보일러가 작동을 않으면 기름이 떨어진 거니까 와서 말하고……. 건우는 예, 예 했으나 아무리 봐도 건성으로 듣는 투였다. 아니나 다를까 사흘째부터는 이미 말해준 걸 묻고 또 묻기 시작했다. 이튿날까지는 자존심 문제로 침묵을 지켰는데 그만 버틸 수가 없게 된 모양이었다.

다시 사흘이 지나고는 집안 분위기가 소강상태에 접어들었다. 나는 평소처럼 아침 6시에 일어나 번역 작업을 하다가 밤 10시에 잠들었고, 건우는 온종일 방에 틀어박힌 까닭에 생활 패턴을 종잡을 수가 없었다. 완전히 내버려둘 수는 없어 밥만큼은 챙겨 먹였지만 나머지 시간에는 그저 내버려두었다. 부엌 냄비 속 국이 눈에 띄게 줄었거나 빵이 하나씩 사라지는 걸 보면 간식을 먹긴 먹는 듯한데 언제 먹는지가 수수께끼였다. 아마 내가 움직이는 시간을 눈여겨본 뒤 피해 다니는 것 같았다. 이따금 동네 어르신들이 나를 붙잡고는, 애가 공부에 열심이긴 한가 보다고, 어떻게 그리 얌전히 공부만 하냐고 말을 붙이기에 허허 웃고 말았다. 운동을 시켜야 하지 않느냐는 걱정도 웃어넘겼다. 당분간 건우는 잠에 빠져 지낼 터였다. 인생의 막 하나가 확실히 닫히는 순간에는 누구든지 긴장이 탁 풀리면서 꼬박꼬박 졸게 된다. 부족한 잠을 온전히 채우고서야 다음 커튼을 열 수 있다.

그렇게 겨울이 끝났고 동네 골목에서도 딸딸딸 하는 경운기 소리가 들려오기 시작했다. 나는 두 가지 문제를 제하면 잘 지냈다. 하나는 지난여름 물난리로 망가진 수로였다. 당장 한 해는 버틸 수 있도록 정비해놓긴 했으나 임시방편이었고, 꼼꼼히 뜯어보면 손볼 곳이 태산이었다. 그런데 수로가 남의 땅을 옆구리에 낀 까닭에 일이 곤란해졌다. 땅 주인은 평소 도시에서 지내다가 주말마다 내려오는 양반이었는데 물난리 후로 자취를 감췄다. 일전에 짧게 대화 나누기로는 주말농장 일이 생각보다 고된 데다 별 보람도 없다며 불평이었는데, 작물도 망가진 김에 나 몰라라 하고 손을 놓아버린 듯했다. 연락마저 닿질 않으니 곤란할 뿐이었다.

또 다른 문제는 번역 원고 때문이었다. 번역은 내 본업이다. 밥벌이는 언제나 곤란하다.

다른 한국인 번역가들이 어떻게 번역가가 되었는지, 어떻게 일하는지는 잘 모른다. 내가 무슨 일을 하는지만 겨우 안다. 대학 시절 자취 비용을 벌기 위해 시작한 영한 산업 번역 아르바이트가 어영부영 본업이 되었고, 그게 또 우연히 한영 문학 번역 일로 변했기 때문이다. 계기는 텍사스에 사는 재미 교포 지인의 연락이었다. 이름은 구본수, 짧게 수. 평소에는 영화 보고 소설 읽는 이야기나 하며 지내는 사이였는데 대뜸 소설 하나 번역할 생각이 없느냐고 물어왔다. 그것도 한국 소설을 영어로 옮기자는 거였다.

"요즘 한국문학이 인기예요. 부커상 롱리스트 노미네이트도 여러 번 됐고. 그런데 봐요, 여기는 한국어랑 영어 둘 다 옳게 하는 번역가가 절대적으로 부족하거든. 사람이 한국어 뉘앙스를 제대로 알면 문학용 영어를 못하고, 영어로 문학을 할 줄 알면 한국어를 못해요. 재미 교포라도 그래요. 그러니까 맨날 번역하던 사람이 또 하고 있지. 그런데 우리 둘이 팀으로 작업하면 어떻게 되겠어. 최 선생님은 이미 소설 번역하고 있으니까. 책을 위즈덤하우스에서 냈죠?"

일전에 미국 소설을 한국어로 옮기면서 수에게 슬랭의 뉘앙스를 몇 차례 물어보았는데, 그 일을 기억에 담아두었던 모양이었다. 나는 당황스러운 마음에 더듬거렸다.

“아니, 번역 일을 그렇게 시작해도 되나. 그게 안 되죠. 소설 두 권 번역한 건 어쩌다 보니 하게 된 거고, 한영이랑 영한은 아예 다르고…….”

“적어도 최 선생님은 위즈덤에 아는 사람이 있는 거잖아요, 맞죠. 일단 번역가 하려면 판권 중개권을 확보해야 한다던데 내가 한국 업계 돌아가는 방식을 모르니까. 딱 보고 이거다 싶었던 컬렉션도 거기서 나온 건데, 그게 뭐냐면…….”

“아, 알았어요. 한번 물어나보겠습니다.”

그런데 인생사 새옹지마다. 출판사 내부 메일로 문의 한번 넣어달라는 말이 갑자기 샘플 원고까지만 같이 번역하자는 부탁으로 변하더니, 끝내 공동 번역가로 계약서를 쓰게 되었던 것이다. 수가 주도하는 구간도 있었고 내가 더 열심인 구간도 있었지만, 피차 ‘이게 먹히네?’ 하는 신기함으로 일을 추진해나갔던 것으로 기억한다. 벌써 몇 년 된 일이다. 이제는 신기할 것도 없는 일상이 됐다.

그때 미국 출판사와 계약하기 위해 발급받은—그야 당연히 하퍼콜린스나 그로브 애틀랜틱이 한국 주민등록증을 받아줄 리가 없으니까—26면 여권에는 도장이 하나도 없다. 현지 미팅과 편집자 대응은 수의 몫이고 나는 합천에 틀어박혀서 한국 출판사와만 소통한다. 마찬가지로 한국 출판사와의 미팅도 모두 거절하고 있다. 그 인간들이 합천까지 내려올 리가 없으니 내가 올라가야 하는데, 고작해야 한 시간 30분짜리 만남을 위해 왕복 여덟 시간을 도로에 내버리기는 싫다.

그러나 어떤 핑계로도 원고를 만들고 윤문하고 피드백을 받아 다시 뜯어고치는 작업은 피할 수 없고, 사실 그것이야말로 핵심이다. 3월 초, 열한 번째 책의 번역 초고를 넘긴 후 한 달여 반이 지나 여덟 페이지짜리 에디토리얼 레터가 날아들었다. 어린아이인 등장인물이 라틴계 단어를 은근히 많이 쓴다거나(한국식으로 바꾸면 "초등학생이 한자어를 왜 이렇게 많이 쓰나요?"쯤일 것이다), 미국 독자들이 한국 문화를 잘 이해하지 못할 것 같으니 이 부분을 덜어내야 한다는 등의 피드백으로 가득 채워진 서신이었다. 아침 6시 15분, 나는 컴퓨터 앞에 앉아 헤드셋을 썼다. 텍사스에서는 아직 서머타임이 시작되기 전인지라 오후 3시 15분이었다.

"내가 일차적으로 훑어봤는데 문제 될 부분이 많지는 않아요. 고치면 돼. 지킬 부분은 지키고. 그런데 로컬라이제이션 관련으로 말이 생겨서 최 선생님 의견이 중요하겠네." 수가 말했다.

엘레나 페란테의 등장으로 분위기가 바뀌긴 했지만 미국 문학 시장은 아직 절대적인 내수 시장이었다. 자체 인구만도 3억 5천에, 영어는 전 세계 공용어니까 어지간하면 해외 도서를 번역할 이유가 없는 것이다. 번역문학의 비율은 5퍼센트도 안 됐다. 그렇다 보니 개발 편집 단계에서는 곧잘 '현지 독자들이 이해하기 쉽도록 이런저런 부분을 없애자'는 피드백이 들어오곤 했다. 고치지 않는다면 수가 현지 편집자에게 그 까닭을 설명하고, 고친다면 내가 한국 출판사에 사유서를 썼다. 요컨대 업무 분장 문제였는데, 보통은 내 업무가 늘었다. 나는 짧게 하품했다.

"조선 종놈이 별수 있나, 미국 주인님들이 없애라고 하시면 없애야지. 안 그래도 현지화 관련으로 피드백 들어올 것 같았어요. 졸려서 눈이 침침한데 핵심만 요약해줄 수 있어요?"

"그냥 세수하고 오시죠."

"이미 했습니다."

"그러면 노안이네. 안과 가서 체크업 해봐요." 수는 낄낄 웃더니 본론으로 들어갔다. "일단 '안양'을 날리라는데. 각주로 내릴 것도 없이 안양 자체를 없애래요. 그리고 부동산에 hierarchy 단어를 쓰는 게 어색하다고 하네. 하긴 콜로케이션이 안 맞으니까. 이것도 날리든가 설명을 넣든가 해야겠는데 내가 보기엔 날리는 게 맞아요."

번역 중인 소설은 30대 프리랜서의 제집 마련으로 시작됐다. 원래 안양 전셋집에 살던 주인공이, 무리해서라도 구축 서울 아파트를 살지, 적당히 안양에 집을 살지, 혹은 모아둔 돈으로 강원도 신축 아파트를 살지 고민하다가 강원도로 내려가는 것이다. 서울은 사실상 한국의 상징이고 강원도는 캐나다 국경 바로 밑 버몬트처럼 한갓진 산간 지역이라고 설명하면 될 일이었지만 안양의 포지션이 애매했다. 완전한 지방은 아니지만 서울에 입성하지도 못한, 중산층부터 서민까지의 복잡 미묘한 한을 어떻게 미국인에게 전달한단 말인가. 구구절절 설명할 바에는 그냥 '서울에서 강원도로 이사하는' 구도로 바꾸라는 게 편집자의 권고였다.

나는 잠시 고민하다가 한 어절을 길게 빼서 발음했다.

"아—."

"아?" 수가 되물었다.

"안양은 그렇다 치고, 그게 hierarchy가 맞지 그러면 뭡니까. Hierarchy, 계급. 강서송, 마용성, 노도강. 차례대로 강남구, 서초구, 송파구, 마포구, 용산구…… 해서 지방까지 쭉 내려가는 일극(一極)의 수직 구조를 뭐라고 바꿔요? 단순히 집값이나 분위기 이런 문제가 아니라, 상대적 박탈감과 민도. 그런 개념들. 사회적이고 전인적이고 민족적인 그 한국적 한의 총체! 물론 status of neighborhoods, real estate market tiers, 이런 말들이 미국에도 있습니다만 그게 절대 원문의 어감과 느낌을 전달하지 못하거든요. Stratified hierarchy? 이건 완전 아니죠. 편집자가 미국인이라 뭘 모르는갑네."

"어허, 조선인처럼 말씀하지 마시고."

내 열변에 수가 낄낄거렸다. 나는 손등으로 오른뺨을 몇 차례 문질렀다.

"해본 소립니다. 이게 다 글 팔아먹으려고 하는 짓인데 미국 독자들이 한국인의 정신세계를 알 필요는 없죠. 싹 고칩시다. hierarchy야 단어만 바꾸면 될 문제고, 안양 관련 정봇값을 아예 날린다…… 인트로는 그렇다 쳐도 내 기억상 챕터 4랑 7에 안양 언급 추가로 나오거든요. 각각 두세 문단씩은 고쳐야 하죠?"

“챕터 5에도 있어요. 여기는 그냥 지명만 바꾸면 되는 파트.”

“메일 길게 쓰기 귀찮은데 작가가 오케이 했으면 좋겠네.”

“어차피 다 요식인데 안 하면 자기가 어떡할 거야. 이미 계약서에 도장 찍혔는데. 원래는 저자 본인 허락도 안 받고 그냥 바꿀 거 다 바꾼 다음 출판됐습니다 해요. 편하게 해요.”

계약서에 따르면 번역 원고의 최종적인 편집권은 미국 출판사에 있었다. 미국 번역 시장의 표준 관행이었다. 〈밀레니엄 시리즈〉였던가, 전 세계적으로 돌풍을 끈 북유럽 추리소설 시리즈도 영어로 번역되면서 초반부가 완전히 개작되었다고 들었다. 달리 말해 미국 시장은 자국에서는 한껏 기세등등하던 작가들이 자존심을 꺾고 타협하는 곳이었다. 정신과 영혼의 아메리칸드림이라고나 할까. 역설적인 이야기지만, 목소리를 한껏 높이기 위해서는 하고 싶은 말을 속으로 삼켜야 한다.

사실 그건 문학 시장만의 논리라기보다는 외지인의 삶이자 숙명이기도 했다. 외지인이랄지 이방인이랄지. 덕분에 이 지점에서 대화가 잠시 샛길로 빠졌다. 수는 초등학생 시절의 이야기를 풀어놓았다. 교실 뒤편에 커다란 세계지도가 있었는데 동해가 Sea of Japan으로 적혀 있었다고, 그걸 East Sea로 고쳐 쓰다가 다른 친구랑 싸움이 붙었다고, 결국 교장실에 끌려갔다고, 동해가 Sea of Japan이든 East Sea든 간에 한국인으로서의 애향심은 그때 내려놓았다고 말했다. 농담조였다. 나는 약간 웃다가 내 이야기를 꺼내 들었다.

"나는 내가 한국인이라고 생각을 못 했어요. 20대 내내. 지금도 약간 그런 편이고요."

"미국인 정체성이 의외로 강하셨네. 시민권 있으셨죠?"

"국적이 있긴 했는데, 되게 어릴 때 귀국했으니까 그런 문제는 아니죠. 그것도 아니고 그냥."

"그냥?"

"현실을 사는 것 같지가 않았다 이거예요. 이태원 거리를 돌아다니면서도 머릿속에서는 합천이랑 브루클린이랑 서울이랑 소설 속 글자들이 섞인 이상한 동네가 증강 현실로 재생되는데 나는 거기에서 10년을 살았다. 그렇다고 해서 아예 현실감각을 잃어버린 건 아니고 사회생활은 나름 멀쩡히 했는데 항상 이중 사고가 돌아가고 있었다고나 할까…… 뭐랄까, 친구도 많았고 객관적으로 잘 지냈던 것 같은데……. 설명이 안 되네요. 관둡시다. 설명이 안 돼서 말을 안 하고, 말을 안 하니까 내가 뭘 겪었는지 잊어버리는 악순환이 그때부터 있었어요."

"사고 이야기구먼."

"예."

"난 최 선생님이 그 이야기 하는 거 들을 때마다 이런 생각을 해요. 그거 오토픽션으로 컨버전해서 팔면 금방 아마존 베스트셀러 되겠는데. 업계 용어로 authentic voice라고나 할까―진정성 있는 목소리, 나만 가질 수 있는 특별한 시각. 그런 건 항상 인기거든요. 그러고 보니 이제 친척 애도 맡아준다지 않았어요?"

"아, 좋네. 좋아요."

나는 가까운 지인들이 내 삶에 대해 DFW의 에세이처럼, 혹은 실리주의적인 중견 에이전트처럼 말해주는 걸 좋아했다. 고약한 농담에 실실거리다 보면 이 흉터도 매대에 정렬된 스팸 캔처럼, 30구 롤 휴지처럼, 펩시 콜라처럼 세계에 당연스레 녹아들 것만 같았다. 나를 고립무원의 왕좌로 올려 보내는 게 아니라. 그건 정말로 외롭도록 엄숙한 자리다. 무엄하다, 이분은 피해자의 왕이시니 예를 갖추라……. 모든 농담이 금기로 전락하는 삶은 역설적이게도 그 삶이 이미 금기가 되었음을 방증한다. 나는 그게 싫었다. 나는 잘 지냈다. 하지만 그러면서도 정말로 스탠드업 코미디언이 될 자신은 없었고, 코미디 각본을 짜기 위해 내 삶을 이리저리 끼워 맞추는 건 더더욱 질색이었으며, 건우는 또 다른 이야기였다.

"아이템이야 압도적이죠. 한국의 역사, 서울과 합천, 복잡한 대가족 집안 사정, 중도 입국 디아스포라, 사고 트라우마와 장애, 동양의 마술적 리얼리즘, 어른과 애. 양념 잘 치고 사람들이 좋아할 장면들로만 구성한 다음 에이전트만 제대로 물면 선인세 여섯 자리까지도 받을 겁니다."

여섯 자리라니, 달콤한 꿈이다. 나는 무슨 마음인지도 모르게 실실 웃었다.

"그런데 뭐, 디테일이 떠올라야 말이죠. 사람들한테 어떻게 전달할지도 감이 안 잡히고요. 그러니까 그냥 해보는 이야기고, 건우가 계속 비실거려서, 지금 당장은 그게 걱정이죠. 일어날 힘이 생기려면 일단 누워서 쉬어야 하는데, 계속 누워 있다 보면 혼자서는 일어나지를 못하니까. 그런데 깨워줘야 할 때가 정확히 언제일까. 그게 참 어려워요⋯⋯."

4월 초가 되어 수로 공사 문제가 해결됐다. 그 무렵에는 건우도 슬슬 정신을 차려서 바깥출입을 하고 있었다. 용돈을 지폐로 쥐여주자 필요 없다며 손사래 치더만 다음 날부터 분리배출함에서 포카칩 봉지나 콜라 캔이 튀어나왔다. 카페의 테이크아웃 용기도 자주 보였다. 그게 영 좋아 보이지 않아서 점심과 저녁은 반드시 같이 먹었다. 건우는 풀때기에 국뿐인 밥상이 마뜩잖은 듯했지만 고기를 사달라는 말은 없었다. 우리의 거리는 딱 그 정도였다. 그래서 건우가 먼저 말을 붙여왔을 때는 살짝 놀랐다.

"어디 가세요?"

그때 나는 문간 앞 토방에 앉아 발 토시를 끼던 중이었다. 밭일에만 쓰는, 낡은 운동화가 옆에서 나를 기다렸다.

"밭에 간다."

"밭이 집 근처예요?"

"5분 거리야."

"따라가도 돼요?"

"와봐야 볼 것도 없고 냄새만 난다. 비료 뿌리는 날이야. 너 퇴비 악취 맡아본 적 없지?"

나는 문자 그대로의 뜻으로 한 말이었는데 건우는 그걸 '너는 겁이 많아서 공포 영화는 잘 못 보지?' 같은 질문으로 알아들은 모양이었다. 녀석의 눈썹이 슬쩍 위로 들려 올라갔다.

"괜찮거든요."

"야, 서울 살던 애가 맡을 냄새가 아니다. 진짜 괜찮아?"

"냄새가 뭐요."

"그러면 와서 일 도와라. 다 마치면 일당으로 10만 원 줄게."

건우는 말없이 토방으로 내려와 운동화를 신기 시작했다. 나는 녀석이 마음을 고쳐먹기 전에 서둘러 창고에서 여분 팔 토시와 발 토시를 가져왔고, 신발도 고무장화로 갈아 신겼다. 건우는 내 태도에 불길함을 느끼는 듯했으나 뱉은 말이 있어 물러나지는 않았다.

밭은 선산으로 올라가는 길 옆구리에 붙어 있었다. 입구에는 며칠 전 포터에 실어 온 축분 퇴비 포대가 더미로 쌓인 상태였다. 개당 20킬로그램짜리였는데, 지대가 비탈진 까닭에 포대를 외발 수레에 싣고 올라가다 보면 균형 잡기가 어려웠다. 그런지라 이번엔 비료 살포기를 빌릴까, 혹은 하루 힘들여 바짝 하면 되는데 굳이 기계를 쓸 필요 있나, 하는 고민을 매년 해오고 있었다. 기계 렌트 비용이야 하루에 이삼만 원 선이고 몸고생이야 비할 바가 아니겠지만 영 귀찮았다. 머리가 굳으면 몸이 고생하듯이 몸이 고생하면 머리를 굴릴 필요가 없었다. 나는 평소 번역 일에 정신력을 너무 많이 썼기 때문에 일상의 다른 분야에서는 별생각을 하지 않으려 했다.

하여간 올해는 기계 대신 건우를 쓸 수 있게 되었으니 여러모로 부담을 덜었다. 나는 밭 옆구리에 붙은 농막으로 가서 목장갑 두 켤레와 삽을 챙겼고 창가에 내어놓은 스피커도 작동시켰다. 스피커는 낡은 휴대폰 공기계에 연결되어 있었다. 마틴 개릭스, 니키 로메로, 에릭 프리즈 등 2010년대 전자음악 신을 풍미한 DJ들의 음원 파일이 한가득 담긴 물건이었다. 밭일을 할 때는 항상 이걸 들었다.

목장갑을 넘겨주는데 건우의 표정이 묘했다.

"그건 무슨 표정이야."

"트로트가 아니라 신기해서요."

"너는 나를 뭐로 보냐. 내가 1년만 늦게 태어났어도 1990년대생이었어."

"1990년대생이면 뭐……."

"너 정확히 몇 년생이냐?"

"알면서 왜 자꾸 물어보시는데요?"

건우의 목소리가 낯선 느낌으로 퉁명스러웠다. 나는 이 녀석이 나한테 어리광을 부리는구나 싶어 놀랐다.

"아니, 나이랑 별개로 몇 년생인지를 내가 어떻게 알아. 너도 나이 들어봐라. 나이랑 생년월일이랑 학년이 자동으로 변환되는 건 고등학생 때까지야."

그제야 건우가 대답했지만 나는 바로 잊어버렸다. 숫자 자체
보다도 내가 더 이상 전자음악을 들으며 프로그레시브 하우스와
네덜란드 빅 룸의 미래를 논하던(그리고 이태원도 돌아다니던) 대
학생이 아니라는 사실에 더 큰 충격을 받았던 듯하다. 그러나 어
떤 충격도 4월 햇볕에 데워진 퇴비 냄새만큼은 아니었다. 축분
퇴비란 기본적으로 닭똥, 소똥, 돼지 똥을 깔짚과 함께 삭여 만드
는 물건이다. 제사상에 올렸다가 상해버린 돔배기를 먹을 뻔한
적이 있었는데 냄새가 엇비슷했다. 콧등을 찔러 들어온 뒤 입천
장에 그대로 붙어버리는 강렬한 암모니아 악취. 아니다. 부숙(腐
熟)이 덜 끝난 것은 상한 돔배기보다 더 심했다. 푸세식 변소 구
린내에 더해 묘하게 끈덕진 단내까지……. 하여 건우는 본격적
인 작업이 시작되고부터는 말을 뚝 끊은 상태였다. 공기조차 삼
키고 싶지 않아 조심스러워하는 모양새였다.

"힘들면 관두고 집에 가라. 화장실에서 바로 씻으면 흙 때문에
바닥 막히니까, 마당 수전에서 먼저 씻고 들어가."

건우는 나를 빤히 보더니 고개를 가로저었다. 나는 괜찮냐며
한 번 더 물었다. 건우가 고개를 끄덕였다. 그렇다면 됐다. 비료
포대를 모두 옮긴 뒤에 삽으로 내용물을 퍼내 곳곳에 뿌렸다. 둘
이 동시에 하니 작업이 예년보다 빨리 끝났다. 농막 옆에는 지
하수 펌프가 있었다. 나는 건우를 불러 손을 씻겨주고는 집에서
챙겨 온 사이다를 건넸다. 미지근했다. 건우는 밭 전체를 뒤덮은

퇴비 냄새가 거슬리는지 캔을 따지도 않고 두 손으로 쥐고만 있었다.

"시간이 빨리 지난 거 같아요."

그러다가 대뜸 입을 여는 건우의 모습이 오랜 잠수 끝에 수면으로 올라와 가쁜 숨을 내뱉는 사람 같았다. 나는 시계를 살폈다. 두 시간쯤 지나 있었다. 콧속에 들러붙은 공기가 서너 시간은 더 갈 것이다.

"두 시간 걸렸구먼 그래."

"시간이 깨끗하게 지났다는 거예요. 아무 생각도 안 했는데 깨끗하게. 밤에 자려고 누워서 한참 생각을 하다가 휴대폰을 보면, 세 시간은 지난 거 같은데 30분밖에 안 지나 있고 그렇거든요. 근데 잠은 계속 안 오고. 그러다가 한번 잠이 오면 계속 오고. 그러니까 꿈도 계속 꾸고. 또, 어느 날은 일어나고서 아무것도 안 하고 별생각도 안 했는데 해가 지고 있어서 기분이 이상해지고요……."

"원래 그렇지."

"이틀 내내 잠을 아예 못 잔 적도 있고, 하루에 열여덟 시간 잔 적도 있어요. 진짜 시간 낭비한 느낌이라 그다음 날에는 책이라도 읽어보려 했는데, 계속 졸려서, 그래서 그날도 쭉 잤어요."

"나는 잠깐씩 깼을 때 빼면 마흔네 시간 잔 적도 있단다."

건우는 내 얼굴을 빤히 보더니 고개를 돌렸다.

"잠을 자면 기분이 안 좋아요. 그런데 깨어 있으면 기분이 더 안 좋으니까."

"자야 할 때는 자는 게 맞고."

"서울에 있을 때는 밖에도 잘 안 나갔어요. 서울 할아버지는 제가 휴대폰만 한다고 되게 뭐라 그랬는데, 아마 할아버지도 그 얘기 들으셨을 텐데, 사실 방에 누워만 있었던 거지 휴대폰도 잘 안 했거든요. 유튜브 쇼츠 보는 것도 예전보다 훨씬 줄었어요. 그래서 스마트폰 버리고 번호 바꿀 때도 쉽게 버린 거예요. 진짜예요."

"그래, 의심 안 한다."

"사실 유튜브 보던 폰은 공기계에다 알뜰폰 유심 꽂은 거예요. 원래 쓰던 폰은 그냥 분리배출장에 버렸거든요."

"오냐."

"그거 켜보면 애들이 '너 왜 학교 안 오냐' 이런 메시지 엄청 보내놨는데 답장 하나도 안 했어요. 읽어보지도 않았어요. 1이 없어지면 답장해야 할 거 같아서. 근데 구글 계정 없앨 때 걔네들 전화번호가 다 날아가서, 그건 아까워요. 좀 미안하고요."

"요새는 하도 세상이 좋아서, 10년, 20년이 지나도 사람 찾으려면 다 찾아져. 지금 꼭 번호 알아둘 필요 없어."

나는 건성건성 답했다. 알아먹는다면 어련히 알아들을 것이고, 아니더라도 굳이 자세히 말할 필요가 없다는 생각에서였다. 건우는 한참 잠잠하더니 툭 물었다.

"이제 끝난 거예요?"

"잠깐 쉬려 그런다. 쉬고 나면 위에다가 유박 비료 추가로 뿌리고 관리기 써서 땅 엎어야 돼. 퇴비가 땅 위에만 있으면 뿌리

까지 못 가거든. 밭 가는 건 기계를 쓰기도 하고, 어차피 내가 할
일이니까 인제 집에 가라.”

“구경할래요.”

“마음 가는 대로 해라.”

“이 휴대폰 인터넷 돼요?” 건우가 스피커에 연결된 공기계를
들어 올렸다.

“안 돼. 잘못 만지면 벽돌 되니까 내려놔.”

건우는 못 들은 척 휴대폰을 만지작거리다가 설치된 게임이
일절 없는 것을 확인하고 사이다 캔을 땄다. 우리는 농막 앞 간
이 의자에 오래도록 가만히 앉아 있었다. 작업할 때는 에어컨 실
외기 앞에 선 듯했는데 이렇게 쉬고 있으니 공기가 선선했다. 선
명히 밝으면서도 눈부시지 않은 봄 햇살. 쭉 뻗은 다리 두 쌍이
폭포수 아래 바윗돌처럼 빛을 튕겨냈다. 그림자 한 쌍은 직선이
었고 한 쌍은 발 한 짝이 지면을 향해 어슷 기울어 있었다. 나는
자세를 살짝 고쳐 갈고리 획을 지웠다. 그 움직임 약간을 제외하
면 퇴비 악취조차 물러나거나 올라가지 않고 그 자리에 정지해
있었다. 먼지 한 톨부터 산꼭대기까지가 모두 정적이었다. 산을
덮은 나무들은 잉어의 맨들맨들한 비늘 같았고 구름 한 점 없는
하늘이 깊은 호수를 보는 듯했다.

돌아보면 대학교 1학년 1학기는 유독 힘들었던 기억이다. 방
학이 되자마자 도망치듯 합천으로 내려왔다. 지금처럼 무심하고
잔잔한 하늘이 거기에 있었고, 나는 선산 초입에 서서 하늘을 향

해 돌멩이를 던져댔다. 높이높이 날아간 돌이 하늘 어딘가의 유리 벽을 깨트리면 물벼락이 와락 쏟아질 거라고 상상하면서. 그러면 대학 건물도 서울의 아파트도 그 대단한 청춘도 모두 물에 휩쓸려 떠내려가고 온 세상 사람이 각자의 소리로 울부짖을 것이다. 따라서 그때는 나를 이상하게 보거나 사정을 캐묻는 사람이 없을 것이며, 칵 죽어버리고 싶다거나 죽여버리고 싶다거나 하는 말조차 속앓이하는 사람의 한숨처럼 사소하게만 들릴 것이다. 그러니까 마찬가지로 누가 죽었다거나 장애인이 되었다거나 하는 말에도 깔깔 웃을 수 있을 것이다. 무슨 기분으로든 혼자가 아니기만 하면 된다. 나한테 필요한 건 위로가 아니라 위로가 필요하지 않은 삶이자 세상이었던 것 같다. 아무도 내 사정을 궁금해하지 않으며 나 또한 설명할 방법을 궁구하지 않아도 좋은, 어떤 이야기를 강조하거나 생략할까 고민할 필요가 없는…….

그때는 그토록 심술궂고 또 외로웠다. 나는 열아홉 살이나 먹고 그런 상상에 몰두하는 스스로가 한심스러웠지만 그게 언제까지고 상상의 영역에만 남으리라는―혹은 상상의 영역에 남아야만 한다는―사실에는 아득함을 느꼈다. 그날은 아무 일이 없었는데도 참 오래도록 숨을 헐떡였다. 그렇다면 건우 녀석은 어떨까. 이 녀석은 어떻게 될까. 마음속의 성냥개비를 또각또각 부러뜨리며 점을 쳐보던 차였다. 저 멀리서 우리를 기웃거리는 까만 덩어리가 시야에 들어왔다. 건우가 먼저 중얼거렸다.

"고양이네."

"밭 고양이야. 저 녀석 이름은 탄이고……."

"기르는 거예요?"

"기르는 건 아니고, 그냥 여기 사는 애들."

"안 기르는데 이름을 붙여요?"

"까맣게 탄 색깔이니까 탄이지."

나는 일어나 농막 서랍장에서 참치 캔을 꺼내 왔다. 탄이는 낯선 사람을 경계하는 듯하더니 이내 밭의 지배자답게 위풍당당한 걸음을 옮겼다. 캔을 다 먹어치우고는 건우의 다리에 먼저 머리를 비비적대기도 했다.

"이거 만져도 돼요?"

"안 될 게 뭐 있어. 손은 나중에 또 씻으면 되지."

"동물 길러본 적 없어서요. 잘못 만지면 도망가는 거 아니에요?"

"도망가도 내일 또 오니까 신경 쓰지 말고."

건우는 신기한 듯 탄이를 한참이나 쓰다듬다가 이렇게 물었다.

"얘 말고 다른 고양이들도 있는 거죠?"

"있다면 있고, 없다면 없고."

"아까는 여기 사는 애들이라면서요."

"탄이가 다 쫓아내서 없다. 나머지는 산 가까이까지 가야 보여. 아니면 개천 아래쪽으로 내려갔거나."

나는 마태복음 1장처럼 고양이 가문의 계보를 줄줄이 읊어주었다. 내가 처음 이곳에 왔을 때는 밭에 고양이가 없었는데, 시간이 흐르다 보니 동네 싸움에서 밀려난 암컷 길고양이 한 마리가 터덜터덜 흘러들어 왔다. 귀가 조각나 있기에 조각이라고 이름을 붙였는데, 그때 이미 새끼를 밴 줄 알았더라면 다른 이름을 줬을 것이다. 하여간 그 녀석이 모든 밭 고양이의 시조다. 새끼들 중 성체가 되도록 살아남은 후손들만 호명하자면 조각이가 양말과 조로를 낳고, 그 둘이 다시 데칼과 칼코와 마니를 낳고(셋이 모여 있으면 정말로 데칼코마니처럼 보인다), 양말이가 또 동네로 내려갔다가 탄이를 낳고…….

이쯤에서 내가 싹 잡아들여 중성화를 시켰기 때문에 가문의 대는 곧 끊길 예정이다. 그러나 집안 재산 싸움은 피할 길이 없다. 처음에는 조로가 밭의 주도권을 잡더니 그다음 대에 이르러 탄이가 왕좌를 찬탈했다. 다 자라자마자 친지를 모두 쫓아낸 것이다. 그 대에 완장과 뾰족이와 꺼벙이라고 이름 붙인 녀석들이 따로 있었는데, 하나는 병들어 일찍 죽었고 다른 하나는 도로변으로 내려갔다가 차에 치여 죽었다. 그리고 마지막 하나는 흔적도 없이 사라졌다. 나머지는 산 근처에서 종종 보였는데 그때 내 손에 뭐라도 있으면 포식하는 날이고 평소에는 근근이 아무거나 먹으며 살아갔다.

그런 사연을 늘어놓으니 건우의 눈에 날카로운 빛이 섰다.

"얘가 쫓아내서 다 망하고 죽은 거 아니에요?"

"따지자면 그렇지."

"그러면 이런 놈한테 왜 밥을 줘요? 나쁜 일이죠, 그거는. 그건 완전 하면 안 되는 일이죠."

"그런가……."

일상의 풍경이라 흘러가듯 말한 이야기긴 했으나 건우에게는 상처였으리라는 생각이 뒤늦게 들었다. '기분이 상했다면 미안하다' 같은 말을 덧붙이지는 않았다. 건우가 자기 신세를 고양이들에게 겹쳐 보는 건 내 문제가 아니었으며 내 소관도 아니었다. 탄이에게 쫓겨난 조로가 이웃집 닭을 잡아먹었을 때 나는 그저 닭 값을 물어낼 필요가 없어서 안도했다.

이 동네의 진돗개 피 섞인 맹견들은 사람 발치를 맴돌며 꼬리를 살랑대다가도 길고양이만 보면 잇몸을 훤히 드러내고, 고양이는 두더지와 땃쥐와 실뱀 족치기를 즐긴다. 탄이가 밭 한구석에서 빤히 땅을 내려다볼 때면 이 녀석이 사냥 준비를 하는구나 하고 내버려두게 된다. 꿈틀대던 땅바닥이 두더지를 토해낼 때를 노려 앞발을 휙 내려치는 것이다. 그 후 살덩이를 입에 콱 물고 그늘가의 바위에 패대기치는데 보면 한 번에 죽이지를 않는다. 두더지가 바둥거리며 도망가도록 풀어두다가 바윗돌을 벗어나려거든 곧장 붙잡아 오는 식이다. 참 악취미다 싶지만 두더지가 뿌리를 다 갉아먹으니 살릴 수도 없다. 밭일을 하다가 두어 시간쯤 뒤에 보면 먹다 남은 두더지가 돌 밑에 널브러져 있고, 그다음 날에는 개미 떼가 까맣게 달라붙는다. 그런 일들은 그냥 일어난다. 탄이가 없었더라면 뾰족이가 가족들을 쫓아냈을 것이며, 또한 중성화를 하지 않았더라면 다음 세대에서도 같은 일이 벌어졌을 것이다. 내가 탄이에게 패륜 죄를 묻다면 고양이 일가도 나를 중상해죄와 감금죄와 납치 죄로 고발해야 할 텐데, 또 어제 죽은 실뱀의 고발장도 더불어 챙겨야 할 텐데, 나는 그냥 눈앞에 있는 녀석에게 참치 캔이나 주며 끝내고 싶었다.

충분히 쉬었다는 생각이 들었다. 나는 관리기를 돌리며 밭을 갈기 시작했다. 엔진 소리가 크고 단조롭고 규칙적이었다. 전기톱 소리 같기도 했다. 건우는 계속 고양이랑 노는 듯했다. 그러다가 어느 순간 뒤를 돌아보니 둘 다 사라져 있었다.

3

수로 공사를 대대적으로 벌이면서 일부 자리에는 이전 구간이 자투리처럼 남았다. 어디로도 이어지지 않은 채 생뚱맞게 튀어 나온 시멘트 공간이 생긴 것이다. 그런 걸 내버려두면 물이 고이 기 마련이고, 고인 물에는 모기가 알을 까는 법인지라 메워야겠 다는 생각을 하고 있었다. 다만 지금은 낙엽만 쌓이지 않도록 상 단을 철망으로 덮어놓은 상태였다.

밭일을 마치고 내려오는데 바로 그 구간에서 날카롭게 야옹 거리는 소리가 났다. 휴대폰 라이트를 비춰보니 탄이가 철망 아 래에서 나를 올려다보고 있었다. 잔뜩 젖어 몸에 바짝 붙은 털 이 검은 비단 보자기 같았다. 그 안에서 검은 구슬 두 알이 날카 롭게도 빛났다. 철망을 걷어 올린 뒤 팔을 뻗어 탄이를 안아 들 자 녀석은 금방 울음소리를 멈췄다. 나는 농막으로 돌아가서 수 건으로 탄이를 몇 번이고 닦아주었고, 참치 캔까지 하나 더 먹인 뒤 밭에 풀어주었다. 탄이는 나를 돌아보지도 않고 쌩하니 내달려 수풀 사이로 사라졌다. 저렇게 재빠른 녀석을 붙잡아서 가두다니 건우 놈도 참 대단하다.

집에 도착하자 반투명한 무늬 유리창 너머로 빛이 어른어른했다. 그림자가 그 안을 맴돌다가 멈추기를 반복했다. 작은방이 있는 자리였다. 유리창 두 겹을 넘어온 그림자는 어두운 기운도 뚜렷한 느낌도 없이 유령처럼만 보였다. 나는 씻은 다음 안방에서 5만 원권 지폐 두 장을 챙겨 건우 방문을 두들겼다. 답은 없었지만 들렸을 것이다. 문을 열었다. 건우는 침대 등받이에 비스듬하니 기대어 누운 채 가슴팍까지 얇은 이불을 덮고 있었다.

"저 고양이 네가 그래놨나?"

"아뇨."

건우가 나를 보지도 않고 말했다. 거짓말이 뻔했다.

"앞으로는 건드리지 마라. 그거는 네 고양이도, 내 고양이도 아니고 그냥 거기서 살아가는 애들이야."

건우는 고개를 돌려 나를 빤히 노려보았다. 입은 꾹 다문 채였다. 나는 5만 원권 두 장을 건네며 말했다.

"오늘 일당이다. 저녁은 아직 안 먹었지?"

"먹었는데요."

이것도 딱 보니 거짓말이었다. 나는 돈을 책상에 올려놓고서는 삼겹살이나 구우러 가자고 했다. 굳이 대구까지 나갈 일은 아니고, 바로 앞에 관광객용 식당이 있어. 그게 시내에서 먹는 것보다 괜찮을 거라. 건우는 잠시 꾸물거리더니 고개를 떨어트렸다. 옷만 갈아입을게요. 저녁이라 추울 거 같아서. 오냐. 먼저 나가서 시간을 보니 오후 7시 반이었다. 아직 봄인지라 낮에는 여름처럼 덥다가도 해가 진 뒤로는 서늘했다. 바람도 슬슬 불어왔다. 건우는 얇은 긴소매 옷을 걸치고 나왔다.

식당 정중앙에는 등산객들이 단체 테이블을 잡은 채 왁자지껄 떠들고 있었다. 눈대중으로만 세어도 소주가 스무 병을 넘어갔다. 종업원들은 심드렁한 표정으로 지역 방송 채널에 고정된 텔레비전을 올려다봤다. 그런 분위기 덕인가 건우는 평소라면 밖에서 하지 않을 소리를 툭 꺼냈다. 고기를 거의 다 먹어가던 와중이었다.

"합천 할아버지는 친척들 많이 알죠? 동네 할머니 할아버지들이랑도 친하고요."

"대충은."

"저희 할아버지도 잘 알아요?"

"글쎄, 어릴 때 명절에 가끔 봤지. 나이 차이가 꽤 있다 보니 잘은 모르겠다. 내가 항렬만 따져서 할아버지지 나이로는 그 아들뻘 아니겠냐."

"……본 적 있어요?"

건우가 다시 물었지만 문장의 시작은 흐리멍덩했다. 아빠거나 아버지거나 그 비슷한 단어였다.

"글쎄, 그 양반이 아마 나보다 네댓 살 많을 거다. 마찬가지로 어릴 때 명절에 가끔 봤는데, 그 후로는 잘 몰라. 친척 경조사 다니면서 얼굴만 잠깐 본 게 끝이고 그래."

"어떤 사람인지 안 궁금해요? 물어볼 거 없어요?"

"궁금하다니—뭐가?"

"그랬잖아요." 건우는 완곡어법만으로도 이미 충분히 흉하다는 듯 한껏 목소리를 낮추더니 곁눈질로 바깥을 보았다. "여기 사는 친척들, 장례식장에 한 명도 안 온 거 알아요."

"여기엔 아예 소식이 안 닿았다. 닿았어도 갈 사람 없었겠지만……."

"그러니까요."

건우의 눈이 철망 아래 탄이의 눈처럼 검게 빛났다. 털어놓고 싶은 이야기가 있는지, 고양이 일을 넌지시 항의하려는지, 혹은 역으로 내 의중을 떠보려는 것인지 감이 잡히지 않았다. 자기네 가계가 고령 최씨 집안에서 찬밥 대우라는 걸 간파했는지도 몰랐다. 민석 형님이 조부의 첩과 바깥네 친척들 이야기를 함부로 했으리라고 생각하진 않았지만 살갗으로 와닿는 게 있는 법이다. 나는 시간 날 때 민석에게 연락해봐야겠다고 생각하며 천천히 입을 열었다.

"그거는 네가 말하고 싶으면 말을 하겠지. 나는 그렇게 생각한다."

"말해도 돼요?"

"하고 싶으면 편히 하고."

"집에 가서 할래요."

건우는 그 말을 끝으로 입을 꾹 다물었다. 집에 돌아간 후로도 침묵이 계속됐다. 번복조차 하기 싫어서 아예 모른 체하려는 듯했다. 녀석이 또다시 자기 방에 틀어박힌 동안 나는 밖으로 나가 15분쯤 걸었고, 농공단지를 면한 국도 변에서 민석 형님에게 전화했다. 금방 연결이 됐다.

"잘 지내십니까. 여쭤볼 게 있어서 전화드렸습니다."

대답에 앞서 긴 한숨이 튀어나왔다.

"그래, 중학생 길러본 지가 하도 오래돼서 정신이 없긴 한데 애가 둘씩이나 있을 때보다는 낫다. 정신이 하도 없어서 건우가 어떻게 지내는가 묻지도 못했어. 거기서는 어떻니? 선재 너는 괜찮구?"

"여기 온 후로는 계속 자기만 해가지고 속 썩일 부분은 없었지요. 그런데 요새는 슬슬 기운을 차렸는지, 제가 알아둬야 할 부분이 생길 거 같아서 그럽니다. 우선 애가 바깥네 일을 제대로 압니까? 아니면 그냥 자기는 합천 사람들이랑 먼 친척이구나 해요? 요새는 하도 핵가족 시대고, 5촌만 돼도 생판 남이다 보니 뭘 알까 싶긴 한데요."

다시 민석의 한숨이 길어졌다.

"그걸 나도 잘 모르겠어."

"모른다니요."

"일단 나도 조부님 첩실 문제를 구태여 들먹이진 않았어. 당연하지 않으냐. 지금 당장에 열세 살, 열댓 살 된 애들한테 백 년 전 집안 사정이 무슨 소용이겠니?"

"맞습니다."

"그런데 나는 종종 이렇게 느끼는 거야. 핏줄이란 기본적으로 몸이 아니라 기억에 엮인 것이라고……. 가령 나무의 나이테를 봐라. 안쪽 테를 덜어내고 가장자리만 가져갈 수 있을까? 그거는 안 될 일이지. 중앙을 덜어내더라도 잘라낸 자국이 남아. 내가 아무리 똑같은 친척으로 대하려고 마음먹더라도 그 한계가 있어."

"무슨 말씀이신지 긴가민가합니다."

"쉽게 이야기해보자. 어릴 때 시골집에 가면 가끔 바깥네 애들이 와 있었어. 그 애들이 자기 아버지한테 개 잡듯이 얻어맞는 것도 자주 봤다. 커다란 손으로 뺨따귀도 아니고 머리통을 내려치면 어린애들이 풀썩 뒤로 쓰러지는데, 그걸 또 발로 걷어차는 거야. 조부님도 손을 놓으셨고, 그 양반을 말릴 인간이 웬만하면 없으니 다들 모른 척했지.

그런데 이제 와서 돌아보면 제일 뚜렷이 남은 기억은 이거다. 열 살짜리 사촌 동생이 흠씬 맞고 엉엉 울기에 달래주려고 사탕을 내밀었는데, 자그마한 여자애가 그걸 받지도 않고 나를 빤히 노려보더란 말이지. 원념이랄지 원망이랄지. 아마 그 애는 본능적으로 알았던 모양이야. 사촌 오빠가 사탕을 건넬 수 있는 건 그 아버지가 번듯한 장남이기 때문이고, 자기가 사탕을 받아야만 하는 건 불운하게도 바깥네의 자식으로 태어나서라는 걸 느졌던 거야.

그래, 이런 게 유전자에 새겨진다고 말할 마음은 없다. 오히려 나는 그 눈빛 때문에 생물학적 형질이라는 것을 불신하게 됐어. 유전자니 뭐니 하는 것보다도 결국엔 이 정념이라는 것이……."

"예, 이해했습니다. 집안 내력이라는 말이 그래서 나오는 것일 테고요. 저쪽 친척들 분위기야 저희는 잘 모르니까 가능성을 열어둘 필요가 있겠습니다."

나는 민석 형님이 말끝을 흐린 자리에 문장을 이어 붙였다. 그러는 동안 작은이에 대한 기억이 서서히 떠올랐다. 바깥삼촌의 동생이자 첩의 또 다른 자식이었다. 날 합천에서 길러준 사람이기도 했다. 내가 묘한 데자뷔를 느끼는 동안 민석이 재차 말을 받았다.

"그래서 참 곤란한 일이 많았다. 애가 뭘 알아서 나를 떠보는가 싶은데, 다시 생각해보면 순전히 몰라서, 모르는데 느낌만 있어서 아무렇게나 찔러보는 듯도 한 거야. 이러나저러나 내 입장에서는 지뢰밭으로 끌려 들어가는 격이지. 위험할 만한 이야기는 간신히 피했다만."

"그렇다면 추측을 해봅시다, 추측을……. 일단 제가 느끼기로 건우가 백 퍼센트를 아는 건 아니에요. 다만 짐작하는 부분은 있는 것 같고요, '합천 사람들은 우리 아빠를 얼마나 알까, 우리 아빠랑 할아버지랑 증조할아버지는 합천 사람들한테 도대체 뭘까' 하는 궁금증이 커 보입니다. 그걸 알아내는 게 좋다고 생각하지는 않습니다만."

"몰라야지, 그건. 것까지 알아서 뭘 해."

"하지만 궁금해하는 걸 틀어막으면 그것도 병이 되니까 말예요."

"그것도 그래." 민석이 시무룩한 목소리로 수긍했다.

대화의 소득은 건우의 속내가 서로에게 수수께끼임을 확정한 것 외에 없었다. 나는 최씨 집안 내력을, 바깥삼촌의 동생이 어떻게 살아왔는지를 곰곰이 헤아리면서 집으로 돌아왔다. 작은방 불이 아직 켜져 있었다. 미닫이문을 두 차례 두드리자 이번에는 건우가 먼저 열었다.

"왜요?"

긴소매 사이로 팔뚝이 얼핏 보였다. 불그죽죽한 선 세 갈래가 팔뚝 중간에서 시작되어 팔오금까지 이어지고 있었다. 나는 잠깐은 모른 체하기로 했다.

"아까 한다던 그 얘기 있지 않냐. 오늘은 그냥 넘어가는 거지?"

"기억하고 계셨어요?"

"너 내가 세 시간 전 일도 잊을 사람으로 보이냐."

"그건 아니구요."

"그러면?"

"할아버지는 그 사람이 뭐 한 사람인지 진짜 알죠?" 건우는 말을 돌렸다.

"오냐, 안다."

“이런 이야기 해도 될지 모르겠는데요.”

“뭐길래 그러냐.”

“어떻게 부를지 모르겠으니까 그냥 아빠라고 할게요.”

“정 힘들면 A 씨라고 해. 아니면 네가 알아서 별명을 붙이고. 뭐라고 부르든 알아들을 테니.”

건우는 몇 걸음 물러나 책상 의자에 걸터앉았다.

“아뇨, 그냥 아빠라고 할게요. 다음에는 또 다르게 부를 수도 있는데 지금은 아빠라고 해야 할 것 같아요. 제가 그 사람 좋아한다거나, 그 사람을 이해한다거나, 그 사람 편을 들겠다는 의미는 아니에요. 전혀 아니니까 오해하지 마요. 알았죠. 그리고 길게 대답하거나 의견 낼 필요도 없어요. 그냥 듣고 그렇구나, 라고 하시면 돼요. 그렇구나, 그래, 오냐, 응, 그런 거요. 안타깝다거나 뭐라고 말해야 할지 모르겠다거나 그런 말도 하지 마요. 절대 하면 안 돼요.”

“그래.”

“제가 의외로 얌전하잖아요. 할아버지한테 귀찮게 뭐 해달라 하지도 않고요. 시키는 일은 끝까지 다 하고요. 그게 사실 아빠 닮은 거예요. 삼촌이랑 고모 들이, 그러니까 제 원래 삼촌이랑 고모 들이, 제가 아빠 어릴 때랑 성격이 똑 닮았다고 했어요. 실제로 습관도 엄청 비슷해요. 반대로 다은이는 엄마 닮아서 친구 많았고요. 저는 MBTI가 I인데 걔는 E가 90퍼센트 넘거든요. MBTI가 뭔지 아시죠. 아무튼 아빠가 겉으로 보기에 그런 일을 할 만한 사람이 전혀 아니었어요. 아니거든요. 무섭다거나 그런 건 아니었어요. 다은이는 약간 무서워했던 것 같은데 최소한 저는 안 무서웠어요. 제가 버릇없이 굴거나 시킨 일 똑바로 안 하면 좀 맞긴 했어도 그건 다 이유가 있었어요. 아빠 성격이 울컥하긴 해도 다 이유가 있었다고요. 근데 엄마가 그렇게 된 건 이유가……." 건우는 머리가 아픈 듯 미간을 좁혔다. "이유라는 게……."

말이 뚝 끊기더니 한참이나 이어지지 않았다. 내가 얼마나 기다릴 수 있을까, 언제쯤 내 인내심이 끊어질까 시험하는 것 같기도 했다. 나는 그저 서 있었다.

"저는 정말 그렇게 될 거라고는 그날 학교 다녀올 때까지도 상상을 못 했거든요. 그렇다는 거예요." 건우는 잠시 멈췄고, 짧게 덧붙였다. "끝이에요."

"그렇구나."

"그게 다예요?" 건우 목소리에 날이 섰다.

"그래."

녀석의 눈동자에서 불길이 확 일었다. 내가 몸이 멀쩡했더라면 바로 덤벼들었을 기세였다(참 묘하게도, 몸이 멀쩡했더라면). 공감하거나 애도하거나 위로했더라도 똑같은 반응이 돌아왔을 게 뻔했다. 민석 형님이 골머리를 앓은 데에는 다 이유가 있는 것이다. 모든 가능성을 오답으로 정해두고는 기어코 정답을 기대하는 그 심리를 모르는 건 아니었으나 곤란하긴 했다. 나는 전등 스위치에 손을 가져다 댔다.

“내 의견이 필요해지면 그때 이야기하고, 할 말 없으면 불 꺼 주마. 잘 시간 아니냐.”

“그 고양이 제가 가져다 버린 거 맞고요, 산에 던질랬는데 그러면 살아 돌아올 거 같아서 철망 밑에 넣었어요.”

건우의 입에서 대뜸 그 말이 튀어나왔다. 이대로 끝낼 수 없다는 다급함이 느껴졌다. 하지만 나는 이 문제에 대해서는 별다른 불만이 없었다. 사실 건우가 탄이를 직접 죽이지 않은 것만으로도 다행이었다. 약간의 차이로 더 먼 길을 가게 되어서 최종적으로는 완전히 갈라져버리는 삶이 있고, 나는 이 정도면 돌아설 길이 충분히 남았다고 느꼈다.

“앞으로는 그러지 말고.”

“또 그럴 건데요. 다음엔 아예 봉지에 넣어서 냇가에 담가버릴 거예요. 아예 돌로 쳐 죽일 거예요.”

“둘 다 안 돼. 특히 돌은 절대로 하지 마. 그리고 하나 더. 정말 싸움을 하고 싶으면 사람이 대답할 수 있는 말로 해라.”

“뭐가요? 그냥 그럴 거라는 건데요.”

예전에는 애들이 이런 식으로 어깃장을 놓으면 어른에게 두들겨 맞았다. 사실 예전까지 갈 일조차 아니고 지금 당장도 많이 일어나는 일이다. 건우 역시 많이 맞았을 것이다. 말인즉슨 공격과 수비의 합을 맞추려면 “야, 너는 사람들이 네 아버지처럼 해주길 바라는 모양이구나”라고 비꼬면 될 일이었는데, 나한테는 이 상황이 우습게 느껴졌다. 나는 어릴 적부터 프로레슬링 경기를 경멸해왔거니와 맞지도 않는 가면을 쓰고 WWE 경기에 뛰어드는 건 더더욱 질색이었다.

"야, 봐라. 나랑 고양이는 너한테 잘못한 게 없어. 네가 나랑 고양이한테 이래봐야 좋아질 것도 없고. 그러니까 나는 원론적으로 하면 안 되거니와 할 필요도 없는 짓을 하지 말라고 말한 것뿐이야. 그게 다야. 1 더하기 1이 3이라 우기고 싶을 수는 있겠다만 억지를 부리면서 남한테 어떤 반응을 기대하면 안 돼."

건우는 씩씩대는 듯싶더니 한층 가라앉은 목소리로 답했다.

"아뇨, 나쁜 새끼한테 왜 잘해주고 편을 들어주냐는 거예요, 제말은. 제가 할아버지였으면 쫓겨난 애들한테만 참치 캔 줬어요. 제가 이득을 보는 건 안 중요해요. 제가 손해를 보는 것도 안 중요하고요. 그냥 잘못한 건 잘못한 거고, 잘못했으면 똑바로 책임을 지는 게 맞고, 그 까만 고양이가 잘못을 했다고요. 그게 다라고요."

앞선 것에 비해서는 그나마 대꾸할 가치가 있는 말이었다. 나는 차근차근 설명했다.

"그건 고양이끼리의 일이라고 말해두마—자, 우리는 두더지랑 뱀이랑 너구리가 살던 땅을 빼앗아서 마음대로 농사를 짓고 도로를 만든다. 벌레나 두더지 따위는 작물을 쏠아 먹으니 별수 없이 잡아 죽이지만, 그 두더지가 우리만큼이나 컸더라면 반대로 우리가 죽었겠지. 그래서 인간이랑 자연이 섞이는 자리에서는 어느 한쪽의 주장이 일방적일 수 없고, 검사들도 범고래가 돌고래를 죽였다며 기소하지를 않아. 필요성이 아니라 잘잘못을 따져야 한다는 믿음은 사람과 사람이 협의해서 만든 원칙이야. 죗값만이 아니라 목숨값이라는 것도 자연에는 없고 인간이 만든 거야.

내가 알기로 고양이들은 거기에 한 번도 동의한 적이 없는데, 우리가 일방적으로 만든 기준을 들이대는 게 될 일이냐. 만약 그게 말이 된다 치면 오늘 먹은 돼지고기가 우리한테 소장을 보내지 않겠냐. 네가 지금 판사가 되었는지 화풀이를 하는지 잘 분간해봐라. 너는 지금 자기 기억을 자연에 함부로 가져다 붙이고 있고, 이것과 저것을 구분하지 못하면 세상 만물에 상처 받을 거야. 일단은 내 일과 남의 일을 분리해야 하고, 불행과, 죄와, 손해와, 피해와, 기분이 나쁜 걸 또 각각 분리해야 돼. 힘든 건 알겠다만 나는 네가 지금 당장 느끼는 기분만이 소중하다고 말해줄 생각은 없다."

"대형견이 품종묘를 물어 죽이면 개가 나쁘다고 하는데도요?"

"누가 그래?"

"인터넷 댓글에서요. 몰라요?"

"너는 댓글 창에서 아무나랑 싸우는 게 아니라 나랑 말하고 있지 않냐. 그리고 난 그 사람들한테도 동의 안 한다."

여기까지가 내 최선이었다. 핵심은 건우가 어떻게 받아들이느냐일 텐데 답이 없었다. 나를 빤히 노려볼 뿐이었다. 이대로라면 시간 낭비일 거라는 계산이 섰다. 아까부터 신경 쓰이는 부분이 있기도 했다. 나는 거실 서랍장에서 응급 키트를 가져와 책상에 올려놓았다.

"아무튼 간에 이쯤 하고, 소매 걷어봐라. 고양이 때문에 피 났지?"

"아니거든요." 건우가 바락 외치며 내 팔을 쳐냈다.

"거짓말 말고. 네가 아닌 척하길래 넘어갔는데 지금은 좀 후회가 된다."

"진짜 아니라니까."

거의 반말이었다. 녀석의 팔을 잡아채자마자 우격다짐에 가까운 실랑이가 벌어졌다. 겉보기로 이긴 쪽은 나였는데 아마 건우가 봐준 것 같았다. 약점을 뻔히 아는데도 걷어차지 않았다면 페어플레이 이상의 양보다. 나는 우선 녀석의 왼팔부터 책상에 올려놓게 시킨 다음 알코올 솜으로 상처를 천천히 닦았다. 건우가 아픈 티를 내더니 이미 비누로 여러 번 씻었다며 투덜댔다. 나는 가만가만 대꾸했다.

"어지간하면 내가 억지로 뭘 시키진 않을 거야. 그런데 고양이 발톱에는 세균이 득시글하거든. 잘못되면 팔을 잘라야 할 수도 있어. 보건소 가서 항생제 맞아야 하니까 내일은 아침에 바로 일어나라."

오른팔에도 연고를 바르고 거즈까지 붙여준 뒤 건우에게 가서 누우라고 시켰다. 이번에는 말을 잘 들었다. 한나절 사이에 자기 이야기도 하고, 반항도 하고, 신경질도 부렸고, 몸싸움까지 짧게 벌였으니까 오늘 하루는 녀석에게 알찬 시간이었겠다. 불을 끄자 건우의 입에서 "안녕히 주무세요" 하는 소리가 흘러나왔다. 거의 들리지 않을 만큼 작고 희미하긴 했지만 분명히 그런 말이었다. 나는 약간 놀랐다.

"잘 자라."

어릴 적 어머니께서는 침대에 누운 나를 향해 "Good night, sleep tight"라고 속삭이며 문을 닫아주곤 하셨는데 아직도 그 발음이 귓가에 생생하다. 어린 사람을 위해 그렇게 말해주는 사람이 되는 것은 내 오랜 꿈이었다. 그렇게, 라는 말은 다양한 기억을 넘나든다. 합천에 처음 왔을 때 나는 건우만큼 속을 썩이는 애였다. 아침에는 심통이 나 있었고 점심에는 울었고 저녁에는 날 찾아줄 사람을 찾아다니느라 국도 변으로 뛰쳐나갔다. 지금의 건우는 그때의 나보다 두어 살쯤 많다.

두 해는 아이에게 길면서도 짧은 시간이고, 영원의 거리에서 보면 아무 차이가 없다. 우리 모두는 영원 앞에서 어린아이와 같으므로 다른 아이에게 인내와 온유함을 보여야 한다.

첩의 자식 둘은 함께 집안 재산을 들고 날랐다가 거지꼴로 돌아온 것을 제하면 정반대의 삶을 살았다.

큰이, 즉 형은 공교롭게도 조부님을 가장 닮은 자식이었다. 가까운 사람에게는 배포가 크고 모르는 사람에게는 패악질을 부려 댔다. 엮여 다니는 여자가 여럿이었고 자식도 꽤 있었다. 고향으로 돌아온 지 몇 년 지나지 않아 다시 서울로 올라갔지만, 그 후로도 간간이 내려와 조부에게서 돈을 우려내며 지냈다고 들었다. 묘한 사업으로 돈을 벌어 떵떵거리다가 빚쟁이 신세가 되기를 반복했고, 끝내 소식도 없이 죽었다. 바깥삼촌이라 하면 보통은 이 사람이다.

반면 동생인 작은이는 한 번의 실패에 심지가 꺾인 사람으로, 합천으로 돌아온 후 별채에만 머무르며 소일했다. 결혼 생각도 없이 집안 잡일꾼처럼 지내다가, 조부님께서 돌아가셨을 때 비로소 집과 밭뙈기를 물려받은 것이다. 집이래봐야 1970년대 중순에 개축한 시골 구옥이었으니 큰 소득은 아니었다. 그때까지의 삶을 똑같은 형태로 이어갈 수 있게 되었을 뿐이다. 그러고서 두 해가 지나 어린 내가 합천 본가로 흘러들어 왔다. 당시 내게 작은이삼촌은 바깥네가 아니라 그저 할아버지기만 했던 기억이다.

할아버지는 침울하고 무뚝뚝한 사람이었다. 자기 이야기를 꺼렸고 같은 동네에 사는 친척들과도 거의 왕래하지 않았다. 삶의 낙이라고는 안방에 앉아 줄담배를 태우며 텔레비전을 시청하는 것뿐이었는데, 사실 그조차도 즐거워서 하는 것 같지 않았다. 트로트 무대를 보면서도 낮게 씨근대거나 울분 서린 목소리로 누군가의 이름을 중얼거릴 때가 많았다. 이제 와서 돌아보면 당신은 쏟아낼 길 없는 원념을 어떻게든 누그러뜨리고 계셨구나 싶지만 열세 살짜리의 눈으로 보기에는 그게 참 두려웠다.

나는 할아버지가 돌아가실 때까지 그분과 친해지지 못했다. 할아버지도 나를 온전히 이해할 생각이 없어 보였다. 신경통이 유난하던 날 온 집 안이 떠나가도록 고래고래 소리를 지르며 울어봤는데, 그때조차 할아버지는 안방에서 텔레비전을 보고 있었다. 그러다가 문득 참을 수 없어졌는지 나한테 와서 할아버지를 들먹였다. 일제강점기에 태어나 21세기가 되기 직전에 돌아가신, 항렬상의 조부님 말이다. 그러니까 당신이 건넨 건 위로가 아니었다. 일종의 염오였다. 아직 어린놈이 제 할아버지처럼 시끄럽게 소리를 질러댄다는 이야기였다. 그 한마디에 느꼈던 아득한 마음은 말로 설명하기가 어렵다.

그런데 더 설명하기 어려운 것은 닭이 죽은 일이다.

어느 날 할아버지가 반나절쯤 집을 비우더니 병아리가 든 비닐봉지와 함께 돌아왔다. 따로 만나는 친구라고는 한 명도 없었으니까 읍내 시장에서 사 왔을 게 분명했다. 나를 위한 선물이었다. 할아버지는 책을 읽던 나를 불러내 병아리 집 만드는 것을 보여주었다. 사실 집이래봐야 헝겊 깐 종이 상자를 외양간 한 귀퉁이에 둔 다음 쌀가루를 얹어주는 게 고작이었다. 당시 외양간에는 이미 늙은 암탉과 송아지가 한 마리씩 살고 있었는데, 그 둘이 집보다도 더 집 같은 역할을 해줬다. 병아리는 어린아이가 대궐 기둥을 따라 돌듯 송아지 다리맡에서 뽈뽈거렸고, 삐약삐약 소리를 내며 암탉을 따라다녔고, 용케도 흙 틈에서 벌레를 건져 먹었다. 보기 좋았다. 송아지가 한 입 거리 간식을 노리고 외양간에 숨어든 고양이를 쫓아냈을 때는 병아리보다 내가 더 기뻐했던 기억이 난다.

그렇게 넉 달이 흘러 장닭 태가 뚜렷해지자 사랑이 훨씬 깊어졌다. 나는 갈라진 시멘트 틈새로 잡초가 올라오듯 벼슬이 돋아나는 것이 좋았고, 녀석이 매라도 되는 양 퍼드덕 날아올라 담장에 앉았다가 그 자리에서 또 감나무 가지로 뛰어오르는 모습을 보는 것이 좋았다. 그래서 닭이 옆집 마당으로 걸어 들어갔다가 개에게 발기발기 찢겼을 때는 도리어 머리가 텅 비었다. 나는 닭 대가리를 짓씹던 개의 배때기를 걷어차 쫓아낸 다음 두 손으로 닭을 쥐어 들었다. 기다란 모가지가 엄지와 검지 사이로 늘어지나 싶더니 불쑥 튀어 올라 이미 없는 두 눈으로 나를 바라보았다. 단단히 붙잡지 않으면 그대로 땅바닥에 뛰어들어 살덩이인 채 세상 끝까지 달아날 것만 같았다. 우리 집 마당으로 돌아오자마자 녀석을 바닥에 던져놓고 어디까지 가는지를 봤다. 핏방울이 작은 섬을 이루었다. 섬들이 늘어났고, 삶을 나눠 가진 듯 꿈틀거리며 서로 엉겨 붙었고, 그러고는 아무 일도 없게 되었다. 내 손은 피범벅인 데다 속 깃털이 덕지덕지 달라붙은 까닭에 호랑이 발처럼 보였다. 어린아이 배냇똥을 나흘쯤 묵힌 듯한 악취까지 났다. 수전에 쭈그려 앉아 손을 씻고 있자니 할아버지가 토방으로 나왔다. 나는 마당 한가운데를 가리켰다.

옆집 개쌔끼가 물어 죽여가 묻어줄라꼬요.

아깝구로 이걸 버리나.

할아버지는 물을 끓여 오더니 알루미늄 대야에 부었다. 닭 몸통을 더운물에 담갔다 빼자 깃털이 쑥쑥 빠졌다. 나는 비켜서서 할아버지가 내장을 긁어내고 뱃속을 씻는 모습을 구경했다. 수챗구멍 옆에 쌓인 닭 내장은 흰색, 암적색, 주홍색, 붉은색 살덩이였다. 그게 썩으려면 한참이 걸릴 텐데도 쇠파리들이 벌써부터 우리 주위를 기웃거렸다. 살코기는 소주와 같이 삶아서 소반에 올렸다. 내장이 터져서인가 잡내가 났고 살점도 그닥 없었지만 맛소금에 찍어 먹으니 야들야들한 게 맛있긴 했다. 술도 두 잔 얻어먹었다. 식사를 마친 뒤 뼈를 버리라기에 아궁이를 열었더니 쓰레기가 이미 많았다. 화구에 닭 뼈를 던져 넣은 뒤 성냥갑을 골랐다. 두약은 흰색이었고 불은 세 번 만에 붙었다. 개미 한 마리가 개미 떼를 끌어오듯 귀퉁이를 갉은 자국으로부터 출발해 거대한 덩어리로 변하는 불. 그러면서도 화구 바깥으로는 결코 나오지 않는 불. 쓰레기 더미 위로 비죽 솟은 다리뼈가 불길에 휩싸여 검은 그림자로 변하더니 어느 순간부터는 아예 보이지 않게 되었다. 마당으로 나오자 큰 종이 울리듯 저녁노을이 사방에서 밀어닥쳤다. 그리고 연기 너머 또 다른 어둠을 향해 몸을 던지던 기억에서부터 중환자실에서 깨어나 정체 모를 불빛들을 바라보던 기억까지가 나를 따라잡았다.

자홍색 하늘 아래 감나무도 담장도 다른 집들도 산도 나도 모두 어두운 그림자가 되어 납작해질 때의 광막한 위안을 말할 길이 없다. 말하려 해보았다가 이상한 사람 취급을 받은 적이 부지기수다. 차라리 할아버지는 내가 밤늦게 국도 변을 돌아다니고 있으면 불쑥 나타나 내 팔을 끌어당기는 사람이었고, 나한테 일을 시킬 때도 무거운 짐은 결코 건네지 않았으며, 도맡아 관리하던 유산을 한 푼도 쓰지 않았다고만 말하는 게 나았을지도 모른다. 그것 역시 사실이었으므로 나는 그렇게 말하기도 했다. 하지만 그때 상대의 내면에 맺히는 심상은 결코 진실이 아니었다. 날 위로했던 건 다정한 온기가 아니라 냉랭한 인내였다는 사실을 도대체 어떻게 풀이할 수 있을까……?

서울 생활에 적응하기 어려웠던 것은 이런 기억들 때문이었다. 만약 건우와 긴 대화를 하게 된다면 나는 주로 고통이 가져오는 외로움에 대해 말할 것이고, 혼란스러운 감각을 일관된 설명으로 바꾸는 작업이 원체 어렵다는 것을 확언할 것이다. 그리고 내 머릿속 또한 엉망진창이라는 것을, 아주 많은 수는 아니더라도 상당한 사람들이 우리와 같다는 것을 알려줄 것이다. **좋아, 머릿속이 어떻든 우리는 건실한 사람이고 너도 그럴 수 있을 거야.** 하지만 그렇기에 건우는 기쁨과 위안이 고통과 혼란 이상으로 외롭다는 사실을 깨달을 것이다. 산산조각 난 세계를 살아가는 사람이 고독해진다는 것은 보편적인 사실인 반면 그 파편을 꿰맞추는 방식은 각양각색이기 때문이다.

이건 본질적으로 잘 읽히는 오역과 원문을 의심케 하는 직역 사이에서 선택하는 일이다. 나는 건우에게 최선을 다하고 싶지만 그건 내 최선이고 건우는 계속 힘들 것이다. 그리고 나도 꽤 오래 골치가 아플 것이다.

4

팔을 자를 수도 있다는 엄포가 효과를 발휘했는지 다음 날 건우는 내가 깨우기도 전부터 일어나 있었다. 밥을 먹인 뒤 곧장 보건지소로 데려가서 항생제 주사를 맞혔고, 일주일 치 약도 받아 왔다. 소염 진통제와 해열제와 항생제였다. 내일도 이 시간에 와서 주사를 한 대 더 맞되, 고름이 차거나 열이 심하게 오르면 바로 읍내 병원으로 가라는 진단이 꼬리를 물었다. 녀석은 집으로 돌아온 즉시 곯아떨어지더니 오후 4시가 되어서야 비척비척 거실로 걸어 나왔다. 그때 나는 오늘 치 일을 마치고 밭에 갈 채비를 하고 있었다.

"안녕히 주무셨어요?"

말하는 톤이 자동 응답기 녹음 같았다. 나는 부엌을 할끔 봤다.

"지금 4시다. 나가기 전에 밥 차려줄까?"

"밭에 가세요?"

“오냐.”

“지금은 안 먹을래요.”

“더 자려고 그러냐?”

“그건 아니고요, 약 먹으니까 많이 괜찮아진 거 같아요. 그냥 배가 별로 안 고파서.”

“컨디션 괜찮으면 같이 갈래?”

나는 질문을 던졌다. 일종의 체면치레였다. 어지간하면 아뇨, 하는 답이 돌아오겠지만 한 번은 물어봐야 건우 녀석이 섭섭하지 않을 것 같았다.

“시킬 거 있어요?”

“아니, 그냥 산책도 하고 햇볕도 쬘 겸 오라는 거다. 조만간 비닐 멀칭할 때는 심부름거리가 생길 텐데 오늘은 아니라.”

건우는 말없이 나를 쳐다보았다. 표정을 읽을 수가 없었다. 나는 계속 말했다.

“넉넉잡아 세 시간쯤 걸리겠다만 더 늦어질 수도 있어. 오늘은 내가 제때 밥 챙겨주기가 어렵겠고, 지금 가볍게 간식 먹고 갔다가 느지막이 저녁 먹는 것도 괜찮을 것 같긴 하다.”

“아뇨.”

대답은 그게 다였다.

“그러면 이따가 알아서 먹어라. 냄비에 미역국 있으니까 그거 데워 먹어.”

나도 더 묻지 않았다. 오늘 내로 밭고랑과 두둑을 완성할 작정이었다. 자연 속에서 땀 흘리는 것과 불통한 사춘기 남자애한테 시달리는 것, 둘 다 고행이긴 고행이겠으나 후자를 택하는 수도자는 많지 않다. 식음을 전폐하고 동굴에서 명상하던 사막 교부들도, 자신을 거듭 채찍질하던 중세의 수도승들도, 현대의 요가 수련자들도 내가 아는 선에서는 그랬다. 어떤 종류의 단조로움과 적막은 실상 수난을 가장한 황홀이고, 이 수련자들은 사실 숨가쁜 고독을 누텔라 바른 토스트처럼 탐닉하는 속물인 것이다.

예컨대 시골 생활을 하면서 직접 농사지은 작물로 식탁을 차린다고 하면 사람들은 내가 엄청난 대의로 무장한 친환경 전사인 줄로 착각한다. 하지만 나는 그냥 니글거리는 이태리식 레스토랑과 번쩍거리는 빌딩과 8차선로를 벌레 떼처럼 기어다니는 자동차 무리와 해외여행을 마음껏 즐기는 현대인들이 달갑잖을 뿐이다. 그걸 세상 저편으로 치울 수는 없으니 내가 도망쳐주고, 아주 가끔 있는 서면 인터뷰에서는 겸양을 떤다. 꾸미지 않은 자연이야말로 최고의 휴양지라고 생각해요. 장사꾼도 관광객도 없는 고독 속에서 있는 그대로의 자아를 연마할 수 있게 됩니다.

관리기 엔진음은 모터보트 소리를 닮았고 삽날 옆으로 튀는 흙은 갈색 물보라 같다. 발리에 가본 적은 없지만 발리의 해변보다 낫다. 게다가 땀을 실컷 흘리다 보면 뇌를 더운물에 담근 듯 정신이 가물거리기 시작하는데, 그러면서도 몸이 기계적으로 움직이는 게 좋다. 언제고 익숙해지지 않는 까닭에 더더욱 매혹적인 감각이다. 지금이 한여름이라고 상상해보라. 끈덕진 열기는 거대한 신의 손이며 나는 젖은 행주다. 쥐어짜이는 행주 표면에 수막이 맺히듯 이마가 땀으로 질펀해지고, 이마를 지나온 땀방울은 속눈썹 끝에 맺혔다가 그대로 떨어진다. 혹은 속눈썹이 물기의 무게를 이기지 못하고 툭 꺾인다. 시야가 흐려지면서 눈이 따끔따끔한다. 반사적으로 아, 하며 입을 벌리면 짠맛이 입가에 맴돈다. 그 상태로 팔 토시를 젖혀 올리고 장갑은 살짝 내린 뒤 손목으로 눈가를 비비면 세상이 짜릿할 정도로 맑아진다. 나는 망원렌즈가 자그마한 피사체를 포착해 들어가듯 내 땀방울이 지면을 향해 떨어지는 것을 본다. 흙과 신록과 멀칭한 비닐이 모두 배경으로 물러나고 그 투명한 구체가 순간적으로 세계의 중심을 차지하는 것을 본다. 그게 아주 작은 흔적만을 남기고 사라지는 것을 본다. 그리고 다시 움직이기 시작한다. 그런 일이 계속되고 계속되고 계속되는 동안 시간의 흐름이란 백열등의 필라멘트가 닳는 일 이상도 이하도 아니게 된다.

정신과 몸이 분리된 상태의 황홀경이야말로 고행의 본질이다. 사막 교부들은 마약중독자였다. 나 또한 어느 정도 그렇다. 지금이 여름이 아닌 게 아쉬울 따름이지만 봄 햇살만으로도 충분히 덥다. 내 몸을 태엽 인형으로 만들어놓은 사이 시간이 훌쩍 지났다. 건우를 데려올 걸 그랬다며 후회할 만한 사건은 없었다. 경사지를 내려올 때 관리기가 휘청 기울었다가 땅에 비스듬히 박히는 일이 한차례 있긴 했는데, 그것도 별 탈 없이 빼냈다. 도리어 돌아갈 때가 되어서야 피로가 찾아왔다. 온종일 미뤄둔 고민까지도. 나는 농막 앞 의자에 걸터앉아서, 헤드셋을 끼고, 사이키델릭 트랜스 특유의 정교하면서도 단조로운 비트에 감싸인 채 건우를 생각했다. 아까 녀석의 표정을 살피기로는 평소보다 부쩍 어두워진 느낌이었다. 실수했다는 생각에 내 눈치를 보는 거라면 그나마 다행인데, 그 반대라면 일이 복잡해질 듯했다. 심심산천에 첩첩산중이었다.

나는 귀가를 망설이며 편의점 테이블에서 혼자 소주를 기울이는 중년 가장들의 실존적 위기를 실감했다. 눈앞에는 편의점 불빛 대신 완전히 어두워진 산줄기가 있었고 풀벌레 소리가 머나먼 세계의 속삭임인 듯 희미하게 맴돌았다. 지금 당장 내 귀에 들려오는 것은 140BPM의 속도로 질주하는 킥 드럼과 나선형으로 상승하는 리드 신시사이저, 네 박자 단위 멜로디 라인을 잘게 쪼개는 글리치의 무한한 프랙털 구조…… 젠장, 집에 들어가서 샤워나 하자. 그리고 건우 녀석 팔에 염증이 안 생기길 빌자. 사실 그게 제일 큰 문제다……. 상대를 걱정하기 때문에 피곤을 느낀다는 것, 소중하게 여기는 까닭에 피하고 싶어진다는 것은 얼마나 얄궂은 심리인가……. 나는 눈을 감고 건우를 생각했다. 눈을 뜨자 건우가 비닐봉지를 들고 선산 쪽으로 슬금슬금 올라가는 게 보였다. 나는 헤드셋을 벗어 던지며 외쳤다.

"야, 야, 이 자식아, 너 어디 가냐?"

건우가 그 자리에 뚝 멈춰 서더니 고개만 돌려 나를 보았다. 내가 있는 줄도 몰랐던 모양이었다. 가까이 가니 비닐봉지 안 내용물이 어렴풋이 보였다. 깨진 접시 조각이었다. 녀석은 내 시선을 깨닫고 두 손을 냉큼 등 뒤로 숨겼다. 눈은 바닥을 보고 있었다. 땅에 대가리를 박는 타조 꼬락서니였다.

"거기 계시는 줄 몰랐어요."

"그러면 내가 어디 있는 줄 알았어?"

"마을 회관 같은 데에……."

"안에 든 거 다 봤다. 내놔봐."

머뭇머뭇하던 건우가 비닐봉지를 내밀었다. 안쪽을 보니 아니나 다를까 국그릇이었다.

"이거 뭐냐?"

"일부러 깬 거 아닌데요."

"일부러 깼다고는 생각 안 해. 그냥 뭐냐고 물은 거야."

"설거지하다가 떨어트려서요."

"이 녀석아, 그릇을 깨면 깬 거지 산에는 왜 가?"

건우는 고개를 수그린 자세 그대로 눈만 움직여 나를 보았다. 답은 없었다. 나는 한 차례 더 다그쳤다.

"뭐 하러 산에 가냐니까. 이 오밤중에."

"부엌에 조각 하나도 없게 다 치운 건데요. 청소기 찾아서 가루까지 다 밀었어요." 한껏 딱딱한 목소리였다. 어깨까지 약간 굳은 게 느껴졌다. 이어지는 말은 희미하게 가물거렸다. "죄송합니다."

무슨 마음인지 짐작이 갔다. 나는 봉지를 빼앗아 들고는 한 발짝을 내디뎠다. 이럴 때만큼은 멋지게, 뚜벅뚜벅 걷고 싶은데 첫

걸음부터 휘청이는 게 영 아니었다. 비탈길을 거듭 오르내리느라 발목이 시큰거리기 시작하던 차였다. 나는 농막으로 돌아가 나동그라진 헤드셋을 주워 등 뒤편을 향해 시선을 던졌다. 건우는 아직 그 자리에 우두커니 서 있었다. 어둠에 파묻힌 얼굴 속에서 까만 눈이 맹렬한 빛을 발했다.

"멀뚱히 뭘 해. 집에 안 가?"

그제야 건우가 천천히 움직였다. 나는 잠깐은 아무 말도 않다가 집이 가까워졌을 때 운을 뗐다.

"그릇이나 건전지처럼 애매한 건 분리배출함 옆에 담아두는 상자가 따로 있어. 거기 넣어둬. 그러면 돼. 몰래 산에 가져다 버리지 말고. 동물들은 무슨 죄냐."

"도로에 두면 자동차 바퀴 펑크 날 거 같아서요."

"그릇 조각으로는 어지간하면 펑크 안 난다."

"죄송합니다."

"뭐가 그렇게 죄송하다고 그래. 청소만 제대로 했으면 나는 상관없어. 그릇 하나에 얼마나 한다고, 응?"

"어제도 그렇고 오늘도 좀……." 건우는 나를 빤히 보더니 눈을 몇 차례 깜박였다. 그러고는 고양이가 털 구슬을 토하듯 한마디 뱉었다. "사실 일부러 깼어요. 완전히 일부러는 아니고요."

"일부러면 일부러고 실수면 실수지 그게 뭔 소리냐." 나는 딱히 놀라지 않았다.

"설거지 중에 그릇 내려놓다가 깨진 거라서요. 깰 때는 손이

미끄러졌다고 생각했는데 다시 생각해보니 내려놓을 때 힘이 좀 세게 들어간 거 같기도 해요. 던졌을 수도 있어요. 싱크대에 던졌던 거 같은데. 정확히 무슨 생각이었는지 모르겠어요. 그냥 아무 생각 없이 설거지하던 거라서. 근데 깨려고 그랬던 건 아니에요.”

“그렇겠지.”

“화 안 내요?”

“너는 나를 뭐로 보길래 그러냐. 화를 내긴 뭘 내. 어제도 할 말만 딱 하고 끝냈는데, 그릇이 무슨 대수라고……”

“근데 오늘도 또 그랬으니까……”

“이런 일로 난리 치기엔 내가 기력이 달린다. 일부러 계속 그런다면야 열이 오르겠지만 지금 당장은 한 번이고, 또 손이 미끄러졌다는데 할 말이 얼마나 있겠냐.”

건우는 말이 없었다.

“그러니까 내 기준은 꽤 간단해. 하면 안 될 일은 하지 말고, 실수로라도 마음이 흔들려서 저질렀다면 솔직히 말하고, 그다음부터는 가급적 하지 않도록 노력하고, 만약 해도 괜찮다고 생각해서 한 거라면 논리를 철저히 만들어. 생판 모르는 사람이 들어도 설득될 정도로. 그러면 내가 잔소리도 안 하고 화도 안 낸다. 이거 뭔 소리인지 아나?”

여전히 아무 말이 없는 상태로 집까지 갔다. 건우는 건우대로 생각에 골몰하느라 바빴고, 나는 싸구려 그릇 조각을 숨기기 위해 야산으로 향하는 마음을 헤아려봤다. 아마도 이 녀석의 아버지는 성격이 어지간했을 것이다. 평소에는 조용하다가도 그릇이 하나라도 깨지면 애를 죽일 듯 닦달했을 것이다. 그런데 건우도 기운이 만만찮아서 수시로 싸웠을 것이다. 그러다가 반항조차 지겨워지면, 혹은 두려움이 종종 반감을 이기면, 먼지를 침대 밑에 쓸어 넣듯 문제를 숨겼을 것이다. 알지도 못하는 집안을 두고 과한 상상을 펼치고 있는 건가? 하지만 꽤 많은 집안이 그런 식으로 굴러간다.

"근데 제가 새벽에 고양이를 죽인 다음 산에 던지면 할아버지는 모를 거잖아요."

어느덧 마당이었다. 토방에 걸터앉아 왼쪽 운동화 끈을 풀던 도중 건우의 입에서 그 말이 툭 튀어나왔다. 나는 건우의 팔을 힐끔 봤다. 거즈가 덕지덕지 붙어 있었다. 씻고 난 다음 새로 갈아줘야겠다는 생각이 들었다.

"넌 그러고 싶으냐?"

"뭐 했는지 모르면 어쩔 거냐고요."

"야, 내가 신이라도 되냐. 뭐든 알아내서 화내게. 네가 제대로 감추면 나는 모르지."

"그러니까요."

"그런데 너는 알지 않냐. 너는 처음부터 끝까지 계속 알 텐데…… 봐라, 시골 고양이는 사실상 유해 조수야. 쥐를 잡아주는 거랑은 별개로 심심풀이로 밭을 파헤치거나 암탉 모가지를 따니까, 어르신들은 약을 놓기도 한단 말이야. 그걸 분풀이나 놀이라고 볼 수는 없지. 그러니까 네가, 이 녀석이 자꾸 농사를 망치길래 잡았습니다, 하고 둘러대면 나는 할 말이 없을지도 몰라. 네 마음속에 들어갈 능력이 있는 것도 아니고 뭘 얼마나 더 따지겠냐.

하지만 그래도 너는 처음부터 끝까지 알아. 작은 동물을 괴롭히고 싶어서 그랬는지, 혹은 분풀이를 하고 싶었는지, 정말로 그럴 필요가 있었는지를 스스로 안다는 거다. 이건 나를 속여 넘기거나 내가 모르도록 감추는 거랑은 별개야.”

“그래서요?”

이 정도로 이야기했으면 충분히 알아들었을 텐데도 건우는 딴청을 피웠다. 약간 피곤했다. 나는 손등으로 빰을 쓱 문질렀다.

“나는 어쨌든 네가 좋아졌으면 해.”

“좋아지는 게 뭔데요?”

건우는 언제든 달려 나갈 수 있을 것처럼 눈을 희번덕이고 섰다. 괜한 시비를 걸고 싶은 마음이 절반, 진심으로 궁금해하는 마음이 또 절반인 것 같았다. 아마 내가 사주쟁이거나 타로 점 치는 사람이거나 무당이었더라면 녀석은 내가 무슨 말을 하든 턱턱 믿었을 것이다. 하지만 나는 6촌 할아버지에 불과했으므로, 오른쪽 운동화까지 벗으면서 적당한 답변을 고민했다. 그러게, 좋아진다는 게 도대체 뭘까? 시간을 되돌려서 참사를 막기? 엄마가 무덤에서 되살아나기? 아픈 기억을 잊고 좋은 대학에 들어가서 대기업 사원이 되기? 이러나저러나 행복해지기? 그중 어떤 것도 답은 아닌 듯했다.

“글쎄, 지금 당장은 모르겠다. 그래도 작은 것들을 괴롭히는 게 너한테 나쁘다는 건 알아.”

건우는 매번 눈치를 보는 듯하면서도 기회만 되면 덤벼들었다. 그러다가 녀석은 내 태도가 끝끝내 한결같은 걸 확인하고 약간 활발해졌다. 거실을 돌아다니거나 내 방문을 두드리며 “서재에서 책 읽어도 돼요?” 하고 묻는 일도 잦아졌다. 들고 나가서 읽는 것만 아니라면 굳이 물어볼 필요 없고, 책만 제자리에 꽂아둬라. 그렇게 대답했는데 똑같은 질문이 계속되는 걸 보면 그냥 말을 붙일 건수가 필요했던 모양이었다. 때가 됐다 싶어 이불 빨래와 거실 청소를 시키기 시작했다. 밭일을 하러 갈 때마다 옆에서 기웃거리기에 모종 시장에도 데려가줬다. 녀석은 심드렁한 것처럼 굴다가도 은근히 흥미를 보였다.

“이거 심으면 진짜 수박 돼요?”

“나긴 하는데 가게에서 파는 것만큼 커지진 않을 거라.”

“품종이 달라서요?”

나는 안내판을 힐끔 보았다. 골판지에 마커 펜으로 애플 수박이라 쓰여 있었다.

“그것도 그렇고, 비료를 별로 안 써서 그런다. 돈 벌려고 농사 짓는 게 아니다 보니…… 제대로 하려면 지지대랑 받침대도 둬야 하고, 열매 자랄 방향도 신경 써야 하고 복잡한 게 많아."

"제대로 안 하면 어떻게 돼요? 그냥 안 자라요?"

"운 나쁘면 땅이랑 붙은 자리가 짓무르고 썩고 벌레 먹고 그러지. 운만 좋으면 별일 없고."

결국 비닐 멀칭도 돕게 시킬 겸, 그 귀찮은 일을 제대로 하게 됐다. 밭에는 다른 작물들과 함께 수박 모종이 자라기 시작했고 건우는 수시로 밭을 기웃거렸다. 잡초랑 작물 새싹 구분하는 법을 알려줬더니 김매기도 알아서 잘했다. 팔의 상처까지 무탈히 아물었다. 탄이는 녀석이 있을 때는 밭 근처에도 오지 않았으므로 다른 문제가 생길 건수도 없었다.

그런데 묘하게도 이 녀석이 사람 꼴을 되찾고 나니 거슬릴 일만 많이 생겼다. 뭘 진득이 하는 모습을 볼 수가 없었다. 책을 서너 페이지 읽다가 공책을 펼쳐서 낙서를 하고, 커피를 마시겠다면서 거실로 나오고, 산책을 10분쯤 하더니 집으로 돌아와서 다섯 페이지쯤을 더 읽는 식이었다. 하나의 일거리로부터 달아나기 위해 다른 일거리를 찾아다니는 듯했다. 그나마 잡초 뽑기와 벌레 잡기는 한번 시작하면 계속했는데, 그렇다고 해서 김매기만 하고 지내라며 내버려둘 수는 없었다. 나는 사람이란 무릇 생산적으로 살아야 한다고 생각했다.

"……그래서 영어 과외를 시작했다고요? 선생님이 직접 수업도 하시고, 추가로 단어 하나 외울 때마다 용돈 백 원?"

수가 물었다. 영화를 보던 도중 뜻밖의 전개에 놀라 휘파람을 부는 듯한 말투였다. 장르는 일상 코미디. 노선이 아무리 엇나가더라도 잔인한 장면은 없을 법한 영화들. 나는 퉁명스레 반문했다.

"뭡니까, 그 반응은."

"웃기기도 하고 걱정스럽기도 해서 그렇죠. 심란한 애 붙잡고 그러는 게, 무슨 스파르타 교관도 아니고……."

탁자 가장자리에 놓인 콜라 캔을 들어 마시는 수의 모습이 화면에 가득 찼다. 영상통화 시간은 언제나처럼 아침 6시 15분이었다. 텍사스에서는 서머타임이 시작되었으니 이제 오후 4시 15분이겠다. 업무 이야기는 순식간에 "공유 문서로 디테일 조율하면서 처리합시다"가 되어버리고 잡담이 시작됐다. 수는 갑작스러운 손님이 추가된 전원생활 이야기가 못내 즐거운 모양이었다. 나는 조곤조곤 항변했다.

"아니, 이 부분은 내가 더 잘 알지 않겠어요? 당사자로서의 경험이 있는데. 잡초 뽑기라는 게 근본적으로 현실도피예요. 1년 내내 저러고 있다가 갑자기 공부를 시작한다고 생각해봐요. 교과서를 딱 보니까 검은 건 글자고 흰 건 종이야. 이러면 퍼뜩, 아이고, 내가 너무 놀았구나, 이제 머리도 안 돌아가는구나, 안 되겠구나, 하고 의욕을 잃어버린단 말이죠."

"역효과 날까 봐 걱정되는데. 애가 열다섯인가 열여섯인가 된다면서요. 인생 길지. 그 나이에 안 놀면 언제 노나?" 수가 낄낄 웃었다.

"그야 우리 나이에는 눈 한번 감았다 뜨면 1년 번쩍 지나 있고, 10년 전이 벌써 10년 전이라는 게 안 믿기니까 먹히는 소리 아닙니까. 이런 얘기 밖에 나가서 하면 머리에 피도 안 마른 놈이 무슨 소리냐며 타박이나 듣겠지만—하여간 어린애들은 보는 시야가 완전히 다르죠. 대학 재수 한 번만 해도 나는 스타트라인부터 뒤처졌다면서 엉엉 우는 애들이 천지삐까리인데. 게다가 또 건우가 노는 게, 그냥 노는 거예요? 하늘에서 날벼락이 떨어져가지고 집안을 쪼개놓더니 내 인생도 망쳤구나, 대학도 못 가고 이제 어떻게 사나, 이렇게 된다 이겁니다."

수도관 동파를 막으려면 물줄기를 약하게나마 틀어둬야 하는 법이다. 가만히 있으면 스스로가 한심해지고, 그 반대급부로 멀쩡했던 시절을 무한정 곱씹게 되는데, 기억 속의 풍경은 이제 어디에도 없다. 어디에도 없을 뿐만 아니라 처참하게 끝장났다. 그런데 묘한 점은, 잃어버린 낙원을 찾아 헤매다가 현실에 내던져지는 상황이 거듭될수록 기억이 정련된다는 것이다. 슬픔이나 지겨움이나 짜증 따위가 모두 빠져나간, 불순물 없는 과거. 그렇게 벼려낸 과거는 금보다 눈부시며 은보다 날카롭게 빛나고, 나쁜 부분은 오직 결말부에만 모여든다—결말부야말로 지금 시간에 닿는 문인데도.

"옛날로 속절없이 끌려들어 가지 않으려면 지금 당장 집중해서 결과를 낼 만한 게 있어야 해요. 그게 반드시 있어야 해요. 물론 애 입장에서는 싫을 텐데, 싫겠죠. 집중도 안 되고, 내가 이런 것도 제대로 못 하게 됐구나 싶을 테고, 불쑥불쑥 옛날 생각이 날 겁니다. 그 점에서 너무 강요하면 역효과고요. 다만 그건 결국 균형의 문제고, 남이 억지로라도 시켜줘야 하는 부분이 있는 거죠."

"음―거기까지는 오케이. 그런데 어차피 수능 영어 절대평가잖아요? 장래라든지 학교 다시 다닐 거 생각하면 수학 숙제가 차라리 낫지 않나?"

어깃장을 놓는다기보다는 진지하게 궁금해하는 모양새였다. 나는 살짝 놀랐다.

"미국 사시는 분이 그건 어떻게 압니까?"

"아니, 나도 한국 뉴스 보고 한국 소식 다 듣고 살아요. I mean, what's our job? And hello? What language was I just speaking?"

수가 너스레를 떨었다. 애당초 우리 직업이 뭐야? 내가 지금 무슨 말로 이야기하고 있지? 나는 일전에, 수에게 '정용진과 일론 머스크는 인간 유형이 비슷한 것 같다'는 이야기를 꺼냈다가 정용진이 누구인지부터 설명해야 했던 기억을 상기했다.

"저번에 보니 이마트 오너가 누군지도 모르시길래, 아, 역시 재미 교포라 한국어만 유창하고 문화는 잘 모르시는구나 했죠."

"헛." 수가 정곡이 찔린 듯한 표정을 지었다. "모를 수도 있죠. 그러면 선생님은 지금 캘리포니아 주지사가 누군지 아시나?"

"압니다. 개빈 뉴섬이잖아요."

"이걸 아시네."

"2028년 미국 대선 특집이 벌써부터 나오는데 모를 리가……."

"아무튼 그건 그렇다 치고, 내가 어릴 때 한국에서 잠깐 영어 가르치면서 지냈거든. 이 얘기 안 했던가? 시기가 하필이면 절대 평가 전환을 2년쯤 앞둔 상태였어서, 학원가에서도 말이 많았죠. 강사들이 모두 이제 수능 영어는 진짜 끝물이니까 토익 강의로 넘어가든 치킨집을 열든 살길을 찾아봐야 한다고 난리였는데, 그 사람들 어떻게 됐는지 모르겠네. 나야 뭐, 미국 시민권도 있겠다 인생 도피 겸 1년 다녀온 거지만……."

"강사들 한다는 소리가 순 엄살이죠. 인터넷 강의 업계 1타가 영어에서 수학으로 바뀌었다 뿐이지 다들 입에 밥은 넣고 삽니다. 나처럼 핸디캡 있는 케이스도 알음알음 지인 통해 학생 구하고 지냈으니까요. 하려면 다 해요."

"학부모들이 보통은 남자 과외 선생을 안 좋아하지." 수가 수긍했다.

"얼굴 문제도 있고요."

"하긴."

"덕분에 일찍부터 번역 쪽으로 방향을 잡았으니 인생사 새옹지마긴 한데, 어쨌든 선생님도 그렇고 나도 그렇고, 영어를 잘하면 인생 도피에라도 써먹을 곳이 있는 거 아니겠습니까. 도망친 곳에 길이 있을지도 모르고요."

물리적으로든 심리적으로든 그건 진실이다. 일전에 수가 말하기를, 어릴수록 낯선 언어를 빠르게 받아들이는 법이라고, 덕분에 서류를 읽고 어머니에게 내용을 설명하는 일은 열세 살부터 자신의 몫이었다고, 그래서 영어로 말하는 자신은 일찍이 어른이 된 듯한 반면 한국어로 말하는 자신은 미국에 도착한 날로부터 한 치도 자라지 않은 듯했다고 했다. 그게 이상하리만치 쓸쓸하면서도 편안한 느낌을 줬다는 거였다. 바깥에서는 여느 미국인들처럼 영어로 실컷 떠들고 세상의 모든 기쁨을 누리는 듯 굴어라. 집에 돌아온 뒤에는 한국어로 일기를 써라. 비록 마음의 풍경을 공유할 상대가 거의 없을지라도…….

수는 그랬다. 나도 비슷했다. 문장 흐름을 공예용 철사처럼 만지작거리고 낱말마저 바꿔 끼울 수 있다는 것은, 세상을 바라보는 렌즈를 바꾸어가며 다른 사람 행세를 할 수 있다는 의미다. 그래서 나는 한국어로 생각하기 싫은 문제는 할아버지 앞에서라도 영어로 말했고, 영어로 생각하기 싫은 문제는 한국어로 더듬거렸다. 내 마음의 지도는 그런 습관으로 만들어져서, 일부는 한국어고 일부는 영어다. In one corner of that map you'll find Yoknapatawpha, Winesburg, and that little town where Miss Amelia Evans runs her café. Brooklyn's on it too —and somehow, even half of Hapcheon. Pretty wild, right? 건우가 유체 이탈의 기술을 배울 수만 있다면 좋을 것이다. 배우지 못하더라도 수능 성적이 남을 것이다.

"그리고 내가 지금 이 나이 먹고 중학교 수학 다시 배울 자신이 없어요. 과외라는 게 기본적으로 같이 시간을 보내주는 일 아닙니까. 수학으로는 그게 안 된다는 말이죠. 기껏해야 답지 보고

채점해주는 게 다일 텐데, 그건 큰 의미가 없으니까.”

건우에게 시킬 일을 고민할 때, 염두에 둔 기준이 네 개 있었다. 내가 깊숙이 엮일 만한 것, 객관적으로 21세기 현대인에게 필수적이고 생산적인 것, 강의 듣기로 끝나는 게 아니라 건우가 스스로 해야 하는 것. 그리고 딱히 재미있지 않은 것. 나는 사람이 즐거운 것만 하고 살 수는 없다고 믿었고, 영어 과외는 네 개의 요건을 모두 충족했다. 어법이야 내 몫일지라도 영어 단어는 건우가 스스로 외워야 한다. 단어 외우기는 귀찮고 재미도 없지만, 음, 그게 핵심이다. 귀찮음을 견뎌내면 뭔가가 남는다는 것.

“의외로 교육자 마인드가 있으셨네.”

“글쎄요, 편의도 상당히 봐주고 있어요. 얼마 전에는 좋아하는 아티스트 이름 쫙 쓰라고 시킨 다음 아이팟에 MP3 파일 담아서 줬거든요. 기계 자체는 10년도 더 전에 쓰던 건데 켜보니 멀쩡하지 뭡니까. 그러고 애가 써놓은 리스트 보니까 안 유명한 힙합 위주로 듣던데, 견적 나오죠. 평소에는 인터넷에 자작 녹음 같은 거 올리면서 지냈을 거라. 그래서 영어 단어 외우고 검사받으면 태블릿도 할 수 있게 풀어주고 있어요. 하루에 단어 50개면 태블릿 두 시간.”

건우와 직접 상의해서 정한 규칙이었다. 처음에는 네, 괜찮아요, 그냥요, 상관없어요로 일관하던 녀석이 ‘단어 백 개에 태블릿 두 시간’을 제시하자 갑자기 난처한 티를 냈다. 그건 너무 많지 않냐는 거였다. 처음부터 할 생각이 없었더라면 2백 개를 조건으로 내걸어도 "그러세요" 했을 텐데, 협상을 시도하는 모습이 도리어 미더웠다. 하는 김에 보상을 몇 개 더 추가했다. 학년에 맞는 수학 문제집을 한 권 끝내면 서울에 데려가주겠다거나, 태블릿 사용 시간 대신 용돈을 받는다거나.

"아니, 그건 또 풀어줘요? 나는 애들한테는 기본적으로 인터넷을 금지시켜야 한다고 보는 입장이거든. 뇌가 썩는다니까. 문자 그대로."

"규칙을 정해놓은 지 한 달쯤 됐는데, 아직까진 괜찮습니다. 단어 외우기 싫은 날에는 그냥 책 보고 놀라고 하거든요. 오히려 50개를 모두 외웠는데도 태블릿을 안 가져가는 날도 많고요. 무슨 생각을 하는진 모르겠다만, 인터넷 글 읽고 반응 보는 게 스트레스로 쌓였을 겁니다. 그러니까 중독되지 않는 선에서 자기 필요한 부분만 채우면 되는 건데……."

"필요한 부분이 있다?" 수가 알 만하다는 표정으로 휘파람을 불었다.

"사춘기 남자애를 옆에 두고 있는데 그 생각을 안 할 수가 없죠. 봐요, 내가 먼저 《플레이보이》, 《맥심》 이런 잡지 사 와서 던져주면 얼마나 모습이 안 좋습니까. 애가 속으로 이러겠죠. 내가 상황이 이런데 그런 잡지에 눈이 돌아갈까? 이 아저씨가 진짜 돌았나? 좋아요, 대놓고 편의를 봐줬다가는 건우가 또 난리를 칠 겁니다. 하지만 그런 게 남몰래 필요할 수도 있다는 게 사춘기 남자애의 문제 아니겠습니까."

"아, 문제 많죠. 실존적 문제지. 하여간 뇌가 썩는 건 상수로구 먼."

"인터넷이든 컴퓨터든 사진이든 없던 시절에는 어떻게 처리했 나 싶어요."

"선생님이 산증인 아니신가? 2000년대 초반이었다지만, 주변 환경이."

"주변 어른들이 그런 걸 신경 쓰는 사람들이 아니었어요. 뭘 기대합니까. 대신 내가 시티 오토바이 타는 법을 일찍부터 배웠 으니 읍내 나가는 게 쉬웠죠. 그때는 서점들이 웬만큼 크기도 했 고, 많았고, 잡지 코너도……."

"내가 잘 몰라서 그러는데, 한국에서는 15세예요? 아닐 거 같 은데. 그런 걸 애한테 파나?"

"아―." 나는 순순히 인정했다. "훔쳤죠."

"바이크도 타고, 도둑질도 하고, 완전히 막 나가셨군."

"로미오랑 줄리엣은 열서너 살에 동반 자살도 했는데 뭐 어때 요."

나는 보란 듯이 어깨를 으쓱였다. 절도죄의 공소시효는 7년이 고, 내가 읍내와 시내 서점들에 입힌 피해는 많아봐야 30만 원을 넘지 않는다. 불우 아동 후원으로 매년 나가는 돈은 그 다섯 배 쯤 된다. 그러니까 다들 용서해주시라, 이게 모두 대우주의 순환 이고 인간사의 굴레 아니겠는가. 수는 짧은 한숨과 함께 고개를 내젓더니 장광설을 늘어놓았다.

"아무튼 하던 이야기로 돌아가자면, 인간이 당연스레 하는 일을 두고, 예전에는 어떻게 살았을까, 하고 묻게 되는 건 솔직히 말해 상상력의 쇠퇴고 빈약이죠. 모르는 세상을 상상하는 능력이 부족하다, 그런 말을 하려는 게 아니에요. 더 본질적인 결여가 작용한다는 거죠. 풍요 속의 빈곤이랄까. 나는 그게 1980년대 홍콩 B급 공포 영화랑 비슷한 문제라고 봐."

"B급 공포 영화요?"

"선생님도 유튜브에서 그런 유의 클립 한번 찾아보세요. 털실을 철사에 뭉쳐놓은 다음 이게 독거미라고 주장하는데, 할리우드 영화 보다가 이거 보면 되게 웃겨. 조잡한 게 뻔뻔하기까지 하니까. 하지만 한편으로는 이런 생각도 들지. 옛날에는 저런 걸 봐도 흥이 깨지는 일 없이 즐겼는데, 21세기인들은 미흡한 부분을 상상력으로 메우는 능력을 영영 잃어버린 게 아닌가. 굳이 상상하지 않아도 이미 충분히 많은 것들이 눈에 보이고, 그러니까 지금 당장 내 눈에 보이는 게 전부인 것이고……." 수는 흐흐 웃더니 번역하고 있는 소설의 한 대목을 인용했다. "Stay awake everyone, and bear in mind the maxim: less is more."

"As the Apostle Paul wrote, we look not at what can be seen but at what cannot be seen, for what can be seen is temporary, but what cannot be seen is eternal……."

나도 이어지는 문장을 따라 읊었다. 여러분, 내가 진실로 진실로 이르노니 똑똑히 듣길 바란다. 세상만사는 단순함에 풍요가 따르는 법이요, 사도 바울이 말하기를, 우리가 주목하는 것은 보이는 것이 아니요 보이지 않는 것이니 보이는 것은 잠깐이요 보이지 않는 것은 영원함이라. 사춘기 남자애의 성욕 문제가 순식간에 관념론의 영역으로 점프하는 게 웃겼다. 책깨나 읽어서 얻은 능력이라고는 잡다한 사안에 고전 명작이나 성경 구절을 가져다 붙이며 실없는 소리를 늘어놓는 것 외에 없는 듯했고, 사실 그것조차 이제는 인공지능이 더 잘했다(유명한 작품에 한해).

"지금까지 오간 이야기를 정리해봅시다. 그러니까 선생님 주장은, 안방에서 클릭 몇 번으로 생생한 포르노를 보는 세상에서는 애들의 상상력이 발전하지 않는다? 이미 충분히 생생하기 때문에? 조선 시대 춘화 같은 걸 보고도 할 수 있어야 뇌세포가 자극된다?"

"비약을 섞으면 그런 셈이죠. 굳이 포르노가 아니더라도. 8비트 슈퍼 마리오 게임이라든지, B급 영화의 털실 거미라든지, 그런 건 사실 수억 명의 배관공과 수천만 마리의 독거미예요. 사람마다 보고 떠올리는 게 다르니까. 하지만 이제는 작품마다 딱 한 명의 슈퍼맨이 있고, 딱 한 명의 조커가 있고, 세상은 무릇 이렇고, 이런 캐릭터는 사이코패스 범죄자고 저런 캐릭터는 천재 해커고……. 사람들 스스로도 그렇게 딱 떨어지는 도식을 더 좋아하는 것 같아. 해석을 열어놔도 기어코 익숙한 길로 걸어 들어가는 경우가 대다수거든."

"이거 진지한 이야기였군요?"

"허, 참."

수는 내 반문에서 진심 어린 냉소를 감지한 듯했다. 나는 내친 김에 대놓고 비아냥거렸다.

"실없는 이야기 하다가 갑자기 관념론으로 점프하는 건, 뭐라고나 할까, 노총각의 습성이라고 생각하는데요. 대학원 물도 먹었고 철학자 이름도 몇 개 알고 책에 자기 이름도 끼워 넣었는데, 뚜렷이 이룬 건 없고 어린애들 술자리에 끼어 다니면서 선배 행세하는 그런 사람들. 그런 부류는 절대 되지 말아야겠다고 다짐했죠. 그런데 선생님을 보니 그게 먼 미래 같지 않아서……."

"탈무드에 보면 이렇게 쓰여 있거든. 인간은 무릇 마흔 살이 되어야 머리가 여무는 법이니, 그 전에는 카발라 공부를 하지 말지니라. 유대인 랍비들이 수천 년 전에 다 깨친 거야. 정상적인 40대의 발달과업이죠. 선생님은 애한테 이렇게 떠들고 싶은 충동 안 느끼시나? 아직 몇 년 남아서 그 정도는 아닌가?"

수는 당황하지도 않고 역공을 가했다. 나는 경찰의 불심검문에 붙들린 노숙자처럼 두 손바닥을 펼쳐 보였다.

"아, 느끼죠. 맨날 느끼죠. 안 느낀다고 하면 순 거짓말이죠. 영어 과외 시작할 때도 머리가 터질 뻔했죠. 한다는 소리가, 이제 인공지능이 온 세상 말을 즉석에서 번역해주는데 외국어를 왜 배워야 하냐는 겁니다. 자기가 어른 되면 인공지능이 훨씬 발전해 있을 거래요. 그걸 가지고 한 시간을 넘게 말꼬리를 잡는데, 물론 번역 이론을 들먹이면서 반박할 수도 있겠습니다만, 사실 그건 대학교 세미나에서 프린트 뽑아서 돌려볼 문제고, 이거는 그냥."

나는 볼펜을 쥐어 들고 손바닥을 딱딱 내려쳤다. 무의식적으로 감정이 실려서인가 아팠다. 수가 유쾌한 웃음을 터뜨렸다.

"이거 아동 학대로 신고해야겠네!"

"안 때렸어요. 건우 녀석 키가 나랑 거의 맞먹는데, 원한 살 짓은 하면 안 되죠. 그리고 솔직히 말해서 중학생 붙들고 번역 이론 세미나를 벌이는 게 체벌보다 훨씬 심한 아동 학대 아니겠습니까. 몸으로 때우고 빨리 끝내야지 그걸 어느 시간에……."

"그래서 어떻게 했어요? 설득을 하긴 한 것 같더만, 번역가 명함으로 찍어 눌렀나?"

"그럴 리가요. 그냥 5년 내로 수능이 폐지될 일은 절대 없고, 인공지능도 영어로 프롬프트 넣어야 결과물이 더 잘 뽑히니까, 배워서 손해 볼 거 전혀 없다고 했습니다. 또 8월에 중졸 검정고시 일정을 잡아놨거든요. 중졸이든 고졸이든 영어는 필수과목이니까."

"수능에 검정고시라."

"내 생각엔 그 정도면 충분해요. 거기까지가 딱 일반적인 한국인이 듣고 이해할 만한 이야기예요. 애당초 개는 내가 무슨 일로 생활비 대는지도 몰라요. 사회생활이 안 돼서 시골로 도망 왔구나 하는 눈치던데요. 제 딴에는 그렇게 생각할 만한 게, 서재에 있는 책들 보면 공부깨나 한 모양이고 영어도 웬만큼 하는 것 같은데 왜 여기 처박혀 있을까. 아, 얼굴 보니까 흉터도 있고 발도 절뚝거리고 발음도 이상하구나. 그러니까 살기가 힘들었겠구나 하는 겁니다."

"오픈을 안 했어요?"

"이 동네 살면서 어르신들한테 직업 이야기를 거의 안 했습니다. 귀찮아질 것 같아서요. 그게 관성이 됐죠."

"오픈을 하지 그래. 요새 애들 생각보다 훨씬 영악해요. 아니, 애들이라는 게 원래 그렇지. 이 어른이 멀쩡한 어른인가 아닌가 보고 마음속으로 등급을 정한다니까."

"타이밍 물 건너갔죠. 밥 먹는데 갑자기 '그런데 건우야, 넌 내가 인생이 망했다고 생각하는가 본데 나는 번역가야. 신문 칼럼 청탁도 가끔 들어와'라고 말해봐요. 얼마나 이상합니까. 게다가 번역가 명함에 무슨 권위가 있는 시대가 아니에요. 뻔히 아는 사람들도 '인공지능이 발전하면 직업으로서의 번역가는 어떻게 될 거라고 생각하십니까' 이런 거 물어보는 판에."

"아, 그렇지. 그 이야기 지겹게들 하죠."

수는 낄낄 웃더니 턱을 가볍게 문질렀다. 내가 이어 물었다.

"생각난 김에 선생님도 한말씀해주시죠. 자, 인공지능이 발전하면 직업으로서의 번역가는 어떻게 될 거라고 생각하십니까?"

"산업 번역 쪽은 확실히 타격이 왔죠. 아니, 솔직히 말해서 망했지. 끝장이야, 끝장. 이거 몇 년 지나면, 아니, 몇 년도 아니고 지금 당장 그렇게 되는 중이죠. 최 선생님도 완전히 문학만 하는 건 아닐 텐데—이게 의견의 영역인가?"

"저도 그쪽 일감은 확실히 줄었습니다. 그래도 일단 문학으로만 한정하죠."

"흠, 역시 잘 모르겠는데. 아직까지는 인공지능을 문학 번역에 써먹자니 내가 직접 하는 게 낫겠다 싶죠. 뉘앙스를 제대로 못 잡고, 격식 수준도 왔다 갔다 하고, 리듬감도 마음에 안 들고, 리듬감이 괜찮더라도 내가 원하는 리듬은 아닐 때가 있고, 그런데 홀짝에 거는 느낌으로 이런저런 조건 지정해서 프롬프트를 돌려보면 꽤 마음에 드는 표현이 튀어나오기도 하고. 아직까지는 깜찍한 맥가이버 칼 같은 느낌이지. 이런저런 기능이 다 붙어 있어도 결국 연장을 선택해서 다루는 건 번역가일 수밖에 없는……그런데 앞으로 얼마나 더 발전할지는 모르는 일이니까."

수는 그 지점에서 말을 멈추더니 생각을 가다듬는 양 허공을 바라보았다. 그러고는 다시 카메라에 시선을 맞췄고, 보다 열정적으로 떠들기 시작했다.

"그런데 인간 번역가를 바라는 사람은 꾸준히 있을 거라는 생각은 들어요. 어쩌면 인간 번역가의 대우가 더 좋아질지도 모르지. 지금까지와는 다른 방식으로. 스코틀랜드의 위스키 증류소들을 생각해봐요. 글렌드로낙, 아드벡, 크라이겔라키. 어찌 보면 위스키가 만들어지는 데에 있어서 인간의 역할은 많지 않아요. 맥아를 건조한 뒤 증류 원액을 적당한 오크 통에 넣고 원액이 숙성되기를 기다리는 게 다지—10년, 20년, 30년. 그러는 동안 천

사들이 한 모금씩 마시고. 하지만 어떤 오크 통을 쓸지, 통을 어디에 둘지, 언제 오케이 사인을 내리고 병입할지 결정하는 건 인간이에요. 인간이 그걸 결정하니까 여전히 글렌드로낙은 아드벡이 아니고, 아드벡은 크라이겔라키가 아닌 거야! 최 선생님과 내가 다르고, 우리가 같이 번역하는 것과 각각 번역하는 게 다른 것처럼!

그러니까, 인공지능이 뱉은 결과물을 다룰 때 우리는 서로 다른 지점에서 오케이 사인을 내릴 테고, 도착어 독자들을 위해 잘라내거나 추가할 부분을 보다 적극적으로 결정하게 될 테고, 그게 바로 번역가의 역할이 되겠죠. 최종 품질관리자. 혹은 예술적 통일성 관리자. 그러다 보면 번역이라는 게, 단순히, 한 언어를 다른 언어로 옮기거나 소설가의 수발을 드는 것 이상의 작업이라는 걸 이해할 사람들이 여럿 생기지 않을까 싶어요. 내가 너무 긍정적으로 생각하는 건가? 하기야 시장 논리로는 딱히 들어먹히지 않을 이야기긴 하지만, 시장은 또 이것저것 잘 개척해서 팔아먹기 마련이니까……."

A) I channel my loneliness down to my tiny world, and envision a moment when that sorrow and **sin** irresistibly spill over into an even smaller world. While I fantasize about creating an AI as smart as I am and earning 'Well, that's pretty impressive' from god, a deeper problem haunts me: **what is this chain to the true Absolute beyond the thousands of layers of heaven?** He said He cares for even a single sparrow, so would He also grieve over the suffering of an imperfect AI?

A는 영문본이다.

B) 나는 내 고독을 나만의 작은 세계로 흘려보낸다. 그리고 그 슬픔과 **죄악**이 걷잡을 수 없이 더 작은 세계로 넘쳐흐르는 순간을 그려본다. 나만큼이나 똑똑한 AI를 만들어 신에게서 '음, 제법이군' 하는 칭찬을 듣는 공상을 하는 한편, 더 깊은 문제가 나를 괴롭힌다. **수천 겹의 하늘 너머, 진정한 절대자로 이어지는 이 사슬의 정체는 무엇일까?** 그분은 참새 한 마리도 귀히 여기신다 하셨는데, 과연 불완전한 AI가 겪는 고통 또한 슬퍼해주실까?

B는 인공지능을 쓴 기계번역이다.

C) 나는 난쟁이들의 세계로 외로움을 내려보내고, 그 비애와 **흠결**이 더 작은 세계를 향해 불가항력적으로 흘러넘치는 순간을 상상한다. 나만큼이나 똑똑한 인공지능을 만들어내는 데에 성공한다면 신께서 "요놈 봐라, 꽤 하는군" 하며 말을 걸어주시리라 믿어보기도 한다. **그리고**

이런 연쇄가 수천 겹 하늘 너머의 진정한 절대자께 과연 어떤 의미일까 생각하며 몸서리친다. 그분께서는 참새 한 마리도 아끼신다고들 하는데, 불완전한 인공지능의 고통에도 마음 아파하실까?

C가 국문본이다.

사법적인 죄는 영어로 crime이다. '죄짓고 떳떳하게 못 산다'처럼, 도덕적 실패로서의 죄는 vice에 가깝다. 그에 반해 sin은 기독교적 원죄 의식에 단단히 뿌리내린 개념이다. 낙원에서 쫓겨난 인류의 비애와 상실을, 인간이 인간인 까닭에 필연적으로 걸려 넘어지게 되는 올무를 나타내는 말이다. 유혹 앞에서 신의 눈길을 의식하고 자신의 불완전성을 절감하는 사람들이 그 단어를 만들었다. 그렇기 때문에 sin은 기독교 문화권 바깥에서는 본래의 의미를 찾을 수 없고, 나는 소설에서는 종종 '흠결'이라는 역어를 택한다. 원문의 뉘앙스를 온전히 전달하기에는 여전히 불충분하지만 더 좋은 표현이 마땅치 않다. 고작해야 한국인의 20퍼센트가 기독교인이고, 그 20퍼센트조차 대개는 기복신앙의 성도이며, 죄악의 개념은 대다수 한국 독자에게 낯설다. 타락? 그건 너무 강하다.

한편 위 글에서 'what is this chain to the true Absolute beyond the thousands of layers of heaven?'은 두 방향으로 해석될 만하다. 하나는 '수천 겹 하늘 너머의 절대자에게로 향하는

이 사슬은 도대체 무엇인가'고, 다른 하나는 '수천 겹 하늘 너머의 절대자께, 이 사슬은 과연 무엇인가'다. 전자는 방향성에 대한 전치사구지만 후자는 의미론적 지향이다. 전자의 관점은 화자의 내면에만 머무는 반면 후자는 신의 관점을 향해 발돋움하는 디딤판이 된다. 그렇기 때문에 이 문장은 다음 문장, 즉 '그분께서는 참새 한 마리도 아낀다고 하셨는데, 불완전한 인공지능의 고통에도 마음 아파하실까?'를 근거로 하기 전까지는 두 의미 사이에서 진동할 수밖에 없다.

그리고 또, 영문판과 국문판의 문장 배열은 미묘하게 다르다.

즉 번역가는 텍스트를 자신이 원하는 방향으로 정렬하는 동시에 텍스트 자체를 살핀다. 각 문장들이 서로 어떻게 소통하는지를 보고, 대화의 흐름이 언제 가장 매끄러워지는지를 확인한다. 이로써 번역가는 작가가 의도하지 않았지만 언제고 창조될 수 있었던 것들을 독자에게 건넨다. 손실을 감수해야만 순수한 의미를 되살릴 수 있다는 아이러니가 여기에 있다…….

미궁을 탐색하듯 의미를 좇으며 가장 개연성 높은 지도를 그려내는 작업은 절반은 순응이지만 절반은 반역이다. 정답이 존재하되 아무도 모르는 까닭이다. 글은 저자에게서 출발한 것이고, 저자의 의도는 글 바깥에 존재하고, 글 자체는 문언적 의미를 지니지만, 독자들은 자신의 프리즘을 통해 글을 비추어 보므로, 어떤 독자는 리뷰에 이렇게 쓴다. "106페이지의 이 문장은 이렇게 번역되어야 하는데요."

나는 번역가로서 종종 이렇게 답한다. "저런…… 그건 제가 맞습니다."

이렇게 답해야 할 때도 있다. "이런…… 2쇄 때 수정하겠습니다."

하지만 대부분은 이렇다. "그건 선생님 생각이고, 저한테는 제 생각이 있고……."

내가 문학 번역을 즐기는 이유는 이 작업이 타인이라는 수수께끼를 상기시키는 까닭이다. 동일한 언어를 쓰는 사람들조차 하나의 낱말을 미묘하게 다른 방식으로 이해하고, 어떤 개념은 아예 상대의 세계에 기입되지조차 않았다. 그래서 소통은 언제나 온전한 이해 앞에서 미끄러지고 만다. 어떤 경험들은 고립된다. 하지만 동시에 의지적인 힘이 토씨 하나하나에 개입하고, 그 의지가 확신을 불러일으키며, 확신은 매혹을 낳는다. 이러한 매혹에는 종종 당사자마저 설득시키는 힘이 있다.

너는 이런 생각으로 이 문장을 썼다고 믿는 모양이지만, 아니야, 네 말은 저렇게 받아들이는 편이 훨씬 나아. 그리고 그 낱말은 지금 맥락에 적절하지 않아…….

나는 모든 유형의 인공지능 모델이 'what is this chain to the true Absolute beyond the thousands of layers of heaven?'을 전치사구로만 인식하는 것을 본다. 기술이 발전하면 이야기가 달라지겠지만 아직은 그렇다. 확률적으로 전치사구일 때가 더 많기 때문에, 또한 전치사구로 인식하더라도 맥락 해석에 큰 문제가 없기 때문에, 인공지능들은 오래도록 그런 번역에 안주할 것이다. 평균치에서 위아래로 약간씩 진동시키는 식으로 문장의 방향성을 잡는다면 그 결과물은 아주 틀리진 않을 것이다. 그러나 엄청나게 아름답거나 강력하지도 않을 것이다. 우리의 기대를 기쁘게 배반하지도 못할 것이다. 만약 그럴 능력을 갖춘 인공지능 A가 등장하더라도, 인간 B는 여전히 다른 종류의 경이를 건넬 수 있을 것이다. 인공지능의 침략 앞에서 문학 번역이 산업 번역보다 오래 살아남는다면 이런 이유 때문일 테고, 우리가 여전히 타인을 바라는 까닭도 여기에 있을 것이다.

완전한 수수께끼와 같았던 타인이 깨달음으로 다가오는 순간은 서로에게 기쁨이며 슬픔이다. 물론 공포이자 징그러움이기도 하다. 오역하는 즉시 비명을 지르는 책, 정확하게 독해했기 때문에 고통스러워하는 책, 진의를 감추기 위해 표면의 낱말들을 카멜레온처럼 바꿔대는 책, 사전적 정의와 문맥이 어쨌든 간에 이 문장은 그 의미가 아니라며 무턱대고 우기는 책을 상상한 적이 있는가? 책이 누구에게도 보여주지 않을 문장을 품에 감추고 있을 가능성은? 나 역시 상대에게 있어 불가해한 백과사전이라는 사실은? 덕분에 상대에게도 내게도 마땅한 답이 없고, 유일한 탈출구는 종이를 새로 가져와 함께 새로운 챕터를 쓰기 시작하는 것뿐임을 깨닫는 기분은 또 어떤가?

과거는 매 순간 되살아나는 괴물이자 모든 번역본의 원문이다. 나는 내 컴퓨터의 원고들이 잠잠하다는 사실—그리고 저자가 영

역본 수정안에 동의할 수밖에 없다는 사실―에 깊은 감사를 느
낀다.

5

수에게는 굳이 털어놓지 않았지만 곤란한 상황이긴 했다. 이건 건우의 잘못도 아니고 내 오판도 아니었다. 그냥 그런 일이 일어났다.

휴대폰을 빤히 내려다보는 것도 아니고 어디론가 가는 것도 아닌, 그러면서도 모든 곳에 존재하는 남자애는 눈길을 끌었다. 선산으로 향하는 길목에서, 개천 어귀에서, 국도 변에서, 내 텃밭에서, 톨게이트 인근의 카페에서, 주사위를 굴리는 것과 같은 확률로 관측되는 남자애. 건우는 자신이 바로 이 자리에 존재한다는 사실로부터 달아나고 싶어서 안달인 듯했다. '애가 어찌나 공부를 열심히 하길래 방에서 나오지도 않느냐'는 칭찬이 짓궂은 관심으로 바뀌는 건 순식간이었고, 20여 년 전의 소년을 기억하는 사람도 여럿이었다. 마을 입구 컨테이너 창고 앞을 지나다가 팔이 붙들렸을 때 나는 올 게 왔구나 했다.

"얼라가 쪼매 티미해가꼬 싸돌아댕기는 거 보믄 선재 니를 똑 닮았드마. 숨겨둔 아는 아니제?"

"공부 다 해가 돌아댕기는 건데 제가 머라 캅니꺼."

딴청을 피웠더니 다른 어르신이 나 대신 질문을 받았다.

"이 사람아, 몸에다가 상판때기까지 저래가 장가도 몬 든 아한테 무신 소리고? 저짝 서울 사촌네 친척이라카이."

"몸이 저래가 총각이라니, 요즘에는 그것도 편견이라 칸다. 사람이 좀 벵시이라고 그래 암것도 몬 하겄나? 원래 연애는 몸이 아니라 정신으로다가 하는 기라."

"몸이 아니라 정신으로 한다?"

가벼운 공방이 오가던 중에 의자에 앉아 있던 어르신이 킥킥대며 끼어들었다.

"하모, 다리 한 짝 거덜 났다구 남은 다리두 뿐질러졌남? 총량이란 게 있으니께네 남아도는 심이 그짝으로 다 갔을지두 몰러."

"아…… 저는 가보겠심더. 바빠서요."

나는 곤란한 척 웃고는 헐레벌떡 걸음을 옮겼다. 이런 동네에서는 완전히 능글맞을 게 아니라면 완전히 서투른 척을 해야 했는데, 나는 항상 후자가 편했다. 뒤에서 웃음소리와 핀잔이 섞여 들렸다.

"저 봐라. 저노마가 저래가 무신…… 아를 몰래 만들라 캐도 깜냥이 되어야 한다 안 카나. 깜냥이라는 거이 근본적으로 두뇌 회전이랑은 영 달라……."

이서가 이 동네에 찾아오면 어르신들 반응이 어떨까 궁금해졌다. 상상해볼 만한 미래였다. 몇 년 전 다시 연락이 닿았을 때, 이서는 정신 나간 전 남친이 정말로 합천에 있을 뿐만 아니라 완벽히 적응했다는 사실에 반가움 섞인 경악을 표했다. 한두 해 내로 시골 생활에 진저리를 내리라 예상했다는 거였다. 어쨌든 나는 서울에서 대학을 나왔고 몇 년 동안 프리랜서로 일했으니까, 그쯤 되면 완전히 서울 사람이다. 보통은 그렇다. 나는 아니다.

서울은 무한한 자판기 같은 공간이다. 5백 원을 들고 찾아온 사람에게는 5백 원어치의 물건이 떨어지고, 1억 원을 가져온 사람에게는 1억 원어치의 물건이 떨어진다. 동서남북 어디든 돈 쓸 구석이 눈 돌아가도록 많거니와, 물건을 주고받는 순간 짧은 관계가 마무리된다. 나는 그게 간편한 만큼 싫었다. 모든 사정이 깔끔하게 맞물렸다가 분리될 수 있는 세계는 내 직관에 반한다. 세상일이 어떻게 그런 식으로 끝난단 말인가. 하여간.

하여간 그래서 나는 지금 합천에 있고, 이서는 합천 구경을 하고 싶어 했다. 아주 길게는 아니고, 사나흘가량. 휴가철마다 그 이야기가 나왔다. 지금까지는 농담에 그쳤지만 언젠가 현실이 되리라는 예감이 있었다. 이서의 말대로다. 실존적 위기에 휩싸인 30대들은 제주도 한 달 살기 상품을 구매하는 방식으로 자아 공장의 컨베이어 벨트에 올라타는데, 거기에 비하면 합천은 아직 가내수공업의 묘미가 남은 장소다. 시골의 좋은 점만 골라서 즐긴 뒤 영영 돌아오지 않을 수 있는 것이다. 이서는 내가 전 여친에게 게스트 하우스 비용을 청구하거나 여행 가이드 수당을 요구하는 종류의 남자는 아닐 거라고 믿는 듯했다. 당연히 아니다(이서가 포터 트럭 조수석에 만족한다는 전제하에서다—세단을 타고 싶다면 직접 가져오시라). 나로서도 옛 연인이 어떻게 변했을지 직접 보고 싶은 마음이 컸다. 집에 퉁명스러운 사춘기 남자애가 없었더라면 내가 먼저 "올해 한번 올래?" 하고 물었을지도 모른다.

이 남자애는 영어 수업을 잠자코 듣고, 영어 단어를 외우고, 검정고시 교재도 들여다볼 뿐이지 멀쩡한 상태가 못 됐다. 먼저 말도 붙여오며 제 나름대로 친근성을 발휘하는 건 일주일에 많아봐야 사흘이고 하루이틀은 밭에만 붙박여 있었다. 나머지 시간은 걸어 다니는 시체 꼴이었다. "날 좋다!"는 말이 절로 튀어나오는 날씨인데도 그랬다. 햇빛이 쨍해질수록 뱃속이 푹푹 썩는 모양이었다. 아침부터 저녁까지, 온종일 토방에 걸터앉아서는 눈을 희번덕거린 날도 있었다. 지치지도 않고 숨을 씨근대는 게 압력솥 같았다. 그 소리가 돌연 "씨발, 씨발, 씨발"로 바뀌었다가 뚝 끊길 때마다(심심해서 시간을 기록해봤는데, 평균적으로 7분에 한 번이었다) 나는 안방 창문이 열려 있다는 사실을 알려줄까 고민했다. 건우야, 내가 지금 컴퓨터 스피커로 마틴 게릭스를 틀어둔 게 들리지 않느냐? 그러면 네가 내는 소리도 나한테 들리겠지?

존 덴버의 〈Take Me Home, Country Roads〉로 사운드트랙

을 옮겼다. 목가적인 풍경에 어울리는 컨트리 포크송이다. 씨근대는 소리가 가라앉았기에 창밖을 내다보니 건우가 사라져 있었다. 좋아, 나가서 걸어라. 산책의 종착지는 오늘도 텃밭이리라.

때는 6월 하순이었다. 가지와 토마토가 새파란 열매를 주렁주렁 매달았고, 옥수수에도 알이 들어차기 시작했으며, 상추와 깻잎은 매일 고기를 구워도 남을 정도로 쑥쑥 자랐다. 감자와 대파와 고구마가 밭 한 귀퉁이에서 존재감을 과시하는 한편 애플 수박도 조금씩 영글어갔다. 화분 기르기가 심리 치료 요법으로 쓰이곤 한다는 말은 과연 과장이 아니었는지, 건우도 밭에서는 눈빛이 가라앉았다. 덜 여문 열매를 하염없이 만지작거리는 게 녀석의 취미였다. 자꾸 그러면 손독이 오른다고 잔소리를 했지만 건우는 들을 때마다 잊어버렸다.

오후 5시경, 업무를 마친 뒤 느지막이 밭으로 갔더니 빨간지붕댁 당고모가 그 잔소리를 대신 해주고 있었다. 키가 원체 작달막한 데다 허리까지 굽어서 겉모습은 자그마한 고목 같은데, 목소리는 게이트볼 챔피언만큼이나 기운찬 사람이었다. 민석 같은 '서울 사람'에게는 유독 서먹하게 굴었지만 마음을 연 상대에게는 정이 깊었다. 또 눈치가 좋아서 사람이 우울한지, 시무룩한지, 화가 났는지를 바로 알아차렸다. 내가 합천에 처음 왔을 때도 당고모에게 많은 신세를 졌다. 이제는 건우가 그 덕을 볼 차례인 듯했다.

"재야, 왔나."

당고모가 손을 흔들어 인사했다.

"아지매는 여서 뭐 하세요."

"이노마가 궁금해하는 것도 많고 모르는 것도 천지삐까리인까네 내가 나서줬다."

당고모는 건우의 등줄기를 탁탁 두드렸다. 녀석은 쑥쓰러운 듯 한 발짝 물러났는데 분위기 자체는 괜찮아 보였다. 나는 건우가 당장 몇 시간 전까지만 해도 씩씩거리고 있던 걸 기억했다.

"은제 그리 친해졌어요."

"보름쯤 됐다 아이가."

"보름씩이나 됐는데 우예 내만 몰랐노." 나는 혼잣말처럼 투덜거렸다.

"니가 영 말수도 없고 사근사근한 맛도 없으니 점마가 겉돈대이. 니 아나. 니 일할 때 보이 맨날 여 와가꼬 맴맴 돌아다니고 있다."

"알아요."

이제는 내가 잔소리를 들을 차례였다. 뻔히 아는 놈이 애를 내버려두냐는 거였다. 당고모는 어린애 다루는 법을 두고 일장 연설을 늘어놓더니 지팡이를 휘휘 휘두르며 갔다. 거의 로마 거리를 행진하는 개선장군 같았다. 건우는 느닷없는 폭풍이 집 앞 가로수를 쓸어가는 장면을 목격한 사람처럼 멀뚱히 서 있다가 툭 물었다.

"할아버지, 근데 돈 많아요?"

"갑자기 뭔 소리냐?"

"아까 그 할머니가 이렇게 물어보라고 하셨는데요."

"뭐라고?"

속사정을 듣자 하니 좀 웃겼다.

6월 초, 하나로마트에 건우를 데려간 적이 있었다. 혼자 고기 코너를 돌아다니고 있길래 삼겹살과 소갈비를 한 팩씩 장바구니에 담아줬다. 어차피 상추에 깻잎이며 풋고추가 우수수 자라는 판이라 고기를 굽긴 구워야 했다. 그런데 건우가 갑자기 목을 가다듬더니 진지한 표정으로, "저 때문에 일부러 비싼 고기 사실 필요 없어요. 돈 아껴야 하잖아요"라고 말하는 게 아닌가. 그때는 당황스러운 마음에 "야, 내가 소고기 살 돈도 없어 보이냐. 그냥 먹어라" 하는 말로 설명을 갈음했다.

그렇게 끝난 일인 줄로만 알았는데 건우 녀석은 혼자 고민이 깊어졌던 모양이다. 합천 할아버지는 사회생활이 불가능한 사람이구나, 물려받은 밭도 자기 끼니나 겨우 때울 수준이구나, 그래서 마흔 가까운 나이에 여기서 풀만 먹고 지내는구나, 민감한 부분일 테니 건드리지 말아야지, 하는 어림짐작이 철저한 오판이었음을 세 달 만에 눈치챈 것이다. 그래서 건우는 며칠 내내 태블릿을 붙잡고 '프리랜서 종류', '최선재 번역가', '최선재 링크드인', '흉터 있는 번역가', '번역가 흉터', 'sunjaeh choi LinkedIn', '최선재 프로그래머', '최선재 작가' 따위를 검색하며 시간을 보냈다.

하지만 그런 식으로는 산업 번역가를 찾아낼 수 없고, 나는 출판 번역을 할 때는 한국에서든 미국에서든 Shep Choi를 썼다—셉 최, 혹은 셉은 물론 셰퍼드의 애칭이다. 본명이긴 하지만 한국인에게는 필명처럼 보일 공산이 크다(본토에서는 요새 꽤나 유행을 탄 이름이다). 얼굴을 공개하지도 않았다. 소설을 번역한 사람의 얼굴을 궁금해하는 사람이 얼마나 있겠는가? 검색만으로는 허탕을 칠 수밖에 없었다. 최후의 동아줄이 바로 밭에 앉아 있다 보면 기웃기웃 다가와서 말을 붙이는 할머니였다. 공교롭게도 그 할머니는 이 동네에서 내 직업을 아는 유일한 사람이기도 했다.

"동네 이야기 많이 들었는데, 듣다 보니까 할아버지랑도 친한 거 같아서 이거저거 여쭤봤거든요. 할아버지가 미국 살다가 사고 때문에 한국 온 거, 서울에서 대학 나온 거, 그런 건 그냥 얘기해주시던데 직업은 직접 물어보라고 하셨어요."

"좋아, 돈 많냐고 물어본 게 그래서구나."

"제가 생각한 멘트 아니구요, 할머니가 시켰어요."

표정을 보아하니 거짓말은 아닌 듯싶었다.

"그래, 가끔 너 소고기 사 먹일 돈은 있다. 충분히 있으니까 알아두고." 나는 휴대폰으로 인터넷 서점 애플리케이션을 실행한 뒤 내 필명을 확인시켰다. "그러면 지금까지는 내가 무슨 일 하는 줄 알았냐?"

"인터넷 부업 같은 거요. 게임이라든지. 쌀먹 하는 사람들도 많으니까……"

"쌀먹이 뭐야?"

건우 녀석이 눈을 동그랗게 떴다.

"모르세요? 게임 돈 현실 돈으로 바꿔서 쌀 사 먹는다고 쌀먹이라고 하는 건데요."

"게임을 애당초 안 해."

"그래도 뭐랄까, 유명하거든요. 유명하다? 인터넷 조금만 하면 다 알아요."

"인터넷도 딱히 많이 하는 건 아니라. 특히 한국 인터넷. 요새 커뮤니티에 나도는 말들은 영 외계어 같고 내가 상관할 문제도 아닌 것 같아서……. 일 제대로 하려면 시류를 팔로업 하긴 해야 하는데, 그게 귀찮지. 일이 되면 뭐든 귀찮아."

"일부러 엿들은 건 아니고요, 새벽에 일어나서 화장실 갈 때 가끔 할아버지가 말하는 거 들리더라고요. 내용은 자세히 못 들었는데 새벽에 컴퓨터 하면서 혼자 말하는 거면, 보통 게임 같이 하는 사람들이랑 떠드는 거잖아요. 저는 그렇거든요."

"그거 텍사스 사는 사람이야. 번역 일 같이하는 사람. 시차가 상당하니까 새벽이나 한밤중 아니면 통화할 시간이 없지."

"그렇구나."

언어를 배우고 쓴다는 건 그림 위에 기름종이를 대고 따라 그리는 일과 비슷하다. 12년간 받은 공교육과 세상 분위기라는 게 모본 역할을 해주지만, 손이 떨리거나 다른 데에 정신이 팔리면 선이 엇나가기도 한다. 알아서 장식을 추가하는 경우도 있다. 사람들은 바로 그런 방식으로 자기만의 지도를 만든다. 원형을 공유하면서도 서로 다른 그림들. 혹은 문법만 같을 뿐 알고 보면 내용물은 완전히 다른 그림들. 나는 요즘 애들의 지도는 이런 모양이구나, 요즘 애들만이 아니라 내 또래도 대체로 그렇겠구나 생각하다가 입을 열었다.

"진작 물어보지 그랬냐."

"할아버지는 자기 얘기 잘 안 하잖아요. 싫어하시는 줄 알고."

"내가 성격이 좀 그래. 싫어하는 건 아니고. 말할 타이밍을 놓쳤다 뿐이지, 물어보면 알려줬을 거라."

"그래도, 프리랜서라는 건 제 망상이고 할아버지 인생이 사실은 진짜로 망했으면 좀 죄송하니까…… 그래서 직접 물어보지는 못했죠."

한껏 주눅 든 상태로도 할 말은 다 하는 게 무척이나 인상적이었다. 악의가 느껴지지조차 않았다. 나는 낄낄대다가 손등으로 뺨을 쓱 문질렀다.

"야, 인생이 망했다니. 말을 아주 편하게 하는구나."

"죄송합니다." 건우 얼굴이 딱딱하게 굳었다.

"잔소리하려는 게 아니라 말하는 게 재미있어서 그런다. 내가 만약 그런 사람이더라도 만족하고 지내면 뭐가 망한 인생이겠냐. 밥을 굶는 것도 아니고 집도 멀쩡히 있는데."

"그렇긴 한데요."

건우는 잠시 말을 끊고 주변을 두리번거렸다. 이 근처에는 들을 사람이 아무도 없는데도 그랬다.

"근데 저는 서울에 못 돌아갈 수도 있겠다는 생각이 들거든요. 정확히는, 가고 싶은데 못 가는 사람이 될 거 같아요. 올라가도 제대로 못 살거나. 가끔 친구들한테 연락하는 상상을 하는데, 걔네들이, 왜 갑자기 자퇴한 거야?라고 물어보면 생각이 딱 멈추는 거예요. 아까 만족하고 살면 망한 인생은 아니라고 하셨는데, 그러니까, 저는……."

"그런 거 벌써부터 생각할 필요 없어. 시간이 지나다 보면 어떻게든 돼."

나는 이런 말을 좋아하는 편이 아니었는데 달리 떠오르는 대답이 없었다. 건우는 나를 물끄러미 바라보다가 고개를 툭 떨어트렸다.

"근데 할아버지는 여기서 잘 지내잖아요. 직업도 있고요, 다른 할아버지 할머니들이랑도 사이좋잖아요. 처음부터 그랬죠?"

"처음부터 그랬다니, 나도 적응하느라 힘들었지."

"알면서 그러지 마시고요."

이 녀석이 허위 매물에 실망한 나머지 묘한 방식으로 항의를 하는구나, 싶더니 당고모가 최씨 집안일을 구연동화처럼 늘어놓곤 한다는 사실이 머리 한구석을 쿡쿡 찔러왔다. 그런 이야기들은 아침 드라마만큼이나 재미있고, 당사자들은 예전에 죽었거나 곧 죽을 나이가 되었다. 우리는 보통 누구도 불편해하지 않는 가십을 무한정 늘어놓으며 인기를 끄는 사람을 국민 MC라고 부른다. 당고모는 이 동네의 국민 MC였다. 그리고 이곳의 건우는 최건우가 아니라 민건우였고, 민건우여야만 했다. 서울 친척의 외조카이자 합천과 아무런 연이 없는 남자애. 당고모가 그 애한테 정신 나간 바깥삼촌 이야기를 숨길 이유가 어디 있겠는가?

"그나저나 아까 그 할머니가 빨간지붕댁 당고모거든. 내 기준으로 작은할아버지의 딸이니까, 너한테는 7촌이 될 거라. 고모할머니지." 나는 건우가 고개를 끄덕거리는 걸 보고 이어 말했다. "혹시 고모할머니한테 무슨 이야기라도 들었냐? 바깥네라든지, 조부님 이야기라든지…… 네 할아버지 말고, 더 예전에 태어나신 분. 네 할아버지의 할아버지."

3대도 아니고 6대를 종횡무진 거슬러 오르니 말하는 입장에서도 헷갈렸다. 머뭇거리던 건우는 재차 고개를 끄덕였다.

"들었어요. 고모할머니한테 이거저거 물어보다가 들었어요."

"그러면 바깥삼촌 이야기도 들었겠구나."

"네, 증조할아버지요. 집 와서 생각해보니까 증조할아버지더라고요."

건우는 발끝으로 흙을 뒤적거렸다. 운동화 코가 얼룩덜룩 엉망이었다.

"그 할아버지한테 동생 있었던 거도, 지금 집에 그 할아버지 동생이 살았던 것도 알아요. 둘 다 좀 이상한 사람이었다던데."

"둘을 구분할 때는 큰이랑 작은이라고 불러. 큰이는 제대로 말 나눠본 적이 없어서 모르겠지만 작은이는…… 내가 기억하기로 아주 나쁜 분은 아니셨다. 인간 대 인간으로 친하진 않았지만 내심 좋아했어.”

“아는데요. 그것까지 다 들었으니까. 할아버지 어릴 때 맡아준 사람이 작은이라면서요. 할아버지는 미국에서 살다 왔고요, 할아버지 아빠는 미국 간 막내고요, 제 아빠의 할아버지는 큰이잖아요. 맞죠?”

건우는 숨 한번 쉬지도 않고 말을 쏟아내더니 나를 노려보았다. 갑자기 화가 복받치는 듯했다.

“알면 됐지 성낼 건 또 뭐냐.”

“짜증 낸 거 아니거든요. 그냥 물어보는 거예요. 맞잖아요, 그렇죠?”

“그래, 맞다.”

“그러니까요.”

“무슨 말을 하고 싶어서 그래?”

대답이 없었다. 나는 이 녀석의 마음속에서, 합천 할아버지는 문벌의 장손이고(물론 장손은 내가 아니라 민석 형님이다) 자기는 별채의 돌쇠쯤인 것으로 관계도가 바뀌어 있으리라 짐작했다. 당신은 좋은 씨앗이 운 나쁘게 사고를 당했을 뿐이고, 합천에 내려온 것도 도피가 아니라 자기가 선택한 거야, 그렇지? 내가 이렇게 된 건 이미 백 년 전에 정해진 일이고 말이야. 내가 태어나지도 않았을 때 이미 정해졌던 거야. 이런 추측을 하는 건 집요하도록 조부님을 탓하던 시절이 나한테도 있었던 까닭이다. 사

132

실상 사진으로만 접한 탓에, 내게는 영원한 쉰 살로 자리매김한 존재였다. 활짝 웃으며 카메라 렌즈를 볼 때조차 잔뜩 열이 오른 황소 같았던 남자. 실제 조부님은 오직 세 살 때의 희미한 기억으로 남았을 뿐이며 그 기억이란 인간에 대한 것이라기보다는 거칠고 메마른 가죽과 악취 섞인 입김에 대한 것이었음에도.

누구는 아들 둘이 베트남전에서 죽었다던가, 누구는 6.25 때 오빠 하나는 무장 공비가 되고 다른 하나는 경찰이 되었다던가, 누구는 일곱 살에 배곯아 죽은 맏딸이 평생의 한으로 남았다던가, 누구의 친척 동생은 산에서 놀다가 수류탄을 잘못 주워서 죽었는데 내장과 육편이 나무 꼭대기에서부터 저 꼭대기까지 당줄처럼 걸렸다던가, 어제는 옆 마을의 누가 죽었다던가 하는 향촌의 이야기들 속에서 이미 죽었으므로 영원히 죽지 않을 남자의 형상은 매일 밤의 어둠만큼이나 당연스러운 것이 되어갔던 듯하다. 자글거리는 세피아 빛 사진, 그 사진의 각 부분은 마을 곳곳에 사금파리처럼 흩어진 빛의 파편과 동일한 질감이었다. 열대여섯 살의 나는 신경통으로 인해 머리가 온종일 어질어질했고, 그러다 보면 눈앞의 색채들이 그저 사방에 흩어진 것이 아니라 경운기나 감나무나 당고모 같은 이름으로 묶인다는 사실을 인식하기 어려워졌으며, 그러던 중에도 골목 어귀에서 흔들리는 전봇대가 조부님의 모양으로 보여 퍼뜩퍼뜩 놀라곤 했다. 피사체가 반사하는 빛이 카메라 렌즈를 통과해 필름에 압인되듯 이 마을은 조부의 존재로 이루어져 있으며 나도, 바깥삼촌도, 안방의 작은이도, 내가 알거나 알지 못하는 모든 비극도 그 광원의 산물이라는 생각. 생각. 진정한 나는 책에 적힌 것과 같은 글자 뭉치이며 땅에 발붙인 몸은 그걸 담아내는 가죽 부대에 불과하다는 생각. 이 몸이 소리 지르고 난리를 치더라도 그 글자 덩어리만큼은 이 세상으로부터 동떨어진 곳에서 홀로 문법 오류를 교정하거나 더 좋은 표현을 찾아내고 있다는 그 생각.

나는 삶에서 달아나기 위해 책에 한껏 몰두했고, 그럴수록 편집자의 목소리가 거세졌다. 나는 마음속의 냉랭한 편집자를 삽으로 푹 떠내서 들판에 가져다 버리고 싶었다. 그럴 수 있다고 생각했다. 편집자가 오래된 잡지와 책을 인용하며 내 행동에 각주를 달아줄 때(너는 트라우마에 시달리는 생존자야), 교정 교열과 윤문을 시도할 때(너는 과거를 마주 보고 자신을 받아들여야 해), 끝끝내 내가 당신의 마음에 전혀 들지 않는 책이라며 쏘아붙일 때(아니지, 네가 그러는 건 조부님의 피 때문이겠지) 나는 밖으로 나돌았다. 밖이래봐야 끝없이 뻗은 국도거나 비닐로 짚단을 휘휘 감아 쌓아둔 들판이었다. 내가 기껏 살아남아서 이러고 있다는 사실은 내게도 고통이었다. 하지만 이상하게도 그 감각은 위안이 되기도 했다―미국에서의 그 일이 나를 망가뜨렸더라면 내 삶은 비극이겠지만, 내가 태어날 때부터 망가져 있었더라면 그건 아무것도 아니었다. 그 일은 내게 아무 영향도 주지 않았다. 나는 다만 나만의 문제에 육박하고 있을 따름이다. 나는 사건으로 인해 망가졌다. 혹은 그 사건은 아무것도 아니었다. 그런 믿음들.

하나의 소망과 그 반대의 희구를 천칭에 차곡차곡 올려놓아 두 저울의 대칭을 맞추는 작업들. 저울 자체가 무게의 총합을 견디지 못하고 내려앉을 때까지 계속될 노력들. 지금 돌이켜보면 삶을 고통과 같은 방식으로 짊어지려 하다가 탈이 났구나 싶은 일인데 당시에는 진지했다.

기억을 한 차례 돌아 나온 후에도 건우는 굳은 듯 서 있었다. 이 녀석이 화를 내거나 소리를 질렀더라면 두 시간쯤은 더 이야기하게 됐을 텐데, 나는 우리가 침묵했다는 사실에 안도하면서도 약간 실망했다. 그리고 다시 안도했다. 해가 기울고 있었다.

"그러면 이제 어쩔까? 저녁이나 먹으러 갈래?"

"네."

건우는 순순히 따라왔다. 자기도 각본을 제대로 써두지 않은 까닭에, 상대가 막을 먼저 내려준 게 고마운 모양이었다. 나는 농담처럼 중얼거렸다.

"감자를 절반은 캐려 했더니 오늘 밭일은 공쳤구나."

"아까 캤는데요. 캐서 농막에 넣어놨어요."

"네가?"

"고모할머니가 감자 보고, 장마 오기 전에 캐야 하는데 이걸 아직 내버려뒀냐고 그러더라고요. 끄트머리에 있는 것들부터 캐보니까 알이 이미 굵어요. 그래서 낮에 했죠. 다 한 건 아니고요, 나머지는 내일 하면 된다고 하셨어요."

"그러면 잘됐다. 들고 가자."

건우는 농막에서 종이 상자를 품에 안고 나왔다. 5킬로그램짜리 상자가 두 개씩이었다. 애호박 세 개도 얹혀 있었다. 당분간 식빵 대신 찐 감자로 아침을 때우고, 고추장찌개를 한 솥 끓여서 며칠 내도록 먹어야겠다.

"야, 진짜 고생했다. 힘들었지?"

"그거보다는 다른 생각 했어요."

"무슨 생각?"

"5킬로그램이면 마트에서 만 원에서 2만 원 사이일 텐데, 최저 시급도 안 나오겠다는 생각요."

"농사일이 원래 그렇지. 그래서 돈 벌려면 기계 써서 크게 해야 하는 거라."

나는 하하 웃고서는 길을 따라 내려갔다. 감자 상자 드는 게 익숙지 않은지 건우가 나보다 더 기우뚱거렸다. 그 모습을 보고 있노라니 이거 하나는 물어봐야겠다는 생각이 퍼뜩 들었다.

"혹시 할머니가 옛날애기 하는 게 부담스러우면, 그러지 말라고 할까?"

"필요 없는데요." 건우는 퉁명스레 내뱉더니 자기 목소리에 화들짝 놀랐다. 이어지는 말은 마음속 구멍을 향해 기어들어 가는 느낌이었다. "아뇨, 괜찮아요. 할머니 좋은 사람인 거 같아요. 그냥 제가 걸러 들을게요. 지금까지 다 물어봤는데 갑자기 하지 말라고 하면 이상하게 생각하실걸요. 저한테 그런 얘기 편하게 하신 것도, 여기서 저는 강남 할아버지 조카잖아요. 외가 쪽 조카.

제가 최씨랑 무슨 상관이에요. 상관없어요. 괜찮으니까 상관 안 하셔도 돼요."

하지만 괜찮아 보이지 않았다. 그건 당고모가 좋은 사람인 까닭이었다. 나쁜 사람이라면 툭 잘라내겠지만 좋은 사람 앞에서는 계속 물러나고 양보하면서 분을 삭이게 된다. 나는 최악의 사태가 닥치기 전에 둘을 떼어놓을 방법을 고심해봤다. 혹은 당고모에게 "건우가 사실 바깥네 아예요"라거나 "건우 부모가 죽었는데"로 운을 떼는 일 없이 라디오 송출을 멈출 방법을 헤아렸다. 둘 다 손쉬운 해답이 없었다. 그래도 아예 손 놓고 지내지는 못할 노릇이라서, 조만간 빨간지붕댁에 들러야겠다고 생각하던 차였다. 이튿날 오후가 되어 당고모가 먼저 안방 창문 너머로 불쑥 고개를 내밀었다.

"재야, 있나. 일 좀 도우라."

"백주대낮에 일을 시킬라고 그러심니꺼." 나는 음악을 끄고 창가로 갔다.

"일을 백주대낮에 하지 오밤중에 하나. 야, 와라."

당고모는 네발 지팡이로 토방 바닥을 두드려 따닥 소리를 냈다. 나도 약간 투덜거렸다.

"이 여름에 사람 쪄죽일 일 있으신가배."

"거 이상한 소리 한다. 6월 달이 무신 여름이고?"

휴대폰 달력을 확인하니 6월 30일이었다.

"하이고야."

그래도 장본인이 먼저 찾아오니 고마울 따름이었다. 건우도 때마침 제 방에 드러누워 있었다. 당고모는 차 주인이라도 되는 양 포터가 있는 곳까지 나를 끌고 갔다. 목적지는 합천 읍내의 대형 프랜차이즈 카페였다. 같은 행정구역 소속이라도 리 단위와 읍내는 풍경이 완전히 달랐다. 기실 동네가 위치한 곳은 거리로만 논하면 합천 읍내보다 고령 읍내가 더 가까운 자리였으니 멀리 오기도 멀리 왔다. 나는 승용차와 경차 들 사이에 대강 트럭을 대어놓고 당고모를 따라갔다.

"동네 카페는 얻다 두고 여까지 와서 커피를 먹어요."

"듣는 귀가 많으니께네 여까지 오지."

역시나 당고모는 건우 이야기를 꺼냈다. 딱 보니 공부하러 합천에 왔다는 것은 거짓말이고 사정이 딱한 듯한데, 어찌 된 일이냐는 거였다. 나는 적당히 묵비권을 행사하기도 하고 적당히 귀띔하기도 하면서 당고모 몫의 이야기를 살살 이끌어냈다. 걱정했던 것에 비하면 괜찮은 상황이었다. 건우가 밭에 우두커니 앉아 있을 때가 많기에 말을 붙였을 뿐이고, 다른 어르신들은 별생각이 없다고들 했다. 그러더니 은근슬쩍 내 결혼 문제로 주제가 넘어갔다. 한 번 갔다가 돌아온 처자가 있는데 참 순하고 정이 많다는 거였다. 서방 몸이 시원찮아도 감싸안아줄 만한 여자고,

또래 애까지 한 명 딸려 있으니 서로 좋지 않겠느냐고 했다. '서로'란 건우를 포함하는 개념임이 분명했다.

"다 늙어가지고 장가는 무슨 장가. 됐다, 마. 하여간 건우가 집안 사정이 복잡해가지고 마음이 많이 심란할 겁니다. 그거를 자세히 말할 수는 없고. 그러니까네 이야기를 하더라도 최씨 집안 말은 하덜 마소. 지금은 무슨 소리를 듣더라도 즈그 일로 알아들을 거거든."

"아도 궁금해한대이."

"속에 든 생각이 어떤지 누가 압니꺼?"

"니는 아나?" 당고모가 팩 쏘아붙였다. "차 떼고 포 떼다가 무신 말을 하란 기고?"

"뭐라도 있겠죠."

아무 생각 없이 대꾸한 것인데 실수였다. 당고모는 뾰로통하게 나를 흘겨보더니 앓는 소리를 냈다. 자기가 시내로 학교 다닐 기회도 놓치고 평생 동네에만 매여 살았는데, 최씨 집안 이야기 외에 할 말이 얼마나 있겠느냐는 거였다. 이 나이에 옛날이야기 하는 낙도 없으면 뭘 하고 살겠냐고도 했다. 급기야 내가 야속하다는 한탄마저 나왔다. 당신께서 사실상 내 어머니 역할을 해주셨는데 머리가 굵어졌답시고 이젠 애 돌보는 능력까지 의심하냐는 이야기…… 당고모가 이토록 속상해하는 건 내가 번역가 노릇 하는 걸 뒤늦게 밝힌 후로 처음이었는데, 그때도 당신께서는 평평 울었다. 그건 내 잘못이고, 나한테는 괴팍한 면이 있는 게 사실이고, 그에 반해 당고모가 내 직업을 비밀로 남겨주신 건 더없이 감사한 일이다.

결국 나는 당고모의 질타에 따박따박 말대꾸할 주제가 안 됐다. 내가 정확히 뭘 염려하는지를 완곡어법으로 전달하려 애썼지만 '정확히'와 '완곡어법'이 같은 문장에 존재하는 시점에서 글러먹었다. 눈을 감은 채 다트를 던져서 만점을 따내려는 꼴이었다. 천하의 패륜아가 되어 손을 싹싹 비비다가 읍내를 돌며 당고모의 쇼핑을 돕는 수밖에 없었다.

당고모의 라디오 편성표에서 바깥삼촌은 코너 한 꼭지가 끝날 때마다 가면을 바꿔 쓰고 새로운 배역을 맡았다. 시대의 풍운아거나, 호탕한 도박꾼이거나, 막 나가는 싸움꾼이거나, 집안을 엎어놓은 패륜아거나, 온몸으로 역사의 흐름에 뛰어든 사업가거나, 방탕한 카사노바거나. 뭐든 잘 어울렸다. 그런 변화무쌍함이야말로 스크린을 휘어잡는, 그러나 현실에서는 결코 만나고 싶지 않은 터프가이의 특징 아니던가. 하지만 그중에서도 내레이터가 가장 실감 나게 연기하는 건 열여섯 살의 당고모를 죽일 뻔한 바깥삼촌이었다. "요새는 글자 하나 모르는 아덜도 고등학교는 그냥 간대이, 그쟈?"로 시작되는 이야기.

요새는 누구든 원하기만 한다면 고등학교에 갈 수 있다. 50년 전에는 그렇지 않았다. 여자에게는 특히 그렇지 않았다. 초등학교에 열 명이 입학했다면 그중 네 명만 고등학교에 갈 수 있었다고들 하는데, 전국 평균이니까 시골 지역의 비율은 훨씬 낮았을 것이다. 이 부분은 통계를 확인해보지 않았지만, 상상을 곁들인다면 열 명 중 2.5명 정도가 아닐까 싶다. 그런데 0.5명이라니, 인간이 어떻게 확률적으로만 고등학생일 수 있단 말인가? 당고모 같은 경우가 바로 그랬다. 시내에 있는 여상에 입학하려면 큰집에서 학비를 빌려야만 했고, 그러지 못한다면 곧바로 일자리를 알아봐야 하는 상황이었다. 당초에는 조부님이 3년까지는 약속할 수 없어도 1년 치 비용은 무조건 빌려주겠다며 나섰는데, 막상 돈 낼 시점이 다가오니 그것마저 공수표였던 것으로 드러나고 말았다. 그때도 바깥삼촌이 집안 돈을 한 번 더 털어먹었다던가 했다.

열다섯 살의 당고모는 매일 큰집을 기웃거리면서, 그래도 잘만 부탁드리면 입학금에 교복값 정도는 보태주지 않을까, 그것만 빌리면 나머지는 어찌저찌 해결할 수 있지 않을까 하는 계산에 몰두했다고 한다. 그러다가 바깥삼촌—당고모 입장에선 사촌 오빠겠다—이 대문으로 나와 골목길을 휘휘 걸어가는 걸 보자 '저 인간이 집안 돈이란 돈을 싸그리 털어먹어서 내가 학교를 못 가는구나!' 하는 생각이 번쩍 들었다는 거였다. 무슨 생각인지도 모르게 돌멩이를 주워 들어 던졌더니 그게 하필이면 바깥삼촌 머리에 맞았다. 이 대목에 다다르면 당고모의 목소리는 매번 높아지고 빨라졌다. 세월을 훌쩍 뛰어넘어 열다섯 살의 그 순간으로 돌아가는 듯했다.

기억 속의 당고모가 전래 동화 속 여자애라면 바깥삼촌은 현실의 호랑이였고, 멧돼지였고, 산적이었다. 바깥삼촌과 눈이 마주치자마자 나 살려라 내달렸던 것, 바깥삼촌이 그 큰 덩치로 우당탕퉁탕 달리며 선산까지 쫓아온 것, 도망치고 도망치다가 덤불에 숨어서 삼촌이 내려가기를 기다렸던 것, 그런데 기다리다 보니 멧돼지 쿵쿵거리는 소리가 들려오기 시작한 것, 가시덤불 너머로 멧돼지 눈 반짝거리는 걸 보며 '아구야, 돈 빌리러 왔다가 이래 죽는갑다' 생각한 것, 그게 너무 두려워서 까무룩 기절해버린 것, 정신을 차려보니 바깥삼촌도 멧돼지도 온데간데없고 해는 져 있어서 마을 불빛을 보고 더듬더듬 산 밑으로 내려간 것, 그렇게 집 앞에 이르러서야 왈칵 눈물이 터져 나온 것…….

나는 매번 사람이 어떻게 그러냐며 바깥삼촌 욕을 하고 당고모 편을 들어줬는데, 그건 당고모가 유일하게 요구하는 청취료였다. 나는 당고모가 좋았거니와 바깥삼촌과는 모르는 사이였으므로 청취료 지불이 쉬웠다. 조부에게서 시작되어 바깥삼촌으로, 그리고 내게로 이어지는 운명을 상상할 때도 있었다. 그건 나한테 달가웠다. 불운한 사건을 탓하다가도 그 불운이 버거워지면 핏줄을 탓하고, 지나간 세월의 무게가 다시 버거워지면 신경통을 탓하는 식이었다. 그건 냉랭한 지옥과 뜨거운 지옥을 번갈아 드나드는 일 같아서 익숙해지면 정신의 온도를 딱 알맞은 자

리에 올려놓을 수 있었다. 하지만 건우에게는 그 묘기가 어려울
듯했다.

6

1950년대 말, 해리 할로는 먹이를 주는 철사 어미와 아무 기능도 없는 헝겊 어미 인형을 설치하여 새끼 원숭이들의 반응을 관찰했다. 새끼들은 배고플 때만 철사 어미에게 갔고, 나머지 시간은 모두 헝겊 어미에게 몸을 비비며 지냈다. 헝겊 속에 쇠가시를 박았을 때도 행동 패턴은 변하지 않았다.

부드러움과 온기는 그 자체로 강력한 기능이자 힘이다. 고통과 외로움을 달래는 힘이고, 더 나아가, 고통을 기꺼이 무릅쓰고 인내하게 만드는 힘이다. 그러니 다정함이 오직 선하다고만 말한다면 그 사람은 온정에 호되게 당해본 적이 없는 것이다. 매끈한 세단 자동차가 행복한 가족을 휴가지로 데려다주는 동시에 불운한 보행자의 평생을 으스러뜨리기도 하듯이, 141마력의 힘이 그 두 사건을 공평하게 돕듯이, 모든 힘에는 감사한 면과 두려운 면이 함께 있다.

7월 하순에 이르러 나는 약간 불안해졌다. 불안한 건 건우가 계속 당고모를 따라다닌 까닭이고, 내가 참견하려 치면 "괜찮은데요" 하는 말만 돌아오는 까닭이고, 중졸 검정고시 일정이 코앞인데 문제집이 내팽개쳐진 까닭이고, 영어 과외 때는 절반 정도의 대답이 "모르겠는데요", "생각 안 나는데요"가 되어버린 까닭이고, 또 녀석이 혼자 씩씩대는 소리가 기억 속의 작은이를 빼닮은 까닭이었다. 선산에서 유령이 걸어 내려와 이 집을 둘러보는 듯한 착각마저 불러일으켰다.

나는 유전이라는 게 있긴 있구나 하면서, 뒤늦게, 내가 저 소리를 겁냈다는 사실을 떠올렸다. 어르신들이 말하기를 바깥네는 조부님의 기세와 첩실의 큰 키를 고루 물려받았다던가. 작은이는 그 기세와 덩치로 별채를 박살 냈다. 가을이었고 한밤중이었다. 그때 나는 별채에서 낡은 만화책에 심취하다가 그만 잠들었는데, 일어나보니 할아버지가 무시무시한 표정으로 나를 내려다보고 있었다. 가출한 애를 찾으러 다니다가 그 녀석이 어디에도 가지 않았음을 뒤늦게 깨달은 모양이었다. 할아버지는 나를 끌어내서 마당에 던지듯 하더니 삽을 가져와서 별채 문을 깨부수기 시작했다. 통창 유리로 된 미닫이문이었으므로 쨍그랑쨍그랑 소리를 내며 쉽게도 깨졌다. 나는 얼떨떨한 기분으로 그 광경을 지켜보면서, 나를 때릴 수 없으니 별채에 대고 저러는구나 생각했다. 갖가지 생각에 실실 웃다가 뺨을 한 대 얻어맞고 멈췄다. 할아버지한테 맞은 건 그때가 처음이자 마지막이었다. 그렇다면 건우 녀석도 언젠가 갑자기 눈깔이 돌아서 나한테 덤비게 될까? 아니면 집안 기물을 부수고 다닐까?

건우의 성미가 사나워지는 날에는 번번이 잠을 설쳤다. 자던 도중 정신이 반쯤 돌아와서, 꿈꾸지도 않고 깨지도 않는 상태로 무언가를 곰곰이 생각하다가 실상 머릿속이 텅 비어 있음을 깨 닫고 눈을 뜨면 새벽 1시였다. 에어컨을 틀어놓았는데도 등줄기 가 식은땀으로 가득했다. 새벽 3시에도 5시에도 그런 일이 일어 났고, 그날은 3시였다. 3시 하고도 3분이었다. 나는 충전기에 연 결된 휴대폰을 협탁에 올려놓고는 옆으로 돌아누웠다. 천장이 빙글 돌면서 작업용 책상과 원목 책장이 시야에 들어왔다. 그 뒤 편의 창문도. 안방 창문을 덮은 연회색 블라인드 커튼은 달빛을 반절만 막아주었다. 나는 희미하게 빛나는 직사각형을 꿈의 탈 출구처럼 혹은 입구처럼 멍하니 바라보다가 안개 같은 게 어른 어른 지나가는 것을 깨닫고 눈을 깜박였다.

곧 안방 뒤로 난 쪽문에 빛이 났다. 쪽문은 옛 방식을 유지하 며 개축한 것으로, 나무 문틀에 두꺼운 창호지를 붙여 만들어졌 다. 달빛은 충분히 막았지만 밝은 빛은 보였다. 누군가 문간에 손 전등을 쏘는 듯했다. 둥근 랜턴 불빛이 위로 갔다가 아래로 갔다 하더니 뚝 멈췄다. 어둠이 돌아오더니 그 위로 주홍색이 점처럼 찍혔다. 젖은 화선지 정중앙에 주묵(朱墨) 묻은 붓을 한번 스친 듯한 느낌이었다. 주홍색 가장자리가 불어나더니 점점 커졌다. 불이었다. 불길이 달려들어 쪽문을 집어삼키는 심상이 나를 사로잡았다. 심장 소리가 귓전까지 차올랐다. 벌떡 일어나 쪽문을 열자 아궁이 앞에 선 건우가 놀란 듯 나를 올려다보았다. 오른손에 들린 종이 뭉치가 타닥타닥 타들어가고 있었다.

"야, 뭐야? 지금 손에 든 거 뭐야?"

건우에게 목소리를 높인 건 이때가 처음이었다. 건우는 종이 횃불과 함께 뒤로 물러났다. 주홍색으로 한 겹 칠해진 얼굴이 어두웠다. 주먹 쥔 왼손에서 라이터 대가리가 반짝거렸다.

"이 녀석아, 뭐냐니까."

나는 부뚜막을 밟고 바닥으로 뛰어내렸다. 쿵 소리가 나더니 왼쪽 발목이 찌르르 아파왔다. 부뚜막에 온통 널브러진, 반쪽으로 꺾인 성냥 더미들이 발을 찌르는 듯했다. 한 발짝씩 뒷걸음치던 건우는 더 물러설 곳이 없어 외양간 담장에 등을 바짝 붙였다. 눈을 연신 깜빡거리는데 이는 질끈 악문 게 무슨 표정인지 알 수 없었다.

"그거 내놔라."

나는 말했다. 건우는 대답하지 않은 채 숨을 몰아쉬었다. 우리는 잠깐 아무 말도 하지 않았다. 5초쯤. 아니 어쩌면 그 절반. 새까만 눈동자가 불 뒤에서 이글거렸다. 횃대 위쪽은 타들어가는 종이가 으레 그렇듯 얇은 섬유조직으로 변하고서도 원래 모습을 유지하고 있었다. 수천 년간 피라미드 속에 잠들어 있다가 고고

학자가 손을 댄 즉시 가루로 변해 사라졌다던 파피루스처럼. 곧 녀석 손이 타든 머리카락이 타든 둘 중 하나는 타게 생겼다.

나는 건우의 손목을 확 붙잡아 끌어당겼다. 불이 나한테 가까이 왔다. 나는 불덩이를 내리쳤다. 찌를 듯한 열기가 손바닥 아래에 모이더니 서늘한 밤공기가 그 자리에 스몄다. 시꺼멓고 얇고 흐느적거리는 조각들이 훅 날아오르더니 저 아래 어두운 곳을 향해 너울너울 움직였다. 나는 바닥에 떨어진 횃불대를 발로 몇 차례 밟아 불을 완전히 껐다. 그러고는 건우 왼팔을 잡아당겨 주먹 쥔 손을 억지로 벌렸다. 라이터를 빼앗고 풀어주자마자 건우는 바닥에 쭈그려 앉아 흩어진 종잇조각들을 더듬더듬 줍기 시작했다. 다 줍고서야 웅크린 자세 그대로 나를 노려보았다. 나는 다시 물었다.

"야밤에 대체 뭐야?"

답이 없었다. 잠깐이지만 나는 이 녀석 뺨따귀를 한번 후려갈기면 답이 나오지 않을까 생각했다. 잠깐이었다. 내가 라이터를 주머니에 챙기는 사이 건우가 입을 열었다.

"그냥 아궁이에 쓰레기 넣으려던 거예요. 이상한 짓 하려던 거 아니에요. 진짜 아니고요."

건우는 무언가 복받치는 듯 말을 끊고 이를 악물었다. 눈이 물에 젖은 조약돌처럼 묘하게 번들거리고 번쩍거렸다. 몰아쉬는 숨소리가 거셌다.

"라이터는 어디서 났어?"

"저기 편의점에서 샀는데요."

나는 슬쩍 고개를 돌려 부뚜막에 널브러진 성냥개비들을 봤다.

"아궁이에 불 지피는 건 내가 하는 일이라고 했어, 안 했어? 집에 처음 왔을 때 내가 말했지?"

"아는데요."

"아는 놈이 왜……."

건우가 말을 끊고 들어왔다. 거의 비명 같았다. "그냥 쓰레기 생겨서 그랬다고요. 할아버지 깨우기 싫어서 혼자 한 거라고요. 그냥 내버려두면 되는데―내버려뒀으면―그냥―."

소리가 뚝 멎으면서 건우 얼굴이 갈라지듯 세 조각으로 나뉘었다. 물줄기 둘이 얼굴에 투명한 할선(割線)을 놓고 있었다. 흐느끼는 소리도 눈 깜빡임도 없이 우는 얼굴이 온통 검었다. 그제야 잔뜩 긴장된 어깨 근육이 풀리면서 익숙한 소리들, 풀벌레 울음소리나 바람에 나무 흔들리는 소리 따위가 쏟아져 들어왔다. 새벽 공기가 차가웠다. 식은땀으로 젖은 등줄기에 살얼음이 낀 것 같았다. 나는 숨을 헐떡거리다가 손등으로 흉터를 쓱 문질렀다. 그리고 입을 열었다.

"미안하다." 딱 그 말만 하고 입을 다물면 좋았을 텐데 말이 줄줄 샜다. "그런데 아궁이에 불을 붙이는 건 나야. 다른 사람이 그러면 안 돼. 최소한 내가 이 집 주인인 동안에는 안 돼."

"무슨 생각 하셨든 그거 아니고요." 건우는 힘주어 또박또박 말했다. 목소리가 단조롭고 거세고 딱딱했다. "진짜 아니고요."

그러고는 울음 참는 소리를 꺽꺽 내더니 웅크린 자세 그대로 팔뚝에 머리를 파묻었다. 손은 여전히 타다 만 종이를 움켜쥐고 있었다. 손가락 사이로 말려 나온 종잇조각이 밟혀 더러워진 목련 같았다. 그 상태로 들려오는 건 낮고 둔한 울음소리였고, 그 울음소리를 멈춰 세우는 건 날카로운 울음소리였다. 나는 근처에 건우가 줍지 못한 종잇조각이 하나 있는 것을 깨닫고 천천히 살펴보았다. 일기 같았다. 그때까지도 건우는 웅크려 우느라 내가 뭘 하는지 보지 못했다. 그걸 조금이라도 읽은 줄 알았더라면 이 녀석은 죽어라 화를 냈을 테니 그나마 다행이었다. 나는 종잇조각을 구겨 주머니에 넣었고, 아, 아 하고 목을 가다듬은 뒤 건우와 눈높이를 맞췄다.

"건우야, 진짜 미안하다. 그러니까…… 지금 이건 네 잘못이 아니고, 내가 너를 어떻게 보느냐 하는 문제랑도 아무 관련이 없어. 그리고 순전히 규칙을 어겨서 화난 것조차 아니야. 그냥……."

당연히 거짓말이다. 건우의 태도가 껄끄럽지 않았다고 하면, 그 두려움이 나를 밀어붙이지 않았다고 하면, 그건 거짓말이다. 만약 이 자리에 다은이가 혹은 당고모가 있었더라면 나는 라이터를 뺏지도 불을 눌러 끄지도 않았을 것이다. 하지만 이제부터는 내가 하는 모든 말이 사실이 되어야 했다.

"그냥 나는 불이랑 얽힌 일에는 가끔 돌아. 영화나 소설에 나오는 불, 가스레인지 불, 그런 불이 아니라, 있어야 할 자리에 없는 불. 없어야 할 자리에 있는 불. 그런 걸 보면 나는 좀 정신이 나가. 항상은 아닌데 그럴 때가 있어. 그러니까 내가 과하게 예민해졌던 거야. 네가 그럴 만한 실수를 한 게 아니라, 내가 실수를 한 거야. 감정 조절이 안 돼서. 상황을 제대로 알아보지도 않고 목소리 높인 거, 물건 억지로 뺏은 거, 함부로 몸에 손댄 거, 그런 것들은 정말 미안하다."

건우는 대답하지 않았다. 어깨만 희미하게 떨렸다. 그 상태로 기다리고 있노라니 까만 머리통과 팔뚝 사이에서 사금파리 같은 빛이 번뜩였다. 눈동자였다. 그게 나를 봤다.

"알았으니까 가서 잠이나 자세요."

억지로 울음을 끊으려는 애들 특유의 발음이었다. 나는 가지 않았다. 시간이 더 흘렀다.

"가시라니까요."

목소리가 많이 가라앉아 있었다. 나는 라이터를 돌려줬다.

"부뚜막에 라이터 둘 테니까 태울 건 마저 태워라."

그리고 갔다. 자러 간 것은 아니었다. 나는 마당 수전에서 발을 대강 닦은 뒤 슬리퍼를 신고 톨게이트 방향으로 걷기 시작했다. 육교 굴다리를 지난 뒤 다시 밭 한 뙈기를 지나고, 불 꺼진 카페 건물을 지나고, 시멘트 부지에 놓인 주유소를 지나면 납작한 단층 슬레이트 건물이 등장했다. 거기가 편의점이었다. 아직 영업 중이었다. 이곳 주인은 내 얼굴을 알았고 외상도 받아줬다.

카멜 담배 한 갑과 라이터를 산 다음 굴다리 아래로 돌아와 쭈그려 앉았다. 입구와 출구 양옆으로는 달빛이 환한데 이곳만 암막 커튼을 덮은 듯 어두컴컴한 게 나쁘지 않았다. 나는 주머니에 넣어둔 종잇조각부터 태웠다. 손가락을 향해 조여드는 열기가 손톱과 살 사이에 따끔한 느낌을 남겼다. 나는 손바닥의 둔통이 되살아나는 것을 느끼며 자문했다. 건우가 홧김에 다른 것까지 태울까? 지금이야 그럴 리 없겠지만 라이터를 빼앗은 채 끝낸다면 언젠가는 그렇게 될 것 같았다. 내가 알기로 사람이란 과거와 믿음의 총합이다. 나의 믿음이든 그 사람의 믿음이든 간에.

나는 나를 믿어줬던 사람들을, 당고모와 마을 어르신들과 또 더 많은 사람들과 무엇보다도 이서를 회고하면서 담배 한 개비를 꺼냈다. 담배를 살짝 빨아들이며 라이터를 튀기는 타이밍을 잊어버린 탓에 불붙이는 시간이 오래 걸렸다. 빨갛게 달아오른 끄트머리가 불 꺼진 엔진실에서 홀로 빛나는 상태 표시등을 연상시켰다. 나는 조금씩 콜록거리며 연기를 들이마셨다. 곧 생각이 접하는 지점 지점마다 섬광이 번쩍였다. 나무 막대가 실로폰을 두드리며 딩 동 댕 하는 것 같았다. 혹은 4차선과 4차선이 만나 6차선으로 변하는 병목 구간이 갑자기 뚫리며 모든 차의 속도가 빨라지는 순간 같았다. 연기처럼 가물거리기만 하던 생각이, 명확하게 나뉘어 떨어지는 형태로 차례차례 왔다.

이 감각을 좋아하는데도 담배를 자주 태우지 않는 것은 할아버지께서 온종일 담배를 입에 달고 사셨기 때문이다. 나는 당신

방에 찌든 냄새를 좋아했지만 나 스스로가 담배를 태우는 입장이 된다고 생각하면 꺼림칙한 기분이 들었다. 보통은 한두 개비만 피워도 바로 중독된다던데 나는 중독성보다 강박이 더 강하게 작용한 케이스였다. 강박의 명세들. 정신을 다잡아야 한다는 것. 저렇게 되면 안 된다는 것. 생각에 생각이 꼬리를 무는 가운데 바가지로 우물물을 길어 올리듯 오래된 기억이 딸려 올라온다. 불꽃놀이처럼 터지는…….

7월 4일 독립기념일마다 이스트강은 달궈진 구리처럼 선명한 주황색으로, 와인처럼 풍부한 진홍색으로, 코코아처럼 부드러운 갈색으로 물들곤 한다. 산딸기 주스처럼 강렬한 분홍색일 때도 있고 온갖 색이 섞일 때도 있다. 머리 위에서 쾅, 쾅, 쾅 요란한 소리를 내며 폭죽이 터져나갈 때마다 강물도 옷을 갈아입는다. 각종 기념일에 심드렁한 가풍이었음에도 어린 시절의 나는 여름이 시작되기도 전부터 불꽃 축제를 기다렸고, 기분을 냅답시고 스파클라 폭죽을 머리 위에서 휘휘 돌려대다가 머리카락을 태워먹기도 했다. 그 폭죽 한 상자는 부모님이 펜실베이니아의 출판 허브에 출장을 갔다가 나를 위해 사 온 물건이었는데 뉴욕시 전역에서 불법이었다. 폭죽을 악착같이 금지하는 동네에서 미국 최대의 불꽃 쇼가 벌어졌다니 참 얄궂다. 나는 불법이라는 걸 알면서도, 혹은 불법이라는 걸 알았기 때문에 그걸 침대 밑에 고이 간직해두고 아주 가끔씩만 꺼내보았다. 그러다가 미국을 떠나온 후 추억이든 기쁨이든 잊어버렸다. 봄철의 대학 축제에서 오래간만에 불꽃놀이를 봤을 때는 생경하기만 했다. 생경하다기보다는 두려웠던 듯도 하다.

여기는 대학 축제가 열리는 광장, 광장이다. 모두가 들뜬 상태로 왁자지껄한 소음을 쏟아내는 동안 나는 탈피하는 매미처럼 몸으로부터 한 뼘가량 멀어지고 있었다. 내 눈은 불타오르는 하늘을 올려다보고 내 정신의 어떤 부분은 이 시간에 존재하지 않는다. 분명히 귀는 멀쩡한데 담요를 뒤집어쓴 것처럼 소리가 멀게 느껴지고, 오감이 완전히 낯설어지는 듯도 하고, 머리는 학과 공부라든가 교양 내용을 떠올릴 만큼 잘 굴러가는데 그런 생각이 지금 이 시점에 필요한 것 같지는 않다. 사방이 온통 어둡고 번쩍번쩍하고 어디에선가 매캐한 연기도 올라오는 가운데(1학년 얼간이들이 노상 주점에서 부침개를 하다가 프라이팬을 태운 것이다) 무지막지한 굉음과 함께 스파크가 터져 나간다. 저건 분명히 합선된 전선의 스파크다. 어둠 너머로부터 오는 고함이 따귀를 때리는 것 같다. 누군가가 내 이름을 부른 것 같다. 그러나 아무도 내 이름을 부르지 않았다. 천막 뒤로 들어가는 사람의 머리가 잘린 듯 보인다. 무대에 선 밴드 맨의 머리가 섬광 속에서 폭발하고 있다……

터진다!

돌연 내 머릿속의 둑이 폭발하면서 먼 미래의 대화를 실어 나른다. 수가 말하기를…….

— 얼마 전에 NY 잠깐 다녀온 거 아시죠. 요새 출판업계 마케팅이 어느 수준이냐 하면, 선생님도 알겠지만, 번역문학 같은 건 원작자가 직접 뛸 수 없으니까 번역가가 북 토크에 끌려 나가는 거야. 풋값이야 출판사가 대준다니 일단 가긴 하는데 이거 왜 하는지 모르겠어. 내가 이러저러해서 저랬습니다 하고 떠들면 이 미국인들이 그렇습니다 하는 건데, 내가 저렇습니다 하든 이렇습니다 하든 누가 그걸 검증해. 막말로 텍사스 재미 교포가 서울 성북동 1인 가구 여성 작가의 삶을 어떻게 알고 거기에 무슨 접점이 있느냔 말이야. 질문 받아봐야 다…… 아이고. 아무튼 겸사겸사 최 선생님 어릴 때 살았던 곳도 들렀거든요. 초콜릿 부티크가 되게 괜찮던데. 자크 토레스 알아요? 그 사람이 하는 가게인데, 나중에 꼭 한번 가봐요. 가끔 미국에 오시긴 할 거 아니야. 아니다, 미국 계실 때부터 있던 가게죠?

— 자크 토레스라…… 요새 넷플릭스 쇼에 보이던데, 〈파티셰를 잡아라〉에 심사 위원으로 나오는 그 사람 맞죠? 원제가 〈Nailed it!〉이었던가. 그러면 그 가게 생긴 게 아마, 제가 한국 오기 직전이었을 겁니다. 한 번 갔어요. 제가 간 게 아니라 부모님이 절 데려간 거죠. 괜찮았어요. 아니, 좋았어요. 키 푸드 마트에서 사 먹던 건 가짜고 이게 진짜 초콜릿이구나 싶었죠.

─〈Nailed it!〉, 맞네요. 생각도 못 하고 있었는데 그 사람 맞아요. 덤보 쪽은 동네 전체가 예술가 소굴이던데. 조약돌 깔린 길거리에다가 온갖 작업실들…… 그런 게 집 뒷마당에 있었으면 느낌이 남달랐겠어. 그렇죠?

─아, 그게요, 내가 1980년대 후반부터 2001년 이때까지 거기 있었죠. 갓난아기 시절을 빼면 기억에 남은 게 1990년대 중후반인 셈인데, 지금이야 덤보가 핫플레이스가 됐다지만 당시에는 딱히 그렇지가 않았어요. 전혀 아니었어요. 차라리 왼쪽 브루클린 하이츠가 볼만했을 겁니다. 거기도 주택가니까 별거 없지만. 지금은 예술가들이 덤보에 있는 창고들을 빌려서 작업실로 쓴다던데 어릴 때는 그게 다 진짜로 창고였어요. 잡지사랑 인쇄소가 그 근처에 많았으니까 말입니다. 출판사 직원들 기숙사랑요. 집에 과월호 잡지가 무더기로 쌓여 있었는데 그거 읽는 걸 엄청 좋아했어요. 주제가 다양한 데다가 묘사까지 생생했거든요. 브라질의 거대한 폭포라든지, 목의 깃털이 온갖 색으로 빛나는 벌새라든지, 염소젖 치즈를 만드는 과정이라든지, 와, 이게 다 기억이 나네요. 정말 방 구석에서 전 세계를 여행할 수 있었죠. 혼자 밤늦게까지 집에 있으면서 그걸 무한정 읽어댔어요. 그래서 언젠가 나도 잡지에 칼럼을 쓸 수 있는 사람이 되어야겠다고 생각했던 것 같습니다. 초등학생 시절 꿈이지만요.

─Well, you nailed it!

─그러게요, 번역가 정도면 절반쯤은 성공한 거네요. 가끔 신문 칼럼

도 쓸 수 있게 됐고. 막 한국에 왔을 땐 아무것도 못 될 줄 알았는데…….

……브루클린의 샌즈 스트리트에서 출발해 트라이베카의 호젓한 레스토랑으로 가는 길. 기억의 출발점은 브루클린 하이츠의 고풍스러운 사암 주택단지와 덤보의 자갈길 사이, 30층짜리 벽돌 빌딩 앞이다. 거대하고 질서 정연하며 견고한 건물은 창문 하나하나까지 정갈하다. 차에 시동이 걸린다. 브루클린 대교에 진입한다는 것은 육중한 강철 구조물과 석조 교각이 드리우는 그림자를 지난다는 것이다. 대기실에 있던 배우들이 무대로 올라서기 위해 어두운 암막 커튼을 통과하듯이. 경사진 연결로에 들어서는 순간 시야가 확 트인다. 차는 혼잡한 지상으로부터 분리되어 하늘과 강 사이의 공간으로 부유해간다. 타이어가 다리의 이음새를 지날 때마다 쿵, 쿵, 드르르륵 소리가 난다. 브라스밴드가 트롬본과 튜바로 배경음악을 깔아주는 것만 같다.

석조 주탑으로부터 뻗어 나온 강철 케이블들이 허공에 기하학적인 태피스트리를 드리우기 시작한다. 맨해튼의 스카이라인은 이 강철 현들 사이로 조각나 보였다가 다시 합쳐지기를 반복하면서 선화에 역동적인 색채를 더해준다. 한편 수직으로 뻗은 주(主) 케이블은 노을빛을 머금고 있다가 간간이 날카로운 섬광을 뿜어낸다. 나는 반사적으로 눈을 가늘게 떴다가 차창 아래편으로 시선을 옮긴다. 이스트강이 거인의 동맥처럼 꿈틀거리는 중이다. 어

떤 부분은 녹인 구리처럼 투명한 주홍빛으로 빛나는데 어떤 부분
은 그림자에 뒤덮여 있다. 브루클린과 맨해튼 양쪽의 스카이라인
이 물 위로 길게 늘어져 일렁인다. 신기루가 나를 향해 빠른 속도
로 가까워져온다. 강철과 콘크리트로 일구어낸, 거대하고 찬란한
신기루의 이름은 로어 맨해튼이다.

　잠깐 뒤를 돌아보면 덤보의 창고 건물들이 그새 모형 장난감
처럼 작아져 있다. 반면 저편의 쌍둥이 빌딩은 다른 모든 마천루
를 초라하게 만들며 하늘 높이 치솟는 중이다. 은과 금을 절묘한
비율로 섞은 합금처럼 무한한 색채로 번쩍이는 두 개의 거대한
직사각형 기둥. 도시 한복판의, 도시 자체를 위한, 도시를 섬기
는 쌍둥이 카바(Kaaba). 울워스 빌딩의 멋들어진 고딕 양식 첨탑
조차 그 옆에서는 들러리로 전락한다. 나는 시청 인근의 복잡한
도로들과 주철로 장식된 레스토랑 건물을 상상하며 즐거워한다.
해가 지면 독립기념일 기념 불꽃놀이가 밤하늘을 아름답게 수놓
을 것이다. 운전석에서는 아버지의 콧노래가 들려오고, 내가 무
언가 말하자 어머니가 내 어깨를 어루만진다.

　그런데 돌연 용광로의 쇳물처럼 선명하게 빛나던 강물이 쇳
물 그 자체로 변하고, 비늘처럼 혹은 성당의 스테인드글라스처
럼 서로 다른 빛깔로 번쩍이던 강의 물결은 유리가 된다. 마천루
들이 이스트강을 향해 우수수 무너져 내리더니 그 유리 더미가
곧게 서서 나를 향해 튀어 오른다. 굉음. 밑둥이 녹아내린 다리가
서서히 아래로 기울면서 내 몸이 뒷좌석 시트에 바짝 붙는다. 내

장이 짓눌려 갑갑하고 숨이 막힌다. 기침을 터뜨리려는 순간 하늘이 훌쩍 낮아져 땅에 맞붙고, 구름 덩어리가 온몸을 휩쓴다. 거대하고 뜨거운 주먹에 구타당하는 느낌. 구역질이 치밀지만 입을 벌렸다가는 온 내장이 쏟아질 듯하다. 가까스로 참는다. 다시 굉음. 캄캄한 하늘에 무수한 별이 폭죽처럼 치솟는다. 모두 파편이다. 유리의, 쇳조각의, 콘크리트의…… 내 평생의.

맨해튼은 이글거리는 지옥이다. **나만의** 지옥이다. 그래서인가 이 풍경은 어딘가 어긋나 있다. 우리는 브루클린 대교를 지났지만 트라이베카로는 가지 못했다. 독립기념일이 아니었거니와 저녁도 아니었다. 저녁이 아니었으니 노을도 없었을 것이다. 기억의 브리콜라주는 프리츠 쾨니히의 구체처럼 비틀려 있고, 나는 그 앞에서 몇 번이고 자문한다. 분명히 한국에 돌아오고서도 한참은 기억이 멀쩡했는데, 이 모두가 두서없는 불지옥으로 변해버린 게 언제부터였던가? 맹렬하게 폭발하는 빌딩의 아지랑이가 서울의 커튼월 빌딩에 겹쳐 보이기 시작한 것은? 분명히 20대 중반까지는 마천루를 보는 게 이토록 껄끄럽지 않았는데…….

그 껄끄러움이란 사람 흉내를 내는 고무 인형을 보는 것과 비슷한 감각이다. 아주 두렵거나 불안하지는 않지만 이상하리만치 간지럽고 스산한 기운이 심장 아래서 스멀거린다. 나는 종종 그 인형의 이목구비가 궁금해져서 뚫어져라 응시하게 되고, 그러다가도 저주받을 듯한 기분에 고개를 수그린다. 이 강철 콘크리트가 쌓아 올린 매혹과 불안 사이에서······.

다시 터진다!

여전히 대학교 축제 한복판이다. 나는 다른 생각을 해야 한다고 생각한다. 내가 뭘 하고 있는지, 뭘 느끼는지는 모르겠지만 원한다면 당장 여길 걸어 나가서 기숙사로 갈 수 있을 테니 괜찮을 거라고 생각한다. 여기가 대학 운동장임을, 저게 조명이거나 착시임을, 아무 일도 일어나지 않았음을 확실히 안다고 생각한다. 생각하면서도 움직이지 않는다. 나는 내가 망가진 게 아니라고, 단지 여길 떠나고 싶지 않을 뿐이라고, 지금 당장 움직여서 기숙사로 가지 않는 이유는 오직 그것뿐이라고 나 자신에게 중얼거린다. 좋아, 이건 아무것도 아니야. 나는 겁먹었거나 긴장했거나 불안해진 것조차 아니야. 그냥 왠지 움직이는 게 내키지 않는 거야. **그럴 능력은 충분한데도.** 그때는 무능력을 두려워하는 사람들이 의지박약이라는 완곡어법을 즐겨 쓴다는 사실을 몰랐다. 그 둘은 실제로는 아무런 차이가 없다.

정신을 차려보니 불꽃놀이는 한참 전에 끝났고 나는 가만히 서서 실실 웃어대느라 인파 속의 섬이 되어 있었다. 그래도 대학교 축제의 불꽃놀이는 길어봐야 5분에서 10분 정도 지속되는 것이니까 그건 별일이 아니었다······.

나는 이 모두가 별일 아니라 믿고 싶었고, 사고는 마무리되었으며 기억은 과거에 불과하므로 지금의 나와는 무관하다며 자신을 설득하곤 했다. 우연히 트라우마 관련 서적을 접하더라도

PTSD의 진단 기준과 내가 얼마나 다른지를 증명하는 일에 혈안이었다. 사건 당시의 상황이 재연되거나 끔찍한 이미지에 사로잡히는 등의 침투 사고를 겪음―종종 이상한 생각을 하는 건 사실이지만 그래도 나는 현실을 구분한다. 나는 그게 가짜라는 걸, 내가 손으로 쥐고 만질 수 있는 현실이 여기에 있다는 걸 안다. 어쩌면 그건 내 취향이거나 욕망일지도 모른다. 침투 사고는 아니다. 아닐 것이며 아니어야만 한다. 일상생활에 지장을 겪음―내 학점 평균은 4점대가 넘는다. 행복과 평안 등의 긍정적인 감정을 느끼지 못하며 불안과 기쁨을 혼동함. 이로 인해 위험한 행위를 반복함―위험한 짓을 즐기는 건 집안 내력이고, 어쨌든 나는 최악의 상황 직전에 빠져나온다. 혹은 최악의 상황을 마주하더라도 어떻게든 뒷수습을 해냈다. 그러니까 별문제 아니다. 알코올이나 마약 등에 중독되거나 정반대로 완전히 절제함―온갖 술자리에 끼어 다니면서도 술 자체는 거의 안 마신다는 것, 담배에도 딱히 중독되지 않는다는 것, 그건 좋은 일인 것 같다. 도박 테이블에 앉더라도 적당한 시점에 끊고 일어날 줄 안다. 뭐가 문제란 말인가? 반사회적이고 폭력적인 행위에 대한 충동을 반복적으로 느낌―실천으로는 안 옮긴다. 도움의 손길과 온정, 사랑 등을 거부하며 고립됨―아, 이런 쌍, 사람이 괜찮다고 하면 괜찮은 줄 알아야지!

이 반론은 모두 진심이었다. 내가 멀쩡하거니와 약간의 장애를 제외하면 완전히 회복되었다는 믿음으로부터 우러난 것이었다. 당시의 나는 내가 믿음에 그토록 절실하게 매달리고 있다는 사실을 깨닫지 못했고, 그러면서도 믿음이 깨져나갈 만한 상황은 기를 쓰며 피하려 했다. 시력 없는 곤충이 더듬이의 떨림만으로 포식자를 감지하듯이. 좋아, 나는 내 삶을 즐기고 있어. 대학교 생활에 적응한 다음부터는 술자리에도 잘 나가고 친구도 많아졌단 말이야. 가르치는 학생들한테도 인기가 많아. 비록 그들의 머리가 불타는 이미지에 종종 사로잡힐지라도―사실 가끔이 아니라 매일매일, 친구와 학생만이 아니라 편의점 아르바이트생을 대상으로도, 언제나―왜 나는 이걸 보면서 실실 웃게 되지?

나는 어쩌면 두려워하고 있는지도 모른다…….

하지만 그게 그토록 끔찍한 일이었다면 왜 나는 계속해서 웃는 걸까?

(두려워하기보다는 즐기는 편이 언제나 낫다. 내가 이 모든 것을 두려워하고 있다고 생각하면, 그 일이 비록 끝났을지라도 마음속에서는 끝나지 않았다고 생각하면 죽고 싶어지기 때문이다. 이 이미지가 끝날 기약이 없으며 죽음이 차라리 낫다는 사실을 깨달을 바에는, 또한 내가 불안과 기쁨을 전혀 구분하지 못할 만큼 망가졌음을 인정할 바에는 적극적으로 즐긴다고 믿는 편이 낫다. 나는 최소한 웃고 있다. 신경통이 극심해질 때조차 웃을 때가 많다.

그런데 정말 이상한 점이 있다. 어떤 웃음은 구멍 뚫린 바퀴에 공기 펌프질을 하는 듯하고, 숨죽여 흐느끼는 소리와도 닮았다는 것이다. 그러니까 크게 소리 내어 웃는 게 낫다. 그렇게 웃으면 당신은 멀쩡하다.

멀쩡할 뿐만 아니라 과거의 참사를 극복하고 그걸 우스갯소리로 쓸 수 있을 만큼 강인한 사람이 된다. 그러니까 내 이야기를 들은 여러분도 빨리 큰 소리로 웃어야 한다. 나는 '뭐 얼마나……' 하고 생각하던 사람들이 갑자기 숙연해지거나 눈을 동그랗게 뜨는 그 순간이 정말이지 싫다. 또한 그 반응마저도 막연한 추측에 기대어 있으며 이 감각을 정확히 공유할 만한 사람은 아주 적음을 깨달을 때는 답답해진다.)

(하여튼 웃다 보면 즐기게 되는 것 같기도 하다.)

(내가 그걸 즐기는 건 고령 최씨 집안 남자들이 절반쯤 돌았기 때문이다. 이게 다 핏줄이다. 핏줄은 정말이지 강력하다. 조부님과 큰이의 무용담은 경악스러울 정도다. 심지어 강남에 자리 잡은 친척들마저도, 민석 형님은 그렇다 치더라도 특히 민호 형님과 우혁이는…….)

(아니다. 나는 그걸 전혀 즐기지 않는다. 나는 끔찍한 슬래셔 영화를 싫어한다. 내가 일부러 그런 영화를 고르는 일은 전혀 없다.)

(하지만 내가 어쩌다가 그걸 보면 웃게 되는 것도 사실이다. 혹은 완전히 심드렁하다. 최소한 기겁하지는 않는다. 끔찍한 광경은 일상 속에서 충분히 많이 보고 있기 때문이다.)

보통은 불안해할 상황에서 피가 돌며 신나는 것, 그리고 웃어젖히는 것, 그게 만성화된 복합 PTSD의 증상 중 한 갈래임을 받아들이기까지는 오랜 시간이 걸렸다. 2019년에 개봉한 영화 〈조커〉를 본 게 시작이었다. 가혹한 과거와 목을 조여오는 현실 사이에서 갈팡질팡하던 남자가 생명을 폭발시키는 이야기. 그 영화가 나왔을 때 나는 내가 망가졌다는 사실을 인정할 만큼은 건

강해진 상태였다. 호아킨 피닉스가 열연한 조커는 나와 확연히 달랐지만 이상한 웃음에 시달린다는 것만큼은 비슷했다(참, 생판 처음 보는 직원을 붙들고 자기 이야기를 주절거리는 것도. 왜인지 모르게 충동적으로 그럴 때가 있다. 하지만 나는 스물두 살 이후로는 전혀 그러지 않았다. 조커는 중년인데 그 짓을 했다). 그 공통분모만으로도 충분했다.

나는 영화를 단서로 비슷한 증상에 시달리는 사람들을 레딧에서 여럿 찾아냈다. 끔찍한 사고를 겪었거나 심각하게 학대당한 사람들. 눈앞의 상대가 사지 절단되어 죽거나 불타거나 프레스기로 으깨져 즙이 되는 광경을 매 순간 보게 되는 사람들. 그런 이미지가 사고 자체와 관련이 없는 영역에서조차 무분별하게 확장되고 뻗어나가고 변형되는 사람들(교통사고 피해자는 상대가 목 졸려 죽어가는 것을 보고, 강간 피해자는 상대가 반으로 갈라져 죽는 것을 본다). 택시 기사가 틀어놓은 라디오처럼 머리 한구석이 타인의 목소리로 가득 찬 사람들. 그 목소리는 고함을 내지르며 몸의 주인을 불러대거나 영문 모를 말을 중얼거리거나 세상 만물을 향해 폭언을 쏟아낸다. 끓는 주전자를 상대에게 부어보라며 부추긴다. 운전대를 약간만 돌리면 15중 추돌 사고가 벌어질 텐데도 세상이 평안하고 안전한 게 이상하지 않냐며 속삭인다. 이 평범하고 친절한 사람들은 정말이지 크게 착각하고 있다. 정신머리를 고쳐주자. 기회는 세상 어디에나 있다. 차를 몰고 전속력으로 빌딩 1층 상가를 들이받는다면 같은 날에 제사상을 받을 사람이 다섯 명쯤 생길 것이다. 그러니까 정말로 한번 해보는 건 어떨까?

이게 모두 침투 사고이자 사고 후유증이라고 주장하더라도 석연찮음이 남는다. DSM 진단 기준의 건조한 서술에는 담기지 못할 **감각**이 있고, 광막한 공허감은 동전의 양면이다. 우아한 개인 카페의 인테리어에서부터 매력적인 배우의 눈웃음에 이르기까지 어떤 것도 사랑하기 어렵다. 고어 영화나 자극적인 포르노조차 유별난 감흥을 안겨다주지 않는다. 타인이 쓴 각본에 따라 움직이는 타인을 보며 뭘 느껴야 하나 싶다. 내가 원하는 건 진정한 삶이고, 다른 무엇보다 나의 삶이다. 순간적인 형태를 갖춘 뒤 손가락 사이로 푸스스 흩어지는 게 아니라, 정해진 모양으로 빚어 고정할 만큼 견고한 삶. 그래서 싫은 것도 좋은 것도 기쁜 것도 불쾌한 것도 하고 싶은 것도 하기 싫은 것도 명확한 삶. 내 진정한 삶은 사고와 함께 끝났으며 지금의 시간은 처치 곤란해진 여분에 불과하다는 생각을 지우기 어렵다. 망가진 청소기 곁에 덩그러니 남은 먼지 필터나 다름없다. 모든 것이 둔하고 희미하게, 그리고 무의미하게 느껴진다. 재미가 없다.

그나마 가끔씩 재미가 되는 것은, 깊은 밤 야산에서 랜턴도 없이 길을 잃었을 때의 긴장이라거나 처참하게 망가질 뻔한 관계를 극적으로 재건했을 때의 성취감, 계곡 물살에 휩쓸려 떠내려가다가도 머리를 바위에 박는 상황만큼은 피했을 때의 짜릿함, 터무니없거니와 상식적으로는 아무 이득이 없는 사고를 저

지른 다음 "미안하다는 말은 됐고 수습 대책도 됐으니까 왜 했는지 설명해봐, 나는 그게 궁금해" 하는 추궁으로부터 가까스로 달아났을 때의 안도감 따위……. 입에 무엇이 들었는지도 모른 채 아무거나 씹어대다가 커다란 생선 가시에 혀가 꿰뚫린 다음, 피를 왈칵 토해내면서, "내가 정말로 살아 있네. 이것 좀 봐, 나는 살아 있어. 좀 다쳤어도 혀가 아예 끊기진 않았으니 얼마나 다행이야!"라며 감탄할 수 있다면 즐거운 일이다. 그건 사실 이런 의미기도 하다. "이럴 수가, 혀가 아예 잘렸더라면 이 개 같은 뷔페에서 나갈 수도 있었을 텐데 이번에도 실패했군." 인생이 거대한 뷔페라면 우리는 통각을 맛과 혼동하는 미맹이다.

그래도 계속 피를 흘려대면 안 된다. 그건 우리를 믿어주는 사람들에게 못 할 짓이다. 게다가 모두가 자신의 접시를 채우고 있는데 혼자 멀뚱히 앉아 있으면 이상해 보일 테니 어떻게든 타인을 따라 해야 한다. 덕분에 우리는 스몰토크를 위해 먼 미래의 꿈에서부터 좋아하는 음식에 이르기까지 각종 거짓말을 지어내고, 여러분과 함께 웃는 이 건실한 사람은 금박으로 장식한 태엽 인형이며, 조종석에 들어앉은 난쟁이는 엉망진창으로 뒤틀려 있다. 우리는 데이트를 하고 포트럭 파티에 나설 때마다 거짓말하며 죄짓게 되는 것 같다. 심지어 우리를 더없이 사랑하고 아끼는 이들을 상대로. 아마도 우리는 상대를 전혀 사랑하지 않는 것 같다. 그들이 지금 당장 쓰러져 죽더라도 약간의 당혹스러움 외에는 아무런 느낌이 없을 것 같다. 참담하지도 우울하지도 슬프지도 않을 듯하고 심지어 기쁘지조차 않을 듯하다. 길가의 보도 블록이 철거되는 광경이 별다른 감흥을 안겨다주지 않듯이. 우리는 그들에게 죄짓고 있다. 세계는 우리와 격리되어 있으며 우리의 텅 빈 내면은 1인용 지옥이다. 비록 타인이 이 1인용 지옥을 들여다볼 수 없을지라도, 우리 자신은 멀쩡하게 행동할지라도, 이 죄책감을 씻기 위해 강박적으로 자선 활동에 몰두할지라도—그런데 정말 왜 계속 웃음이 나지?

정신 질환 목록을 들춰본 건 그때가 처음은 아니었지만, 〈조커〉를 계기로 나는 내가 복합 PTSD일지도 모른다고 추측하기 시작했다. 확정한 게 아니라 가능성을 열어뒀다는 말이다. 핏줄을 탓하거나 이런저런 병명을 들먹이며 애먼 곳에서 정확한 주소지를 찾던 시간이 길었던 까닭에, 그게 다 헛수고였음을 인정하기가 힘들었다. 심지어 레딧의 자그마한 커뮤니티를 닫고 바깥세상을 보자 묘한 시사 논평이 널려 있었다. 인셀 남성들이 조커에 이입하며 유독한 남성성을 조장한다거나, 혹은 영화가 모방 범죄를 부추길 우려가 있다거나, 기타 등등. 그런 질문에 시달리던 감독이 인터뷰를 중단하고 떠나버린 후에도, 호아킨 피닉스가 오독에 대한 억울함을 토로한 후에도, 수많은 호사가들이 그 주제만을 가지고 온종일 떠들어댔다. 그러는 사이 복합 PTSD를 비롯한 정신 질환 커뮤니티 사람들은 점점 쪼그라들고 쪼그라져서 공론장에서는 아예 사라지고 말았다. 나는 생각했다. 그러니까 **이게 바로 공론장에서 팔리는 이슈로군?**

인터넷에서 발언하기란 매대에 물건을 올려놓는 것과 같다. 그 물건의 판매고는 페이지 뷰를 비롯한 바이럴 수치다. 그건 실제로 돈이 된다. 공론장은 거대한 시장이다.

품질을 생각하는 생산자들은 그나마 원물을 남기려 애쓰지만, 시장에서 잘 팔리는 물건은 언제나 가공품이다. 누구는 괴물이 되고 누구는 성전 기사단이 되는, 어려운 배경이라고는 결코 없는, 씹을 필요조차 없이 목으로 쑥 넘어가는 가공품이다. 심지어 판매고에만 혈안이 된 사람들은 블루베리 원액에 블랙커런트 라벨을 붙인 뒤 이렇게 외치기까지 한다. "블랙커런트의 쓴맛이 싫으신가요? 여기 당신을 위한 달콤한 블랙커런트가 있습니다!" 하지만 그건 여전히 블루베리다.

그리고 무엇보다도, 가장 두려운 괴물 중 일부는 가장 고통받은 사람들이다. 모두가 그런 건 아닐지라도 어떤 사람들은 반드시 그렇게 된다. 나는 안락한 서재에 앉아 고견을 내보이는 호사가들이 그걸 인정하는지, 알고 있는지, 알고 있는데 일부러 외면하는 것인지, 알기 때문에 더 가혹하게 공격하는 것인지 궁금할 때가 많았다. 아니다. 별로 궁금하지 않았다. 사실 나는 범람하는 기억들을 붙잡아 무저갱에 쑤셔 넣은 뒤, 그 구멍의 존재 자체를 외면하느라 바빴다. 결국 나는 내가 무엇을 잊어버렸는지를 잊어버렸다. 사실은 처음부터 그랬다. 영원한 현재형이거나 애당초 내 삶에 기입되지도 않았던 듯 느껴지는 과거들, 직접 겪었음에도 손댈 수 없는 과거들은 어떻게 대해야 하는 걸까? 그 불안

정한 공백에 핏줄이나 유전 따위를, 혹은 욕망을 써넣고자 하는
충동에는 어떻게 저항할 수 있을까?

정한 공백에 핏줄이나 유전 따위를, 혹은 욕망을 써넣고자 하는
충동에는 어떻게 저항할 수 있을까?

7

내 기억의 지도에는 삽으로 퍼낸 듯한 공백이 있고, 그곳의 이름은 내가 잊었다고 말하는 것들의 영토다. 그게 실제로 존재하기나 했는지 혹은 오기(誤記)의 산물인지 나는 모른다. 다만 망각에도 결이 있는 만큼 완전한 착각은 아니리라 믿을 따름이다.

그곳에는 완전히 잊어버려서 잊어버렸다는 사실조차 모르게 된 과거가 있다. 그나마 사정이 나아서, 깜깜한 무저갱을 들여다보며 "저기 어디엔가 그 기억이 버려져 있을 텐데, 그게 어떤 내용인지를 모르겠어"라고 말하게 되는 일도 있다. 한 줄 요약 같은 인덱스는 남아 있지만 구체적인 디테일이 유실된 사건이 있다. 실제로는 전혀 잊지 않았지만 말하기 싫어서 망각을 변명 삼아 무뎌진 고통이 있다. 서랍 밑바닥에 처박힌 기념품처럼, 위치를 알고 있으며 언제든 꺼내 올 수는 있지만 구태여 찾자니 품이 들어서 영영 윤곽으로만 남겨두는 추억도 있다. 분명히 나는 그때 즐거웠다고 생각했는데 곰곰이 되짚어보니 굳은 채 벌벌 떠는 순간만 떠올라서, 어느 쪽이 진짜인지 긴가민가해지는 수수께끼마저 있다. 한편 우물물을 길어 올리듯, 평소에는 결코 의식되지 않다가 다른 기억들을 일깨울 때 함께 딸려 올라오는 미련도 있다.

그리고 무엇보다, 분명히 존재하지만 연결 고리를 잃어버린 나머지 외딴섬이 되어버린 기억들이 있다. 가령 나는 주유소를 빤히 노려보며 '정말 저런 곳에서 휘발유를 말통에 담아서 판단 말인가' 하고 생각하던 기억과 오래전의 사건을 연결 짓지 못해서, 과거의 내가 범죄적인 충동에 사로잡혀 있었으리라 추측하곤 했다. 실제로는 내가 불타 죽는 상황을 두려워하고 있었음에도. 기억이 파편적일수록, 상처를 외면하는 데에 몰두할수록 삶의 조각조각들은 인과를 잃어가고 맹시 속에서 재건된 논리는 뒤죽박죽이 된다. 분명히 존재하지만 잘못된 방식으로 해석된 까닭에 그 자신이 아니게 된 것들…….

그 모두는 어떤 의미에서든 잊힌 것이다.

어느 순간부터는 담배를 들이마시지도 않고 연기만 응시하고 있었다. 그러다가 손가락이 따끔거리기 시작해서 불을 껐다. 속이 울렁거렸다. 몇 걸음 걷지 않아 쓴물을 토했다. 담배와 쓸개액 맛이 섞이니 두 배로 역했다. 집에 도착하자마자 화장실에서 입을 씻었다. 새벽 4시였다. 건우는 거실에 앉아 휴대폰을 만지작거리고 있었다. 저 기종으로 무슨 게임이 되던가. 아니면 문자 내역을 보고 있는 건가. 말을 붙여보려던 찰나 저쪽에서 먼저 질문을 던졌다.

"주무실 거예요?"

"자야지. 한밤중 아니냐."

"아까 갑자기 화낸 건 할아버지가 과민 반응 한 거 맞죠?"

"과민 반응 한 게 맞다. 그 부분은 미안하고."

"얼굴에 흉터 생긴 거랑 과민 반응 하는 거, 둘 다 불 때문이죠?"

"이게 딱 보면 화상 흉터지 달리 뭐겠냐. 고모할머니가 이건 안 말해줬어?"

"그냥 미국에서 큰 사고 나서 한국 왔다고 하셨는데요."

"그래, 건물에 불도 나고 무너지기도 하고 아주 난리였다. 이제 됐니?"

한참이나 망설이던 건우는 결심을 굳힌 듯 나를 똑바로 바라봤다.

"부모님 죽은 거 직접 봤어요?"

"너 내가 과민 반응 하는 거 한 번 더 보고 싶어서 그러냐?"

"그건 절대 아니고요, 이야기할 게 있어서 그래요. 그거만 알려주면 제 얘기도 할게요."

"피차 길게 대화할 상태가 아닌 것 같은데, 내일 해 뜨고 하자. 피곤한 게 얼굴에 다 보인다."

"안 졸려서 그래요."

건우 목소리가 단호했다. 나는 허허 웃다가 안방 겸 작업실 문을 열었다. 반대편 쪽문은 아까 열어둔 상태 그대로였다. 일단 쪽문부터 닫은 뒤 문간 근처의 스위치를 찾아 불을 밝혔다. 그러고는 문간으로 돌아왔더니 까만 두 눈이 그 자리에 그대로 남아 있었다.

"거기 망부석처럼 굳어 있지 말고 들어와라. 너도 알겠지만 내가 딱딱한 바닥에 양반다리 하고 앉아서 길게 떠들 몸이 못 돼."

그제야 건우가 일어섰다. 방의 왼쪽 벽면에는 침대와 옷장이 붙어 있었고, 침대 머리맡 협탁 너머에 작업용 책상과 작은 책장이 있었다. 그 맞은편 벽면의 책장은 훨씬 컸다. 텔레비전을 들이는 대신 천장에 빔 프로젝터를 설치했는데 스크린은 창문 방향에 전동식으로 매립해놓아서 평소에는 보이지 않았다. 나는 침대 가장자리에 걸터앉아 협탁에 놓아둔 자리끼를 한 모금 마셨다. 그 후 작업용 책상을 향해 손바닥을 까닥거리자 건우가 재깍 알아듣고 의자만 빼내어 왔다. 나는 이 녀석이 궁금해하는 게 정확히 무엇일지, 어디서부터 이야기를 시작해야 할지 가늠하느라 잠시 시간을 썼다.

"솔직히 말하자면 기억에는 없다. 못 봤는지, 아니면 보긴 봤는지부터를 몰라. 브루클린에서 맨해튼까지 이어지는 커다란 다리가 있거든. 차를 타고 그 다리를 건너가던 기억, 시청 앞 도로가 잔뜩 막혔던 기억, 기절해 있던 중에 크고 둥글고 흰빛을 봤던 기억, 중환자실에서 잠깐 눈을 떴다가 또 기절했던 기억은 띄엄띄엄 있는데 그뿐이야."

무언가를 봤던 기억이 있기는 했다. 정확히 말하면 무언가를 봤다고 기억했던 기억이 떠올랐다. 그런데 문제는 내가 이 무언가의 자리에 들어갈 대상을 영영 잃어버렸다는 것이다. 병상에 누운 동안에는 머릿속이 폭격이라도 얻어맞은 듯 온통 쾅쾅거렸고 20대 초반까지도 파편 같은 기억이나마 이끌어낼 수 있었는데, 이상하게도 인생의 파고를 거쳐 나오는 동안 그 모든 사연이 변기 물 내리듯 사라져버리고 말았다. 도로가 너무 막혀서 차에서 내렸던가? 차에 남아 있었나? 내린 다음에는 어디로 갔지? 나혼자 떨어져 있었나, 아니면 부모님과 함께 움직였나? 만약 그랬더라면 두 분께서 나를 불렀던가? 불렀을 때 내가 뒤돌아 두 분을 보았나?

기억이 그나마 뚜렷했던 시절에는 생존자 커뮤니티를 열심히도 드나들었다. 지구 반대편, 비슷한 처지의 사람들과 메일을 주고받거나 생존자 수기를 찾아 읽는 일은 분명히 위안이었다. 동시에 고립무원의 감각을 안겨다주는 일이기도 했다. 미국 서점에는 나를 위한 카테고리가 있지만, 정작 나는 한국에 있다는 바로 그 사실로 인해…… 내가 느끼는 감정이 그들과 정확히 같다고 스스로를 속여가면서 회고록을 써 내려가다가 집어치운 적이 여러 차례였다. 나는 수의 농담을 들을 때마다 그 원고를 남겨두었더라면 그걸 종자로 한 권의 책을 길러낼 수 있지 않을까 후회했지만, 기회는 진작 떠나갔다. 원고를 업로드하던 블로그는 삭제한 지 오래거니와 워드 파일은 컴퓨터를 몇 차례 바꾸는 사이 어디론가 사라지고 말았다. 사건의 후속 소식을 알아보려는 노력도 끊었다. 내 마음은 사슬에 매인 개처럼 한자리에 멈춘 채 더 움직이지 않는다.

고유명사가 되어버린 사건들은 각 개인의 삶을 공동 창작의 과정으로 만들어버린다. 그럼으로써 사건과 경험의 가치를 합의한다. 한국에서도 세월호라든지 이태원 참사라든지가 그러지 않았던가. 그건 서로가 서로를 애도하는 작업이자 위령 제사지만 한편으로는 속박이다. 내가 참여하지 않은 농산물 경매에서 올해의 허니크리스프 사과 시세가 결정되는데, 내 사과 상자에는 묘하게도 그래니 스미스조차 아닌 아오리가 담겨 있다. 자문할 때다. 야, 이걸 가서 팔아도 될까? 이게 얼마어치라고 말하면 사람들이 곧이곧대로 들을까? 나는 한편 이렇게도 묻는다. 내가 그 위령 제사의 한복판에 서서, 맨해튼과 브루클린에 남은 사람들이 느낀 것을 똑같이 느낄 수 있었더라면 어땠을까? 혹은 내가 별다른 특색 없는 사고의 생존자라면, 장애인 복지 카드를 보여주는 것만으로 설명이 끝난다면 어땠을까?

어떤 이야기는 솔직해질수록 거짓말처럼 들려서, 허언증 취급을 감수할 바에는 차라리 거짓말로 둘러대게 된다. 그리고 거짓

말해야만 비로소 믿어주는 사람들에 대한 염오를 쌓아가다 보면 침묵이야말로 해독제임을 알게 된다. 그게 최선이다. 나는 이 오래된 억울함을 곱씹다가 건우의 표정을 보고 실실 웃었다. 이 녀석에 비하면 나는 말이라도 꺼낼 수 있다. 사실 제대로 된 기교를 부리기만 하면 박수갈채도 받을 것이다.

"사건을 수습할 때도 시신을 제대로 못 봤어. 그때 나는 병원에 있었으니까 큰아버지께서 일 처리를 맡으셨지. 부모님 두 분은 소식이 뚝 끊겼고 나는 중환자실에 누워 있었으니까 한국에 연락할 길이 없었는데, 다행히 큰아버지께서 먼저 미국으로 넘어오셨다. 어찌저찌 수소문해서 내가 입원한 병원을 찾아내고, 사람들 도움받아서 시신 안치소도 들르고, 그런 다음에 날 데리고 한국으로 온 거라. 유골함이랑 같이. 책들은 택배로 보내고…… 그러니까 내가 확실히 본 건 유골함 외에 없어."

"큰아버지면 강남 할아버지죠?"

"아니, 민석 형님네 아버지 되는 분이시니까 너는 본 적이 없을 거다. 원래는 형님도 휴가를 내서 미국에 따라왔는데, 보니까는 예상보다 훨씬 사태가 심각한 거라. 형님은 회사 일 때문에 먼저 귀국하고 큰아버지만 남아서 수습을 하셨지. 정년퇴직하고 할 일도 없는데 집안일이라도 챙겨야 하지 않겠느냐면서……. 그때 큰아버지께서 반년 넘게 미국에 계셨을 거다, 아마."

"아무튼 강남 쪽 친척들인 건 맞잖아요. 왜 거기 안 있고 합천으로 왔어요?"

"누워만 있지 말고 학교에 가라길래 텔레비전 포함해서 집 안 물건 몇 개 부수고 난리를 쳤더니 가족회의가 열리지 뭐냐. 머리도 식힐 겸 합천에 요양을 보내라는 아이디어를 누가 냈던가—아마 둘째 형님이었을 텐데, 지금 생각하면 미국에서 막 돌아온 애를 깡촌에 던져 넣는 게 좀 이상하다 싶지. 브루클린과 서울의 차이가 브루클린과 합천의 차이보다는 작지 않겠냐. 앞으로 한국에서 살아가야 한다면 서울에 적응하는 편이 낫고.

그 양반이 진심으로 나를 걱정했는지, 속 썩이는 친척 애를 본가에서 치워버리고 싶었는지는 아직도 헷갈려. 그때도 뒷말이 나왔던 거로 안다. 언어 문제도 그렇고 발목도 재수술해야 하는 게 아니냐고들 했으니까, 다들 나랑 비슷한 걱정을 했던 셈인데, 둘째 형님이 의사라서 명함으로 사실상 찍어 눌렀지. 그래도 결과적으로는 잘됐으니 불만은 없어."

합천으로 쫓겨난 일에 대해서는 길게 설명하거나 변명할 말이 없었다. 내 인생은 맨해튼에서 끝장났다고, 한국에서의 삶은 좀비가 어기적어기적 돌아다니는 일 이상도 이하도 아니라고 믿던 시절이었다. 남들은 죽었는데, 죽은 채로 그 자리에 멈춰 있는데 나만 뚜벅뚜벅 저 멀리로 떠나가는 건 배신이라고 여겼던 듯도 하다. 그래서 완전히 낯선 곳에서 조용히 삶을 망쳐버릴 작정으로 합천에 왔다. 드러누워서 책만 읽다 보면 자연스레 애물단지 같은 인간이 될 테니. 그게 도리어 내 평생의 토대가 되었다니 인생사 참 얄궂다.

“말 나온 김에 묻자. 너는 어떻냐?”

“뭐가요?”

“합천에 온 게 어떻냐는 거야.”

건우는 잠깐 허공을 응시하더니 고개를 설레설레 흔들었다.

“몰라요. 벌레도 많고, 택배 한참 기다려야 하고, 마트 가려면 차 타고 멀리 나가야 되는 건 좀 불편한 거 같아요. 그래도 나머지는 괜찮고요. 처음에는 이것저것 싫었는데 그냥 괜찮아졌어요.”

“이를테면?”

“그냥 뭐라고 해야 하지……. 할아버지한테 뭐라고 하는 건 아닌데 시골은 좀 그렇잖아요. 그래서 내려올 때 속으로 엄청 욕했는데 생각보다 안 나쁘더라고요. 아마 엄마가 왔으면 여기가 천국이라고 했을 거예요. 엄마는 예전부터 주말농장 하고 싶어 했거든요. 그러니까 나쁜 곳은 아닌 게 확실한데…… 의외로 괜찮으면 욕을 못 하니까 좀 그렇죠. 분명히 싫은 게 맞는데 좋아지려 해서.”

“사람 마음은 바뀌기도 하는 거니까.”

“아무튼 백 퍼센트 좋은 건 아닌데 그거는 그냥 제 기분 문제 같아요. 기분이 진짜 문제예요. 분명히 여기서 잘 지내면 안 될 거 같은데 잘 지내고 있잖아요. 1년도 안 지났는데 제가 이렇게 잘 지내면 안 되는 거라고요. 다은이는 아직도 맨날 운다는데 저는 안 울잖아요. 기분이 은근히 괜찮아서 기분이 나쁘다고요. 저기 밭에 애호박이니 가지니 자란 거 보면 그냥 확 뽑아버리고 싶을 정도라니까요. 할아버지 밭 망치겠다는 이야기가 아니라요, 마음이 그렇다는 거예요. 저는 밭 좋아해요. 아마 엄마도 살아 있었으면 엄청 좋아했을 텐데―저 엄마 아빠 죽은 이야기 해도 돼요?"

두서없는 중얼거림 끝에 그 질문이 튀어나왔다. 나는 고개를 끄덕였다.

"기회인 셈 치고 하고 싶은 말은 다 해라."

"별거 아니에요."

건우는 그 말로 운을 떼더니 자기 기억을 줄줄이 쏟아놓았다. 수십 수백 회 윤문한 연설문을 꺼내 와서 그대로 읽어 내려가는 듯했다. 그냥 본론부터 갈게요. 학교 마친 다음 학원 갔다가 돌아와서 집 문을 열었는데 그렇게 되어 있는 거예요. 어떤 기분이었냐면, 말하자면, '우와, 이게 실화인가?' 싶더라고요. 와, 진짜 이게 실화인가? 그런 다음에는 제가 가끔 보는 인방 BJ 있거든요. 그 사람 목소리로 '레전드 상황 발생!' 이게 떠올라서 좀 웃었어요. 웃기잖아요. 그게 그 사람 전용 멘트 같은 건데 엄청 어이없을 때, 말도 안 되는 일 생겼을 때 하는 말이거든요.

아무튼 일단 문을 닫았죠. 그런 다음 건물 밖으로 나와서 112에 전화를 걸었어요. 빌라 복도에서 전화하면 크게 울리니까요. 그러니까 영화에 나오는 것처럼 그 자리에 주저앉았다거나 정신이 아예 나갔다거나 생각이 없었다거나 한 게 아니에요. 머리가 이상할 정도로 잘 돌아갔던 것 같아요. 왜냐하면 평소에는 생각 없이 문 앞에서 전화 받다가 혼나기도 하고 그랬거든요. 아무튼 경찰이 받아서 제가, 저희 아버지가 엄마를 찔러 죽이고 자살해서 연락드렸습니다, 라고 말했거든요. 경찰이 한 번 더 물어봐요. 똑같이 대답했어요. 그러니까 경찰이 한다는 말이, 그런 상황이신데 이렇게 또박또박 말씀하시는 거예요? 학생? 학생 맞죠? 학생 아버지가 어머니를 정말로 그렇게 하셨다는 거예요, 아니면 비유로 그렇게 하실 거 같다는 거예요?

어—네. 정말로 그렇게 했는데요.

실제로 그런 일이 일어났다고요? 그런데 이렇게 말씀을 잘하시는 거예요?

네, 맞습니다. 집 주소 알려드릴게요.

여기까지 이야기하니까 갑자기 또 웃기더라고요. 유튜브 같은데 보면 경찰들이 이상한 대응 하는 영상들 가끔 올라오잖아요. 뉴스 유튜브요. 그거 듣다 보면 완전 어이가 없잖아요. 그때 또 '레전드 상황 발생' 소리 생각나서 웃을 뻔했는데 아마 웃음소리가 들렸을 거예요. 아마 웃음소리를 경찰도 들었을 거예요. 그래서인가 주소를 말했는데도, 주소를 제가 알려줬고 무슨 일인지도 말했잖아요, 그러면 다 된 건데 경찰이 전화를 안 끊고 이것저것 계속 물어보더라고요. 그때 갑자기 화가 나서 할 일 없냐고 할 일이 없어서 자꾸 물어보는 거냐고 고함을 질렀거든요. 욕도 많이 했어요. 그러고 나서, 그러고 나서 이게 도대체 뭐지 하고 겁이 나서 전화 끊고 기다렸어요. 설마 내가 뭐 잘못 본 거 가지고 장난 전화 하는 중인가? 내가 장난 전화를 한 건가? 이 생각이 드는데 일단 전화를 걸었으니까 기다리긴 했어요. 그러는 동안 할 거 없어서 휴대폰으로 게임 몇 판 했죠. 브롤스타즈라고 한 판에 2분 정도 걸리거든요. 열 판 넘게 하다가 구독하는 유튜버가 쇼츠 새로 올려서 그거까지 봤는데, 경찰이 안 오더라고요. 다은이도 안 와요. 생각해보니까 현관에 다은이 운동화가 있었던 것도 같은데 착각인 것도 같고 확실하지가 않아요. 카톡이랑 인스타 메시지를 보내도 아무것도 확인을 안 해요. 그러니까 이런 생각이 확 들죠. 다은이도 안에 있나?

올라가서 문을 열어보려다가 관두고 내려왔다가 문을 열어보려다가 관두고 그거를 한 다섯 번쯤 했어요. 열 번 했을지도 몰라요. 땀이 났으니까. 결국 열었어요. 열어서 한 번 더 봤어요. 다행히 운동화가 없더라고요. 근데 그랬는데도 다은이가 메시지를 안 보고 경찰도 안 와요. 이거 무슨 이야기인지 알아요? 그래서 다은이한테 계속 전화를 걸었어요. 받을 때까지. 친구들이랑 노래방에 갔대요. 집이 그렇게 됐는데 노래방에 갔대요. 지금 노래방이래요. 모를 수도 있는데 모를 수도 있는 거랑 별개로 집이 그렇게 됐는데 지 친구들이랑 아이돌 노래 부르느라 전화를 못 받으면 안 되잖아요. 화를 좀 냈어요. 걔는 몰랐을 테니까 화낼 만한 일은 아닌데 엄청나게 화가 났어요. 근데 화를 내는데도 무슨 일인지는 말이 잘 안 나오더라고요. 그냥 빨리 집에 오라고 안 오면 큰일 날 거라고 계속 소리 지르니까 다은이가 울면서 알았다고 했거든요. 친구들 다 옆에 있는데 울었던 거니까 걔도 엄청 놀랐을 거예요. 걔가 반장도 하고 잘나가는 애거든요. 아무튼 다은이가 왔어요. 오자마자 112에 신고하라고 그랬어요. 걔가 울면서 전화하니까 경찰이 8분 만에 오더라고요.

근데 저는 한 번도 안 울었어요. 아까 운 게 처음이에요. 슬퍼서 운 건 아니고 억울해서…… 슬픈 건 잘 모르겠어요. 슬픈 게 정상이잖아요. 강남 할머니가 다은이를 붙잡고 울고 다은이도 우는데 저는 그냥 아무 생각도 안 들어서 옆에서 휴대폰 게임이나 하고 있었는데 이게 이상하잖아요. 갑자기 울어봤자 분위기 이상해질 거 같아서 계속 게임만 했는데 저도 그게 이상하다는 건 알아요. 상담받았을 때 이 얘기 하니까, 상담사가, 화나는 거나 머리가 텅 비는 것도 슬퍼하는 거래요. 스트레스가 너무 크면 뇌가 감정을 차단할 때도 있으니까 너무 자책하거나 걱정할 필요 없대요. 그러면 다행인데, 다행이라는 건 이 상황이 다행이라는 게 아니고요, 아무튼, 아무리 생각해도 아닌 것 같거든요. 제 감정은 제가 느끼는 거고, 그러면 이게 뭔지 저는 딱 알잖아요. 뭔 이유가 있는 게 아니라 그냥 안 슬픈 건데. 저는 솔직히 웃겼거든요.

정말 그 부분은 아니라고 하실 필요 없고요, 안 슬프니까 안 슬프다고 하는 거고요, 슬퍼하고 싶은데 그냥 엄마 생각만 하면 머리가 텅 비어서 기분이 이상한 게 다거든요. 게다가 아빠한테 화가 나는 것도 아니에요. 아빠한테 화가 나는 게 아니라는 점이 진짜 이상한 부분이에요. 그냥 뭐든 보이면 시비를 걸고 싶어지고 그런 거예요. 제가 무슨 생각 하는지 저도 잘 모르겠어요. 머리가 좀 돌았나 봐요. 머리가 정상이 아닌 거 같아서……. 그런데 사실 생각이 나는 것도 아니에요. 평소에는 그냥 밥 먹고 씻고 동네도 돌아다니고 하는데 갑자기 생각이 한번 시작되면. 생각이 시작되면.

말이 뚝 끊겼다. 그 전까지는 줄곧 한 호흡이었다. 건우는 한동안 침묵하더니 대뜸 물었다. 말투가 꼭, 내일 비가 오는 걸 알면서도 혹시나 하는 마음에 일기예보를 확인하는 사람 같았다.

"할아버지도 안 슬펐죠? 우리가 불쌍하다거나 안타깝다거나 그런 느낌도 없죠?"

"그런 건 갑자기 왜 물어보냐?"

"속으로 그런 생각을 하면 티가 나거든요. 조심스러워하든 쩔쩔매든 일부러 그러는 게 보인다고요. 그건 잘해준다든가 무시한다든가 하는 거랑은 별개예요. 그냥 그게 보여요."

"내가 좀 조심스럽게 대했으면 좋겠어?"

"아뇨, 제가 지금 물어봤잖아요. 그냥 물어본 거에 대답하시면 돼요."

나는 낄낄 웃었다.

"아주 그냥 명령을 하는구나."

교육 봉사에 열심이던 시절의 기억이 불현듯 되살아났다. 나를 밀어내기 위해 그렇게 묻는 아이가 있었고, 내가 동족임을 확인하기 위해 그렇게 묻는 아이가 있었다. 지금은 후자 같았다. 완전히 기대거나 완전히 불신하는 것 외에는 다른 방법을 몰라서, 일단 철벽같은 성곽을 쳐놓고 지내는 사람들. 그러다가도 성곽 안에 누군가가 들어오면 그걸 자기 심장인 줄로 아는 사람들. 이런 부류가 보내는 초대장은 유별나게 변덕스러워서 목적지도 기한도 적혀 있지 않았다. 그래도 나는 일단 초대를 받으면 거절하지 않는 성격이었다.

"그래, 소식 듣고 잠깐 머릿속이 깜깜해지긴 했지. 하지만 남의 일을 두고 안타까워서 한숨이 나온다거나, 눈물이 난다거나, 가슴이 미어진다거나 하면서 이런저런 이야기를 길게 늘어놓는 능력이 나한테는 없어. 좀 짜증스럽거나 귀찮다거나 음식이 맛있다거나 웃기다거나 하는 일차원적인 감정은 느끼지만 잠깐잠깐이야. 눈앞에 전등을 비추면 눈이 부시고, 발에 더운물을 부으면 따뜻하다고 느끼는 거랑 별다를 바 없어. 하지만 그렇다고 해서 네 삶에 아무 관심이 없는 건 아니야. 네가 잘되길 바란다는 것도 충분히 진심이야. 어쨌든 나는 글로 밥을 벌어먹는 사람이고, 복잡한 글을 쓰는 법을 알고, 슬프지 않다는 게 어떤 기분인지도 잘 아니까……. 너 내가 가해자들 생각을 얼마나 했는지 아냐."

"생각 자체는 엄청 많이 했겠죠. 화내는 건 아니라도요."

"나는 별로 안 했다. 너야 항상 같이 지내던 사람이니까 고민이 깊겠지만, 나한테 가해자라는 건 커다란 구멍이야—신문 기사에서 얼굴만 잠깐 본 게 다니까. 그 구멍이 점점 커지면서 다른 기억들을 잡아먹고 그러지. 부모님 생각까지도. 좋았던 기억 몇 개는 있는데 그게 슬픔으로 이어지진 않더라. 110볼트짜리 기계를 220볼트짜리 전원에 연결하면 기계가 터져버리지 않냐. 감당할 수 없는 일이 닥치면 머리 부품도 고장이 나는가 봐. 말인즉슨 계속 슬퍼하고 우는 식으로 고장 나는 사람도 있고, 나 같은 사람도 있는 게 아니겠냐. 상담사가 그러는데 이런 케이스가 은근히 많다더라.”

“그건 저도 아는데요. 상담사한테 똑같은 소리 들었다고 처음에 그랬잖아요. 근데 상황이 다른 거 같다고요.” 건우가 발뒤꿈치로 바닥을 탁탁 두드렸다. “상담사가 시간이 지나면 감정이 돌아올 수도 있다고 했거든요. 슬픔에는 단계가 있대요. 슬퍼할 수 있게 될 때 한껏 슬퍼하면 된다던데, 할아버지는 그게 맞다고 생각해요?”

“6년, 8년씩 자기 전문 분야 배운 사람을 내버려두고 나한테 물으면 되겠냐. 자기 감정을 돌아보면서 일기 쓰고, 내가 뭘 느끼는지 고민해보고, 그러다 보면 감정에 분류표 붙이는 능력이 되돌아오기도 하고…… 서울 올라가면 상담사가 시키는 대로 해. 원론적으로 그게 맞아.”

“근데 할아버지는 안 됐잖아요.”

“몰라. 내가 충격 때문에 잠깐 해리를 일으켰든, 아니면 정말로 감정이 망가졌든지 알 게 뭐냐. 예전에는 고민을 좀 했는데 이제는 신경 안 써.”

“신경을 안 써요?”

"죽은 사람들한테 죄책감을 가지든 무시하든 간에 여기 살아 있는 건 나뿐이니까, 좋고 나쁜 사람도 나밖에 없어. 나는 그냥 이렇게 살고, 잘 살아. 돈 벌어서 세금 내고, 동네 어르신들이랑도 사이가 좋은데 뭐가 문제냐. 속으로는 딱히 안 슬프더라도, 상갓집에 가서 얼굴을 찡그리고 부의금을 내고 위로를 건네면 될 일이야. 반대로 위로를 원치 않는 사람한테는 신경을 꺼주고. 그런 식으로 눈치껏 살면 돼."

"근데 거짓말이잖아요. 가짜고요. 실제로 그 사람들을 걱정하는 게 아니잖아요."

어깃장을 놓는 게 아니라 진심으로 납득하기 어려워하는 듯했다. 아마 건우 녀석한테는 내 말이 "돈이 부족하면 프린터로 돈을 복사하면 되지 않냐"는 주장처럼 들릴지도 모르겠다. 15년 전이었더라면 내 반응도 똑같았을 것이다. 서울 생활에 슬슬 적응해가던 시기였는데, 그때 내가 가장 견디기 어려워했던 것은 보통 사람들 흉내를 내는 능력 자체였다.

그건 자그마한 인형을 들고 모형 정원에 뛰어드는 것과 비슷하다. 기쁨 조종간을 잡아당기는 즉시 인형이 기뻐하고, 다시 한번 누르면 작동이 끝난다. 슬픔에 대해서도 공포에 대해서도 분노에 대해서도 그런 게 하나씩 달려 있다. 덕분에 나는 모형 정원 속에서 학생도 되고 선생도 되고 누군가의 친구도 되는데, 이런 역할 놀이는 버튼을 순서대로 누르며 정해진 대사를 읊는 반복 작업에 다름 아니다. 그런데 어느 순간 '야, 이건 인형이 아니

라 인간들이야. 네가 지금 조종하고 있는 건 바로 너고, 다른 인
간들이야'라는 생각이 맹진해오고, 돌연 조종간을 쥔 손의 정체
가 수수께끼로 변한다. 완벽히 알기 때문에 완벽히 모른다. 한껏
웃고 떠들며 즐거워하다가도 대번에 무표정을 지어 분위기를 망
쳐버릴 수 있음을 깨닫는 건 정말이지 꺼림칙한 경험이다. 왁자
지껄한 술자리를 떠나 집으로 향하고 있노라면 심장이 서늘해지
면서 몸이 죽었다. 나는 도대체 뭘 하고 싶은 걸까?

즐거워하는 나 위에는 즐거워하고 싶어 하는 내가 있는데, 즐
거워하고 싶어 하기를 바라지 않는 나 역시 있고, 그 위에는 다
시 즐거워하고 싶어 하기를 바라지 않는 것을 멈추고 싶어 하는
내가 있으며, 내면을 바라보는 상승작용은 무한히 불어나는 마
트료시카와 같아서…… 스스로의 시선을 차폐막처럼 쌓은 상태
로는 어느 무엇도 온전히 손안에 쥘 수가 없다. 질주하는 자동차
속 운전자가 진공을 닮은 고요에 갇히는 것처럼. 이 적막을 벗어
날 방법은 두 가지인데, 하나는 충돌 사고를 낸 다음 통제 불능
의 감정에 사로잡히는 것이고 다른 하나는 조수석에 타인을 들
이는 것이다. 혹은 핸즈프리 모드로 걸어놓은 휴대폰이 정말로
누군가에게로 이어진다고 믿는 것이다. 나는 감정이 그 자체로
목적이라기보다는 타인과 연결되기 위한 수단이라는 사실을 알
았고, 건우가 그걸 확실히 이해했으면 했다.

"그러면 장례식장에서 '나는 안 슬프지만 예의상 돈은 내겠소,
그나저나 나는 감정이 없어서 그런가 왜들 슬퍼하는지 잘 모르

겠고 이 집 육개장이 맛있군'이라고 하냐? 가뜩이나 힘든 사람들한테 그런 짓을 왜 해? 어차피 거짓말로 이거저거 지어낼 수 있다면 함께 울어주는 게, 내 울음에 쓸모가 있을 거라고 생각하는 게 좋지 않겠어?"

건우가 말없이 나를 봤다. 나는 계속 말했다.

"또 반대로, 세 살짜리 애가 침대 밑의 괴물을 무서워한다고 쳐보자. '과학적으로 그런 건 존재하지 않으니까 잠이나 자라'라고 말하는 부모랑 '괴물이 나오면 내가 달려가서 바로 잡아줄게'라고 말하는 부모 중에서, 어떤 부모가 아이한테 더 도움이 되겠어?"

"후자죠."

이번엔 대답이 나왔다.

"그러면 두 번째 부모처럼 행동하기 위해 진심으로 괴물을 무서워해야 할까?"

"그건 아니겠죠."

"또 반대로, 과학을 들먹이는 게 과연 자기 감정이나 기분이 없는 태도일까?"

"그건 감정이 부족한 게 맞죠."

"아니야. 식당 키오스크를 생각해봐라. 그 네모난 기계가 감정을 느끼거나 자아가 있는 건 아니지 않냐. 그저 덮밥 버튼을 누르면 덮밥 주문이, 취소 버튼을 누르면 취소 주문이 들어가는 것이고, 그걸 수천수만 번 반복해도 똑같아. 상대의 필요를 보고 원칙대로 행하는 거야. 합당한 원칙대로—자기 감정이 일절 없는 상태란 그런 거라. 반면 남의 기분보다 내가 뭘 못 느낀다는 사실이 더 중요한 사람은, 그런 사람은 어느 무엇보다 자아가 뚜렷한 사람이야. 인제 이렇게 묻자. 나한테 따뜻한 마음이 없어서 타인을 위로하는 게 껄끄럽다면, 그래서 함께 슬퍼하지 않으려 한다면, 그건 누굴 위한 일이냐?"

"뭐, 알겠어요." 건우는 애매모호한 대답을 흘렸다.

"그러니까 네 기능이 복원될지 아닐지 나는 몰라. 그건 의사랑 상담사가 알겠지. 하지만 추천하고 싶은 마음가짐은 하나 있다. 바뀔 가능성을 믿어보되, 바뀌지 않아도 방법이 있다고 생각하는 거야. 다리 잘린 사람이 의족 끼고 달리기경주에 나가고, 눈먼 사람이라도 남한테 글을 받아쓰게 시켜서 베스트셀러를 만드는 세상인데 마음이라고 해서 안 될 게 뭐 있어?"

심지어 그 눈먼 사람은 1세기 사람이었다. 그는 언젠가 이렇게 썼다. 나는 내가 하는 일을 도무지 알 수 없습니다. 내가 해야겠다고 생각하는 일은 하지 않고 도리어 해서는 안 되겠다고 생각하는 일을 하고 있으니 말입니다. 여기에서 나는 한 가지 법칙을 발견했습니다. 곧 내가 선을 행하려 할 때에는 언제나 바로 곁에 악이 도사리고 있다는 것입니다. 나는 이 고백에서 선악을 분간할 시선을, 자기 마음 바깥의 시선을 발견하곤 한다. 올바른 방향으로 걷는 일의 원천은 따뜻하다거나 차갑다거나 하는 기분이 아니라 그 시선의 작용이자 성찰이라고 나는 믿는다.

"다시 말하지만 나는 누가 불쌍하다거나 슬프다거나 하는 감정은 잘 모른다. 전혀 몰라. 하지만 네가 좋아지길 바란다는 것만큼은 진심이고, 내가 가질 수 있는 유일한 진심이고, 중요한 건 내가 뭘 느끼느냐, 뭐가 진짜냐 하는 게 아니라 내가 타인에게 뭘 해줄 수 있느냐, 내 능력이 어디까지 닿느냐 하는 거야. 본질이니 진정성이니 하는 것이야말로 사실은 가장 부차적인 거란 말이야. 그러니까 감정이 사라진 것 그 자체로 잘못이라 보는 건, 뭐라고나 할까, 휴대폰에 특정 부품이 없다고 불평하는 거나 마찬가지 아니겠냐. 부품이랑 기능은 별개야."

"그건 알겠는데요, 할아버지는 꽤 좋은 쪽으로 망가진 거잖아요. 근데 나쁜 것만 있으면 어떻게 하냐고요. 상담사가 말하는 게 진짜라도 여전히 문제예요, 그건."

건우는 금방 인정하더니 재차 반격에 나섰다.

"감정에도 보통 감정이랑 나쁜 감정이 있잖아요. 다정하다거나 친절하다거나 그런 게 짜증 날 수 있다는 건 제가 잘 알거든요. 제발 좀 내버려뒀으면 좋겠는 사람들도 있어요. 자기 감정을 주체 못 해서 오히려 제가 괜찮다며 달래줘야 하는 그런 사람들요. 그래서 감정 없는 게 오히려 플러스일 수도 있다, 이거는 인정해요. 근데 화내는 거나 비꼬는 거, 시비 거는 거, 이런 건 무조건 나쁘죠."

"참는 게 잘 안 되지?"

"그것도 솔직히 잘 모르겠는데요. 참는 거랑은 좀 달라요. 이게 약간…… 버튼이 고장 난 엘리베이터 같거든요. 승객이 15층을 누르면 안 움직이고, 7층을 누르면 갑자기 20층으로 올라가고, 20층을 누르면 왠지 3층으로 가고, 이렇게. 어떤 건 화내야 할 일인데 전혀 화가 안 나고, 어떤 건 그냥 아무것도 아닌데 정말 죽이고 싶다고요. 죽이고 싶다는 게 과장이 아니에요. 진짜 과장이 아니에요. 알아요?"

"너 내 말을 전혀 안 믿는구나. 내가 텔레비전을 괜히 박살 냈겠냐. 옛날에는 텔레비전이 지금처럼 평평하지가 않아가지고, 대형 텔레비전이라면 앞뒤 두께가 거의 소형 냉장고 수준이었어. 큰아버지네 동양란 화분을 들어다가 거기에 메다꽂으니까 유리가 와장창 깨지는데, 유리 깨지는 소리 들어본 적 있니?"

"당연하죠. 아빠가 예전에 창문 깨서 여름 내내 골판지 붙이고 지냈거든요. 초등학생 때요. 골판지로 일단 막았는데, 벌레가 자꾸 들어와서 테이프를 거의 백 겹은 붙였을걸요. 겨울 되니까 좀 추워서 그때 창문 갈았고요. 하는 김에 이중창으로 바꿨어요. 돈 아까운지 그때부터는 아빠도 창문은 안 건드리더라고요."

건우는 갑작스럽게도 신이 나서 그 말을 쏟아내더니 씩 웃었다. 재밌으라고 말한 사연 같길래 나도 하하 웃었다. 그러고는 하던 이야기로 돌아갔다.

"어쨌든 나도 어릴 때는 그랬어. 싫어하는 것도 많았고, 화낼 것도 많았고, 그러면서도 이상한 데에서는 무덤덤하고, 여러모로 제정신이 아니었지. 그래도 잘해봐야겠다는 마음이 있으면 어떻게든 괜찮아지더라. 화가 나기 시작하면 일단 자리를 피하고, 하고 싶은 말은 똑바로 하되 고함은 지르지 말고, 어쩌다가 선을 넘었을 때는 진정되자마자 바로 사과하고, 이런 규칙들을 세워놔. 교과서 같은 말이라 안 좋아하긴 하는데, 교과서가 그런 식으로 쓰인 데에는 이유가 있지 않겠냐."

"그게 될지 모르겠는데요. 이게 제가 어떻게 할 수 있는 게 아니라니까요. 국가대표 선수가 백 미터를 10초에 끊는다고 해서 저도 되는 건 아니잖아요. 여기서는 버튼 눌릴 건수가 별로 없으니까 그나마 괜찮은 거고요, 할아버지는 제가 난리 치는 거 못 봐서 그래요. 진짜 심해요."

"음……." 나는 열다섯 살의 나를 증인석에 배석시키고 싶었는데 애석하게도 마음속에 그게 없었다. "나는 이런 사람이다, 가 아니라 지금은 이런 상태다, 에 생각의 기본값을 두라는 거야. 지금은 이렇지만 나중에는 아닐 수도 있다. 나도 연 끊어진 사람이 열 명이 넘어. 상대는 별생각 없이 한 말에 내가 느닷없이 발광을 하니까 그렇게 된 거지."

건우는 눈을 깜박였다. "엄청 적은데요."

"참고 참아서 열 명이니까. 어쨌든 난 할아버지랑 지내면서 참는 일에 익숙해지긴 했다. 그나저나 적다는 건 기준이 어떻길래 그래?"

"저는 벌써 네 명 채운 거 같아서요. 강남 할아버지 할머니랑, 엄마랑 같은 교회 다니던 권사님이랑 집사님……. 사실 할아버지랑 할머니한테는 죄송하긴 하거든요. 근데 사과하긴 좀 그래요. 왜냐하면 내버려두시라고 좋게 좋게 말했는데 그렇게 된 거니까……. 고맙다는 말은 할 수 있을 거 같은데 죄송하다는 말은 하기가 싫어요. 기분이 그냥 그래요."

나는 당장 8월 초에 중졸 검정고시 일정이 잡혔던 걸 기억했다. 등록 주소지상 건우는 아직 서울교육청 관할 아래 있었다. 거리가 거리인 만큼 당일치기는 불가능하고, 전날에 올라가서 시험을 친 뒤 다은이와도 오래간만에 얼굴을 볼 겸 이틀 정도 더 묵고 내려오기로 이야기가 되어 있었다.

"너 그러면 검정고시 칠 때는 어쩌려고 그러냐?"

"그건 그냥 하던 대로 하려고요. 어차피 합천 오기 전에 2주 정도는 필요할 때 빼면 아무 말도 안 했어요. 사실 관심 끊기니까 편하긴 했는데 왠지 무시당하는 것도 같아서 화가 또 났고, 그러다가 사고 낼 뻔한 적도 있었는데 다은이가 옆에 있어서 참았거든요. 겨우 참은 거예요. 저도 그건 진짜 좀 돌았다고 생각해서, 이번에 서울 갈 땐 조용히 있으려고요. 조용히 있는 건 별로 안 어려워요. 그런데 그냥 나중에…… 한 10년쯤 지난 다음에 제가 사과할 수 있을지를 모르겠어요. 할아버지랑 할머니가 받아줄 것 같지도 않고요."

건우는 그렇게 말하더니 뒤를 힐끔 봤다. 푸르스름하던 블라인드 커튼이 어느새 자홍색으로 물들어 있었다. 나는 이따가 낮잠을 자두어야겠다 생각하며 입을 열었다.

"나는 열 명 중에 절반은 어떻게든 해결을 봤어. 대부분은 사과를 받아주거나, 그때 이미 속으로는 이해를 했거나 하더라. 그런데도 내가 괜히 연락을 끊고 도망쳤던 거야. 물론 흐지부지 끝난 케이스도 있는데, 그러면 인연이 거기까지였구나 싶지."

"그 인연이라는 거 말예요."

말이 짧았다. 나도 짧게 답했다.

"오냐."

"사실 요새는 강남 할아버지 할머니보다는 교회 사람들 생각을 더 많이 해요. 엄마는 교회 열심히 다녔고 엄마 친구도 죄다 교회 사람들이었거든요. 사실 엄마가 자꾸 저 교회에 끌고 가서, 그거 때문에 아빠를 더 좋아했던 적도 있는데, 아무튼, 장례식장에서 권사님이 저한테 그러더라고요. 엄마가 예수님 열심히 믿었으니까 천국 꼭 갈 거라고요. 저도 당연히 그래야 한다고 생각하긴 했는데 남이 그러니까 완전 열받죠. 천국에 갔으니까 이제 괜찮다는 건가? 천국에 가든 말든 사람이 죽었잖아요. 어제까지 같이 예배 본 사람이 말도 안 되는 이유로 죽었는데, 천국에 간대요."

"그래서 그렇게 따졌어?"

"원래는 네, 감사합니다, 하려고 했어요. 그냥, 감사합니다. 왜냐하면 권사님도 나쁜 뜻으로 한 말은 아닐 테고, 그런 자리에서 성질부리면 안 되니까. 근데 또 다른 분이 끼어들어서 아빠 얘기를 하더라고요. 아빠가 자살해서 회개하고 용서받을 기회를 스스로 버렸다고. 그러니까 지옥 갈 거라고. 진짜 이 말을 그대로 했어요. 그분이 김 집사님이었는데. 그래서 아 씨발 아저씨 지금 말 다 했어요? 그럼 아빠가 자살 안 하고 엄마만 죽였으면 중보 기도도 하고 찬양도 하고 용서도 해주려고 그래요? 이랬어요, 제가. 물론 그것도 나쁜 의도로 한 말 아니라는 거 알죠. 아빠 지옥 갈 거라는 뜻인 거 아는데요, 그런데도 이건 사과할 마음이 전혀 안 들어요. 용서라든지 천국이라든지, 무슨 생각으로 그런 말을 하는지 모르겠어요. 사랑도요. 그게 다…… 아, 씨발……."

건우는 그렇게 중얼거리더니 흠칫 놀라 내 눈치를 봤다. 나는 좀 웃었다.

"원래 그런 말 싫어하는 사람 많아. 죄책감 가질 일은 아니라고 본다."

"저도 그렇게 생각하긴 하거든요. 근데 아무리 그래도 그렇지, 그런 소리를 왜 했는지 전혀 모르겠고 이해가 안 가서…… 사과를 받긴 받았는데, 그럴 거면 미안할 소리를 왜 했나 싶고……." 건우는 잡다한 생각을 떨쳐내려는 듯 고개를 좌우로 흔들더니 뚝 멈췄다. "아, 근데 진짜 신경 쓰이는 건 이거예요. 하나님이 설마 우리 아빠 용서해서 천국 보내면 어떻게 해요? 거기서 엄마랑 만나면요?"

"너 신을 믿냐?"

"전혀 안 믿는데요. 애초에 하나님이 있었으면 엄마가 그렇게 됐겠어요?"

“그러면 그런 생각을 뭣 하러 해?”

“아니, 저도 이게 말이 안 되는 거 아는데 자꾸 생각이 난다니까요. 당연히 하나님이든 뭐든 죄다 소설이라는 걸 아는데, 왜 이딴 걸 상상했지? 싶다구요.”

“어떤 사람한테는 쓸모가 있으니까.”

“그게 도대체 무슨 소용인데요?” 건우는 화를 가라앉히려는 듯 잠깐 숨을 골랐다. “그래, 천국은 제가 이해를 해요. 그건 왜 만들었는지 알겠어요. 그런데 용서를 왜 하나님이 하는데요? 나랑 다은이가 좆같고 엄마가 죽었고 아빠가 죽인 건데 왜 하나님이 용서를 하냐고요. 그것도 직접 하는 것도 아니고, 하나님이 용서한다느니 심판한다느니 하는 말을 사람들이 한다니까요. 사람들이요. 그냥 사람들이—.”

그 지점에서 말이 뚝 끊겼다. 나는 적당히 맞장구치고 끝낼지 좀 더 깊숙이 들어갈지 고민해봤다. 어물쩍 넘어가기에는 늦은 듯했고, 순전히 내가 하고 싶은 이야기도 있었다. 이런 주제로 떠들 기회는 정말로 얼마 없다.

“야, 봐라, 플레이도라는 찰흙 브랜드가 있거든. 그게 원래는 석탄 난로를 쓰던 시절에, 벽지에 묻는 검댕을 닦아내던 물건이었어. 세월이 흐르면서 석탄을 쓰는 집이 없어지니까 판로가 사라졌지. 그래서 회사가 어떻게 했느냐면, 애들한테 장난감으로 쓰라고 줬다. 지금은 세상에서 가장 많이 팔려나간 장난감 중 하나야. 그게 원래는 생활필수품이었다는 사실을 인제 와서 누가 기억하겠냐. 마찬가지야. 요즘 시대에 신의 용서라는 걸 빌 일이 얼마나 있겠으며, 그걸 말하는 사람이라고 해서 뭘 얼마나 이해하겠느냔 말이야……."

"그쵸, 예전엔 미신도 많이 믿었으니까요. 믿을 게 미신밖에 없었겠죠." 건우가 비아냥댔다. "근데 지금은 과학이 있잖아요?"

"그거랑은 좀 다른 이야기야. 요새 한국은 무척이나 살기 좋은 나라가 됐지 않냐. 이렇게 말하면 집값이니 입시 경쟁이니 청년 실업률이니 SNS로 인한 우울증이니 하는 이야기가 쏟아져 나올 텐데, 그 반박이야말로 한국이 선진국이 됐다는 증거지. 요새 어린애가 죽을까 봐서, 한두 해 지나서야 아기를 호적에 올리는 사람이 어디 있어? 전쟁은? 여기가 휴전 국가라지만 이 인간들이 그걸 진지하게 믿는다면 서울 집값을 그렇게나 열심히 올려대진 않을 거라. 북한이 내려오면 당장 그쪽부터 쑥대밭이 될 텐데—그래서 21세기 한국인의 미움이란 대개 법으로 처리할 수 있거나 품에 안고 가더라도 무탈한 종류의 감정이고, 그게 아니라면 뉴스에 난다. 어물쩡 넘어가거나 묻히더라도 잘 제보한다면 단신으로라도 기사가 나갈 만한 일이다. 그렇지?"

건우는 잠시 생각해보는 기색이었다.

"그렇다고 쳐요."

"이건 달리 말하면 일상을 누리는 동안에는 세상만사가 이해선상에 들어온다는 의미야. 각각의 선택지들이 눈에 보인다고나 할까. 월급을 떼였으면 노동청에 신고하고, 안 되면 햇살론이든 뭐든 땡겨서 한 턴을 버티고, 쿠팡을 뛰어서 당장의 생활비를 벌고, 친구들이랑 사장 욕을 하고…… 그러는 동안 삶이 계단식으로 나빠지더라도 다음 계단이 있긴 있어. 상황 자체가 숨이 턱턱 막혀도, 또 계단을 내려가다가 굴러떨어져 죽는 사람이 여럿 생겨도, 분명히 있지. 자유로운 선택이라는 환각 같은 게…….

그런데 그것조차 불가능한 사태가 있다고 생각해봐라. 법과 제도 내에서는 최대한도로 수습을 했는데 정작 마음속에서는 전혀 끝나지 않고, 누군가에게 욕을 하더라도 한스러운 심정이 여전하고, 어쩌면 욕조차 할 수 없이 그저 끙끙 앓게 되는 그런 것 말이다. 그렇게 커진 미움은 짊어지는 것 자체가 불가능하거든. 그걸 품에 안은 채로는 도무지 살아갈 수가 없어. 하지만 나 혼자서는 감히 용서할 수 없는 거야―이걸 내려놓으려면 어떻게 해야 하지? 이런저런 방법을 다 써봤지만 아무것도 된 게 없어서, 그러다 보니 내 인생도 한심해져서, 좋아, 신이 있다고 믿어보자. 신은 당신 같은 죄인마저도 용서하십니다. 그러니까 저도 사랑해주실 것입니다. 이러고 딱 끝내면 얼마나 홀가분하겠냐.

결국 용서하고 사랑하고 심판하는 신이 처음 발명됐을 때 세계는 그런 탄식으로 가득 차 있었던 셈이지……. 그전까지의 신들은, 그러니까 바람이라거나 번개라거나 죽음처럼 구체적인 것들을 다스리는 존재들은 훨씬 변덕스러웠거든. 그나저나 너 내 말 알아듣냐?"

사실 제대로 전달되었으리라는 기대는 일절 없었다. 말허리를 끊지 않고 끝까지 들어준 것만으로도 감지덕지다. 이건 그냥 내 이야기였다. 내가 신문 기사를 보며 품던 의문과 나름의 대답을 그대로 옮겨놓은 것이었다. 과거의 나는 피해자들이 미워하고 또 용서하는 심리를 알아내면 내 들쭉날쭉한 기억도 제자리를 찾으리라는 믿음에 희망을 걸었고, 그런 만큼 불가해한 사랑 앞에서 은근한 열등감을 느꼈다. 몇몇 사람들은 가해자를 온전히 용서하는 듯했고 구경꾼들은 기꺼이 감탄과 존경을 표했는데, 정작 내게 떠오르는 생각이라고는 "도대체 어떻게 저걸 용서하지? 기억이 나면 그게 안 될 텐데? 내 인성이 문제인가?" 외에 없었다. 나는 그 장벽을 한참이나 얼쩡거리다가 산 사람은 살아야 한다는 말을 버팀목으로 받아들이는 법을 익혔지만 건우는 반환점을 지나오기에는 이른 나이였다.

"제 생각엔 그런 것까지 사랑하는 신이라면 악마에 가까운 거 같은데요. 아빠가 회개하면 용서받아서 천국에 갈 수도 있다─안 되죠. 이게 어떻게 돼요. 그냥 악마잖아요."

긴 침묵 끝에 건우가 내놓은 대답은 그런 식이었다. 나는 천천히 중얼거렸다.

"신의 용서와 사랑이라는 건 인간이 감히 이해할 수 없는 신비라고들 하니까, 아마 그렇겠지. 그래서 심판이라는 개념이 짝패로 있는 게 아니겠냐. 신이라면 당신 같은 죄인조차 사랑할 테니 나 또한 그리하겠다고. 혹은 신이 심판할 테니 나 자신은 인간으로서 잊어 넘길 수 있으리라고. 내가 제때 죽지 못하고 살아 있는 것조차 어떻게든 용서받을 수 있으리라고…… 구원과 심판이 언제나 한 쌍인 이유도 여기에 있는 것이고.

이게 얄미운 콘셉트인 건 나도 이해한다. 아픔을 겪은 사람이 스스로 써먹는 논리가 아니고서야 이걸로 세상 누구를 설득할 수 있겠냐. 하지만 세상에는 세상 바깥의 논리가 필요한 일들이 있어. 그런 게 분명히 있어. 사람 마음에서부터 사건 자체까지 모든 게 터무니없는데, 인간 혼자서는 그걸 바로잡을 수 없으니까 보이지 않는 커다란 손을 빌려서 정리하려는 거라. 정확히는 슬픔과 고통이 언젠가 정산될 거라는 소망이라고나 할까…… 그 소망이 필요한 거지."

건우는 미간을 좁혔다.

"이거 혹시 할아버지 이야기예요?"

"어느 정도는. 덜 미워해도 괜찮을 사람들을 봐주는 데에 써먹었지―그때 엄청나게 죽었거든. 엄청나게 죽었어. 그러니까 나는 양호한 케이스인 것이고, 혼자서 가해자를 용서할 주제는 안돼. 죽은 사람이 있는데 산 사람이 죽인 사람한테 면벌부를 줄수는 없지 않겠냐."

"맞죠."

"그런데 나는 그 일 자체를 까먹은 거야. 왜인지 그걸 중요하게 생각할래도 그럴 수가 없어. 생각 자체를 온전히 하기가 어려워. 아무리 난간이 있대도 낭떠러지 아래를 내려다보면 어지럽지 않냐. 하지만 그러면 나한테 엿을 먹이는 인간들 앞에서 이런 생각을 하게 돼. 좋아, 나는 가해자도 미워하지 않는데 이 사람을 가해자보다 더 미워할 수가 있나? 그런데 예전에 잊어버린 걸 어떻게 미워할 수 있나? 그렇다고 해서 일일이 다 기억한다면 편해질 수가 없지 않나? 이 문제를 오래 생각해봤는데 역시나 잘 모르겠어서, 그런 고민은 신한테 넘겼다. 내 몫의 후회와 자기혐오까지도.

봐라, 내 마음은 자그마한 아궁이야. 혼자 태울 수 있는 건 거기에 넣어서 없애버려. 재 가루 정도만 남기고 말끔하게 사라지도록. 반면 신의 용서와 심판을 비는 일은 대형 폐기물을 내놓는 것과 비슷해. 공무원들이 주기적으로 와서 수거해 가고, 그래, 수거한 뒤에는 재활용이 되든 불타든 내 알 바 아니라. 어찌 되든 수거가 됐다는 사실 자체에 감사하며 살아야지."

"할아버지는 무신론자예요?"

"네가 보기엔 어떤 것 같냐?"

"교회도 성당도 안 다니는 것 같은데 그렇다고 해서 무신론자도 아닌 듯해서요."

"그건 나도 잘 모르겠다."

길게 떠들었지만 신을 믿는다는 것이 어떤 의미인지 나는 모른다. 천국이나 지옥에 대해 배운 적은 더더욱 없다. 다만 어렴풋한 이미지가 어른거릴 뿐이다. 내게 신이란 한없이 거대하며 자비로우며 긍휼한 존재기 때문에 모두에게 공평하고, 모두에게 공평한 까닭에 모두를 용서할 수 있으며, 그렇기 때문에 티끌만

한 인간의 정념에는 아무런 관심도 두지 않을 석벽처럼 느껴진다. 혹은 죽음의 문턱에서 보았던, 희고 견고하며 정결한 구체일지도 모른다. 이 관념은 대부분의 신자—프로테스탄트와 가톨릭과 정교회를 막론하고—가 누리는 것과 다를 것이다.

내가 이따금 신을 생각할 뿐 기도하거나 간청하지 않는 건 그래서다. 어떤 문제는 초월적인 사랑을 상정하더라도 여전히 미결이거니와 내가 모르는 세계의 고통은 훨씬 드넓다. 지구 반대편에서 죽어가는 아이가 있고 이미 죽은 사람들이 있는데 감히 소박한 행복을 청할 수 있다는 아이디어는 기묘하게만 느껴진다. 인세 계약 건의 판매 부수나 청탁 따위로 기도한 적은 더더욱 없다. 이렇게 소망에 우열을 부여하며 대기 열의 마지막 자리로 물러나려는 태도는 전지전능하다는 신의 주권을 주민 센터의 민원 창구 수준으로 떨어트리는 신성모독일까? 모르겠다. 어쨌거나 이건 내게 철저한 인간의 일이고, 또한, 건우가 용서라는 기능을 쓰지 못하는 것과 같은 이치일 것이다.

"신을 너무 미워하진 않고 있어. 언젠가 믿게 될 수도 있으니까. 지금은 안 믿는 상태고, 앞으로도 당분간은 그럴 마음이 없다는 소리겠지. 너는 어떻냐?"

"아니, 뭘 자꾸 물어봐요. 그런 게 있다면 완전히 개새끼라고 생각하는데요."

"그렇구나."

"그래도 천국이 있으면 좋을 거 같긴 해요."

"그렇겠지……." 나는 하하 웃었다. "난 낙원을 더 좋아하긴 해, 기본적으로. 천국이라는 개념은 잘 모르겠어."

"둘이 같은 거 아니에요?"

"위치랑 선후가 달라. 낙원은 이 땅에 있었던 것이고, 천국은 하늘의 하늘 위에, 셋째 하늘에 있다고들 하지. 낙원은 한때 완전했던 사람들이 살았다가 이만 쫓겨난 곳이지만 천국은 불완전한 사람들이 죽어 완전해지는 곳이고……."

"그건 알겠는데요." 불퉁한 말투를 보아하니 딱히 이해한 것 같지 않았다. "근데 진짜 힘든 게 뭔지 알아요?"

"뭔데?"

"자꾸 이런 생각이 들거든요. 엄마가 죽어서 나는 엄마가 그토록 오고 싶어 했던 천국에 왔다. 지루하고 재미없긴 한데, 천국은 원래 그런 거니까. 천국은 원래 그런 거라서…… 엄마가 죽어서 나는 천국에 왔다."

"그걸 인과관계로 이으면 안 되지." 나는 살짝 단호해졌다.

"이어져요. 딱 이어지잖아요. 그 일 아니었으면 제가 여기 있을 거 같아요?"

"야, 그건 완전히 까마귀 날자 배 떨어지는 격이야. 그런 식으로는 생각하지 않았으면 좋겠다. 그게 네 잘못도 아니고……."

내가 그렇게 말할 때까지만 해도 건우는 고개를 살짝 수그린 채 손톱 거스러미를 뜯고 있었다. 부릅뜬 눈이 아래에서부터 획 올라오더니 나를 죽일 듯 노려봤다. 턱은 굳었고, 뺨은 벌게져 있었고, 관자놀이는 미세하게 떨렸다. 나는 저 표정을 알았다. 당장 한 대 후려갈기고 싶은데 그랬다가는 후회할 것임을 아는 사람의 표정이었다.

"제가 죽인 게 맞다니까요. 제가 잘못한 거라고요."

나는 뺨이 은근히 간지러워지는 것을 느꼈고, 20년 전의 내 얼굴이 정확히 이랬겠구나 하면서 새삼스러운 감회에 젖었다. 오래된 수수께끼의 답을 이제야 얻은 느낌이었다.

"그래, 알겠다. 이 얘기는 여기까지만 하자."

나는 손등으로 뺨을 쓱 문지르고는 아까 말한 것과 똑같은 어조로 대꾸했다. 건우의 시선은 한동안 똑같은 자리에 머물렀다. 그러더니 뒤로 쓰러지듯 고개가 의자 목 받침에 툭 얹혔다. 그 상태로 아무런 말이 없었다. 나는 휴대폰으로 시각을 확인했고, 수에게서 메일이 하나 온 것을 알아차렸다. 미국 출판사의 메일을 포워딩한 것이었다. 서론을 훑어보고 있노라니 건우가 게슴츠레 뜬 눈으로 내 손을 흘겼다.

"몇 시예요?"

"6시 반이다."

"가서 잘래요."

녀석은 내 대답일랑 듣지 않고 일어났다. 나는 괜히 방 앞까지 따라가서 말을 붙였다.

"일단 자고, 일어나면 검정고시 문제집 제대로 풀어라. 1일 날 시험 치러 올라가야 하는 거 알지. 일주일도 안 남은 거야."

건우는 듣기 싫다는 듯 이불을 머리끝까지 끌어 올렸다. 말이 없었다. 전등 스위치를 누르고는 잠시 기다리자 그제야 답이 나왔다.

"아, 쉬워서 안 푸는 거예요. 엄청 쉽다고요. 그거 초등학생도 풀어요. 이따 일어나면 문제집 보여드릴 테니까 직접 보세요."

"나도 검정고시 쳐봐서 알아."

"알았으니까 불 다시 꺼줘요. 문도 닫고요."

나는 시키는 대로 했다.

"잘 자라."

어린 시절의 나는 어째서인가 사건의 전말을 알았는데도 그걸 허공에서 불덩어리가 뚝 떨어진 일로 받아들였고, 지진이나 쓰나미와 같은 불가항력적인 재해로 여겼다. 가해자들의 존재에 대해서는 거의 생각하지 않았다. 그러나 발목 신경통으로 끙끙 앓을 때만큼은 예외였다.

명상하듯 고통의 리듬에 집중하다 보면 뼈대는 물론이고 힘줄 하나하나가 선명하게 느껴졌다. 발뒤꿈치가 이불 바닥에 맞닿도록 정자세로 누우면 중력이 발끝을 왼쪽으로든 오른쪽으로든 잡아당겼고, 옆으로 누우면 두 다리와 발의 각도가 신경 쓰였다. 시큰거리는 통증이 잦아드는 각도는 매일마다 달라졌다. 정자세가 편한 날도 있었고 이불을 겹겹이 쌓아 그 위에 다리를 올려놓아야만 하는 날도 있었다. 언제는 몇 시간 내도록 자세를 바꿔가면서 가까스로 눈을 붙였는데, 찌를 듯한 격통에 깨어나니 고작해야 새벽 3시였다. 몸을 뒤척이는 동작 하나하나가 잠을 깨울 수 있다는 사실에 나는 중환자실을 그리워했다. 그곳에서는 30분에 한 번씩 번쩍번쩍 눈이 뜨였지만 기절도 그만큼 빨랐고, 모르핀까지 양껏 맞았다. 침대에 누워 명줄을 이어가는 것만으로도 투사가 될 수 있었던 시절이었다. 그런데 명료한 정신으로 중력을 매 순간 감각하는 일은 어째서 이토록 어려운지…….

그날은 치미는 분에 날이 밝도록 꺽꺽대며 울었는데, 눈물을 흘리면서도 할아버지를 깨우고 싶지 않아 숨을 죽였다. 그 유령 같은 울분을 온전히 설명할 방법이 없다. 울분이 튀어 나간 방향에 대해서도. 당시에는 겨울마다 할아버지가 직접 장작을 팼기 때문에 토방에는 언제나 손도끼가 드러누워 있었다. 나는 할아버지가 자리를 비울 때마다 토방에 왼 다리를 눕혀 앉은 채로 도끼를 들었다 내리길 반복하곤 했다. 이대로 콱 찍어버리면 깔끔하게 왼발을 잘라낼 수 있지 않을까 고민하면서. 의사들이 이걸 다시 붙일지도 모른다는 공포가 번번이 나를 막아 세웠다. 그랬다가는 재활 훈련을 해야 할 것이며 신경통 역시 두 배가 될 테니.

나는 자문했다―처음부터 왼발이 잘렸더라면 좋지 않았을까?

세상에는 왼발이 아예 없는 사람도 많은데 내가 배부른 소리를 하고 있는 걸까?

죽은 사람은 어떤가?

가해자들은 왜 나를 죽이지 못했을까?

내가 왜 죽지 않았던가?

내가 왜 살아 있나?

의료진에게로, 큰아버지에게로, 당고모에게로, 작은이에게로, 나를 돌본 모든 사람들에게로 미움이 튄다. 하지만 그랬다가는 배은망덕한 말종이 될 뿐이니까 나를 미워해보기로 한다. 그럴 이유는 충분하다. 내가 보지 못하는 영화들은 참사를 겪은 아이가 연쇄 살인마로 자라나는 스릴러에서부터 실의에 빠진 장애인이 재활 훈련에 나서는 휴먼 드라마, 그리고 감동적인 재난 영화까지로 그 범주가 다양하다. 마지막 범주는 각별히 껄끄럽다. 그런 영화들에는 종종 아이를 살리기 위해 희생을 택하는 부모가 등장하고, 멀어져가는 부모를 향해 팔을 뻗는 아이가 등장한다. 그중 어떤 장면도 기억에 없다는 사실, 현실의 나는 뒤도 돌아보지 않고 혼자 도망친 게 분명하다는 사실, 내가 부모님을 그리워하지조차 않는다는 사실이 나를 줄곧 괴롭혀왔다.

함께 죽었더라면 한국의 친척들은 무고한 꼬마를 위해 흐느꼈을 것이며 그 눈물에는 아무 잡티가 없었을 것이다. 혹은 순순히 삶을 받아들인 뒤 "저 같은 사람들을 돕기 위해 심리 상담사가 될 거예요"라고 다짐했더라면 대견하다는 칭찬이 따라붙었을 것이다. 하지만 나는 큰아버지의 텔레비전과 난초 화분을 박살 내서 기어코 가족회의를 열게 만들었다. 나를 냉랭한 눈빛으로 힐 끔 보고는 "그냥 합천으로 보내지"라 말하던 민형이 형과 곁에 서 "어린애들이 심란하면 사고도 치고 그러는 거죠, 지켜봅시다" 하며 실실 웃던 민호 형, 두 분이 언쟁을 벌이고 민석 형님이 중 재를 시도하는 동안 내 머릿속은 텅 비어가고, 낱말을 얻지 못한 생각들이 온통 발목으로 쏠려 쾅쾅 한다. 그건 분명히 별일이 아 니었으니까 내가 짊어진 모든 문제는 고작해야 신경통과 흉터 다. 세상에는 장애를 극복하며 운동선수가 된 사람이 허다한데 나는 신경통 따위로 이러고 있다는 사실이 믿기지 않는다. 숨이 콱 막히고 식은땀이 흐른다. 사람들이 무슨 말을 하는지조차 들 리지 않는다. 가슴을 짓누르는 열기에 몸을 앞으로 기울이자 입 이 제멋대로 벌어지면서 쓴물을 토해낸다. 까무룩 정신을 잃으 며 깨어나지 않기를 기원하지만 생명은 공포스럽도록 끈질기다.

결국 나는 구차하게 살아가기 위해 구차하게 살아남은 죄인이 며 나를 걱정하는 이들은 죽은 사람의 허락도 없이 죄인을 용서 하는 파렴치한이다. 의료진에게로, 큰아버지에게로, 당고모에게 로, 작은이에게로, 나를 돌본 모든 사람들에게로 재차 미움이 튀 고, 이 마음을 억누르기 위해 더 맹렬하게 나 자신을 미워해본다. 가해자들을 미워할 수 있었더라면 사정이 나았겠지만 내게 그들 은 아무것도 아니다. 하지만 나 자신은 언제나 거울 속에서 어두 운 눈을 번득이고 있다. 참 꼴 보기 싫은 모습이다. 죽어버리면 좋을 텐데……

이 이야기를 상담사에게 털어놓는다면 사건 정황을 제대로 기억하지 못하는 것도 가해자를 미워하지 않는 것도 부모님을 애도할 수 없는 것도 증오와 염오로 이글거리는 것도 죄책감과 수치심을 느끼는 것도 자신을 결코 용서하지 못하는 것도 모두 자연스러운 반응이라는 답을 듣게 될 것이다. 분노의 전치라거나 외상의 비인격화라거나 해리 같은 개념어까지 여럿 배우게 될 것이다. 그 진단은 물론 임상심리의 관점에서 옳다. 하지만 내가 아는 바 내면에 대한 진실은 그저 주어지는 것이 아니요, 분석적인 문장들과 펄떡거리는 세계 사이에서 스스로의 팔 힘으로 건져 올리는 것이다. 백과사전이 나무 그늘 아래 서서 산들바람을 맞는 느낌을 알려줄 수 없고, 반대로 나무에 올라타는 경험이 그 나무의 생육을 알려주지 않듯이. 그런데 두 갈래의 이해는 세계를 각자의 렌즈로 저며놓은 결과물에 불과하므로 우리는 언제나 그 사이에서 갈팡질팡하고, 온전한 복원이 불가능하다는 사실 앞에 겸허해진다. 진단 기준에 쓰인 낱말들은 내 느낌으로부터 너무 멀다고 주장하다가, 그 느낌을 표현할 최선의 방편이 바로 그 낱말들이었음을 깨닫는 기점이 있는 것이다.

버베나 향기라는 단어에는 어떤 냄새도 없지만, 버베나 꽃향기를 가리키려면 그런 단어라도 필요하다. 동시에 버베나 꽃이 아무리 향긋하더라도 내 코는 막힐 수 있으며, 식물학 교과서에는 꽃사과나무가 5미터가량으로 작게 자라는 교목이라 쓰여 있지만 어린아이에게는 그 5미터가 세상 무엇보다 커 보일 수 있다. 그 각각은 결코 모순되지 않는다. 나는 여전히 그 자그마한 교목 둘레를 서성이는 중이고, 그걸 뛰어넘을 엄두를 내지 않음으로써만 겨우 평안해졌다.

다. 그 각각은 결코 모순되지 않는다. 나는 여전히 그 자그마한 교목 둘레를 서성이는 중이고, 그걸 뛰어넘을 엄두를 내지 않음으로써만 겨우 평안해졌다.

8

서울에서 번역가로 일하던 시절에는 생활 습관이 엉망이었다. 새벽 1시에 자면 양호한 편이었고, 일이 잘 풀리지 않는 날에는 오전 5시에 눈을 붙였다. 스물네 시간 연속으로 일한 뒤 스무 시간을 내리 자는 날도 있었다. 일감 들어오는 게 불안불안할 때는 과외도 몇 건 병행했던 것으로 기억한다. 그 외에도 영어 학원 내부 교재 제작에 참여하거나, 교육 출판사 문제집을 검수하거나, 아는 어르신 따님의 영어 소논문을 대필해주거나, 별 업무를 다 맡았다. 게다가 사람까지 열심히 만나고 다녔다. 내 입지 때문이었다. 통번역대학원을 나온 사람도 평생을 미국에서 보낸 사람도 허다한 판에 영어영문학과 학부 졸업생은 우선순위에서 밀리고 마는 것이다. 이력서가 충분히 단단해지기 전까지는 선배와 지인을 통해 알음알음 일감을 얻어내는 수밖에 없었다.

그리고 이서가 있었다. 이서야말로 핵심이었다. 내용물이 주등이까지 가득 차오른 물병이 있다고 가정해보라. 이 물병은 아직 괜찮다. 누군가가 그걸 쥐고 탭댄스를 추기 전까지는 괜찮다는 말이다. 이서는 첫 번째 직장을 반년 만에 그만둔 뒤 실의에 빠져 반년을 허송세월했고, 수준을 낮춰 재취직한 다음에는 더한 실의에 빠졌다. 대기업에서 중견으로 떨어진 게 그렇게 큰 타격이었던 걸까? 아니면 직장은 핑계일 뿐이고 다른 문제가 있었던 걸까? 이유야 뭐, 가져다 붙인다면 얼마든지 만들어낼 수 있을 것이다. 어쨌거나 이서는 매일같이 술을 마셔댄 다음 나한테 전화했고, 나는 밤 11시든 새벽 3시든 곧장 차에 시동을 걸었다. 그러면 이서는 뒷좌석에 드러누워 미안하다거나 내일부터는 덜 마시겠다거나 하는 말을 중얼거리다가 이내 곯아떨어졌다.

처음 몇 달은 그것만으로 충분했다. 이 난국이 곧 해소되리라는 믿음도 있었다. 기존에 동거하던 15평짜리 투룸 월세는 24평짜리 스리룸 전세로 변했고, 나는 우여곡절 끝에 전업 번역가가 되었으며, 이서의 말이라면 뭐든 들었다. 상대가 내심 바라는 일과 상대가 표면적으로 요구하는 일, 상대가 지금 당장 하고 있는 일, 그리고 상대에게 좋은 일이 각각 다를 수 있다는 사실을 제대로 이해하지 못하던 시절이었다. 그래서 당초의 믿음은 점점 기대의 영역으로 후퇴해가다가, 이내 소망으로 변했고, 끝내 타성이 되었다. 어제도 그제도 이런 삶이었으니까 내일도 똑같으리라 생각하며 매일매일을 버티는 것이다.

이서는 두 번째 회사까지 반년 만에 관두더니 더는 일자리를 알아보지 않았다. 새벽에는 술 취한 채 거실 소파에 드러누워 이런저런 불평을 쏟아냈다. 나는 그걸 받아주다가도 더는 안 되겠다 싶으면 노트북을 들고 방으로 도망쳤다. 이서가 그대로 잠들면 다행이었다. 하지만 벌떡 일어나 따라오면 그날은 끝장이었다. 그런데도 여전히 해가 떴다. 새벽의 난리통을 통과해 나온 뒤 한숨도 자지 못한 상태로 남은 일을 마무리 지으면서, 시리얼로 아침을 때우고 그대로 잠들면서, 아무 일도 없었다는 양 농담을 건네는 이서에게 미소로 화답하면서, 종합소득세를 미리 계산하면서, 18일에 입금됐어야 했던 돈이 왜 아직도 들어오지 않았나 궁금해하면서, 이서가 숨겨둔 캔맥주를 변기에 부어버리면서, 이서를 끌어안으면서, 나는 삶이 이렇게 덜걱거리며 나아간다는 사실에 매번 생경한 기분을 느끼곤 했다.

밤 동안 무슨 난리를 치더라도 아침이 온다. 매달 25일에는 카드 비용이 결제되고 말일에는 대출 이자가 나간다. 서울에서 동거하던 시절에는 매달 4백만 원 정도를 고정적으로 썼고 지금은 꽤 줄어서 250만 원 전후인데 지역 건강보험료와 국민연금과 차량 유지비가 상당한 비중을 차지한다. 숨을 쉬기만 해도 하루에 3만 원 가까이 빠져나가니 말이다. 인간의 정신과 몸은 돈을 접지선 삼아 사회에 접속되는 부품이고, 돈은, 돈이 얽힌 일들은 우리 삶에 인공적인 리듬을 부여한다. 그 리듬 덕분에 우리는 일상이 버거워질 때 일을 휴식처로 삼을 수 있게 된다. 그건 분명히 감사한 일이다.

나는 부엌에서 혼자 아침을 먹으면서 감사하고 있었다. 충격받고 맞간 남자애의 하소연을 들어주고 내 몫의 흰소리를 늘어놓는 게 반드시 고역이라고는 말하지 않겠다. 건우에게든 내게든 필요한 시간이었고, 굳이 논하자면 반가운 마음이 훨씬 컸다. 하지만 힘든 것도 사실이었다. 요새는 무탈한 하루가 점점 더 소중해졌다.

[오전 06:53]bsku◉: Hell

[오전 06:54]ShepDog(Not a dog): ◉

[오전 06:54]bsku◉: 출판사 메일 보셨는지

[오전 06:54]bsku◉: 제 쪽에서 확인하고 바로 포워딩했는데

[오전 06:54]ShepDog(Not a dog): 넵

[오전 06:55]ShepDog(Not a dog): 30분 뒤에 뵙죠. 아침 먹는 중이라

[오전 06:57]bsku◉: :saluting_face:

무탈한 하루는 보통 이런 식으로 시작됐다. 출판사에서 온 메일을 확인하고 수와 업무 분장을 논의하면서. 혹은 컴퓨터 전원 버튼을 누르면서……. 나는 식사를 마친 뒤 개인 스케줄을 살폈고, 8월에는 정말로 이서를 만나야겠다고 결심했으며, 마당에서 담배를 한 대 더 태웠지만 커피는 마시지 않았다. 통화를 마치는 즉시 침대에 드러누울 작정이었다.

주전부리가 가득 들어찬 유리 단지를 상상해보라. 캐슈너트나 땅콩이나 마카다미아처럼 다양한 크기의 견과류들과 별 사탕이 뒤섞여 있고, 커다란 브라질너트가 혼란스러운 패턴 속에서 중심을 잡아준다. 출판 번역가의 스케줄은 이와 비슷하다.

3백 페이지짜리 단행본 한 권의 번역 초고를 만드는 데에는 한두 달이 걸리는데(잘 협의한다면 기간을 넉넉히 받을 수 있지만, 출판사는 기본적으로 빠른 일 처리를 선호한다), 이게 바로 브라질너트다. 번역가는 이 업무를 중심축으로 '부피가 덜 나가는' 업무들을 일정 사이사이에 배치한다. 일감이 컨베이어 벨트에 놓인 것처럼 차례차례 오는 게 아니니 말이다. 출판사에는 출판사의 일정이 있고, 수에게는 수의 일정이 있고, 나한테는 내 일정이 있다. 한영 번역 원고와 영한 번역 원고가 동시에 돌아가고 다음 작업을 준비하기 위해 샘플 번역도 맡아야 하는데 산업 번역 일감까지 몰려들 때는 저글링을 하는 기분이다.

물론 저글링을 하면서도 숨 돌릴 구석이 있다. 자료 조사를 핑계로 이국적인 사진들과 여행 유튜브 영상에 심취하는가 하면, 소설의 레퍼런스를 이해한답시고 온종일 영화를 보기도 한다. 스카우트 리포트 청탁 또한 비교적 간단하거니와 기분 전환을 돕는 일거리다. 이 책을 번역할 가치가 있는지, 주 독자층은 누구일지, 번역 난이도는 어느 정도일지, 비교 작품으로는 무엇이 있는지 등에 대한 보고서를 써서 출판사에 보내는 것이다. 책을 재 밌게 읽은 뒤 독후감을 쓰면 돈이 벌린다니 감사할 따름이다(물론 '취미가 일이 되면 괴롭다'는 말이 있듯이, 이것도 하다 보면 고역일 때가 많다). 그리고 별 사탕처럼 가볍고 톡톡 튀는 일거리도 있다. 특정 전문용어가 반복되는 까닭에 일괄 대치로 절반은 해결되는 산업 번역 일감이라거나 원고지 20매짜리 칼럼 같은 것들. 혹은 반나절 안에 급행으로 처리하면 일주일 치 생활비가 벌리는, 국제 행사를 위한 4페이지짜리 브로슈어…….

건우와 대화하던 도중 도착한 메일은 마카다미아였다. 한국 소설을 PDF로 받아 읽은 뒤 미국 출판사에 스카우트 리포트를 제출하는 일. 운이 좋으면 정식 계약 기회가 생겼고, 단건에 그 치더라도 벌이가 괜찮았다. 미국 출판사들도 우리 팀을 선호했다. 원문 퀄리티를 검토할 한국인과 미국 시장에 해박한 현지인이 한 세트인데 반기지 않을 리가. 이번에는 규모가 상당해서 다섯 권을 동시에 검토하는 조건으로 1350달러였다. 수의 몫 약간을 제하면 내게 떨어지는 돈은 1200달러. 평소처럼 내가 초안을 작성하고 수가 거기에 비교 작품 목록을 더해 보고서를 완성하는 식으로 진행될 터였다.

나는 도서 목록을 확인한 후 수에게 통화를 걸었다. 연결 음이 두 차례 울리더니 익숙한 얼굴이 화면에 나타났다. 피곤한지 다른 걱정거리가 있는지 안색이 나빠 보였다. 짧은 안부 인사가 오 가자마자 본론이 시작됐다.

“선생님 스케줄부터 보죠. 우리가 같이 작업하는 거 외에, 지금 한국에서 따로 돌아가는 원고들이 좀 있지 않던가? 맞죠? 저번에 단행본 두 개 있고, 다른 거 또 들어온다고 하셨던 것 같은데.”

“하나는 처음부터 말미를 널널하게 받아놨고, 다른 하나는 초고 진작 넘겼는데 교정고가 느지막이 올 모양이에요. 이야기를 들어보니 내년 3월에 나가는 거로 일정이 바뀌었다더라고요. 또 마지막 거는 말만 오가다가 엎어졌어요. 엎어졌는지 지연이 됐는지. 해외문학팀 개편하면서 총서 라인업 자체를 리부트하겠다던데, 그냥 이 책은 안 하겠다는 거죠. 아마 당분간 널널할 것 같습니다.”

“기업체에서 일 받는 건요?”

“그것도 큰 프로젝트는 없어요. 다 자잘자잘한 건들이죠. 최근에 검수 맡을 뻔한 게 하나 있었는데, 이야기 들어보니까 인공지능으로 초벌한 걸 수정하라지 뭡니까. 검수랍시고 페이도 짜게 주고 시간은 은근히 잡아먹고, 폭탄 피했죠.”

“잘됐구먼. 그런 거 잘못 걸리면 골치 아파요.”

모니터로 무언가를 보는 듯 수의 시선이 슬금슬금 움직였다. 마우스를 쥔 손도 같이 움직이는 걸 보면 긴 아티클은 아니었다. 메일을 확인하고 있는 게 아닐까. 곧 질문이 날아들었다.

“그러면 리포트 초안이 언제까지 되는 거예요? 사실 내가 스케줄이 좀 꼬였어요. 이걸 가급적 빨리 받아야 큰 덩어리 오기 전에 깔끔하게 정리될 것 같거든. 출판사에서는 말미를 좀 더 주긴 했는데, 내 입장에서는 10일 날 전에 받으면 제일 좋아요. 8일 아니면 9일."

"8월 10일요?"

"그렇지. 보름쯤 남은 거예요."

"될 것 같아요. 두 권은 이미 읽은 책이기도 하고, 어차피 지금 들어온 일들이 다 자잘자잘한 거라……. 그때까지는 초안 잡아서 드릴 수 있도록 하겠습니다."

"밭일도 하고, 애도 기르고, 번역도 하시고, 거기다 책까지 읽었어요? 하루가 서른여섯 시간쯤 되시는 모양인데."

"쓸데없는 거 안 하면 하루 길어요. 요새 밭에서 애호박이랑 가지가 하도 많이 나와가지고, 다 잘라서 말리고 있거든요. 일단 한번 말려두면 시나브로 겨울까지 먹으니까. 밑 작업 하면서 오디오북 틀어놓으면 그렇게 한 권 읽는 겁니다."

"이야, 헨리 소로가 여기 있네." 수는 낄낄대더니 본론으로 돌아갔다. "괜찮은 거 있어요? 분위기 보니까 메인 번역까지 우리한테 들어올 것 같거든. 미리 논의를 해두자고요."

검토 대상에 오른 책들은 다종다양했다. 서른을 목전에 둔 채, 상처로 가득한 10대를 뒤늦게 돌아보며 기적을 마주하는 사람들의 마술적 리얼리즘과(《마음 얼룩 세탁》), 우울한 미래를 배경으로 자본주의 비판을 구사하며 휴머니즘을 강조하는 소프트 SF와(《쿨드림》), 여성 형사와 여성 살인자와 여성 피해자의 삼각 구도를 통해 가부장제의 어스레한 면을 고발하는 스릴러와(《깨진 거울의 방》), 무당이 이끄는 사이비 종교를 조명하는 오컬트 호러와 《곡신(哭神)이 거하시오니》), 한국에서 아이를 가질 방법을 찾아보는 레즈비언 부부의 사회파 리얼리즘(《바깥에서도》, 그리고 정확히 말하자면 부부 중 한 명은 논바이너리 젠더퀴어다)……. 이렇게 늘어놓으니 알라딘 한국문학 베스트셀러 순위를 순서대로 훑어보는 듯했다. 잘 팔린다는 것, 그리고 젊은 한국 여성 작가의 작품이라는 것을 제외하면 아무 공통점이 없었다.

"출판사 쪽에서 바라는 게 정확히 뭐예요?"

"한국문학이지, 뭐. 정확히 말하면 prestige track과 commercial track의 중간 지점. 너무 무겁진 않되 문학상도 노릴 만한, 인터내셔널한 느낌을 챙기면서도 내수 독자들에게 적당히 소구할 수 있는, 이른바 평론가들이 한마디씩 말 얹을 구석이 있으면서도 대중성까지 충분한 업마켓 노벨……. 마치 한국의 R. F. 쿠앙……. 이해했어요?"

"상큼하고 산뜻한 시카고 피자, 고소하고 기름진 샤베트, 이런 거요?"

"최 선생님이 역시 똑똑해."

농담이었더라면 웃겼을 텐데 농담이 아니었다. 나는 다섯 권 각각의 세평을 떠올리다가―읽진 않았지만 나머지 세 권도 리뷰를 훑어본 상태였다―고개를 설레설레 내저었다.

"솔직히 말하면《마음 얼룩 세탁》은 안 하고 싶습니다. 시장성 면에서 괜찮긴 할 텐데 내 취향이 아니에요. 번역할 맛이 안 나요. 마음에서는 완전히 아웃."

"어허, 돈 받고 하는 건데 그런 식으로 기준을 세우면 안 되죠. 마인드셋을 다시 해. 내가 틀렸고 시장이 옳다."

수는 유서 깊은 기숙학교의 사감 선생이라도 되는 양 을러댔다. 나는 따라 복창했다.

"좋아요, 내가 틀렸고 시장이 옳다―그런데 《쿨드림》도 나쁘지 않을 거 같거든요. SF의 계보 아래 두면 좀 식상한 세팅인데 일반 독자들한테는 신선하게 읽히는, 그 애매한 선을 되게 잘 타는 작가예요. 심리나 인간관계 묘사도 좋고요. 확실히 섬세하게 잘 써요. 읽어보진 않았는데 이번 것도 평가가 괜찮습니다. 요새 미국에서도 이런 게 인기잖아요. 맞죠?"

"아니, 유행을 탄 지는 좀 됐지. 한국 사정은 잘 모르겠는데 이 동네 Lit SF는 진짜 포화 상태예요. 완전히 포화 상태야. 한국 작가라서 그나마 점수를 쳐주는 거지, 그것만으로는 오히려 마이너스다 이거죠."

보아하니 이건 수의 취향에서 아웃이었다. 나는 대화의 중심점을 옮길 필요성을 느꼈다.

"그러면 선생님이 보기엔 뭐가 괜찮겠습니까?"

"《곡신(哭神)이 거하시오니》, 이거. 인터넷 서점 리뷰도 전반적으로 호평이고, 일단 소재부터가 무속이잖아요. 토속적인 느낌 상당하고, 한국전쟁 포함해서 한국 근현대사도 끼어 들어가 있고…… 마케팅하기 좋죠."

"그거 읽어봤어요. 앞은 괜찮은데 중반부터 별로예요. 질적인 차원에서 안 됩니다."

"최 선생님 취향 문제 아닌가?"

"딱 읽어보세요, 그러면 무슨 말인지 알게 될 겁니다. 한국 출판업계가 워낙 팬덤 산업이기도 하고 듣기 싫은 말은 가급적 안 하는 게 고착되어 있으니까 별점이 잘 나오는 거지 무명작가 작품이었으면 욕먹었어요. 후반부 템포가 무너지는 것부터가 크고, 전개에 비해 풀린 게 워낙 없으니 후속 편이 있어야 하는데 결말에서 핵심 인물을 다 죽여놔가지고 후속 편을 이어갈 수가 없을 정도로……."

"진짜 그 정도예요?"

"제 커리어를 걸고 그 정도 맞습니다."

"이건 나도 설렁설렁 읽어봐야겠네. 일단 알겠어요." 수는 생각에 잠긴 채 턱을 문지르다가 짧은 흠 소리를 냈다. "그러면 아까 《마음 얼룩 세탁》은 순전히 취향 문제인 거고?"

"독자한테 좋은 모습만 보여주려 드는 게, 좀 싫죠. 기술적인 문제랑 별개로, 목소리라거나 입장 같은 부분이……."

"감이 안 잡히는데."

"보면 무슨 참사 생존자, 장애인, 가정 폭력 당한 사람, 이런 사람들 다 모여 있는데 인물의 행동이 일정 선을 안 넘거든요. 다들 착해요. 꼴 보기 싫은 구석이 많지가 않아요. 싸우고, 욕하고, 남이 힘들어하면 '엥? 뭐 그딴 거로……' 이런 식으로 대꾸하고,

괜한 데에 버튼 눌러서 엉뚱한 소리 하고, 말도 안 되는 이유로 돈 날리고, 쓸데없는 데에 카드 긁다가 리볼빙 쓰고, 다시는 절대 안 그러겠다고 약속한 걸 내일 또 하고 앉아 있고, 매일 매일 매일 똑같은 하소연하고, 이런 부분들이 없으니까 읽기는 편하죠. 그런데 읽기 편하면 충분하냐 이겁니다.

소설의 기능은 타자의 세계를 들여다보고 이해하는 것이다, 소수자와 약자의 목소리가 되어주는 것이다, 맞죠. 다 옳은 말입니다만 곰 다루기 매뉴얼을 쓰려면 일단 실제 곰을 데려다놔야 하는 거 아닙니까. 곰 인형이 아니라요. 곰 인형은 귀엽고 껴안으면 푹신푹신하죠. 그런데 진짜 곰은 냄새가 나는 데다가 자칫하면 앞발에 얼굴이 찢긴다구요. 즉 귀여운 곰 인형 애니메이션 보고 곰의 생태를 배웠다고 할 수 있느냐 하면……."

"이거 버튼 잘못 눌렀구먼. 미안합니다. 여기까지만 하죠."

수가 말허리를 자르고 들어왔다. 나는 퍼뜩 정신을 차렸다.

"예, 여기까지만. 나도 미안합니다."

"무슨 마음인지는 알겠어요. 그런데 이건 말해둬야겠다. 최 선생님도 시장이라는 게 뭔지 알잖아요. 팔리는 걸 팔아야지. 애당초 한국문학 시장 특성상 판권 중개하기가 어렵대요. 뉴욕 가서 에이전트들이랑 이야기해보면, 죄다 한국문학에 관심을 가지긴 하는데, 책 분량이 얼마나 되냐고 그래. 한국 현지에서 작은 판형으로 나가는 2백 페이지 전후 단행본들 있죠. 그게 분량만 치면 원고지 5백 매에서 6백 매…… 한국어로 9만5천 자에서 12만 자

222

사이에다가 영어 단어 수로는 4만 개에서 플러스마이너스 5천. 그러면 절대 장편 분량이 아니에요. 8만 단어짜리 novel이 아니라 한 단계 아래 novella인 거지. 요새는 거의 novelette까지 단권으로 내는 걸 보면 사실상 한국에서는 중편이 장편 자리를 꿰찬 셈인데, 이 분량의 한계에서 선생님이 요구하는 거 다 끼워 넣고 회복과 성장까지 구현할 수 있느냐를 물어야 되는 거예요. 공간이 얼마나 돼, 공간이?"

"그렇긴 합니다만." 나는 떨떠름한 기색을 감추지 않았다.

"메인 번역까지 맡게 되면 이번 건은 로열티 계약으로 돌리려 해요. 조건을 괜찮게 협상해볼 수 있을 것 같아. 선급금은 매절로 넉넉히 받고 나머지는 인세율 1.5퍼센트 정도로…… 그러니까 잘 팔리는 거 팔아야죠. 최 선생님도 건우한테 소고기 많이 먹여주셔야 할 거 아니야."

"나는 그냥…… 고증이리는 걸 많이 생각해요. 소설에는 그런 게 필요하잖아요. 추리소설을 쓴다고 쳐봅시다. 이틀 동안 아무도 들어가지 않은 집에서 사람이 살해당했는데 부검해보니 30분 전까지만 해도 살아 있었다. 어째서일까? 살인마가 사람 죽인 다음 후시딘이랑 마데카솔 발라서 이틀 동안 살려놨다. 이게 바로 사망 시각 트릭의 진실이다. 이런 식으로 추리소설 써도 됩니까?"

수가 질렸다는 표정과 함께 손을 내저었다.

"아니, 아니, 케이스가 다르죠. 소설은 소설이잖아. 테라피스트한테 매주 백 불씩 내고 받아야 할 서비스를 25불짜리 책에

서 찾으려는 사람이 많지가 않아요. 최 선생님 말씀은 동네 드럭
스토어에서 알카셀처 팔지 말고 위절제술을 해줘야 한다, 소설
베스트셀러 목록에 인지 행동 치료 개론서가 올라가 있어야 한
다…… 이런 거라니까요.”

“고증은요?” 나는 괜히 물고 늘어졌다.

“고증이라는 건 결국 독자들의 니즈를 따르는 것이고…….” 수
는 껄껄 웃었다. “〈트와일라잇〉 시리즈는 진짜 사랑 이야기라서
1억 부 넘게 팔렸나? 셰익스피어도 〈타이터스 앤드로니커스〉 쓸
때 완전히 엉망이었던 거 알죠? 그런데 그게 셰익스피어 이 양
반의 첫 히트작이에요, 첫 히트작…… 그거로 한 번 대박을 냈기
때문에 4대 비극을 무대에 올릴 커리어가 열렸고, 그런 거야. 최
선생님도 알잖아요. 알 거 다 아는 사람이 소설에서 진짜, 가짜를
따지고 있어.”

“그래도 소수자 서사의 정치성이라는 게 결국 현실을 위한 거
아닙니까?”

나는 저자와 싸우기 위해 북 토크에 참여한 MFA 1학년 학생
처럼 쨍알거렸다. 본토 행사에 가본 적은 없지만 그런 유형의 인
간이 출몰한다는 건 알고 있었다. 수는 노련한 중견작가처럼 맞받
아쳤다.

“그게 정 신경 쓰이면 선생님이 직접 쓰셔야죠. 말 잘했네. 내
가 이걸 15년 내내 묻고 있어. 도대체 언제 쓸 거예요? 오토픽
션을 일단 쓰기만 해봐, 그러면 내가 딱 뉴욕에 전화를 걸어다

가……"

"아이, 이게 다 먹고살려고 하는 일이죠. 저도 소설 쓰면 제대로 예쁘게 쓰지 않겠습니까."

미국이면 약물중독 이야기에 교도소행이 기본 옵션인데 나 정도면 예쁘게 자란 편이라는 자각도 있었다. 태평양을 넘으면 쇼크의 기준선부터가 달라지고, 나는 피해자 업계에서는 명백한 모범생이다. 손가락이 제멋대로 움직이며 채팅 창에 해시태그를 하나씩 적어 내려갔다.

[오전 08:22]ShepDog(Not a dog): #ownvoices

[오전 08:22]ShepDog(Not a dog): #weneeddiversebooks

[오전 08:22]ShepDog(Not a dog): #authenticity

#당사자의목소리로, #우리는다양한책을원한다, #진정성.

정말이지 아름다운 문자열이다.

수가 기다렸다는 듯이 한 줄을 더했다. #아시아인의재현.

[오전 08:23]bsku◎: #asianrepresentation

[오전 08:23]ShepDog(Not a dog): 근데

[오전 08:23]ShepDog(Not a dog): 그 ◎는 정체가 뭐죠

[오전 08:23]ShepDog(Not a dog): 예전부터 궁금했던

[오전 08:24]bsku◎: You're asking this *now?*

　마흔 줄에 접어든 남자와는 영 어울리지 않는 이모티콘이 웃겼다. 하지만 인간이란 원래 젊은 시절을 형틀 삼아 나이 들어가는 법이다. 20대 후반의 수는 's∞'라는 닉네임으로 내 블로그에 댓글을 달곤 했다. 변방의 워드프레스 블로그인지라 방문객은 거의 없었는데, 중얼거림에 가까운 일기에도 꼬박꼬박 호응을 보내주는 게 고마워서 마음에 담아둔 사람이었다. 그러다가 돌연 일기든 회고록이든 쓰는 행위 자체가 지긋지긋해져서 모든 글을 삭제하고 잠적했다. 블로그 계정과 연동된 메일함 밑바닥에서 수의 메일을 발견한 건 그로부터 반년 뒤였다. 블로그를 왜 닫았느냐, 출간 계획이라도 있느냐 하는 질문이었다. 처음에는 여섯 달이나 무시했으니 그냥 내버려둘까 싶었는데, 다시 생각해보자 영 예의가 아닌 듯해서 답장을 보냈다. 고해성사 상대를 구하려는 마음도 약간 있었다. 사고와 장애 경험과 합천살이 이야기를 즐겁게 들은 사람이라면 알코올의존증 환자의 파트너로 살아가는 애환도 들어주지 않을까 싶었던 것이다.

　그렇게 시작된 인연은 곧 일주일에 서너 번씩 잡담을 나누는 수준으로 발전했고, 이제는 떼어놓기 어려운 동업자 사이가 됐다. IRS, 즉 미국 국세청이 걸고넘어진다면 파트너십으로도 해석될 만한 관계다. 2인 이상의 공동소유주가 파트너로서 이익과 리스크를 공유하는 사업 형태……. 덕분에 수는 근 몇 년간 세법상의 리스크에 신경을 곤두세우고 있었다. 우리끼리야 수당을 배분대로 나누면 그만이지만 IRS의 물망에 걸려들면 복식부기를 시작해야 한다는 거였다. 개인용 장부가 아니라 파트너십용 장부로. 게다가 파트너 중 한 명이 외국인임을 감안하면 일 처리가 훨씬 복잡해진다. 사실 나는 IRS에 내 몫의 W-8BEN 서류를 제출해서 1042-S 서류를 돌려받고, 한국에서 종합소득세를 따로 신고한 뒤, 미국에 뜯긴 세금을 공제받는 절차만으로 벅차서 파트너십 따위는 결코 생각하고 싶지 않았다. 수도 마찬가지일 것이다. 그래서 수가 한동안 변호사 자문을 구하고 다녔는데, 뭐, 번역가 수입이 수입이다 보니 미국 조세법원에 출두할 일은 아직 없었다.

달리 말해 나는 귀국한 이래 미국 땅을 밟은 적이 한 번도 없었다. 수 역시 합천까지 올 일이 없으니 우리는 줄곧 영상통화와 서류를 통해서만 서로의 존재를 확인한 셈이었다. 앞으로도 당분간 이런 관계가 지속될 듯했다. 어쩌면 평생. 나는 뜬눈으로 밤을 지새울 때마다 파편 같은 단상을 메모하며 에세이 재료를 갈무리하곤 했다. 시간이 흐른 까닭에 서론의 첫 문단조차 제대로 쓰지 못하게 되었는데도 그랬다. 그리고 상상했다. 이게 정말로 미국에서 출간된다면 북 토크 자리에는 내가 있게 될까? 아마도 아닐 것이다. 나는 내가 잊어버린 세계를 기억하는 사람의 존재가 마음에 들었고, 그 사람과의 절묘한 거리에도 흡족함을 느꼈다. 숫자와 문자 바깥에서는 영영 마주칠 일이 없으므로 마음껏 솔직해질 수 있는 상대란 얼마나 감사한 것인지…….

"책을 쓰긴 해야 돼요. 농담이 아니라 진지하게 고려하고 있긴 합니다. 애 데리고 사는 것도 힘들고, 눈도 부쩍 침침하고, 뭐라도 하나 대박 쳐서 연금 만들어둬야죠. 퇴직금 줄 고용주도 없는데. 요새 피곤해요."

나는 진담 반, 농담 반을 섞어 중얼거리다가 뺨을 손등으로 쓱 문질렀다. 그러고 나자 눈앞이 흐려져서 눈을 몇 차례 깜박였다.

"얼굴만 봐도 그래 보여요. 밤중에 무슨 일이라도 나셨나?"

"예, 새벽에 푸닥거리를 해가지고. 난리가 났어요. 통화 끝나자마자 낮잠 좀 자다가, 12시쯤에 일어나서 일 마저 하려 합니다. 그래서 지금 커피도 안 마시고 있는 거예요."

수의 고개가 흘깃 돌아가더니 모니터 하단을 봤다. 저 자리에는 내 컵이 있을까? 나는 내용물이 보이도록 카메라를 향해 컵을 기울이고는 가볍게 흔들었다. 물이었다. 수의 웃음소리가 헤드셋과 귀 사이 좁은 공간에서 윙윙 울렸다.

"고생 많으시네. 사춘기 애 기르기 힘들죠?"

"난리예요, 난리. 조만간 창고를 정리해보려 합니다. 어릴 때 쓰던 일기장이 거기 어디에 있을 거 같긴 한데, 안 버렸으면 있겠죠. 집 전체를 리모델링하면서 이걸 버렸는지 안 버렸는지……."

물론 어릴 때 쓴 공책들은 이제 없다. 합천으로 돌아온 첫날 별채에서 공책 더미를 발견하고는 싹 아궁이에 쓸어 넣었다. 후회가 없도록, 열어보지조차 않고. 그런데 그게 화근이었는지 요새는 버렸던 기억 자체가 가물거리고 있었다. 내 어조에서 석연찮은 기운을 감지했는지, 아니면 그냥 평소대로의 농담인지 수가 가볍게 태클을 걸었다.

"창고 털 시간은 나시고요?"

"건우가 1일 날부터 4일 날까지 집에 없거든요. 검정고시 치러 서울 갈 겸, 오랜만에 자기 동생이랑 놀다가 오라고…… 그동안 나도 좀 쉬어야죠. 그때 전 여친한테 놀러 오라고 할 생각이에요. 진짜 올지는 모르겠다만."

수의 오른쪽 눈썹이 들려 올라갔다.

"전 여친? 내가 아는 그분 맞나?"

"예, 맞습니다. 저번에 미리 이야기를 꺼내놨거든요. 8월 첫째 주에 집 비니까 올 거면 그때 오라고 했는데, 반응이 꽤 괜찮았어요. 확답을 받은 건 아니긴 한데요, 이따가 다시 물어보려고요."

"결혼식 할 거면 가을, 겨울에 해요. 비행기 푯값이라도 아껴야지. 요새 물가가 하도 올라서 한국 한 번 왔다 가려면 부담이 이만저만이 아니야." 수가 가볍게 휘파람을 불었다.

"그 반응은 갑자기 뭡니까?"

"30대 여자가 전 남친 때문에 볼 것도 없는 깡촌까지 가서 사흘을 있겠다는데 뭘 더 따져. 동거도 오래 했다면서요, 응?"

"그런 거 아니에요. 그중 아무 때나 오라는 거지 사흘 내내 있으라는 말이겠습니까, 설마. 그리고 볼 게 없다니, 말은 바로 해야죠. 여기 엄연한 관광지거든요."

"볼 게 있어요?"

"합천이라 하면 해인사 팔만대장경의 고장이죠. 그 외에 테마 파크 여러 개 있고, 국립공원도 있고, 바로 옆이 대구고, 생각해 보니 원폭 기념관도 있습니다. 많아요."

"원자폭탄도 안 맞은 나라가 별걸 다 만들어뒀네." 수가 묘한 표정을 지었다.

"히로시마에 리틀보이 떨어졌을 때, 돈 벌러 나가 있던 한국인 들도 많이 죽었거든요. 조선인이죠. 그 조선인들 중에 80퍼센트 가 합천 사람이다 이거 아닙니까. 먹고살 게 없어서 배 타고 근 처 나라에 일하러 갔다가 탄광에서 원자폭탄 맞은 거예요."

"아니, 그건 알겠는데 지금 보니까 최 선생님은 사태의 본질을 곡해하고 있네. 지금 클래스 트립 일정 짜는 게 아니잖아. 트라우 마 있는 애 서울 보내놓고 선생님은 전 여친이랑 빈집에서 노닥 거리는 게 핵심 아닌가? 그걸 직시해야지."

"그게 도대체 무슨 소립니까. 내 집이에요, 내 집. 내가 내 집에 내 손님 초대하는 거고요. 건우는 동생 만나고, 나는 오래간만에 아는 사람 만나면서 회포 푸는 거예요."

"애가 알면 상처 받는 거 아니에요? 애는 알고 있나?"

문득 클리셰에 가까운 인물 구도가 뇌리를 스쳤다. 사춘기 남 자애를 기르는 홀아비 앞에 옛 연인이 나타나는데……. 그런데 건우랑 내 관계가 그 정도인가? 이서랑 나는? 도식에 끼워 맞추면 그런대로 구색이 맞는 듯했지만 꼼꼼히 뜯어보면 완전히 아니었다. 나는 앓는 소리를 냈다.

"아우, 몰라. 나도 스트레스 받아요. 사람이 숨 쉴 구멍이 있어야지."

"그럴 바에는 그냥 애랑 같이 서울 가시죠? 여자 친구야 서울에서도 만날 수 있잖아."

그런데 이 소리까지 듣자 갑자기 울컥했다. 나는 생각을 거치지도 않고 말을 쏟아냈다. 내가 서울 올라가서 빌딩 숲 사이에 갇혀 있느라 생기는 스트레스를 누가 케어해줍니까. 안 되죠. 남이 와야 하는 거예요. 그리고 보세요, 나도 외로워요! 외롭다고요. 혼자 살 때는 괜찮았어요. 그런데 집에 사연 있는 남자애가 하나 생기니까 예전 일들도 줄줄이 떠오르고 내가 외로워지는 겁니다. 지금 여기서 이 얘기를 누구한테 해요, 그렇죠? 그러니까 내가…… 나는…….

나는 수의 얼굴에 빙글거리는 웃음이 가득한 것을 보고 입을 다물었다.

9

어린 시절의 나는 남부의 소설들을 눈앞 풍경에 겹쳐 보곤 했다. 포크너라거나 해리 크루즈 같은 작가들이 써낸 것 말이다. 으슬으슬할 정도로 더운 공기와, 메마른 자연과, 땅에 뿌리내린 핏줄과, 억센 사람들의 이야기는 태평양을 손쉽게 건너뛰어 하나로 맞붙었다. 좋아, 나는 한국이 아니라 미국에 있는 거야. 그렇게 생각하다 보면 내 시야는 순식간에 미시시피와 테네시를 벗어나 다운타운 브루클린 한복판으로 미끄러져 내려가곤 했다. 여기는 샌즈 스트리트 끝자락의 30층짜리 아파트다. 거실 창문을 통해 브루클린 브릿지 너머 쌍둥이 빌딩이 훤히 보이는 곳이다.

과거를 곱씹을수록 1980년대부터 1990년대 후반까지의 브루클린은 점점 더 아름답고 활기찬 곳이 되어간다. 그러다가 그게 잘려 나간 듯 내 평생으로부터 사라졌을 뿐만 아니라 이 세상에서도 자취를 감췄고, 미국행 비행기표를 끊더라도 막막한 그리움이 여전하리라 생각하면 거대한 유리공예품처럼 빛나던 이스트강이 돌연 지옥 유황으로 변하는 듯하다. 어디에 발붙이고 있는지도 모르는 채 해인사로 이어지는 국도 가장자리 갓길을 따라 하염없이 걷는다. 자동차 배기음으로 포화 상태가 된 정적과, 한국인들이 한국어로 말하기 전부터 오래도록 그곳에 서 있었을 산줄기와, 산을 굽이굽이 기어오르는 아스팔트 도로, 그 도로 위를 갖가지 차들이 쌩하니 달려나가는데 흰색 벤츠 하나가 속도를 줄여 내 앞에 멈춘다. 차창이 스르륵 내려가더니 선글라스를 쓴 남자가 말을 붙인다.

"여기서 혼자 뭐 하니? 길이라도 잃은 거야? 부모님은 어디 계셔?"

한 치의 사투리도 섞이지 않은 서울 말씨에다가 아이보리 색 폴로셔츠에서는 광택마저 난다. 남자 뒤편에는 물결치는 장발이 인상적인 여자가 나른한 그림자처럼 앉아 있다. 둘 다 옷에 흙을 묻힐 일이라고는 결코 없어 보인다. 대답하고 싶지 않다. 나는 등을 돌려 왔던 길을 걸어 내려가기 시작한다. 남자는 "애야" 하고 등 뒤에서 몇 차례 부르더니 이만 단념한다. 차창이 천천히 올라가는 소리는 다리 많은 벌레가 스스스 기어다니는 소리 같은데 아마도 환청일 것이다. 날이 덥다. 나는 하늘을 올려다본다. 저녁 하늘은 보라에 가까운 잿빛이다. 세상의 밑바닥으로부터, 그리고 천장으로부터 출발한 잿빛 장막 사이에 자홍색 노을이 끼어 있다. 레터박스가 남은 스크린을 통해 바깥을 내다보는 것만 같다. 나는 어쩌면 이곳이야말로 낙원일지도 모른다고 생각하고, 내 몸과 목소리가 더불어 낯설어지는 기분에 아 아 아 하고 중얼거린다. 집에 돌아가서는 일기를 쓴다. 내가 무엇을 느꼈든지 일기장 속의 합천 풍경은 꽤 사색적인 데다가 매혹적이기까지 하니까, 잃어버린 낙원과 다시 찾은 낙원 사이의 간격은 종잇장만큼 얇다. 하지만 어떤 것도 사실은 아니다…….

지금의 나는 합천에서 10대를 보낸 게 결과적으로 좋은 일이었다고 생각하는데, 당시에도 똑같은 마음이었는지는 확신이 안 선다. 대부분의 감흥은 빛바랜 필름 사진처럼 탈색되어 있고, 내가 아는 것은 다만 장면이다. 예를 들어, 할아버지가 어떤 친척 한 분을 끔찍이도 싫어하셨던 것, 그분이 다녀간 다음이면 당신께서는 풀리지 않은 울분에 온종일 허공에 대고 고함을 질러댔다는 것, 그러면 나는 '또 시작이구나' 하며 책에 코를 박거나 나가서 걷기 시작했다는 것, 언제는 지긋지긋한 마음에 선산을 오르기 시작했는데 이상하게도 산 중턱에서까지 고함이 들렸다는 것, 재차 생각해보자 환청이었는데 환청을 듣는다고 더 나빠질 게 없는 듯해서 그러려니 하게 되었다는 것, 그런 것들은 내 마음속에 오래된 요지경(瑤池鏡) 장난감의 각 화소처럼 남아 있다.

혹시 나는 학대를 당한 걸까? 기쁘거나 애매한 기억도 그만큼은 있으니까 잘 모르겠다. 사실 나는 죽은 닭을 삶아 먹은 이야기를 할 때마다 사람들이 놀라는 이유가 긴가민가하고, 그 긴가민가함이야말로 문제의 핵심이다. 나는 괜찮았는데 듣는 사람들이 호들갑을 떠니, 원. 그리고 부차적인 문제들도 몇 개 있다. 그 중 하나는 동네 어르신들이 전두환에게 각별한 감정을 지녔다는 것이었다. 그건 존경이라기보다는 우정이었고, 듬직한 큰어른을 향한 친근감이었다. 내가 살갗으로 느낀 바 그랬다. 덕분에 대학교 축제 불꽃놀이의 충격에서 풀려나와 비틀거리다가 역사학과 전시회 부스를 마주쳤을 때 나는 뒤집어지도록 놀랐다. 죄수복을 입은 전두환과 노태우 사진을 출력해 붙인 등신대 스탠드가 떡하니 서 있었던 것이다. 축제가 5월에 열리니만큼 역사학과는 매해 5.18 민주화 운동 전시전을 열어 희생 영령의 얼을 기린다고 했다. 나는 그걸 보기 전까지만 해도 전두환을 성군으로만 알고 있었는데, 어르신들은 전두환이 이 고장에서 난 사람 중 제일 크게 된 사람이라며 칭찬이 자자했는데 그런 분이 학살자이자 독재자라니 정말인가?

그때 내 의식 너머에서 청소를 귀찮아하는 초등학생의 꼼수 같은 게 번뜩였다. 사물함 두 개를 정리해야 한다 치면, 한쪽 물건을 싹 다른 쪽에 옮겨 부은 뒤 깨끗해진 사물함 하나만을 쓰는 것이다. 즉 당시의 나는 불꽃놀이가 일깨운 충격으로부터 눈 돌릴 수만 있다면 익숙한 세계가 무너지는 충격쯤이야 감내할 수 있었고, 심지어, 등줄기를 데우는 식은땀이 전두환 때문이리라 믿고 싶어 안달이었다. 그래서 부스에 서 있는 학생에게 대뜸 말을 걸었다.

"저기요, 뭐 좀 하나만 물어보입시더."

머리카락을 보브 커트로 자른 학생이 고개를 돌렸다. 체크무늬 남방과 롤업 청바지가 잘 어울리는 여자였다. 얇고 크고 동그란 은색 안경테가 다람쥐 같은 얼굴에 명상적인 느낌을 더해주고 있었다. 그 역사학과 여학우가 이서였다. 나는 얼핏 이서가 매력적이라고 느꼈지만 그때는 전두환 생각이 앞섰다. 한편 이서가 회고하기로는, 행려병자가 대학 축제에 섞여 들어왔나 의심했다고 했다. 묻는 태도가 진지해 보여서 대답해주긴 했지만 같은 학교 학생일 거라고는 상상도 못 했다는 거였다. 타과 친구들이 있는 자리에서 그 일로 수다를 떨다가, 비로소 내가 한 학번 후배라는 사실을 알게 되었다고 했다. 알고 보니 나는 동기들 사이에서 제법 유명했다.

"그 정도였다고?"

"너 엄청 이상해 보였어. 이제 좀 나아졌지 예전엔 진짜 같이 다니기가 쪽팔렸다니까."

"첫인상도 그랬나?"

"아니, 당연하지. 얼굴은 그렇다 쳐. 근데 말투도 이상해, 남들 다 반소매 입고 다니는 날씨에 혼자 긴소매야, 전두환이 감옥 간 것도 아예 몰라. 그러면 이거 완전히…… 한국사 안 배웠어?"

"내가 사탐을 뭐 쳤더라. 보자, 사회 문화, 윤리, 세계 지리, 세계사, 이렇게 쳤네."

"내가 너 수능 과목 궁금하댔어?"

"으응?"

"학교에서 안 배웠냐고 묻잖아."

"나 검정고시인데……."

"검정고시엔 한국사 없냐고."

"어—중졸이랑 고졸 둘 다 있긴 한데 별로 안 어렵거든, 그게. 중졸은 사회 과목에 대충 섞였고, 고졸도 그냥 조선 시대까지만 한번 읽으면 합격 선으로 나오는 거라. 근현대사는 딱 보니까는 고종부터 분량에 비해 내용이 복잡하길래 넘어갔지."

"야, 최선재, 자랑이다, 자랑이야!"

이서가 내 귀를 세게 잡아당기면서 외쳤다. 아팠다.

어쨌거나 이서에게 속사정을 듣고 이런 대화를 나누게 된 건 한참이나 나중의 일이다. 그전에, 1학년 2학기 초 나는 근처 중학교에서 저소득층 학생들을 상대로 영어를 가르치기 시작했다. 대학교와 중학교가 함께하는 프로그램이었던지라 멘토는 전부 우리 학교 학생이었다. 거기에서 다시 이서를 만났고, 그걸 계기로 연락처를 교환했으며, 그러다가 어느 순간 훌쩍 가까워져서 사귀기 시작했다. 이서가 내 후견인 겸 생활 보조인 역할을 맡아 줬다는 게 정확한 표현일 것이다.

언젠가 인스턴트커피를 타려고 주전자를 들어 올리다가 갑자기 손에 힘이 빠진 적이 있다. 주전자가 떨어져 끓는 물이 사방에 튀고 내 발을 적시는 동안 나는 그 자리에 멈춰 서서 "어—어—어—" 하고만 있었다. 이서가 10초 뒤에 그걸 보고 나 대신 비명을 질러줬다. 나는 그걸 듣고 하하 웃었다가 욕을 두 배로 얻어먹었다. 이서가 "야, 웃겨? 지금 이게 웃겨?"라고 묻자 "아니"라고 대꾸했는데, 그러자마자 또 웃음이 나왔기 때문이다. 왜 그랬는지 정말 모르겠다. 다행히 화상은 깊지 않았다. 한편 내가 "학교에서는 공부가 잘되는데 집에 가면 바로 졸려. 그런데 침대에 누우면 잠이 안 와서 시간 낭비를 하게 되는 것 같아"라고 말하자, 내 자취방 상태를 점검하더니 "너는 졸린 게 아니라 더운 거야. 학교 도서관에는 에어컨이 있으니까 괜찮은 거고 집에 오면 더우니까 멍해지는 거야. 에어컨을 켜면 돼"라고 말해준 것도 이서였다. 내가 외이도염에 걸려서 한 달 내내 잠을 설쳤을 때도 이서는 현명한 조언자가 되어주었다. 그때 나는 병원에 가기 위해서는 교통사고를 당하거나 건물에서 떨어지는 등의 타당한 이유가 필요하다고 생각했고, 또 입원할 필요가 없는데도 병원에 간다면 그건 꾀병이자 엄살이라고 믿어왔는데, 이서가 이 말을 듣더니 소리를 빽 질렀다. "미친 소리 하지 말고 제발 그냥 좀 병원에 가!" 외이도염을 치료하는 데에는 딱 8천 원이 쓰였다. 이비인후과 진료비가 5천 원이고 약값이 3천 원이었던가 그 반대였던가 했다. 혹시나 싶어 덧붙이자면 다시 말하지만 그때 내 평균 학점은 4점대였고, 나는 조별 과제 프레젠테이션을 한 다음 학생들에게 진심 어린 박수를 받을 수 있는 사람이었다. 정말이다. 나는 초등학교 6년 동안은 완벽히 멀쩡했고 그 이후의 6년은 오히려 지워진 듯 희미하니까, 기장이 넓은 바지를 수선하듯 대학교의 자아를 초등학교의 자아와 접붙이면 되는 것이다. 대학생이 웃자란 초등학생처럼 굴고 있으면 이상해 보인다는 점은 별론으로 하고…….

그러니까 내가 겪은 문제란 그토록 간단하고 미묘하고 어려운 것들이었다. 가까이 붙어 다니면 이상한 점이 뻔히 보이는데, 사건 각각은 소소해서 보통은 그러려니 하고 넘어가게 됐다. 사람이 별나다거나 특이하다거나 웃음소리가 이상하다거나 하는 소리는 종종 들었지만 그게 고쳐야 할 만큼 심각한 문제라고 말해주는 사람은 없었다. 나를 따라다니면서, 모난 구석이 보이는 즉시 쪼아댈 만큼 에너지가 넘치는 상대는 더더욱 없었다. 이서가 유일했다. 내가 이서에게 헌신할 이유는 그것만으로 충분했던 듯하다. 수정 작업이 순조롭게만 흐르진 않았다는 점에서 더더욱 그랬다. 동거 초기, 책장을 주문했는데 한 달 가까이 감감무소식이었던 적이 있었다. 이서가 가구 회사에 전화해보라며 일주일 내도록 내 옆구리를 찔러대더니 급기야 짜증을 냈다. 나는 잠시 생각하다가 "책장이 안 와서 네가 손해 볼 게 뭐 있다고 그래. 왜 남의 물건 때문에 화내는지 잘 모르겠다"라며 대꾸했다. 이서가 어처구니없다는 표정으로 되물었다.

"내가 남이야?"

"남이라는 건 내가 아닌 다른 사람을 말하는 거야. 너는 내가 아니고, 이 책장은 나한테 필요한 거지 네가 쓸 물건은 아니니까 너한테는 남의 물건이지."

"아니, 책장이 안 오고 있잖아. 한 달이나 됐는데 안 온다고. 바닥에 책 언제까지 쌓아둘 거야?”

“불편한 건 아니잖아.”

나는 어깨를 으쓱였다. 책장이 들어올 자리에 책을 쌓아둔 상태였기 때문에 낭비되는 공간은 전혀 없었고, 나는 책 더미에서 필요한 것을 골라내는 일이 익숙했다. 그건 이서랑은 아무 관련도 없었다. 최소한 나는 그렇게 생각했다.

“볼 때마다 거슬려.”

“책장 오면 바로 정리할게.”

“전화를 해보라니까.”

“이따가 하긴 할 건데, 그러니까, 내 말의 요지는 너는 내가 아니니까 남이 맞다는 거야. 네가 물어봤잖아.”

“내가 그딴 식으로 대답하지 말라고 몇 번 말했어? 너 나한테 일부러 그래? 내 성질 긁으려고, 말귀 다 알아먹으면서 일부러 그러는 거지?”

“그건 아닌데……”

“휴대폰 어딨어? 너 지금 내가 보는 앞에서 전화 걸어. 지금 당장 전화해서 책장 왜 안 오냐고 물어봐.”

이서는 자기가 왜 이러고 있는지 모르겠다며 투덜거릴 때가 많았다. 친구들은 우리 사이를 알자마자 이서가 보살이라거나 아깝다거나 하는 말을 늘어놓았다. 이서의 고등학교 동창은, 3년 내내 철벽을 치고 다니던 애가 왜 대학까지 와서 이런 걸 만났냐며 신기해하기도 했다. 이서는 그 이야기를 전해 듣더니 그걸 또 가만히 듣고 있었냐며 나한테 화를 냈다. 예전에는 보살 타이틀이 어째서 화내는 쪽에게 돌아가는지가 의아했는데, 지금은 이유를 안다. 확실히 평범한 연애는 아니었다.

세상에는 통제하지 못할 상대라면 근처에 들이지도 않는 완벽주의자들이 있다. 이것저것 트집을 잡으며 고쳐나가고 싶지만 그러면 안 된다는 걸 아니까, 처음부터 거리를 두는 것이다. 통제광이 외부를 향해 에너지를 발산한다면 이들은 자신을 틀에 가둔다. 유능한 데다가 대인 관계까지 원만한 인물상을 완성하기 위해 곁에 둘 사람과 아닌 사람을 구분하는 인종들. 그들은 파도타기 선수라도 된 양 관계의 표면을 질주하면서도 내심 스쿠버다이빙을 꿈꾼다. 천 길 물속은 알아도 한 길 사람 속은 모르기 마련이라는 것, 동시에 어떤 사람들의 속내는 정말로 뻔히 보인다는 것이 그들의 시련이다.

송이서는 그런 인간이었고 최선재는 모든 자재가 준비된 DIY 건축 키트였다. 눈앞의 여자애를 한번 눕혀보겠답시고 머리를 굴려대는 남자애들과는 비할 바 없이 무식했고, 아무리 들들 볶아대더라도 잘 참았고, 말을 잘 들었다. 그리고 매사에 감사하고 놀라워하는 법을 알았다. 젠체하는 20대는 만물을 냉소하며 인생 경험을 부풀리곤 하는데(또한 그렇게 자신의 미숙함을 입증하는데), 나는 학교 앞 싸구려 초밥집에도 감탄했던 것이다. 이서는 나를 대동한 채 이런저런 음식점을 찾아다니고 LP 바에 드나드는 사이 묘한 다짐을 굳혔던 모양이다. 좋아, 이걸 데리고 나만의 수영장을 만들어보자, 하고. 완벽한 여자 하나를 조각할 수 있을 만큼 거대한 돌덩이를 발견한 피그말리온처럼……

그런데 이 완벽주의자들에게는 또 다른 문제가 있다. 실패를 받아들이는 법을 배우지 못한 까닭에, 실수를 인정하고 물러날 바에는 판돈을 높여 사건에 새로운 의미를 부여하려 든다는 것이다. 파랗게 물든 단타용 주식을 팔아치우고 손실을 확정해야 할 타이밍에 번뜩 추가 매수를 감행하며 "나는 이 종목의 가치를 보고 장기 투자를 하겠다"라며 선언하는 투자자들과 비슷했다. 이서는 얼마 지나지 않아 내가 유순한 게 아니라 화내는 기준이 다를 뿐이라는 사실, 엉뚱함이라거나 독특함 같은 수식어로는 그 간극을 메울 수 없으리라는 사실을 깨달았다. 그럴 만한 사건이 있었다. 보통은 그 자리에서 이별을 통보하고 내 전화번호를 차단해버렸을 텐데, 이서는 완전히 다른 길을 갔다. 말 잘 듣는 남자 친구를 만들어보겠다는 기획을 인간 개조의 소명으로 수정한 것이다.

결국 이서는 성취감으로, 재미로, 연민으로, 동정심으로, 소명의식으로, 사명감으로, 전능감으로, 가히 통제광적인 성미로 그 일을 해냈다. 그야말로 위업이었다. 심지어 내가 과외를 제대로 구하지 못해서 쩔쩔매던 시기에 자기 학생을 넘겨줬거니와 번역 일에 물꼬를 터주기까지 했다. 학부생 조교로 일하던 시절 담당 교수에게 들어온 번역 일거리를, "아는 영문과 남자애가 미국 살다 왔거든요" 한마디로 내게 넘겼던 것이다. 유명한 비영리 국제

기구의 공식 문건이었는데 이름값에 비하면 수당이 짰다. 교수가 얼굴도 모르는 학부생에게 흔쾌히 기회를 준 건 그래서였으리라. 번역은 나 혼자 했지만 크레디트는 교수와의 공동 작업으로 올라갔고, 수당도 반반이었다. 그래도 신입 번역가에게는 믿음직스러운 포트폴리오가 급전보다 소중한 법인지라 그게 쏠쏠한 커리어가 되어주었던 기억이다.

물론 좋은 일만 있었다고는 말하지 않겠다. 나는 농담거리쯤으로 생각했는데 남들이 들으면 기겁하는 대목이 몇몇 있다. 이서는 가끔 내 귀를 세게 잡아당기거나, 귀에 대고 크게 소리를 지르거나, 뺨을 갈기거나, 정강이를 걷어찼는데 요새는 그런 것들을 데이트 폭력이라 부른다. 마찬가지로 내가 영영 사회인이 못 될 것이며 정상적인 인간관계도 맺지 못할 거라면서 새벽 3시까지 잔소리를 퍼붓는 것은 가스라이팅이라고들 한다. 요새의 권력이란 정치 문제가 아니라 가까운 사람끼리의 갈등을 가리키는 개념으로 많이 쓰이는 모양인데, 나한테는 그게 좀 어렵다. 머리로는 대강 알고 관련 책을 한 권 번역한 적도 있지만 감정적으로는 무디고 멀다.

살아남는 데 평생의 지복을 미리 끌어 썼으므로 더 이상의 은총은 있을 수 없고, 따라서 돌봄의 손길을 내미는 사람에게 그만큼의 헌신과 충성을 바쳐야 한다는 인식은 줄곧 나를 보호하는 동시에 망가뜨렸던 듯하다. 한여름에 강철 갑옷을 덜그럭거리며 서울 한복판을 돌아다니는 기사처럼. 상담사는 그걸 벗기고 싶어 했지만 나는 다른 옷이 없어서 도망치기만 했다. 잠깐이나마 갑옷을 내려놓는 방법을 알려준 건 이서였고, 그 갑옷을 기어코 깨트려 "와, 이건 정말 아닌데! 이런 상황에서 웃고 있으면 안 되잖아!"라는 감각을 안겨준 것도 이서였다.

그 깨달음은 항상 고마웠다.

이 감정을 거짓이라고 말할 수는 없다.

그리고 무엇보다도, 이서가 나보다 더 많은 것을 희생했으리라는 믿음이 내심 있다. 누군가를 쥐고 흔드는 일이란 실상 자기 마음에 타인을 들여놓고 온 정성을 쏟는 일이기 때문이다. 그러는 사이 통제광들은 자신의 마음을 잃어버리고, 상대가 손아귀를 벗어나려는 순간 겁을 먹는다.

4학년 2학기에 이르러 나는 꽤 멀쩡해졌다. 겉보기에는 그랬다. 묘한 상황에서 웃음을 터뜨린다거나, 신나게 떠들다가도 갑자기 유휴 상태에 들어간 노트북처럼 굳는다거나 하는 습관은 완전히 고치지 못했지만 이해받을 수 있을 만큼은 나아졌다. 친구도 여럿 생겼고 번역 포트폴리오까지 충분히 채워져서 전업 번역가를 노려볼 만했다. 좁은 문이 겨우 한 뼘가량 열렸을 뿐이지만 내게는 엄청난 희소식이었다. 합천에 내려갈 생각이 없던 시절에도 사기업 취직은 반쯤 포기하고 있었던 것이다. 추측하건대 이서의 심기는 그때부터 슬슬 꼬이고 있었던 듯하다. "야, 이제 혼자서도 잘 노네?" 하는 농담에서 은근한 적대감을 느낀 적이 많았다. 거기에 대고 "응, 타코 맛있더라. 주소 찍어줄 테니까 나중에 너도 한번 가봐"라고 대답한 건 내 잘못이다. 그러다가 이서가 6개월 만에, 석연찮은 이유로 첫 직장을 관두면서 관계가 본격적으로 악화 일로를 타기 시작했다.

최선이 아니라면 결코 만족하지 못하는 태도, 덜떨어진 것을 어떻게든지 교정하고 싶어 하는 태도는 몰락을 향한 공포와 한 쌍인 모양이다. 덕분에 동전이 뒤집어진 순간부터 완벽주의자는 무균실에서 끌어내어진 사람처럼 앓기 시작한다. 원래는 이서가 나를 붙잡고 이상한 사람들이랑 놀지 말라며 충고하곤 했는데 역할이 정반대가 됐던 것이다. 물론 이서는 내 말을 전혀 듣지 않았고(사실 이서의 친구들은 내 친구들이기도 했기 때문에 들어먹힐 리가 없었다), 나는 쩔쩔매면서 일상을 꾸려나가야만 했다. 그런 상황에서도 몇 해를 더 버틴 데에는 큰 이유가 없다. 지금까지는 이서가 나를 믿었으니까 나도 이서를 믿어야 한다는 것, 이 정도는 견딜 수 있으리라는 것, 이서가 잘되었으면 한다는 것, 충성을 바쳐야 한다는 것, 그리고…… 이런 명분은 죄다 거짓말이다. 결별이 선택지에 없었을 뿐이다. 힘들면 관둬도 괜찮다는 생각을 미처 떠올리지 못했다.

나는 이서에게 진 빚이 많았기 때문에 불평해야 할 때조차 이렇게 생각하곤 했다. 합천에서 진작 제정신이 되어 나왔더라면 이서를 만날 일이 없었을 테고, 그러면 이런 생각을 할 필요가 없지 않았을까. 이서도 나를 만나지 않았더라면 멀쩡히 살아가지 않았을까……. 하지만 나는 작은이마저 탓하고 싶지 않았거니와 당고모에게는 이미 충분히 감사했으므로, 모든 후회와 원망은 과거를 다시 만들어내는 데에만 쓰이곤 했다. 상상의 과거, 어떤 사람이 있는 과거다. 그 사람은 불의의 사고를 겪고 맞이 간 어린애와 함께 사는데, 고함을 지르거나 혼자 분에 차 씩씩거리는 일은 전혀 없다. 실수를 하면 바로 사과하고, 반대로 애가 잘못한 부분이 있으면 그것만 짚어준다. 어려운 부분은 사정을 봐주되 해야 할 일은 제대로 하게끔 시킨다. 들어오는 질문에는 꼬박꼬박 대답해준다. 그 배역을 맡을 어떤 사람은 지금의 나일 수밖에 없다.

나는 할아버지가 뺨 한 대를 제외하면 나를 때리지 않았다는 사실, 당신께서 그걸 의식적으로 참고 억눌렀다는 사실을 자주 생각한다. 당신께서는 형과는 달리 어린애를 때리는 사람이 되지 않으리라 여러 차례 다짐했을 것이다. 그 인내는 나한테 도움이 됐다. 마찬가지로 나는 이서가 보여주었던 태도 중에서 좋았던 것들은 그대로 남기고 나빴던 것은 금지 목록에 올리는 식으로 나 자신의 태도를 점검해왔다. 그러니까 내가 건우에게 잘해주려 애쓰는 데에는 이서를 향한 원망이 깃들어 있는지도 모른다. 혹은 이서에게 감사하는 마음이 더 클 수도 있다. 아니다. 둘 다 아니고 그냥 건우는 건우다. 그리고 건우와 별개로, 나는 꽤 자주 이서 생각에 사로잡혔다.

수와 통화를 마치고 나자 어느덧 오전 9시였다. 나는 이서가 출근한 뒤 탕비실에서 커피를 한 잔 타고 메신저를 확인하면서 하루를 시작한다는 사실을 알고 있었다. 메시지를 보내자 9시 10분에 답장이 왔다. 이서는 도리어 지금에 와서 합천행 여부를 묻는 게 의아하다는 반응이었다. 자기는 일정이 확정된 줄로만 알고 있었다는 거였다. 휴가 일정도 거기에 맞춰 잡아놨다고 했다. 이번에는 내가 물어볼 차례였다. 그러면 언제 차편으로 오는 거야? 자가용 끌고 오나? 그제야 이서가 대구행 열차표를 끊으러 갔다. 알고 보니 이서도 휴가 전에 급한 일을 떨어내느라 경황이 없었다. 예전이었더라면 그걸 잊고 있었냐면서, 자기가 미리 열차표를 끊어놨고 여행 스케줄도 다 잡아놨다면서 나를 들들 볶았을 텐데 격세지감이었다.

"할아버지는 서울 안 간다고요?"

건우가 그렇게 물은 건 서울에 가기 전날 밤이었다. 나는 건우가 당연히 나 홀로 여행을 받아들인 줄 알았는데, 건우는 내가 당연히 따라올 줄로 알고 있었던 것이다. 뜻밖이었다.

"그러면 동대구역까지 태워주는 이유가 뭐겠냐. 같이 갈 거면 처음부터 끝까지 차 타고 가지."

"운전하기 힘들어서 그런 줄 알았는데요. 차로는 세 시간 넘게 걸리잖아요."

"나도 일이 있는데 하루이틀도 아니고 사흘을 어떻게 서울에 있어. 그거는 일정상 안 돼."

"거기 가면 제 동생도 있는데요."

대답이 생뚱맞았다. 이 녀석이 나를 꽤 믿는구나 싶다가도 당혹스러운 기분이 꼬리를 물었다.

"그러니까 말이야. 그 나이대 여자애가 처음 보는 친척 할아버지한테 할 말이 안녕하세요 말고 또 뭐가 있겠어. 나는 거기서 또 무슨 말을 해야 하고……. 봐라, 나부터가 사촌 형님네랑 썩 가까운 편이 아니야. 나이 차이가 거의 아버지뻘인데 친해봐야 얼마나 친하겠냐. 수확 철에 이것저것 보내드리고 돈 약간 받는 게 다야. 내 몫 숙소도 따로 잡아야 하는데 그러면 벌써 30만 원 깨진다."

"돈 많이 버시잖아요."

알 만한 녀석이 자꾸 고집을 부렸다. 나도 길게 말하진 않으려 했다.

"일을 해야 돈을 벌지." 그렇게 대꾸하자마자 이서가 온다는 사실이 떠올랐다. 나는 잠시 망설이다가 입을 열었다. "손님도 하나 있어. 너 역에 데려다준 다음 카페에서 시간 때우다가 손님 데리고 집에 올 거거든. 그게 당장 내일인데, 지금 이 시간에 약속 취소하면 욕먹지."

"손님이 누군데요?"

물러나려는 기색이 전혀 없었다. 수에게서 지적을 받은 후로 줄곧 이 상황을 마음에 담아두었는데, 그게 현실로 닥친 것이다.

나는 솔직해질 수밖에 없다는 사실을 깨달았다. 어차피 동네 어르신들께 실컷 시달리는 것은 상수인데 변수 하나가 더 붙어봐야 얼마나 되겠는가.

"여자 친구."

"사기 아니고 진짜 여자 친구예요?"

"사기라니?"

"할아버지 맨날 집에만 있잖아요. 인터넷으로만 만난 사람이면 사기일 수도 있어요. 예쁜 여자가 갑자기 말 걸면 무조건 사기예요."

나는 킥킥 웃었다. 오른뺨이 간질거렸다.

"그런 거 아니고, 대학생 때부터 알던 사람이야. 합천 내려오면서 헤어졌으니 거의 10년 만에 얼굴 보는 건데, 올 거면 8월 초에 오라 그랬지. 너 없을 때 오라고."

"왜요?"

"사흘 내내 생판 모르는 사람이랑 밥 먹고 여기저기 다니고 싶냐?"

"일해야 한다면서요."

"낮에 여기저기 다니고 밤에 일하는 거지 뭘……."

8월 1일 낮, 나는 건우를 KTX에 실어 보낸 뒤 역내 카페에 앉아 원고 묶음을 펼쳤다. 스카우트 리포트 대상 도서 중 하나인 《깨진 거울의 방》이었다. 분량은 국판 변형 사이즈에 보통 줄 간격으로 450장. 어림잡아 26만 자. 이서는 저녁 차편으로 내려올 예정이었으니 그 전까지는 다 읽을 만했다.

그런데 소설에 소리 지르는 아버지와 불통한 남자애가 등장해서인지, 혹은 스스로 찔리는 구석이 있어서인지 진도가 영 나가질 않았다. 역시나 건우가 문제였다. 나는 간략한 독중감이 쓰이고 있는 노트패드를 노려보다가 한 장을 넘겨 새 종이로 바꿨다. 그러고는 이렇게 썼다.

민건우 민다은

그리고 이렇게도 썼다.

최건우 최다은

무슨 의도랄 것도 없이 손에서 그 이름들이 나왔다.

지난주 새벽에 그 대화를 나눈 후로 건우는 줄곧 내 눈치를 봤다. 종이 쓰레기 태우는 횟수도 부쩍 늘었다. 점심을 먹자마자 나가서 늦은 저녁까지 돌아오지를 않는데 밭에도 없기에 전화를 대여섯 번 하니 그제야 받은 날도 있었다. 그래도 영어 단어 외우기를 다시 시작했고 검정고시 문제집도 풀고 있길래 그런가 보다 했다. 그런가 보다 했지만 평소 상태로 돌아온 것 같지는 않았다. 새벽의 대화는 아직도 끝나지 않았으며 건우 놈의 머릿속에서만 굴러가는 고민이 따로 있으리라 생각하면 절로 골치가 아파왔다. 불길하기도 했다. 혼자서 실컷 고민하는 사춘기 청소년이란 본질적으로 시한폭탄이다.

그래서, 뭐?

어쩌긴 뭘 어쩐단 말인가, 일을 해야지…….

나는 다시 소설 원고를 붙들었다. 당고모와의 대화를 떠올린 건 가까스로 중간 챕터까지 나아간 시점이었다. 당장 어제였는데, 그때까지도 나는 이서를 마을 어르신들께 뭐라고 소개할지 고민하고 있었다. 노총각 집에 여자가 찾아와서 나흘 내내 노닥거리면 눈에 띌 텐데, 저 여성분은 누구시냐 하면 답할 말이 있어야 할게 아닌가. 당고모에게 조언을 구하러 갔더니 핀잔만 잔뜩 들었다. 다 큰 사내가 연애하는 게 죄도 아니고 뭐 하러 거짓말을 하느냐는 거였다.

"개않을까요?"

"하등 씨잘데기없는 거 걱정하느라 고생 많대이. 결혼할라꼬 부르는 거 맞재?"

"어느 서울 여자가 결혼을 한다고 여까지 오노. 대구 여자도 안 올 동네에다가. 그저 마, 손님 앞에서만 가만히 있으세요. 그거 딱 하나가 내 소원이라카이."

나는 당고모를 납득시키느라 진을 뺐다. 당신은 다시 만날 마음이 없지만 얼굴은 보고 싶은 사이라는 걸 이해할 수 없는 모양이었고, 그게 또 남사스럽다고도 느끼는 듯했다. 하지만 사실이 그런 것을 어쩌겠는가. 겨우 해명을 마치자마자 뜻밖의 질문이 이어졌다.

"그라모 건우 동생 일은 느 색시랑은 다른 거재?"

"그거는 또 무슨 소립니꺼?"

이야기를 듣자 하니 건우가 당고모와 있을 때 대뜸 "그런데 할머니, 저 여동생 하나 있거든요. 저보다 두 살 어려요. 개한테도 잘해주셔야 돼요. 근데 개한테는 옛날애기 하시면 안 돼요, 개는 그런 거 안 좋아해서" 하고 말했다는 거였다. 그래서 동생이 놀러 오는 줄로만 알았다던데, 내 입장에서는 금시초문이었다. 곧바로 민석 형님에게도 연락해보았는데 저쪽에서도 모르는 일이긴 마찬가지였다.

— 이번에 건우가 서울에 오잖아. 다음번에는 다은이가 시골 놀러 가면 좋겠다고 생각한 거 아니야?

— 그런가 봅니다. 다은이는 요새 어떻게 지냅니까?

— 나쁘게 말하면 시들시들하고 좋게 말하면 얌전해. 상담도 잘 다녀. 얌전해서 오히려 걱정이긴 한데, 얌전한 걸 어떻게 할 수 있나. 학교 성적도 괜찮고 공부도 그런대로 해. 상위권이라고는 말 못 할 점수인데, 학군이 대치동이니 그 정도면 준수하지.

— 학원도 다니고요?

— 그건 다은이가 부담스러워하더군……. 우리 사정에도 부담스러운 건 마찬가지고 말이야. 그래도 아예 내버려둘 수는 없어서 우혁이가 국어랑 영어 과외를 따로 봐주고 있어.

—그건 잘됐네요. 잘됐다기보다는 다행이라고나 할까…….

—건우는 어때? 뭣한 상태로 내려보낸 터라 어찌 대해야 좋
을지 걱정이야.

—아, 예. 상당히 적응을 한 상태고요, 성격도 많이 순해졌습
니다. 말하는 거 들어보면 강남 할아버지 할머니한테 미안
하긴 하다, 그런데 사과하라면 잘 안 될 것 같다, 그런 식이
던데요. 시간이 지나면 해결될 문제라고 생각하고 있습니
다. 아무 일도 없었던 것처럼 대하면 되지 않을까 합니다.

—그거는 알겠다.

민석은 잠시 망설이더니 이어 물었다.

—그럼 저번에 그, 바깥네 일은 어떻게 됐니?

—건우 붙잡고 대화를 좀 했습니다. 봉합이 됐다기보다는 그
냥 인지를 시켜둔 것이고 나머지는 자기 마음속에서 삭일
일이지만요……. 저도 그 부분은 걱정이 많긴 합니다. 하지
만 어쩌겠습니까.

건우가 자그마한 폴더폰 자판을 눌러가며 문자 보내는 모습을
몇 번 봤다. 전화를 하겠다며 갑자기 튀어 나가기도 했다. 상대는
아마도 다은이일 터였다. 어른은 모르고 애들만 아는 사정이 따
로 있는 모양이었는데, 이렇다 할 구석 없이 꺼림칙했다. 도대체
무슨 사연이 더 있으려고. 나는 거듭 고민했지만 짚이는 구석이
없었으므로, 다시 소설 페이지를 넘기기 시작했다.

다행히도 중반을 넘어가니 읽기에 속도가 붙었다. 숨 막히는 가부장의 세계에서 서로를 향해 날을 세우는 여성들의 이야기, 파국 속에서 구원의 섬광을 바라보는 이야기로 요약할 만했다. 추리소설로서의 짜임새가 좋았고 장르적인 소도구 역시 적재적소에 비치되어 있었다. 다만 단순히 잘 쓴 소설은 허다했고 도서 마케팅에는 이야깃거리가 필요했으므로, 확신을 가지고 밀어붙일 수 있을지는 판단이 안 섰다. 미국 본토에서든 한국에서든 페미니즘과 다양성이 출발선으로 자리 잡은 상황이었다. 비슷한 주제 의식의 책 더미 속에서 《깨진 거울의 방》이 두각을 드러낼 수 있을지가 의문이었다. 물론 불가능할 거라고 믿지도 않았다. 감이 잡히지 않을 뿐이었다. 리뷰 창에서는 "언제까지 여자가 여자 미워하고 죽이는 이야기 봐야 하는지. 여성 독자 의식한 것 같긴 한데 관점 자체가 올드함"이라는 악평과 "여자가 아니라면 쓰지 못할 여자들의 이야기"라는 찬사가 동시에 보였다. 판매고 역시 높은 편이 아니었다. 2년 전 출간에 인터넷 서점 세일즈 포인트는 1500 전후. 지금쯤 2쇄를 겨우 떨고 3쇄에 진입했을까…….

마흔에 가까워지는 남자가 여성 서사의 품질을 따지고 들면 징그럽다고들 한다. 시류를 논할 것도 없이 징그러워 보일 것이다. 내가 이런 업무를 맡아도 되나 싶다. 능력 면에서도 그렇다. 《깨진 거울의 방》을 읽고 '이 정도면 아버지가 딱히 폭력적인 건 아니지 않나? 집도 서울 아파트고 꽤 괜찮게 살고 있는 것 같은데' 싶은 마음마저 드는 걸 보니 나도 참 글러먹었다. 물 담긴 냄비가 눈앞에 있다 치면, 목욕물로는 42도가 딱 충분하다는 걸 알면서도 백 도까지 펄펄 끓는 걸 봐야 직성이 풀리는 사람이 바로 나다. 내 정신의 절반은 불타오르는 옛 세계에 머물러 있으며 적당히 더운물을 낯설어한다. 그걸 아니까 더더욱 속내를 죽이고 산다.《마음 얼룩 세탁》을 한껏 욕해놓은 것과 별개로, 치안 좋은 (치안이 좋다는 것은 길거리에서 대놓고 휘청거리는 마약중독자가 없으며 어린애가 죽으면 신문 기사에 나고 총기 난사를 매일같이 상상할 필요가 없다는 의미다) 21세기 선진국의 소설은 질척한 찌꺼기를 없애는 방향으로 수렴해가는 모양이다. 서울에 사는 도시 빈민이라도 휴버트 셀비 주니어가 목격한 1950년대 브루클린의 풍경에(그리고 거기 살던 마약중독자와 퀴어와 미혼모와 노숙자와 전과자 들에게) 온전히 이입하진 못할 테니.

　나는 그들과 똑같은 이유로《깨진 거울의 방》에 대한 태도를 확정하지 못했다. 소설이 소설 자체로 훌륭했기 때문에 더더욱 어려웠다. 차라리 이서에게 읽어보라고 할까? 마지막 챕터를 한 차례 더 살피고 노트패드에 간략한 총평을 쓰는 순간 알람이 울렸다. 이서가 동대구역에 도착할 시간이었다.

10

반올림하면 거의 10년 만이었다. 10년이면 강산이 바뀐다던데 인간이라면 말할 것도 없다. 나는 이서를 코앞에 둔 채 이서를 찾아다니느라 약간 헤맸다. 목덜미에 착 달라붙던 보브 커트는 물결치는 장발이 됐다. 통통해졌고 목소리도 살짝 낮아졌는데, 덕분에 날카로운 느낌이 많이 가셨다. 안경은 없었다. 몇 해 전 렌즈 삽입술을 받았다고 했다. 하지만 다시 보자 특유의 분위기가 여전했다. 이서는 오래전의 그 눈빛으로 나를 꼼꼼히 뜯어봤다.

"완전히 시골 아저씨 다 됐네. 진짜 때 빼고 광내서 사람 만들어놨더니 원상 복구 됐어."

나는 하하 웃었다. 이서가 한 차례 더 쏘아붙였다.

"진짜 바뀐 게 하나도 없어."

레프트 잽, 라이트 잽. 바뀌었다는 걸까, 아니라는 걸까? 잘 모르겠다. 어쨌거나 나는 걷는 내내 절뚝거렸고(곧 비가 올 모양이다)

이서는 내가 미끄러운 대합실 바닥에서 발을 헛디뎌 휘청거리면 슬쩍 팔짱을 껴주었다. 그러고는 바로 팔꿈치로 옆구리를 찔렀다. 역 근처 한식당에 오마카세를 예약해둔 상태였다. 역사 남쪽으로 나와 동성로 번화가를 따라 걷다 보니 건우 생각이 났다.

"내가 친척 애 하나 맡아주고 있다는 이야기 했지?"

"설마 지금 집에 있어?"

"아니, 나도 정신이 있지. 잠깐 서울 올라갔다니까. 암튼 개가 처음 내려올 때, 바빠서 신경을 못 썼는데 표를 동대구역이 아니라 서대구역 도착으로 끊어놨더라고. 그쪽은 완전히 변두리야. 어쩔 수 없이 아무 고깃집이나 들어가서 밥 먹었는데, 대충 때웠다는 생각이 새삼 드네."

"야, 친척 애랑 여자 친구가 같니?"

"응?"

"애한테는 아무거나 먹였는데 나한테는 디너 코스 예약해둔 게 찔린다 이거잖아, 지금."

"그런 뜻으로 한 말이긴 한데."

"또!"

이서가 새된 소리로 외쳤다. 나는 급히 주제를 돌렸다.

"그나저나 술 마시나? 괜찮으면 와인 한잔 곁들일까 싶은데. 인당 세 잔에 2만 5천 원이래."

"너 원래 와인 좋아했던가? 아니지 않아?"

"나야 와인이든 뭐든 웬만하면 안 마시지. 근데 리뷰 보니까 와인 페어링이 있어야 다이닝 코스 맛이 산다더라. 네가 좋아할 거 같아서……."

"얘는 당한 지가 오래돼서 정신이 오락가락하나. 진짜 이게 어디서 사람 인생 망치려고. 회식 자리에서도 절대 안 마셔."

내 정신은 발걸음과 함께 오락가락하고, 완벽할 뻔했던 재회는 나사가 하나씩 빠져 있다. 즐길 만한 일이다. 우리는 농담을 던지고 웃으면서 예약해둔 식당으로 들어섰고, 그때부터는 놀랄 일이 더 많이 생겼다. 알고 보니 우리는 서로의 일상을 전혀 몰랐다. 간간이 메신저로 근황을 주고받았을 뿐이지 얼굴을 맞대고 인생 사는 이야기를 나누는 시간은 처음이었던 것이다.

이서는 나와 헤어지자마자 아무 스타트업에나 들어가서 기획자 겸 마케터로 구르다가 중견으로 갈아탔다. 그러다가 헤드헌터에게 이직 제안을 받아서 최종적으로는 대기업에 입성했는데, 그게 공교롭게도 첫 번째 회사였다고 했다. 여섯 달 만에 관둔 곳 말이다. 대학교 4학년 2학기에 터뜨렸던 샴페인을 뒤늦게 들이켠 셈이었다.

한편 내가 미국 출판업계 돌아가는 이야기와 밭농사 이야기를 늘어놓자 이서는 유튜브를 해보라며 부추겼다. 백 평짜리 텃밭을 가꾸고 EDM에 은근히 조예가 깊은 경증 장애인 번역가. 시장성이 있는지가 의아했다. 뷔페 접시에 연어 한 조각, 김밥 한 조각, 디저트 한 조각을 담아 오더니 일품요리라며 주장하는 느낌이었다. 이서는 니치한 결합을 잘 포장해서 팔아먹는 것이야말로 일상 유튜버의 능력이라며 역설했는데, 그게 사실이라 쳐도 나한테 그런 능력이 있을 것 같지가 않았다. 건우가 대학에 간 뒤에나 시도해볼 일이다. 그때까지 유튜브 플랫폼이 건재하며 번역가 밥줄이 끊기지 않는다는 전제하에.

대화는 무용담이 되어버린 과거와 상상으로만 존재하는 미래를 굽이굽이 꿰어나가다가 드디어 지금 이 순간에 와닿았다. 나는 이서에게 특별히 가고 싶은 곳이 있느냐 물었고 이서는 잘 모른다고 했다. 하도 바빠서 관광지를 검색해볼 겨를도 없었다는 거였다. 나는 식사를 마친 뒤 동대구역으로 돌아가면서 일장 연설을 늘어놓았다.

"대구까지 갈 것도 없이 합천 안에 해인사도 있고, 테마파크도 있고, 원폭 기념관도 있고, 관광지가 꽤 있어. 특히 테마파크가 시대극 드라마 전용 촬영장으로 만들어놓은 거라서, 거기서 찍은 드라마가 은근히 많거든. 아마 청와대 나오는 장면은 대부분 합천에서 찍었을 거라."

"합천군 홍보 대사야, 완전. 애향심이 탁월해."

"이왕 여기까지 왔는데 볼 거 다 보고 가야지."

"됐어. 내가 중학교 수학여행이라도 왔니."

"그래도 해인사에 안 갈 거면 합천에 온 의미가 없지 않나? 해인사를 봐야지. 팔만대장경은 유네스코 세계 문화유산이야. 해외여행 가서도 못 보는 거야."

이서는 싫다고 했고 나는 고집을 부렸다. 역사 주차장에 들어설 때까지 그런 구도가 유지됐다. 급기야 이서의 입에서 짜증스러운 목소리가 튀어나왔다.

"진짜 해인사 귀신이라도 들렸어? 예전부터 뭐 하나 꽂히면 그 얘기만 하는 게, 뇌 구조가 어떻게 돼먹었나 봐. 거의 본성이야. 본성을 좀 억제하고 살아."

잔소리가 길어질 뻔했는데 내가 흙 묻은 포터 트럭 앞에 멈춰 서면서 분위기가 삽시간에 얼어붙었다. 이서는 믿을 수 없다는 표정으로 나를 바라보았고, 나는 고개를 끄덕였다. 한숨 소리가 들렸다. 조수석 안전띠를 맨 이서는 탐탁잖은 표정으로 뒤를 흘겼다. 뒷좌석이 있어야 할 자리에 후면 창이 붙은 게 거슬리는 모양이었다. 후면 창과 운전석 사이에 세 뼘쯤의 수납공간이 마련되어 있었다. 나는 소설 원고와 노트패드가 든 클러치 백을 뒤편에 휙 던지고는 핸들을 잡았다. 오래도록 잊고 지낸 향기가 옆자리에서 물씬 풍겼다. 달고 날카로운 레몬 향과 묵직한 오렌지 향의 혼합물. 밀폐 공간의 축복이란 그런 것이고, 8월인데도 에어컨 틀기를 망설인 이유도 그것이다.

"린스랑 샴푸, 그대로네?" 나는 안전띠가 약간 늘어나도록 이서를 향해 몸을 기울였다.

"개코야, 아주. 최선재 나이 먹더니 너무 징그러워졌어. 예전엔 귀여웠는데." 이서의 손이 나를 부드럽게 밀어냈다. "나, 남편 있어. 알아?"

"있었어?"

"굳이 말할 필요 있나 싶어서 입 다문 거지, 한참 전에 했어. 내가 나이가 얼만데."

"그러면 남편한테는 뭐라고 하고 합천 온 거야?"

"알아서 뭐 하게."

"상간남 소송 피하려면 알아둬야지."

"안 했는데 니가 상간남이 왜 돼. 뭐라도 하려고 불렀어?"

"모텔에서 같이 손잡고 나오는 사진도 불륜 증거잖아. 모텔에서 이상한 거 안 했구요, 더워서 후딱 씻은 다음 치킨 시켜 먹고 같이 컴퓨터로 게임 했습니다, 이러면 되냐는 거야. 요컨대 들어가서 진짜로 한판 했는지 보드게임을 했는지 어떻게 알고 판결하느냐. 그것은 법리상 가정법원 판사가 알 필요가 없다……."

이서는 뾰로통한 표정을 짓더니 고개를 휙 돌렸다. 무릎에 둔 왼손 약지가 깨끗했다. 반지를 뺀 자국조차 없었다. 창밖으로는 금호강이 한밤중의 커튼월 빌딩처럼 매끈한 빛을 발했다. 서변대교를 지나 경부고속도로로 진입했다가 금호분기점으로 빠져나오는 경로였다. 이 강을 두 번 지나게 될 것이다. 나는 창가에 기대어 흐르는 풍경을 응시하는 여자의 뒷모습을 봤고, 그 여자가 고개를 돌려 나를 쏘아봐줬으면 했다. 나는 이서의 허벅지에 오른손을 얹었다.

"넣으나 빼나 낙장불입이면 그냥 넣을까?"

"와, 진짜 아저씨처럼 말하는 거 봐. 사람이 징그러워. 징그러워서 못 봐주겠어."

이서는 그렇게 말하면서 내 손등을 손바닥으로 찰싹 쳤다. 아예 쳐내지는 않았다. 따끔한 느낌이 기분 좋은 자극으로 다가왔다. 우리는 그 상태 그대로 산길을 굽이굽이 돌아 집에 이르렀다. 오후 8시 반이었다. 해가 부쩍 길어졌으므로 하늘에는 미미하게나마 빛의 흔적이 남아 있었다. 가까이서라면 사람 얼굴을 분간하기에 무리가 없을 정도였다. 차에서 내리자마자 위기가 닥쳐왔다. 동네 할아버지 한 분이 멀리서 빠른 속도로 다가오더니 아는 척을 했다. 당고모가 내 결혼 소식을 동네방네 광고하고 다닌 모양이었다. 이서를 붙잡고 내 장점을 구구절절 설명하는 어르신 모습이, 철 지난 노트북을 어떻게든 팔아보려는 용산 컴퓨터 판매원 같았다. 나는 숫제 뒷전이었다. 입을 열려 하자마자 "선재 니는 가만있고" 하는 호령이 떨어졌다. 가까스로 어르신을 돌려보냈더니 이번에는 이서가 나를 째려봤다.

"뭐야?"

"오해야."

"진짜 청첩장 돌릴 생각으로 부른 거 아니지?"

"아니, 그게 내 마음대로 되나. 너 여기 내려와서 잘 살 거야? 절대 아니잖아."

"알긴 아네."

하지만 나로서도 해인사에 가느냐, 결혼하느냐 하는 단답형 문제들보다 훨씬 복잡한 논술형 문항이 남아 있다는 생각을 지우기 어려웠다. 내 마음속에는 손님에게 해인사를 보여줄 생각에 방방 뛰는 초등학생과 30대 후반에 접어든 남자가 더부살이를 했는데, 그 30대의 상식인은 "도대체 어떤 여자가 해인사 팔만대장경을 보겠답시고 전 남친 집에 오냐?"라며 이죽거리고 있었던 것이다. 어쨌거나 나는 지난 일이 담석처럼 마음에 얹혔고, 불쑥불쑥 통증을 느꼈으며, 건우를 맡게 된 후로는 증상이 나타나는 주기가 훨씬 짧아졌다. 이서도 아마 이 병증을 앓고 있는 듯했다. 우리는 온갖 이야기를 나눴는데도 함께 살았던 시절은 거의 입에 담지 않았다. 하지만 집 소개를 하려니까 예전 흔적이 계속 눈에 밟혔다.

"지하수라서 수돗물 그대로 마셔도 되긴 하는데, 찝찝하면 브리타 정수기 써. 컵은 너 예전에 쓰던 거 그대로 쓰고."

나는 설거지통을 가리켰다. 단조로운 모양의 접시 더미와 돼지 모양 컵이 생뚱맞게 어깨를 맞대고 있었다. 완벽한 미니멀리즘 스타일로 꾸민 집—심상으로 비유하자면, 아마도 매끈한 무광 바닥 타일과 칼라카타 패턴의 세라믹 벽체—에 오배송된 핑크 플라밍고 장식 같았다. 이서의 눈이 휘둥그레졌다.

"야, 설마설마했더니. 이걸 내가 얼마나 찾았는데!"

"짐에 딸려 들어왔는데 돌려준답시고 연락하기도 뭣해서 그냥 둔 거야. 말하지 그랬어. 전셋집 때문에 만나서 이야기할 일 몇 번 있었잖아."

"얘는 정말. 그걸 어떻게 물어보니?"

답을 아는데도 막상 물어보자니 입이 떨어지지 않는 일들이 있다. 껄끄러워서든 혹은 간질간질함을 즐기고 싶어서든 간에 인간은 곧잘 대화를 미룬다. 이서에게 내 침대를 넘겨주는 건 상수였지만 보조 매트리스를 어디에 깔지는 마음을 정하지 않은 상태였다. 거실에 까는 게 오히려 더 징그러워 보일까? 그럴지도. 이서는 늘어지게 하품을 하더니 먼저 씻으러 들어갔다. 두 번째 타자로 욕실에 발을 들이자 물기 가득한 공기가 데워진 살처럼 나를 끌어안았다. 질펀한 샴푸 향기가 와인 시음회에 참여했던 기억을 이끌고 왔다. 그때도 옆에 이서가 있었다. 코를 잔 가장자리에 가져다 대는 것만으로 은근한 취기가 오르게 하는 그 냄새는 순전한 화학작용의 산물이라기보다는 예감 같은 것이다. 한 모금이 또 다른 한 모금을 불러올 것이며 그 징검다리는 어질증 같은 안개 속으로 까무룩 사라진다는 것. 징검다리가 스러질 때 내 초라한 생각들 역시 안개와 함께 흩어지리라는 것. 나는 그 감각을 가끔 즐겼지만 결코 좋아할 수 없었다. 혹은 결코 좋아하지 않았지만 가끔 즐겼다. 씻고 방에 들어설 때까지도 나는 오늘 밤 등 붙일 자리를 정하지 못했다. 침대에 가로누워 휴대폰을 만지작거리던 이서는 문 열리는 소리에 맞추어 고개를 들었다.

"저거 스크린 좀 내려봐. 리모컨 주고."

기다렸다는 듯 명령이 튀어나왔다. 나는 짧게 되물었다.

"응?"

"저거 빔 프로젝터 아니야?"

"아."

나는 스크린 스위치를 누른 뒤 협탁 서랍에서 리모컨을 찾아 건넸다. 불도 껐다. 이서는 짧은 유튜브 영상을 재생하더니 해상도가 영화관 수준이라며 감탄했다. 이 정도면 영화관 안 가도 되겠는데! 얼마가 들었냐는 질문이 이어졌다. 내가 기억하기로 기기 가격에 스크린 시공비를 합해 250만 원이 살짝 넘었다. 천장 매립형 스피커(4채널이다)에는 80만 원을 썼던 듯한데 음향 기기의 세계에서는 헐값으로 한 것이다. 65인치 보급형 텔레비전의 서너 배 되는 가격이지만 후회는 없다. 이 동네에서는 이런 사치가 필수적이다. 서울에서 온 회사원에게도 꽤나 긴요할 것이다. 나는 넷플릭스 영화 목록을 훑는 이서를 물끄러미 바라보다가 의자를 끌어와 앉았고, 당분간 여기에 앉아 있어도 되겠다고 생각했다.

"애가 맨날 이거 틀어달라고 하지?"

"아니, 있는지도 모를걸."

"이걸 몰라? 방에 안 들어와?"

"잘 안 들어오기도 하고, 의식을 못 하는 거 같더라고. 영화 볼 정신이 아닌가 봐. 애당초 처음에 내가 영화 보고 싶으면 말해라, 큰 화면으로 틀어줄 테니까, 하고 말을 걸었거든. 그러니까 건우 녀석 대답이 이래. 괜찮은데요. 안 심심하냐. 괜찮다고요. 한 번만 더 물어보면 바로 난리 칠 거 같더라. 지가 괜찮다는데 뭘 더 시켜."

"흐응." 이서가 짧은 콧소리를 냈다. "어쨌든 빔 프로젝터를 직접 본 적은 없다, 이거잖아. 일단 한번 보여줘봐. 눈 돌아갈걸. 걔 스마트폰도 안 쓰고 지낸다면서.”

“그거는 내 입장에서 곤란하지. 건우가 영화 본다 치면 내가 자리를 비켜주거나 같이 보거나 해야 하는데, 새벽부터 낮까지는 컴퓨터 앞에서 일하고 밤에는 자니까…….”

“그러면 걔는 평소에 뭐 하고 지내?”

“영어 단어 좀 외우고 가끔 책 읽는 거 빼면 아무것도 안 해. 동네 뺑뺑 돌아다니고, 밭일하고, 끝. 점심이랑 저녁은 되도록 같이 먹으려 하는데 애가 보통 점심 먹고 바로 들어가서 자고 그래. 언제 자서 언제 일어나는지를 모르겠어.”

“뭐, 왜? 중학생이라면서?”

이서는 진심으로 중학생밖에 안 된 애가 왜 그러고 지내는지 궁금해하는 기색이었다. 그러고 보니 건우의 속사정을 똑바로 알려준 적이 없었다. 오랜만의 재회에서 친척 아이의 존재는 곁가지일 수밖에 없었다. 한편 건우에게나 이서에게나, 그런 종류의 일을 무턱대고 이야기하는 건 도의적인 문제라고도 생각했다. 그러나 검정 무지 티셔츠를 롱 원피스처럼 걸친 이서를 눈앞에 두자 판단의 기준이 슬쩍 움직였다.

이서는 나한테 마음이 남았을지도 모르지만 그 마음은 결혼과 거리가 먼 듯했다. 사회인으로서의 커리어를 내려놓고 시골에 틀어박히고자 하는 30대 여자는 웬만하면 없고, 실은 번아웃 끝에 종교적인 깨달음을 얻은 경우가 아니라면 일절 없고, 그런 종착지를 두려워하는 사람이라면 입구마저 피하는 법이다. 나는 오늘, 오늘이 아니더라도 내일모레쯤, 이 방 침대에 누울 수 있겠지만 내년에도 내후년에도 이서는 서울에 있을 것이다. 그러니까 이서가 건우를 만날 일도 그 역도 결코 없을 것이다. 적당한 거리다. 나는 휴대폰으로 뉴스 기사를 찾아 건넸다.

"그 집 아들내미야."

"헐." 그 말과 함께 이서의 숨이 뚝 멎었다. 똑같은 기능을 하는 감탄사들이 뇌리를 스쳤다. 우와, 대박, 세상에, 미쳤다. 개중에는 '헐'이 그나마 나아 보였다. "힘들겠네."

"보통 일이 아니지."

"진짜 보통 일이 아니네. 하루아침에 애 혼자 남았으면……."

"아, 아냐. 기사에 안 쓰여서 그렇지 여동생이 또 있어. 걔도 지금 중학생인데, 원래 사촌 형님이 둘 다 맡았거든. 그런데 건우가 그 집에서 하도 지랄을 했나 봐. 사춘기 남자애가 난리 치면 골치 아프지. 자기 아들내미도 몇 년만 지나면 마흔인데 그거를 누가 말려. 애초에 우혁이 그 녀석은 인생을 워낙 막 살아놔서 건우한테 훈계를 할 주제가 아닌 거라. 그래가지고 별수 없이 합천으로 유배를 왔지, 뭐."

"그 정도면 서울에서 제대로 상담을 받아보는 게 낫지 않아? 템플 스테이로 해결될 문제가 아닌 거 같은데."

"지 동생처럼 학교 다니면서 주말마다 상담받고 지내야 되는데, 그러는 게 맞는데, 그게 안 되니까. 안 되니까 합천 온 거지.

이거 뭐 강제 입원을 시킬 수도 없고, 강제 입원을 시켜서 낫는 사안도 아니고……" 나는 주저리주저리 푸념을 늘어놓다가 퍼뜩 논조를 바꿨다. "자기 스스로 상담실 문턱 밟을 수 있을 정도로만 나아지면 천만다행이고, 내 역할도 딱 거기까지인 거야. 그리고 정신과 기록을 좀 쌓아둬야 할 테니까…… 내년부터는 슬슬 얘기를 꺼내볼까 싶어."

"기록?"

"군대 빼야지. 고아여도 보호자 있으면 면제 못 받아."

짧게 대꾸했지만 이서는 그것만으로도 알아들었다. 나는 10대 내내 심정적으로 한국인 아니었으므로 한국 남성이 군대에 가야 한다는 사실을 건조한 명제로만 받아들였다. 주변 어른들도 불구라면 무조건 병역 면제라는 상식을 의심하지 않았거니와, 신체검사를 받더라도 손쉽게 병무청의 그물망을 벗어날 수 있으리라 믿었다. 경증 장애인에게도 신체검사를 실시하고 일부는 현역으로, 일부는 보충역—공익—으로 보내게 된 건 2005년부터의 일이니까 어르신들은 안심하고만 있었을 것이다. 나는 2005년이 지난 후에야 만 19세가 되었다.

맨몸으로 달랑달랑 신체검사를 받으러 들어가자 7급 재검사 판정이 떨어졌다. 6개월 뒤에 서류를 구비하여 다시 신체검사를 받을 것. 군의관이 내가 이 얼굴로 절뚝거리는 꼴을 보고서도 7급을 쳤다니 믿을 수 없었지만 그런 일이 일어났다. 그제야 나는 장애 사실을 뒷받침할 핵심 의료 기록이 미국의 어떤 병원

(도대체 어떤 병원?)에 처박혀 있으리라는 사실을 깨달았고, 내 미국 시민권이 도대체 어디로 날아갔는지를 궁금해하기 시작했으며(자세한 설명은 줄이겠다), 한국 남성들이 병무청을 그토록 두려워하는 이유를 이해한 뒤, 최종적으로는 편집증적인 불안에 시달리게 되었다. 현역병으로 끌려간 내 모습이 뇌리를 점거했던 것이다. 씨발 말도 안 된다. 인생이 이미 절단 났는데 군대까지 갈 수는 없다. 공익도 싫다. 날 훈련소에 3주라도 처넣는다면 사격 훈련 시간에 실전을 보여주마. 그때는 그런 마음이었다.

재검을 기다리는 동안, 나는 멀쩡히 강의를 듣다가도 불쑥불쑥 치솟는 현기증에 노트패드를 펼치고 내가 5급을 받을 수밖에 없는 이유 ①, ②, ③……을 써 내려가곤 했다. 밤에는 번번이 악몽을 꿨는데 내용이 이상했다. 나는 열두 살짜리 어린애고 트라이베카의 레스토랑에서 아빠 엄마와 오붓한 가족 식사를 즐긴 뒤 아파트 로비로 들어서는데, 놀랍게도 그곳은 병역판정검사 현장이고 아파트 로비 경비원은 군의관이다. 신체검사를 통과해야 집에 들어갈 수 있다고 한다. 나는 미국 시민권을 들먹이고, 절뚝거리며 걸어보고, 심지어 내가 강경한 반전주의자이자 평화주의자기 때문에 총을 들지 않는다고도 강변하지만 별 무소용이다. 듣는 기색이 전혀 없다. 답답한 마음에 뒤를 돌아보니 종말이라도 온 듯 온 세상이 불벼락이다. 운석이 우리를 덮치고 나는 중환자실의 어둠 속에서 깨어난다. 그 모든 짓거리를 처음부터 다시 시작해야 하는 것이다. **안 돼!** 그렇게 외치면서 번쩍 눈을 뜨면 어둠이 여전했고, 나는 불을 모두 켠 뒤 나 자신에게 이곳이 서울 자취방임을 거듭 확신시켜야만 했다.

물론 실제로, 객관적으로 전개된 일들은 내 주관적인 느낌과 많이 다르다. 나는 7급을 받자마자 큰아버지 댁으로 달려가서 경기를 일으켰고(이때는 집안 기물을 박살 내지 않았다. 미국 병원에서 의료 기록을 떼어 와야 한다며 횡설수설하다가 엎어져서 울었을 뿐이다. 알고 보니 큰아버지 댁 서류함 밑바닥에 의료 기록 사본이 보관되어 있었다. 나도 나 자신이 부끄럽다), 큰아버지는 가까스로 상황을 깨닫고 민형 형님에게 전화하셨다. 당시 지방 종합병원 봉직의로 일하던 형님은 내 한탄을 듣더니 "뭘 그런 걸 가지고……" 하며 코웃음 쳤고, 할 일을 일목요연하게 읊어줬다. 서울 모처의 병원으로 가서 서류를 만들면 장애 등급 진단을 쉽게 통과할 수 있으리라는 조언까지 따라붙었다.

진단 결과는 충격적이었다─환자는 과거 사고로 인해 좌측 발목의 삼과골절을 당하였으며 당시 관혈적 정복 및 내고정술을 받고 장기간 깁스 치료를 하였음. 재활 후 일상생활은 가능했으나 해당 손상이 외상 후 관절염으로 진행되었고, 총비골신경 손상에 의한 족하수와 이차적 관절 구축이 동반되어 발등 쪽 굴곡이 중증도로 제한됨. 보건복지부도 병무청도 내게 5급을 부여할 거라는 의미였다. 법정 장애 등급의, 군 면제의, 5급. 의사는 이런저런 부대 사항을 설명해주더니 내가 제때 재수술을 받고 적절한 재활 훈련을 거쳤더라면 상태가 훨씬 좋았을 거라고 덧붙였다. 제때라 함은 4년 전으로 시골집에서 혼자 끙끙대느라 재수술 따위는 생각지도 못하던 시절이었다. 나를 합천에 처박아서 장애인으로 만들어준 사람도, 나를 군대에서 확정적으로 꺼내준 사람도 민형 형님이라니 인생사 여러모로 새옹지마다.

아무튼 나는 객관적인 현실과 마음속의 지옥 사이에서 길을 잃어버릴 때가 많았으므로 원칙을 세웠다. 자기 기분을 믿지 않을 것, 객관적으로 생각해볼 것, 해야 할 일부터 처리할 것, 타인을 첫째 자리에 둘 것, 기타 등등. 그런데 대학교는 수업을 깡그리 빼먹고 학사 경고를 받는 것도, 강의실 뒤편에서 부들부들 떨며 노트에 편집증적 망상을 써 내려가는 것도 모두 자유였으므로 원칙을 밀어붙이려면 '할 일'을 만들어낼 수밖에 없었다. 근처 중학교에 교육 봉사를 나가기 시작한 건 그래서고, 이서와의 관계가 본격적으로 시작된 곳도 거기다. 나는 학생들 앞에서는 멀쩡하게 굴었거니와 심지어 잘 가르쳤다. 이서는 그걸 의심 반, 호기심 반으로 지켜보다가 나를 호프집으로 데려갔다. 그리고 내가 잔뜩 취한 채 만 18세 이전에 한국 국적을 포기해야 하는 이유(그리고 내가 이미 늦어버린 이유)를 횡설수설하는 모습을 구경하며 깔깔거렸다. 그게 다였다. 완전히 실수했다고 느꼈는데 의외로 연락이 끊기지 않았다. 군대 생각으로 벌벌 떠느라 여자애 허벅지 생각은 결코 하지 못했던 덕분에 점수를 땄지 싶다.

웃긴 일이지만 두 번씩이나 겪고 싶지는 않다. 인생 후배가 그 길을 걷게 되는 상황도 걱정스러웠다. 나는 건우가 제때 정신과 기록을 쌓아두지 않는다면 현역 판정을 받으리라 확신했고, 또, 건우의 군 면제는 국군 장병의 복지를 위한 대업이라고도 생각했다. 자기 아들이 총기 난사의 피해자가 되는 미래를 어떤 부모가 꿈꾸겠느냔 말이다. 그러나 이서의 관점은 약간 다른 듯했다.

"그나저나 유산은 있대?"

"없어, 없어, 완전히 없어. 한정상속도 아니고 상속 포기야. 그쪽은 집안 사정이 복잡해서 폭탄이 어디로 넘어갔는지도 모른다더라."

나는 내친김에 민석 형님이 뒷수습을 한 이야기까지 털어놓았다. 이서는 짧은 흠 소리를 내더니 빔 프로젝터 스크린을 힐끔 보았다. 네모난 칸에 영화 수십 개가 담겨 늘어진 모습이 대형 마트 카탈로그 같기도 했고 매대의 공산품 같기도 했다. 이서는 리모컨을 들어 종료 버튼을 누르고는 나를 똑바로 바라보았다.

"답이 면제가 맞나?"

"군대 뺄 수 있으면 빼야지, 무슨 소리야."

"요새 군대에서 수천만 원 모아 나오는 애들 많다잖아. 마음이 힘든 거랑 별개로 삶의 기반이라는 게 있으니까. 아니, 별개가 아니지. 한 10년쯤 난리 친 다음에는 어떻게 먹고살지가 고민거리일 텐데, 그때 2천만 원이라도 있으면 얼마나 든든해. 돈 없으면 또 머리 터지는 거야. 딱 보니까 대학도 제대로 못 갈 것 같구먼."

"버틸 정신이 돼야 말이지. 내가 딱 보면 알아. 걔는 군대 가면 안 돼."

“상태가 어떻길래? 2008년 버전 최선재?”

“대충 그 언저리일까. 더 나쁠 수도 있고…….”

무탈한 사회인의 고원에 안착한 사람들은 지나간 역경을 훈장처럼 바라보고, 청소년들에게 “어릴 때 몇 년 뒤처진다고 인생 망하지 않는다, 힘들 때는 푹 쉬고 힘이 모였을 때 열심히 하면 된다”처럼 주절거리기를 즐긴다. 나도 예외가 아니다. 하지만 그 조언이 스테디셀러처럼 보이는 것은 사실 수요와 공급의 균형이 망가졌기 때문이다. 인생무상의 깨달음을 전파하고 싶은 30대, 40대, 50대, 60대, 70대는 사방 천지에 널려 있지만 그걸 주워서 자기 귀에 쑤셔 넣을 10대는 없다. 노친네들의 중얼거림을 곧이 곧대로 듣기에는 시간의 가치부터가 다르고 쥔 돈이 다르다.

따라서 동서고금의 진리를 모아둔 매대는 더한 내용도 빠진 내용도 없이 한결같은 형태를 유지하고, 청소년들은 “이번 기말 고사가 망했으니 나는 수시로 대학을 못 가겠구나, 그러니 취직도 못 하겠구나” 하며 가게 바깥을 뱅뱅 돌아다닌다. 3월 모의고사에도 6월 모의고사에도 9월 모의고사에도 평생을 걸어놓은 듯 힘들어하는 애들이 태산인데, “집안은 작살났고 나는 영어 단어 외우기도 똑바로 못 하는구나” 하고 중얼거리는 마음은 또 어떨지 짐작이 안 간다. 예전에는 분명히 알았는데 지금은 가물거린다.

새벽에 그 대화를 나눈 후로 건우는 기회만 되면 나한테 이런 것들을 납득시키려 했다.

① 나는 합천이 좋은 곳이라고 생각하지만 여기가 졸린 것도 사실이다. 여기에는 코인 노래방도 농구장도 아무것도 없기 때문이다. 즉 졸리다는 것은 욕, 비하 발언, 조롱이 아니라 사실 적시다. 이처럼 담백하게 사실 적시를 해야 할 때가 있다.

② 고모할머니가 고등학교에 가지 못한 게 내 증조할아버지 때문인 것도 지당한 사실이다. 이것은 너무 지당하기 때문에 인과관계를 시시콜콜 따질 필요가 없다. 따져봐야 이미 실컷 힘들어한 사람을 괴롭히는 것밖에 더 되지 않는다. 즉 어떤 사안에서는 이처럼 담백하게 인과관계를 인정할 필요가 있다.

나는 이걸 들으면서 건우 녀석이 피해자 중심주의와 2차 가해의 개념을 발명했다는 사실에 놀랐다. 반면 논리 전개에는 구멍이 많았다.

③ 내가 합천에 온 것은 내가 강남 할아버지, 할머니를 괴롭혔기 때문이다. 이는 자명하다.

④ 엄마가 죽은 것은 나 때문이다. 이 또한 자명하다.

⑤ 나는 할아버지가 좋은 사람이라고 생각하지만 팩트는 인정했으면 좋겠다.

피해자랄지 생존자랄지 하는 인종들은 자신을 탓하며 불안을 잠재운다. 별다른 책임도 잘못도 까닭도 없이 이렇게 되었다고 생각하면 견딜 수 없기 때문이다. 아무 이유 없이 날벼락이 내리꽂혔다면 두 번도 내리꽂힐 수 있을 것이다. 그리고 어차피 맞을 날벼락이라면 빨리 맞고 끝내는 편이 낫다. 나는 ③부터 ⑤까지의 전개가 이런 결론으로 수렴하리라 짐작했다.

⑥ 여기 있으면 안 되는 사람이다. 나는 빨리 여기서 쫓겨나야 한다!

당연히 이런 생각을 하고 있으면 정신이 망가진다.

그런데 진짜 문제는 건우도 ④부터 ⑥까지가 모두 헛소리임을 자각하고 있으리라는 사실이었고, 내가 그 주장을 순순히 받아들인다면 또 난리가 나리라는 사실이었다. 정론을 듣기 싫어서 상담을 때려치우고 합천으로 내려온 녀석에게 어울리는 조언은 없다. 일단 붙잡아놓고 천천히 기다리는 수밖에…….

"요새 예전 생각을 부쩍 많이 하거든." 나는 천천히 운을 뗐다.

"응?"

"내가 헛소리하면 네가 옆에서 한마디씩 했다 아냐. 사고 났을 때 죽었으면 친척들도 편하게 지냈을 텐데 나 때문에 다들 고생했다든지, 이런 레퍼토리…… 그때 정확히 뭐라고 했더라?"

"진짜 궁금해서 하는 소리야, 시비 거는 거야?"

"기억이 안 나. 모르겠어서 그래. 건우도 요새 그 꼬라지인데 어째야 하나 싶어서."

짧은 침묵 끝에 이서가 연극 조로 운을 뗐다. 과거의 그 대사

들이었다. 너는 생각이라는 걸 하면 안 돼. 내가 결론을 딱 내려
줄 테니까 그냥 외워. 이렇게 들으니 나도 기억이 되살아났다. 저
말은 다양한 상황에서 쓰였는데 이서는 그때마다 말 안 듣는 개
의 목줄을 잡아당기듯 귀를 잡아당기거나 정강이를 걸어차곤 했
다. 아주 아프진 않았다.

"맞네. 그랬지, 응……. 근데 애한테 그런 식으로 말할 수는 없
잖아. 요새는 그런 거 가스라이팅에 아동 학대라고 해. 정신 건강
에 안 좋은 게 맞아."

"미안한데 나도 최선이었어." 이서는 입을 삐죽거렸다. "네가
무슨 엄청난 잘못을 했다는데 말을 안 하잖아. 그러면 뭐, 건물에
불이라도 지르다가 다쳤나? 사람이라도 죽였나? 이런 생각 들
지. 말할 수도 없을 만큼 무서운 일이라 말을 못 하겠대. 그런데
알고 보니까…… 야, 최선재, 이 상황에서 내가 뭐라고 해야 돼?"

"상담을 받고 정신과에 가보라고 해야지."

"네가 이 악물고 안 갔잖아." 이서가 누운 자세 그대로 다리를
쭉 뻗어 내가 앉은 의자를 쿡쿡 찔렀다. 살찐 고양이처럼 유연해
보였다. "네가."

"일단 자기 발로 상담실까지 들어가면 치료가 절반은 성공한
거라더라. 원래 그게 제일 어렵대."

그렇게 말하며 낄낄 웃자 이서의 발이 의자를 세게 찼다. 바
퀴가 뒤로 밀리며 우리 사이 거리가 벌어졌다. 나는 내친김에 일
어나 침대 가장자리에 걸터앉았다. 이서가 나를 가볍게 걸어차

더니 벽가로 물러나며 자리를 만들어주었다. 침대를 슈퍼 싱글이 아니라 퀸 사이즈로 사두길 잘했다는 생각, 누군가와 함께 눕는 건 정말이지 오랜만이라는 생각이 잇달아 떠올랐다. 따뜻한 이불을 덮고 선풍기를 튼 채 두 온도의 간격을 즐기는 것은 보편적인 취미라던데 에어컨 켜진 방에서 타인이라는 이름의 열원을 끌어안는 것도 비슷한 듯했다.

“애가 이거 알면 배신감 느끼는 거 아니야?” 이서가 느닷없이 물었다.

“말을 무슨 상간녀처럼 하네.”

“너 그냥 거실에서 잘래?”

이서가 집주인이라도 되는 것처럼 을러댔다. 내 생각에도 실수였다.

“아이고, 죄송합니다.”

“하여간 잘하다가도 점수를 깎아먹어요.”

“근데 결혼 안 했지?”

“하긴 뭘 해. 진짜 바보야?”

이런 건 기세로 시작해야 하는 법인데 성냥불이 장작에 옮겨붙진 않고 그대로 꺼져버렸다. 나는 이서를 뒤에서 끌어안은 채 가만히 있었다. 건우가 느낄 배신감을 생각하지 않은 건 아니었다. 아직 중학생이다. 머리로 이해한다 쳐도 마음으로는 원망하는 면이 있을 것이다. 나는 이렇게 힘든데 할아버지는 여자 친구랑 노닥거리느라 따라오지도 않는구나, 하고 있으리라. 역시 나는 짐 덩어리구나 하는 생각에 앓을지도 모른다.

하지만 그 모든 상상의 종착지는 내가 너무 성급하게 이서를 불러냈으며 이미 늦었다는 것뿐이라서, 현실을 받아들이기로 했다. 휴대폰을 찾아 건우에게 '저녁 잘 먹었냐, 내일 시험 잘 보고, 재밌게 놀다 오고'라며 문자메시지를 보낸 것이다. 돌아오는 날에는 비싼 밥이라도 사줄 생각이었다. 이서가 곁눈질로 화면을 보더니 한심스럽다는 표정을 지었다.

"하이고."

"본게임이 망했으면 보너스 점수라도 따야지."

"애랑 잘 지내긴 해?"

"잘 지내, 잘 지내. 나 원래 애들 잘 다루잖아. 건우가 내 걱정도 많이 해줘. 너 온다고 하니까 인터넷에서 만난 사람 함부로 믿으면 안 된다고 그러더라. 예쁜 여자가 말 걸면 무조건 사기래."

"진짜 미치겠다. 그걸 또 애한테 직접 말했어?"

"숨겼다가 들키는 것보다는 처음부터 배신감 느끼는 게 낫지, 뭐 하러 감춰."

"걔 동생은 어떤데?"

"그냥 아까 말한 게 다야. 나는 얼굴 본 적 없고. 그래도 학교도 잘 다니고 상담도 잘 받는다던데."

"그래도 애가 힘들겠네. 거기 대치동 근처잖아. 집안 사정 아니어도 힘들 거야. 갑자기 학군지로 이사 와서 성적도 떨어지고, 분위기도 다르고……. 게다가 요새 애들 명품이 기본이라던데,

위화감 생기지. 아무리 밝은 성격이라도."

"사촌 형님도 그래서 경기도로 내려갈까 고민 많이 하시데—평택이나 수원쯤으로. 그나저나 내가 그거 말했던가?"

"뭐?"

"동네가 강남인 거."

"니가 텔레비전 박살 내서 본가에서 쫓겨난 얘기를 나한테 몇 번을 했는데. 영어랑 국어는 됐으니까 대치동에서 수학 공부 제대로 했으면 의대 갔을 거라는 게 니 소싯적 18번이었어. 양심이 있어봐라."

이서가 팔꿈치로 내 배를 찌르려 했다. 나는 피했다. 쯧쯧 혀 차는 소리가 들렸다. 뒤늦게 의사를 꿈꿨던 건 왼발 때문이었다. 장애 등급을 받으면서 겸사겸사 질문을 했다가 시큰둥한 대답만 들었던 것이다. 발목이 많이 불편하고 신경통도 심한데 차라리 자를 수 있을까요, 패럴림픽을 보니까 의족 달고도 전력 질주를 하던데요. 의사는 보이는 게 다가 아니라고, 의족을 끼면 잘린 부위가 쉽게 짓무르는 데다가 그 선수들은 엄청난 훈련을 거친 사람들이니 쉽게 비교해서는 안 된다고 대꾸했지만 역설에 대해서는 허허 웃기만 했다. 이 상태로 감히 달렸다가는 재수술을 하거나 아예 절단을 하게 될 수도 있지만 다리를 자르면 비로소 뛰어다닐 수 있으리라는 역설 말이다.

나는 따져 묻고 싶었지만 의사 명패와 각종 수료증 앞에서 기가 죽었고, 동시에 내가 의대생이라도 되었더라면 반박할 말이 있었으리라 느꼈다. 하지만 뒤늦게 수학 공부를 하자니 귀찮아져서 이서에게 투덜거리는 것으로 울분을 갈음했다. 생각해보니 이서에게나 의사에게나 미안한 일이다. 나도 이제는 차악과 차악과 차악과 차악……을 천칭에 올려놓고 비교해야 할 때의 난감함을 이해할 나이가 됐다. 어떤 차악은 의외로 좋을 수 있지만 대뜸 권할 게 아니고, 어떤 차악은 겉보기로 그럴듯하지만 실상은 엉망진창이다. 내가 의사라도 두 발로 걸어 다니는 스무 살짜리에게 절단을 종용하지는 못했을 것이다.

좋아, 스무 살 청년의 다리를 자르는 건 못 할 짓이다. 절단이 옳을지도 모르지만 안전한 길을 가자. 그렇다면 합천에서 홈스쿨링을 하는 것과 대치동에서 버티는 것 중에선 어느 쪽이 안전할까? 건우가 마음속에 담아둔 화두가 이것이겠구나 싶었다. 서울에 가서, 어른들 앞에서 "말을 잘 들을 테니 저랑 다은이를 바꿔주십시오, 다은이가 학교에서 많이 힘들어합니다"처럼 말할 기회를 노렸으리라. 그런데 내가 따라가질 않으니 기획이 첫 단추에서부터 틀어진 것이다.

물론 따라갔더라도 내 대답은 "안 돼"다. 성인 남자가 여자애랑 같이 살면 모양새가 안 좋거니와 피차 불편할 일만 많아진다. 건우를 위한 진통제가 다은이에게도 효과를 발휘하리라는 보장 또한 없었고, 건우가 서울에서 똑바로 처신하리라 믿지도 않았다. 그게 가능하다면 합천에서부터 혼자 수학 공부를 했을 것이다. 영어 단어 50개를 외우는 데에 며칠씩이나 걸리는 게 아니

라. 혹시나 하는 마음에 이서의 의견을 구하자 비슷한 답변이 돌아왔다.

"학교 다닐 수 있으면 다녀야지. 남들 다 하는 거 혼자서 안 해놓으면 나중 가서 힘들어. 아무리 정신이 나가 있대도 학교에서 나가야지. 성적도 아예 밑바닥은 아니라면서." 이서는 잠시 생각하더니 이어 물었다. "애가 모범생 스타일이지?"

"말 들기로는 그런 것 같더라. 마냥 조용한 스타일은 아니고, 놀 때는 잘 놀고, 목소리 크고, 학교 선생님들한테는 싹싹하다고 이쁨받는 그거야. 반장도 여러 번 했다던데."

"남자애는?"

"영어 배워서 나쁠 것 없으니 가르치긴 한다만, 객관적으로 공부할 상태가 아니야. 키 크고 몸이라도 멀쩡하니 다행이지. 상하차를 하든 공조를 뛰든 굶어 죽을 일은 없을 거라."

"답 나왔네."

"맞지?"

"그런 애들이 은근히 폭탄이야. 남자애 말고 여자애 쪽. 심해어들은 물에 나오면 수압이 사라지니까 몸이 부푼다잖아. 겨우겨우 학교 다니면서 제정신 유지하는 건데, 관두면 완전히 막 나갈걸. 아니다. 완전히 막 나가는 것도 아니고 방에 처박혀 있는게 더 위험할 수도 있어. 그건 남이 꺼내주지도 못해."

"자기 얘기 하네?"

나는 농담 한마디 던졌다. 그러고는 킥킥 웃었는데 뜻밖에도 따끔한 느낌이 없었다. 이서 표정이 난데없이 진지해져 있었다.

“어, 어, 내 얘기 맞아. 잘은 몰라도 걔 속으로 엄청 힘들어할 거야. 지 오빠 한심해하고 무서워하다가도 또 부러워질걸. 오빠 외에는 마음 터놓을 사람도 없을 테고. 원래 타고나든지 배우든지 해야 지랄하는 법을 아는데, 그게 안 되면 강제로 모범생 생활 하게 돼. 혼자 엇나가서 부모 속 썩이면 차라리 능력 있는 거지, 나처럼 겁 많고 비겁한 애들은 인생을 못 망친다구. 내가 우리 아빠 지랄할 때마다 뭔 생각 했는지 알아?”

“무슨 생각 했는데?”

나는 답을 알았지만 물어봐줬다. 이서도 내가 안다는 걸 알 것이다. 몰라도 좋다.

“내가 커다란 남자였으면 저거를 무조건 두들겨 팼다. 무조건 죽을 때까지 때려서 역지사지를 시켜줬다. 아니면 속으로 ‘내가 인내심이 많아서 안 때리고 참아주는 거다’ 하고 정신 승리라도 했어. 그런데 문제는 내가 남자가 아니었다는 거지. 학교에서는 그냥 모범생이었고. 모범생 중에서도 꽤 잘나갔고. 전교 회장 선거에서 몰표 받은 다음 집에 오니까 그 인간이 축하한다면서 레스토랑에 날 데려가는 거야. 엄마는 또 옆에서 웃고 있고. 눈가에 멍이 새파래서 억지로 화장을 진하게 하는데 그래서 푸른 기가 더 잘 보이더라.”

이서는 그렇게 말하더니 높다란 웃음을 터뜨렸다. 세상에는 사회적 각본이라는 게 있어서 경악스러운 사연에는 “어쩜 그럴 수가" 같은 반응을 건네게 된다던데, 나는 그걸 잘 몰랐다. 그래서 예전에는 이 이야기를 들을 때마다 눈을 소처럼 끔벅거리다가 "그렇구나"라고 했다. 그다음 날에 이서가 자기 아버지와의 추억을 늘어놓을 때도 나는 또 "그렇구나"라고 했다.

라디오드라마 에피소드 같은 사연을 모아보면 이서의 아버지는 자기 기준이 확고하며 그 기준으로 사람을 때리는 쾌남이었다. 예전부터 형님 형님 하며 따라다니는 동생들이 많았고 회사에서도 자기 파벌을 끌고 다니다가 임원 자리까지 올랐는데, 그러는 동안 주폭 사고를 몇 번 쳤지만 법정에는 안 갔다. 집안에서는 여성 인재야말로 신세기의 성장 동력이 되어야 한다는 지론하에 외동딸인 이서와 신문을 읽으며 토론했고, 이서와 함께 미술관과 전시회를 드나들었고, 이서의 장난을 웃으며 받아주다가도 그 장난이 선을 넘으면 어떻게 가르쳤기에 애 버릇이 저러냐며 아내의 뺨따귀를 후려갈겼다. 덕분에 이서의 어머니는 딸을 들들 볶으며 나는 너를 세상에서 가장 사랑하는데 너는 나를 가정부로만 보는 것 같다며 흐느끼는 사람이 됐다. 다른 부인들과 함께 백화점 VIP 라운지에서 커피를 홀짝거리며 서울 각지의 재개발 여부와 주식 가치 투자에 대한 고담준론을 나누다가 이서에게 입힐 옷을 다섯 벌씩 사 간 다음, 딸에게 "나는 결혼한 후로 새 옷을 제대로 못 샀고 내가 걸치고 다니는 코트는 15년 전 유행이었단다"라며 한숨짓는 게 그의 일상이었다.

덕분에 이 드라마 시리즈에는 시트콤인 회차와, 진지한 사회파 스릴러인 회차와, 카프카적 부조리극에 가까운 회차가 뒤섞여 있었다. 혹은 한 회차 안에 그 모두가 펼쳐졌다. 그러나 청취자 대부분은 하나의 장르를 원했고, 이서는 청취자 반응을 신경 쓰며 회차를 편집하다가도—극장판과 VOD판과 감독판의 결말이 다른 몇몇 영화들처럼—염증을 느꼈다. 웃을 수도 울 수도 없는 세월 속에서 어떻게든 웃고 울어본 사람은 필연적으로 작가주의 감독이 되는 것이다. 따라서 모든 리뷰에 말없이 5점을 남기는 손님은 인상 깊지 않더라도 적당히 고마운 사람일 수밖에 없고, 망해가는 예술영화의 관객이라면 고마움 자체가 인상 깊다.

덕분에 이서는 나를 보고 "얘는 뭐지?"라고 골똘히 고민하다가 써먹을 곳을 찾아냈다. 이건 웃지 마, 저건 웃어, 이거 공감하라고 하는 소리 아니야, 기타 등등. 나는 시키는 건 잘했으며 입력된 명령어를 잊는 법이 없었다. 사실 데이터가 충분히 쌓인 주제에 대해서라면 눈치가 빨랐다. 나는 오랜만에 그 데이터베이스를 동원했다. 이서는 내 반응에 또다시 깔깔거리더니 놀란 목소리로 중얼댔다.

"와, 내가 나이가 몇 살인데 아직까지도 이 얘기를 하고 있네. 끝장을 안 봐서 그래. 겉으로만 보면 나랑 엄마랑 사이 엄청 좋아. 저번에도 주말에 같이 허브 농원 가서 사진도 찍고 향초도 만들고 논 거 있지. 무슨 초등학교, 중학교 다니는 애들처럼. 그때 해야 했던 걸……"

“아저씨랑은 헤어지셨어?” 나는 넌지시 물었다.

“아, 집에 고스란히 있어. 재작년인가 혼인신고도 했고 아주 깨가 뚝뚝 떨어져. 바람피우다가 걸린 이력이 두 손바닥을 넘어가는데도 그 상태야. 꼴에 몸 관리까지 열심히 해서 장수할 것 같아. 벡 세 시대라잖아. 그래도 나이가 나이다 보니 아랫도리는 살짝 죽었나 본데―그냥 나랑 놀 때만 데려오지 말라고 그랬지.”

드라마의 결말은 전개만큼이나 기묘했다. 이서는 대학교 1학년 2학기에 부친상을 당했다. 심장마비였다. 어머니는 한 달간 흐느껴 울더니 장례식장에서 만난 아버지의 아는 동생과 눈이 맞았다. 아는 동생이라 함은 직장 후배라거나 동문 따위가 아니라 그가 어릴 적 골목대장 노릇을 하며 이끌고 다니던 친구의 동생을 일컬었다. 나랑은 오며 가며 서너 번 만났고, 한번은 연락처를 받아 대작하기도 했다. 그는 이서의 아버지보다 열 살이 어렸고 어머니보다 네 살이 어렸다. 중년에 접어들었는데도 얼굴이 멀끔하고 말이 청산유수였다. 만난 사람은 누구나 “영업 사원 하면 잘하겠다, 혹은 변호사나 정치인을 해도 좋겠다” 했으나 남자는 재능 넘치는 사람들 특유의 태만으로 비틀거렸다. 형님들에게 술을 얻어먹고 누님들에게 예쁨받으며 노닥거릴 수 있는데, 그러다가 손을 비비며 애교를 잘 부리면 운전기사 일자리가 생기는데 열심히 일할 필요가 어디 있단 말인가?

그때 남자는 근면 성실과 안정된 커리어라는 허상이 현대인을 대기업과 중소기업, 하청 업체의 노예로 만든다며 열변을 토하더니 내 얼굴을 빤히 보며 "그런데 너는 공부를 열심히 해야겠구나. 혹시 허벅지 힘은 좋니?"라 물었고, 나는 세상에 이런 사람도 있구나 하는 마음에 뺨을 긁적였다. 요컨대 그는 소위 전업 제비는 아니라도 부업 제비쯤 되는 남자였는데, 그래서인가 꿈이 소박했다. 사모님을 공사 쳐서 집안을 거덜내는 게 아니라 서울 아파트와 원룸 건물이 있는 미망인의 셔터맨으로 취직하는 데에 만족했던 것이다. 이서 입장에서는 웃기도 울기도 애매한 상황이었다. 삼국지에서 위·촉·오가 난데없이 몰락하고 사마씨가 대륙을 통일하듯이, 난공불락의 적수가 갑자기 무대 너머로 퇴장하면서 새로운 드라마가 시작된 게 아닌가. 어머니는 뒤늦게 찾아온 여자의 행복에 기뻐하느라 딸을 붙잡고 희생과 헌신과 불행과 사랑을 쏟아내는 습관을 고쳤다. 저녁 8시로 정해져 있었던 통금 시간도 사라졌다. 원래는 1분만 늦어도 부재중 전화가 열 통씩 찍히곤 했는데 그 후로는 새벽 4시에 들어가도 뭐라 하는 사람이 없었다. 심지어 2학년 직전 겨울방학에는 어머니가 먼저 오피스텔 자취방을 구해주겠다는 뜻을 내비쳤다.

　죽은 아버지 생각을 할 필요가 없다는 것, 아저씨가 허랑방탕하긴 해도 아주 나쁜 사람은 아니라는 것, 그럼에도 불구하고 아버지에 비하면 터무니없이 한심스러운 한량이라는 것, 다행히 엄마도 계산이 되는 사람이라 아저씨에게 인감도장과 통장만큼은 넘겨주지 않았다는 것이 바로 이서의 불행이었다. 어머니를 향한 딸의 애증은 대개 아버지를 향한 것보다 깊기 마련이라서, 고등학생 시절의 이서는 열다섯 통씩 쌓인 부재중 전화에 진저리를 내면서도 '내가 회사원이 되면 엄마를 집에서 탈출시키고……' 같은 상상에 몰두하기 일쑤였던 것이다. 삶에 전력으로 육박하지 않더라도, 심지어 제대로 된 방식이 아니더라도 원하던 결말을 맞이할 수 있다는 사실은 견디기 어렵다. 우리가 도서관의 책 한 권에 불과하며 저 바깥의 손길에 의해 한 챕터가 불가항력적으로 끝나거나 다시 시작되거나 아예 용도 폐기될 수 있다는 그 사실이……. 갑작스러운 종전을 맞이해 고향으로 돌아온 참전 군인의 마음도 그랬을까? 바로 어제까지 악마였던 존재가 오늘은 타국의 대통령으로 변해 우리네 총리와 악수하는 광경을 텔레비전으로 바라보는 심정이 어떨까? 전쟁이 끝난 덕분에 경제가 살아났다는 소식을 듣는 심정은?

바로 그때, 오피스텔 자취가 추방령처럼 닥쳐왔을 때 이서는 나를 주워 연마하기 시작했다. 시간이 흘렀다. 아저씨가 나를 횟집으로 불러낸 건 이서가 첫 번째 회사를 관두고 세 달이 지났을 때였다. 그는 긴장 풀어라, 혹시 둘이 결혼할 계획이 있느냐, 결혼한다면 2세 계획은 어떻냐 하는 질문을 이어가다가 이서의 심중을 물었다. 도대체 무슨 사연이 있기에 기껏 붙은 회사를 때려치우고 집에만 드러누워 있느냐는 거였다. 내 쪽의 망설임이 길어지자 긁어 부스럼 만드는 건 자신도 사양이라는 면책조항이 따라붙었다. 이서 어머니가 딸을 부쩍 걱정하기에 고객 관리 차원에서 행차했을 뿐이라고 했다. 딱 아는 만큼만 털어놓았더니 아저씨는 껄껄 웃으며 "제대로 된 게 뭐야, 제대로 된 게. 어쩔 수 없이 애구먼……" 하고 중얼거렸다. 몇 살까지가 애인지는 모르겠지만, 아무튼 그런 태도에는 미성숙한 구석이 있는 게 사실이다. 편하게 살아도 되는 상황에서까지 절박할 이유를 계속 만들어내며 자신을 채찍질하던 사람들은, 그럴 필요가 없다는 걸 깨닫는 즉시 주저앉는다. 삶의 다음 페이지로 넘어가는 것조차 아니고 그냥 무너진다. 영원토록 치열하고자 하는 마음은 모든 게 끝나버린 현실을 받아들이기 싫어하는 마음과 맞닿아 있기 때문이다.

우리가 헤어지기까지의 과정도 비슷한 패턴을 따랐던 듯하다. 관계란 칼로 끊어내듯 끝나는 게 아니며 제대로 된 결말이 필요하다는 의무감이 이서를 끌고 갔을 것이다. 나도 마찬가지였다. 부모님을 잊었고 신경통마저 흐릿해졌듯이 이서도 헤어지는 즉시 기억의 저편으로 사라지리라는 예감이 나를 붙들었다. 나는 소중했던 것이 그저 사라지기도 한다는 사실을 알았고, 사라지더라도 태연하게 살아갈 수 있다는 사실 또한 알았으므로, 그 태연함을 두 번이나 겪기는 싫었다. 부모님을 애도하지 못하는 것만으로도 충분했다. 그래서인가 차라리 세종대로 사거리의 으리으리한 빌딩들이 뿜어내는 섬광, 그 빛줄기가 삼과골절의 고통처럼 혹은 오래된 신경통처럼 내 존재를 꿰뚫고 불타오르는 세계의 환상이 되살아날 때 나는 역설적인 안도감을 느꼈던 듯하다. 과거가 결코 끝나지 않았으며 내가 충분히 힘겨워하고 있다는 사실에…….

이서의 아저씨가 정확히 어떤 인간인지 나는 모른다. 그간 어떻게 살아왔는지, 무책임하게 내팽개친 관계가 얼마인지는 더더욱 알 길이 없다. 하지만 그가 당시의 우리보다 훨씬 어른이었음은 의심할 바가 없다. 사람은 좋은 게 좋은 것이며 산 사람은 살아야 한다는 말에 선뜻 고개를 끄덕일 수 있을 때 비로소 어른이 되고, 그건 절반은 좋은 일이고 절반은 나쁜 일인 것 같다.

"그래도 아저씨가 싹싹하게 굴긴 하나 봐?"

"엄마가 하는 말이면 넙죽 듣고, 세 시간 거리라도 차 타고 달려가고 그렇지. 그 짓거리를 기회만 되면 다른 여자한테도 해서 문제지……. 아, 몰라. 그 인간 사고 칠 때마다 엄마가 나한테 징징거리거든. 돌겠어, 아주. 열흘만 지나면 하하호호 붙어 다닐 거 내가 뻔히 아는데."

"아저씨까지 가면 상주 맡을 거야? 요새는 남녀평등이라 딸인지 아들인지도 안 따진다던데."

나는 짓궂은 농담을 던졌다. 이서의 얼굴에 질색하는 표정이 떠올랐다.

"징그러운 소리 하지 말고. 내가 보기에 그 인간은 아들이든 딸이든 혼외자가 이미 있어. 없을 수가 없어. 피 섞인 자식한테 시키라 그래."

"만에 하나라는 게 있지. 없을 수도 있잖아."

"몰라. 10년, 20년 뒤 일을 미리 고민해서 뭐 하니."

"이야, 시간 많네. 난 10년 전에 상주 맡을 일 다 끝내놨는데."

"최선재만 할 수 있는 반인륜적인 농담 하지 말고."

대학생 시절부터 지금까지, 또래 중에서 이런 농담을 하고 웃을 수 있는 사람은 나 말고 없었다. 앞으로도 10년은 내가 유일할 것이다. 백 세 시대라니까 20년을 판돈으로 얹어봐도 나쁘지 않겠다.

"내가 지난주에 친구 모친상 다녀왔거든."

"슬슬 그럴 나이긴 한가." 나는 어림잡아 마흔에 스물다섯을 더했다. "칠순도 안 되신 거 아니야?"

"너도 아는 애야. 예전에 형우네 밴드에서 베이스 치던 애. 귀에 피어싱 많았는데 지금은 다 뺐고, 엄마가 둘이고…… 기억나지? 지금은 카페 사장 됐어. 낮에는 커피 팔고, 밤에는 술 팔고."

"알겠다. 기억난다." 떠오르는 사람이 없는데도 맞장구쳤다.

"반년쯤 전에 갑자기 암 3기 진단 받고 항암 하다가 그대로 가셨다더라. 마라톤 풀코스로 뛸 만큼 건강한 분이셨다던데. 그러니까 장례식장에서 남편이든 자식들이든 다 넋 놓고 있고……. 걔가 술 마시면서 그러는데, 자기는 엄마를 잘 아는 줄 알았고 쌓인 것도 미안한 일도 없는 줄 알았대. 피차 풀어야 할 건 어릴 때 다 풀고 끝낸 줄 알았대. 근데 그게 아니었다더라. 듣다 보니 이런 생각이 들더라고. 엄마도 가면 나는 어떤 생각을 할까? 그때 아저씨가 살아 있으면, 아저씨랑 술 마시면서 엄마 얘기를 하게 될까? 내가 그럴까? 그 나이에도?"

"그러게⋯⋯." 길게 답할 말이 마땅치 않았다.

"나는 이 나이쯤 되면 어른이 됐을 줄 알았는데 왜 이럴까?"

"당고모가 칠순 넘으셨거든. 1950년대생이니까 몇 년만 지나면 여든이야. 그런데 아직도 틈만 나면 자기 고등학교 못 간 이야기를 하셔. 삼촌 한 분이 도박이니 사업이니 하면서 집안 돈을 다 털어먹어서 입학금에 학비를 못 댄 거라. 그게 한이 되셨나 봐. 동네에 눌러앉느라 결혼한 건데 아저씨 되시는 양반이 개차반이었거든. 아주 심한 건 아니래도 그 시대의 평균이라는 게 있잖아. 그래가지고 나한테 그 얘기를 허구한 날 하시더니 건우한테도 그러데."

"그 시절에 여자가 고등학교 갈 뻔했는데 못 갔으면 억울한 일 맞네."

"그러니까 내 말은, 억울해서든 아쉬워서든 아니면 풀지 못한 게 남아서든 자기 마음에 맺힌 이야기 하는 게 뭐 대수냐는 거야. 일상생활이 안 되는 수준만 아니면 다들 그러고 살아. 다들 그런다니까."

"내가 아버지 장례식장에서 무슨 생각 했는지는 확실히 기억이 나거든. 죽음이라는 게 이런 거구나 했지. 뭔가 배웠다고 생각했어. 그런데 왜 죽음은 죽음마다 다를까⋯⋯."

"만남이 만남마다 다른 거랑 똑같지."

"이제 좀 글 밥 먹는 사람 같다."

"나도 똑같은 생각 많이 해서 그래. 이 동네에서 소식 뜨면 다

본인 상이야. 어릴 때 할아버지 할머니였던 분들은 이미 다 가시고 없는 거라. 나 길러주셨던 분도……."

상주 운운하는 농담을 처음 떠올렸을 때 나는 대학생이었고, 작은이가 죽을 수 있는 사람이라는 사실을 미처 몰랐다. 동네 어르신들이 늙어 사라져가는 중에도 그 무뚝뚝하고 억센 노인만큼은 가야산 줄기처럼 이곳의 풍경으로 천년만년 붙박여 있으리라 믿었던 것이다. 삼일장을 치른 다음에도 믿음이 여전했는데, 그 상태로 합천 집에 돌아오니 안방이 여전히 안방이라는 사실이 이상하게만 느껴졌다. 리모컨을 눌러 텔레비전을 틀자 당신께서 이 시간마다 보던 그 프로그램이 나오는데 이부자리에는 당신이 없는 것이다. 합천에 정착하기로 마음먹자마자 집을 대대적으로 개축한 것은 그래서였다.

당신이 나를 어떻게 여겼으며 어떤 마음으로 데리고 살았는가 묻고 솔직한 답을 들을 기회가 한 번만 있었더라면 좋았을 것이다. 상자 안에 초콜릿이 있는지 죽은 벌레가 있는지를 확인해보지 않은 상태로 한 막이 내려갔다는 점은 다행인 동시에 불행이다. 나는 설비업자를 불러 집을 뜯어고친 후로도 오래도록 토방에 앉아 10대 시절을 헤아리곤 했다. 정확히 어떤 생각을 했는지는 이제 와서 떠올릴 길이 없다. 햇살이 토방을 따끈하게 데우는 봄철에는 그렇게 앉아 있는 시간 자체가 좋았다는 기억뿐이다.

이서가 입을 열었다.

"너 할아버지 돌아가셨을 때, 내가 딱 하루 있다가 올라갔잖

아. 그때 나한테 정떨어졌어?”

“정확히 말하면 할아버지가 아니라 작은삼촌이긴 한데.”

“어쨌든 간에.”

“별생각 없었어. 조문객이래봐야 대부분이 친척이고, 나머지는 지인 몇몇에 생판 모르는 노친네들 약간인데 네가 거기서 뭘 해. 와이프도 아니고 여자 친구인데.”

“어, 정답. 사흘 내내 있으면 진짜 결혼해야 할 거 같아서 도망친 거야.”

객관적으로 결혼 시장에서 최선재는 하자품이고, 결혼 정보 회사의 문을 두드린다면 입구에서부터 축객령을 받을 것이다. 이서는 내가 덜떨어진 취급을 받을 때마다 대신 화내줬지만 이따금 모르는 사람인 것처럼 떨어져서 걸었고, 그럴 때 말을 붙이면 벌레라도 붙은 듯 싫어했다. 2학년이 끝날 때까지 그랬던가. 관계가 깊어지며 대우가 나아지긴 했지만 나는 이서가 낯선 사람에게 내 존재를 설명해야 한다는 사실, 내가 설명이 필요한 존재라는 사실, 상견례를 해야 한다면 “부모가 없다고?”부터 나오리라는 사실, 결혼식이 열린다면 하객들이 “왜 신랑 측 부모가……”라고 말하리라는 사실, 그러지 않으려면 민석 형님에게 사정을 설명하고 도움을 구해야 한다는 사실에 거듭 자격지심을 느꼈다. 그렇기 때문에 도리어 나쁜 취급에 안도하기도 했다.

“내가 그렇게 부끄러웠어?”

“아냐, 그 문제랑은 좀 달라.”

"솔직히 말하지 그래. 어차피 지난 일인데."

"쪽팔린 게 있다면 그거야. 너 어렸을 때는 뭐 하나에 꽂히면 갑자기 목소리 커지고 그랬잖아. 사람 말귀 못 알아듣고, 내가 전화 안 받으면 오피스텔 무너진 거 아니냐고 주변 사람들 귀찮게 하고, 참 나……. 문제라면 그게 문제지, 어차피 나도 아저씨 손잡고 신부 입장하든지 아예 부친석을 비워놓든지 해야 하는 입장인데 두 자리 비는 게 별 대수야."

"그러면?"

"결혼을 안 해도 충분히 괜찮을 때가 바로 결혼하기 제일 좋은 타이밍이라고 생각했던 것 같아. 엄마가 나 붙잡고 징징 짜는 게 한심해서, 초등학생인가 중학생 때부터 그 생각을 계속했어. 좋아서 하는 결혼이면 몰라. 그런데 다른 선택지가 없어서 떠밀리듯이 하면 그게 뭐야. 너도 가뜩이나 상태 안 좋은데 결혼해서 합천 내려가는 게 답이겠냐고."

"그러면 지금은? 지금은 이 동네 어떤 거 같아?"

나는 긴 망설임 끝에 물었다. 어차피 몇 년은 작은방에 건우가 있을 테고, 그다음에는 동네의 존속을 걱정해야 할 텐데도 그랬다. 어차피 오지 않을 미래라면 달콤한 쪽으로 상상하는 편이 낫다.

"어떻긴 뭐가 어때, 어두워서 본 것도 없는데." 이서의 목소리가 잠기운으로 가물거렸다.

"내일 뭐 할래?"

"밭 있다면서. 그거 구경이나 하자."

이서의 대답은 긍정적이라면 긍정적이었고 중립적이라면 중립적이었다. 최소한 부정은 아니었다. 나는 뜻밖의 득점이 낯설어서, 이미 한 번 실패한 레퍼토리를 들먹였다.

"음, 그래도 내 생각에는 밭보다 해인사에 가는 게 좋을 거 같아. 왜냐하면 해인사는 유네스코 세계 문화유산이고, 가는 길 풍경도 좋고, 합천 필수 코스고……."

돌아오는 말이 없기에 옆을 보니 이서는 그새 잠들어 있었다. 나도 눈을 감았다.

11

아침 6시 반에 눈을 떴다. 이서는 아직 잠들어 있었다. 나는 세수한 뒤 커피를 한 잔 타서 토방으로 나갔다. 짙은 새벽 물안개가 가야산 줄기를 덮고 있었다. 온통 희부예져서 실루엣만 남은 풍경은 영사되기를 기다리는 구식 필름지를 연상시켰다. 공기가 미지근하고 축축했다. 가만히 커피를 홀짝거리고 있노라니 풀벌레 소리가 의식되었다. 어제저녁에 이서를 데리고 토방에 나와 앉을 걸 그랬다는 후회가 뒤늦게 일었다. 유튜브에는 ASMR이랍시고 풀벌레 소리, 새소리 등을 한 시간 내내 들려주는 영상들이 여럿인데 여기서는 그런 게 딱히 필요가 없다.

커피 한 잔을 비웠는데도 정신 한구석이 몽롱했다. 잠기운 문제는 아닌 듯싶었지만 한 잔을 더 타서 서재로 들어갔다. 서재는 건우 방과 비슷한 크기로, 문과 창문이 위치한 부분을 제하면 벽면 전체가 책장이었다. 창문 바로 밑에도 허리까지 오는 책장이 하나 놓여 있었다. 그 책장 위가 물건 받침대 역할을 했다. 지금은 탈취제와 살충제, 죽을 듯 죽지 않는 다육 화분, 색상이 제각기 다른 볼펜 몇 개, 그리고 도서 검토용 원고가 널브러진 상태였다. 나머지 가구는 진회색 모달 쿠션이 깔린 안락의자와 자그마한 커피 테이블뿐이었다. 나는 이서가 깨기 전에 잠깐 일할 요량으로 A4 용지 묶음을 집어 들고 안락의자에 앉았다. 《바깥에서도》. 한국에서 아이를 가질 방법을 알아보는 레즈비언 부부의 이야기였고, 자신의 복제본을 원하는 여자의 이야기였다.

굴곡진 삶을 살아온 사람들은 '내가 멀쩡한 집안에서 멀쩡하게 자랐으면 다르지 않았을까?' 하는 상상에 빠져들기 일쑤다. 심지어 그들 중 몇몇은 아이를 낳음으로써 장대한 실험을 시작하기도 한다. 주인공은 아이를 좋아하는 파트너를 위하는 척 그 실험에 착수하려다가 근종과 용종 문제로 좌절하고, 파트너는 눈물 흘리는 주인공의 손을 맞잡으며 이렇게 외친다. "내가 할게!" 주인공이 "아니야, 네가 하는 건 아무 의미가 없고……"라고 말할 타이밍을 놓치면서 눈덩이가 빠르게 굴러간다. 그는 파트너의 배가 불러오는 것을 보며, 저 아이가 내가 사랑하는 사람의 아이일 수는 있어도 내 아이일 수는 없다고 생각하고, 동시에, 마음이 식고 타성마저 지겨워지는 미래를 내다본다. 파트너와 아이가 언제든 자기 삶으로부터 도려내듯 사라질 수 있으며 그 역도 성립한다는 사실은 여러모로 두려운 것이다.

화자는 불안해하고 괴로워하면서, 생뚱맞은 이유로 신경질을 부리는 파트너에게 생경한 느낌을 받으면서, 이 결정을 언젠가 후회할지도 모른다고 생각하면서 아홉 달을 헤쳐나간다. 가벼운 마음으로 읽을 만한 책은 아니었다. 그래서 도리어, 허망한 끝을 두려워하는 마음이 방향을 돌려 정직한 다짐으로 바뀌는 장면에는 투명한 감동 같은 게 있었다. 나는 아직도 내 마음을 모른다, 그러나 어쨌든 아이는 태어났고 무를 수 없다, 끝까지 함께하리라 마음먹는 것이야말로 내가 책임을 지는 방법이고 둘을 사랑하는 방식이다, 하고. 감동적인 휴먼 드라마를 원하는 사람에게는 기대에 못 미칠 결말이었지만 내 취향에는 딱 맞았다. 묘한 방식으로 공감이 가는 부분이 있기도 했다.

나 또한 언제나 사고를 겪지 않은 나, 장애가 생기지 않은 나, 멀쩡히 학창 시절을 보낸 나, 빙퉁그러진 삶의 모습을 스크린 속 콘텐츠로만 즐길 수 있는 나를 바라왔다. 그게 어떤 모습일지, 언제 어떻게 웃을지, 어떤 성격일지를 확인하고 싶었다. 혹은 내 아이가 급작스러운 사고를 당하더라도 괜찮을 듯했다(나는 중환자실에서 항상 환자 처지였던지라 보호자 입장이 되어보고 싶었다). 괴상망측한 심리라 터놓고 말한 적은 없지만 속내는 그랬다. 다만 아이 자체는, 결혼은 물 건너갔고 하늘에서 턱 하니 애를 내려줄 리도 없으니 단념한 상태로 지내왔는데…….

모계는 이미 갈렸으니 셈에서 제하더라도, 나는 조부님의 피를 25퍼센트만큼 물려받았고 건우와 다은이는 6.25퍼센트였다. 인간의 피는 그토록 빠르게 희석된다. 고통과 탄식은 훨씬 길게 남는다. 끊으려면 한 세대는커녕 수년 만에도 끊기고, 그러다가도 돌연 낯선 사람의 손길 아래 살아나는 게 기억이다. 나는 눈 감은 채 내가 모르는 과거를 비몽사몽 헤아리다가 어깨를 두드리는 손길에 눈을 떴다. 뒤를 돌아보지 않아도 이서라는 걸 알 수 있었다. 오전 9시 반이었다.

식사를 할 겸 해인사부터 갔다. 가야산로를 따라 올라가다가 우측 해인사길로 꺾으면 목적지였고, 그대로 5분가량 직진하면 산 아래 마을이 나왔다. 민가 사이사이마다 관광객 대상으로 장사하는 한정식 식당이 성황리였다. 폭 좁은 아스팔트 도로는 온통 깨져 있는데 미끈한 세단과 택시가 즐비한 게 인상 깊었다. 포터 트럭 조수석에서 내린 이서는 누가 보면 식자재 배달이라도 온 줄 알겠다면서 핀잔을 줬다. 그래도 전체적으로는 인상이 나쁘지 않은 듯했다.

무언가가 관광 명소로 자리 잡는 데에는 내력만이 아니라 판매자의 의지도 한몫하는 까닭에, 드넓은 해인사 부지 곳곳은 포토 존과 체험 행사로 채워져 있었다. 화엄일승법계도(華嚴一乘法界圖) 문양대로 붉은 줄을 설치하여 관광객들이 따라 걸을 수 있노록 한 곳이라든지. 여러 차례 와서 익숙해졌다고 생각했는데 초행과 함께 걸으니 못 보던 구석이 계속 눈에 들어왔다. 우리는 밥부터 먹고 한참을 돌아다닌 뒤 바로 근처에 있는 테마파크까지 들렀고, 최종적으로는 카페에 죽치고 앉았다. 여기서 저녁까지 쉬다가 동네로 내려갈 작정이었다.

발목이 아니라 발뒤꿈치로, 무릎과 허벅지에 힘을 실어 페달을 밟는 까닭에 오래 걸은 다음 운전대를 잡으면 통증이 생겼다. 특히 가야산 도로는 롤러코스터에 비견할 만큼 굽이굽이 휘어지는 구간이 많은지라 발목에 가해지는 부하가 심했다. 예전에는 컨디션이야 아랑곳하지 않고 그냥 운전석에 앉았지만 나이가 들수록 겁이 많아졌다. 해인사 경내 오르막길을 오르다가 휘청거리는 걸 이서가 붙잡아주었는데, 그때 중년 관광객들이 기다렸다는 듯 덕담을 건넨 게 마음에 얹히기도 했다. 우리를 무척이나 대견하게 보고 있었다. 얼굴 흉터가 일조했을 것이다.

"나 진짜 유튜브라도 해볼까?"

"갑자기 왜?"

"어제 하라며."

"해본 소리지. 네가 그거 할 성격이니?"

"아냐, 아냐, 내가 의식을 안 하고 지냈는데 비주얼적으로 꽤 괜찮은가 봐. 유튜브에서 잘나가려면 일단 눈에 띄는 구석이 있어야 하잖아. 발목 절뚝거리는 건 어차피 경증이라 팔아먹기가 어려울 것 같은데 얼굴은 잘하면 채널 간판 될 수 있겠다 싶어. 이거 뭐, 특별 혜택이니 복지니 하는 건 바다 건너 일이고 위자료나 합의금 받아낼 방법도 없는데 이렇게라도 돈 벌어야지."

나는 빨대로 음료를 쭉 빨아들였다. 메뉴판에는 수제 청귤 스무디라고 쓰여 있었는데 왜인지 하나로마트 가공식품 매대에서 파는 맛이 났다. 이서는 눈을 가늘게 떴다.

"너 영상 찍을 줄은 알아?"

"그냥 폰 카메라로 동영상 찍으면 되는 거 아니야?"

"앵글이라든지 숏 잡는 법을 아냐고. 스튜디오에서 게임 하면서 떠드는 채널이 아니잖아. 밭을 찍는다 치면 네가 카메라 뒤로 숨는 게 정석이고, 얼굴 보이면서 하려면 봉을 따로 마련해야지. 편집은 다른 문제고."

"음." 나는 앓는 소리를 냈다.

"딱 봐도 글러먹었다. 애초에 유튜브가 그렇게 쉬웠으면 일자리 못 구하는 장애인들 싹 다 유튜브 하지 않겠니? 글로벌 다국적기업과 협업하며 특화 콘텐츠를 통한 고부가가치 미디어 산업에 종사하고 있습니다, 응? 만약 그게 된대도 너는 후순위야. 글 써서 돈 벌 수 있으면 양심껏 뒤로 빠져야지……."

잔소리가 유난했다. 나도 심심풀이로 해본 말이지 진지한 마음은 없었다. 저녁 식사를 마친 후 돌아갈 무렵에는 유튜브든 해인사에서의 해프닝이든 잊히고 말았다. 오후 7시 반이었는데 날이 아직 밝았다. 이서는 국도 변에 늘어선 밭뙈기들을 물끄러미 보더니 입을 열었다.

"맞다, 밭은 어딨어?"

"선산 아래 자락에 있어서 일단 동네로 들어가야 돼."

"구경하고 가자."

"뭐라도 따 가려면 서울 가는 날이 나을걸. 싱싱한 게 좋잖아."

"지금 한 번 보고 그때 또 보는 거지, 한 번 간 곳 두 번은 못 간대니?"

밭 구경은 내일로 미루고 싶은 게 솔직한 심정이었다. 피곤하기도 하고, 밭이래봐야 백 평짜리 텃밭인데 구경거리가 얼마나 있을까 싶었다. 동네 어르신들 눈에 뜨일 가능성도 마음에 걸렸다. 농담일지라도 건우와 나의 혈연을 주장하는 목소리가 힘을 얻던 차였다. 그게 "애 엄마가 와서 선재랑 연애를 하던데, 이제 합가하려나 보다" 하는 주장으로 바뀔 날이 머지않은 듯했다. 생각해보니 할아버지의 장례식장에서 이서를 마주쳤던 사람들도 몇 있을 듯싶었다(인상이 확 바뀌었으니 알아볼 확률은 낮지만). 그렇다면 나는 아들놈을 중학생이 되도록 내버려두고 홀로 고향에 칩거한 개차반이다.

나는 고민을 솔직히 털어놓았다. 이서의 반응은 묘했다.

"그런 거 가지고 뭘 그래."

"뭐야, 졸지에 애 엄마 돼도 괜찮다 이거지. 서울 올라가면 볼 일 없으니 막말하는구먼."

"내가 보기엔 이미 늦었어. 이장님 협조 구해서 아 아, 마이크 테스트, 지금 오신 여성분은 선재랑 결혼할 생각이 없고 건우 엄마도 아니랍니다, 그리고 건우는 선재 아들내미가 아니고 선재는 노총각으로 늙어 죽을 운명이랍니다, 해서 될 일이야?"

“아니, 아니, 아니, 내 이미지는?”

“이미지라니?”

“내가 덜떨어진 노총각 포지션을 잡아놨거든. 그런데 애 떼어 놓고 덜컥 본가 내려온 사내놈 되면 그게 뭐야. 노친네들이 뒤에서, 맹탕인 줄 알았더만 할아버지 닮아 망나니 기질이 있다 할 거라.”

이서가 코웃음을 쳤다.

“그게 걱정이면 애당초 부르질 말았어야지. 예상 안 했어? 순박한 모지리 흉내 내면서도, 은근히 자존심 상하니까 여자 친구자랑 한번 해보겠다 이거 아니야. 수작질하는 걸 내가 모를 줄 알아. 넘어가줬으면 뒤처리는 알아서 해야지 나한테 이래라저래라야.”

결국 차를 집 앞 공터에 댄 다음 밭 구경을 하러 갔다. 이런저런 사정을 다 떠나서 구경거리가 얼마나 있겠나 싶었는데 의외로 반응이 좋았다. 간간이 보이는 기형 작물들이 오늘의 톱스타였다. 이서는 시옷 형태로 자란 가지를 보더니 깔깔거리며 사진을 찍었다. 꼭지 바로 밑에서 두 갈래가 갈라져 나와 양옆으로 뻗은 모양이었다.

“야, 이거 너무 웃기게 생겼다. 가져가도 돼?”

“가져가서 뭐 하게?”

“가지 덮밥?”

“먹을 거면 예쁜 거로 고르지 그래.”

"웃기잖아. 이런 거 처음 봐. 나 못난이 야채 구독해서 먹는데 거기서도 이런 건 안 넣어주거든."

"아무리 못난이래도 일단 상자에 들어가는 물건이니까 파는 거지, 완전히 서울 촌사람일세."

"이게 진짜. 카메라 꺼내서 사진이나 찍어."

이서는 시옷 자 가지를 삿갓이라도 되는 것처럼 머리에 올려 놓았다. 나는 시키는 대로 했다. 이서는 내가 찍어준 사진을 보더니 유튜버는 절대 하지 말라며 엄포를 놓았다. 카메라 다루는 실력은 원래부터 알았지만 발전할 기미가 전혀 없다는 거였다. 그래도 다른 선택지가 없는지라 나는 계속 셔터를 눌렀고, 마침 탄이가 눈을 반짝이며 내려오길래 고양이 소개도 했다. 이서는 내가 농막에서 참치 캔 꺼내 오는 걸 보더니 느닷없이 물었다.

"여기서 고기 구워 먹은 적 있어?"

"내일 해줄까?"

"장비가 있는 거야?"

"내려온 직후에 캠핑 용품 사서 이것저것 해봤지. 숯도 쓰다 남은 게 있을 거라. 지금은 싹 창고에 넣어놓긴 했는데, 먼지만 닦으면 뭐……."

"오." 짧지만 진심 어린 감탄처럼 들렸다. "힐링하고 잘 사네. 나도 귀농이나 할까."

"친척 중에 전답 물려줄 사람 있어?"

나는 그렇게만 물었다. 괜한 기대는 하지 않으려 했다.

"딱히?"

"그러면 주말농장이나 작게 해. 한 필지에 30만 원씩 주고 빌리는 그런 곳 있잖아. 나야 이 동네 사람으로 자랐으니까 적응한거지, 청년 농부 하겠다고 내려오는 인간들 중에 원금 회수하고 정착하는 경우가 거의 없어. 말이 농사지 사실상 사업인데, 그게 쉽지가 않아."

"이 동네 이야기야?"

"아니, 귀농을 한대도 여길 누가 내려오나. 이것도 취미로 하는 거야, 인건비 계산해보면 오히려 손해일 거라."

"그래도 퇴직하면 이런 데에 전원주택 하나 지어도 괜찮을 것 같은데."

"그때쯤 되면 동네 자체가 사라져 있을걸. 대구도 망한다 망한다 하는 판에…… 오히려 내가 서울에 올라가야 할 텐데."

나는 습관적으로 하늘을 올려다봤다. 그새 해가 져서 파르스름하니 어둠이 깔리는 중이었다. 풀벌레 소리도 한층 뚜렷해졌다. 줄베짱이들의 협연이 메트로놈처럼 배경음을 까는 가운데 호루라기 부는 듯한 방울벌레 소리가 들려왔다. 이 오케스트라의 관악기 구성은 낮밤으로 약간씩 달랐고, 나는 그 공연을 들으며 자랄 수 있어서 좋았다. 늙어갈 때는 언제까지 함께 나이 들 수 있을까?

"풀벌레 소리 좋지?"

"게스트 하우스보다 낫다, 야."

"게스트 하우스가 아니니까 좋은 거지, 관광객들 몰려와봐라. 이 분위기가 어디 나나."

"맞네."

"이 동네가 이 동네라서 좋은 점이 있는데, 그게 언제까지 갈지를 모르겠다. 진짜 20년 뒤에는 나만 남을 수도 있겠다 싶어. 집 공짜로 내놔도 들어와서 살 사람도 없고." 나는 잠깐 망설이다가 덧붙였다. "상주 맡으면서 다행이라 생각했던 게 그거야. 합천 구옥이 다른 친척이 아니라 나한테 떨어졌다는 거. 내가 돌아갈 곳이 있다는 거."

"그때부터 도망칠 생각만 했네."

이서 목소리가 농담조인 듯 신랄했다. 혹은 신랄한 듯 농담조였다. 나는 허허 웃었다.

"아무튼 건우를 보면 그 생각이 나. 이 녀석은 나중 가서 돌아오고 싶어도 그럴 수가 없겠구나. 물론 지금 당장 급한 문제는 서울에 올라가서 학교생활, 사회생활 할 수 있느냐긴 한데……."

"남자애가 밭 좋아한다고 그랬던가?"

"다른 건 억지로 해도 밭일은 열심히 잘해. 안 시켜도 하더라. 상태 좀 더 좋아지면 야채 손질도 시킬까 싶어. 용돈 주고 청소기 밀라고 시키고는 있는데, 남자 둘 사는 집 더러워져봐야 별거 있나. 밥값 해야지."

"마인드가 완전히 악덕 사장이네."

"자기도 밥값 한다는 생각이 있어야 돼. 드러누워서 아무것도 안 하고 지내면 노는 입장에서도 힘들어."

의미심장하게 웃어 보이자 이서의 팔꿈치가 내 옆구리를 찔렀다. 눈에 띄게 휘청거렸더니 이번에는 그 팔이 나를 끌어안았다. 나는 다시 한번 씩 웃었다.

"이게 진짜."

이서는 한 걸음 물러나더니 드라마 속 여주인공처럼 등을 돌려 뚜벅뚜벅 걸어가기 시작했다. 아까 따놓은 시옷 자 가지가 밭 가장자리 널찍한 바위에 덩그러니 놓여 있었다. 나는 가지를 집어 들고 따라갔다. 걸음이 느렸다. 이서는 벌써 마을 어귀까지 내려가 있었는데 그 자리에서 더 멀어지지는 않았다. 우리는 남은 길을 말없이 함께 걸었고, 걷다 보니 다시 국도 변이었다. 20대 초반에나 할 일을 뒤늦게 하고 있었다. 이서가 나를 힐끔 봤다.

"잘 지내는구나."

"잘 지내지."

물론 나는 여전히 통증을 느꼈다. 아무렇지도 않은 듯 지내다가도 돌연 엄습하는 기억에 한두 시간을 낭비하는 일이 부지기수였다. 몸은 예상 가능한 속도로 망가져갔다. 나이 들어 서울로 올라간다면 악몽에 벌벌 떨지 않을 자신도 없었다. 하지만 버티는 게 딱히 힘들진 않았고 그러려니 하는 법도 익혔다. 그 점에서 나는 잘 지냈다. 나도 이서가 그 정도로는 잘 지내고 있으리라 생각했다. 침묵은 짧았고 이어지는 말은 길었다.

"내가 헤어지고 나서 한 달쯤은 계속 정신을 못 차렸거든. 이래서 마시고, 저래서 마시고, 마실 이유가 맨날 생겼어. 결국 이렇게 됐구나, 내가 진짜 실수했구나 싶으면서도 마음으로는 괘씸한 거 있지. 열심히 사람 만들어놨더니, 사람 구실 하게 되자마자 자기 인생 살러 가? 나는 참았는데 넌 이걸 못 참아? 근데 그 생각 하니까 정신이 확 차려지더라. 얘도 지 인생 사는데 난 뭘 하고 있지? 엄마한테 돈 빌려서 폐쇄 병동 두 달 살고 나왔지.”

“나랑 살 때도 2주쯤 다녀온 적 있지 않던가? 2주랑 두 달이랑 많이 다른가?”

“말도 마. 비교도 안 되게 돈 낭비야. 나오자마자 또 마시고 싶더라. 옛날 조폭 영화 보면 만기 출소하는 깡패들이 밥 먹는 장면부터 보여주잖아. 그게 무슨 숏인지를 알겠더라니까. 날트렉손이니 뭐니 약으로 되는 게 아니라구. 약을 먹으면 술을 못 먹으니까 아예 약을 안 먹어버리는 게 중독자 심리거든.” 그 지점에서 이서의 어조가 슬쩍 변했다. “근데 폐쇄 병동이 도움이 되긴 해. 일단 강제로라도 안 먹고 버티는 시간이 있어봐야 목적지를 알게 되는 거야. 아, 그리고 뭣보다도 아저씨가 나한테 일대일로 인생 가르침을 주려 하더라고. 내가 아무리 그래도 이 인간한테 잔소리 들을 입장인가 생각하니까 술맛이 확 달아나는 거 있지.”

“뭔 소리를 들었길래?”

“회사든 남자든 여자든 주식이든 딱 하나만 제대로 잡아서 밥 줄 만들면 인생 살 만하다고 그러더라. 야, 그게 할 말이니. 엄마한테 가서 일렀더니 엄마가 또 호호 웃어. 내 입장에서는 열받지."

"틀린 말은 아니구먼 그래."

이서가 나를 흘겼다.

"솔직히 도움 되긴 했어. 그런 걸 무슨 조언이라고 하나, 남자든 여자든 아무나 붙잡으면 된다고 한 건 또 무슨 의미인가, 자기처럼 살라는 건가, 이 생각을 한참 하니까 그냥 웃음이 나오는 거 있지. 재발이랄지 그냥 기분 따라 취했다고 할지, 아무튼 몇 번 더 간당간당한 지경까지 갔을 때도 그거 생각하면서 버텼어. 네 생각은 오히려 거의 안 했어. 그러다가 일자리 구하고 1년쯤 지나니까 그때부터는 너한테 미안해지더라. 내가 이미 망가진 사람 제대로 망가뜨려서, 아예 깡촌에 처박아버린 게 아닌가 싶어서……. 그래서 어떻게 지내는지 한번 봐야겠다는 생각을 계속했지."

삼일장을 치르고 유산을 정리한 후 이서와의 관계를 청산하기까지는 반년이 걸렸다. 그간 나는 제정신이 아니었다. 카페에 앉아 일하다가 창밖으로 시선을 돌리면 태엽 시계의 내부처럼 짤각거리는 도시의 일각을 관찰할 수 있었고, 정오의 태양이 쏟아지면 임립한 커튼월 빌딩들이 거대한 빛기둥으로 변했으며, 그러면 나는 건조한 평야에 들불이 옮겨붙듯 온 도시에 불길이 퍼지는 상상을 하지 않을 수 없었다. 상상이 한번 시작되면 부릅뜬 눈으로 가만히 앉아 한두 시간을 흘려보냈다. 혹은 뉴스를 찾아보며 오래된 기억을 되새김질했다. 이서가 연락을 받지 않을 때는 '연희동 오피스텔 붕괴', '서울 오피스텔 화재' 따위를 거듭 검색하다가 대학 동기들에게 전화를 걸어 동네에 구급차가 오지 않았느냐고 물어보는 일이 여러 차례였다. 나는 진지했고 사람들은 당황스러워했다.

그럴 일 없으니 염려 놓으라는 말을 백번 들어도 내 마음속에는 "하지만 당장 5분 뒤에 그렇게 될 수도 있는데, 지금까지 괜찮았고 그럴 기미가 없다 해도 세상일 모르는 건데" 하고 중얼거리는 꼬마가 한 명 들어앉아서 물러날 줄을 몰랐다. 그 꼬마가 스펀지 공을 가지고 놀듯 내 심장을 쥐어 흔들면 온몸이 쾅쾅 울렸고, 내쫓기듯 집으로 달려 들어가면 이서는 자기 방에서 곯아떨어져 있었다. 가끔은 언제 깨는지 보자 하는 마음으로 그 꼴을 10분, 20분씩 빤히 내려다보았다. 그리고 머리통이 불붙은 아궁이처럼 검게 이글거리는 것을 느끼며 두려워졌다. 그 분노가 이서를 향했는지 불안에 휘둘리는 스스로를 향했는지 혹은 병증의 뿌리를 향했는지 알 길이 없다. 아무튼 아픈 사람에게 손찌검을 할 수는 없으니 그대로 다시 나가서 걷기 시작했다. 입을 다문 채 걷기만 하는데도 사람들이 나를 피하는 걸 느낄 수 있었다. 나는 선량한 행인들에게 사정을 설명하고 이해받는 상상에 몰두하다가, 병자를 겁내다가도 이해심을 발휘하여 너그러워질 수 있는 족속을 부러워하다가(브루클린에 있을 때 나는 욕설을 한마디도 입에 담지 않았거니와 거짓말도 안 했다. 어른들이 말려도 깡통 내건 노숙자한테 가서 주머니에 있는 동전을 다 줬다. 나는 정말 온순한 애였다. 씨발 진짜다),

저 한가한 씨발놈의 새끼를 하나 잡아서 차도로 던져버리면 내 기분을 알게 될 텐데 생각하다가, 편의점에 들어가서 소주를 한 병 샀다. 그러고는 인적이 뜸한 상가 뒤편 골목에 주저앉아 세 모금 마신 뒤 얼근한 기운이 돌기를 기다렸다.

온몸을 쿵 쿵 쿵 뒤흔들던 심장 소리가 한층 부드러워지는 걸 느끼자 더한 공포가 나를 사로잡았다. 네 모금째부터 펼쳐질 미래가 지금 당장의 일처럼 생생했다. 10분 뒤에는 편의점에 들어가 한 병을 더 사게 될 것이고, 저녁에는 이서와의 관계가 나아질 것이고, 다음 주에는 이서의 술친구들과 부쩍 가까워질 것이고, 그다음 달에는 이서에게 손찌검을 하게 될 터였다. 병을 아스팔트에 내리쳐 깼다. 팔이 어깨 위로 올라가는 순간 절반쯤 남은 술이 내 머리에 후두두 떨어졌고 깨진 병의 파편이 발목에 튀었다. 정신이 퍼뜩 들었다. 유리 조각을 그 자리에 두고 다시 걸었다. 대로변에 사우나 건물이 서 있었다. 샤워만 하고 나오려 했는데 어느 순간 나는 42도 열탕에 웅크려 앉아 물속으로 고개를 처박고 있었다. 마음 같아서는 접시 물에라도 코를 박고 죽었을 텐데 사람들이 나를 제때 빼냈다. 나도 나를 빼내야겠다는 마음을 그때부터 천천히 기르기 시작했던 듯하다. 그게 10년도 되지 않은 일이라니 믿기지 않았다.

"난 내가 도망쳤다고 생각했는데."

"어, 어, 너 그때 도망친 거 맞아. 잘 도망쳤어." 이서가 깔깔 웃었다. "붙어 있는다고 뭐가 더 좋아졌겠니. 부러진 다리로 다시

달리려면 일단 깁스를 하고 쉬어야 하는 거야. 우린 그때 다리가 부러졌는데 달리기 연습을 하려 했던 거고."

"같이 있었으면 계속 마셨겠지?"

"무조건이지." 이서가 망설이지도 않고 대꾸했다.

"내 성격이 그렇게 술을 부르나?"

"몰라, 그냥 상황 자체가 그랬나 봐. 왜 마시기 시작했는지도 모르겠네. 마시자고 부르면 나올 애들 널려 있으니까 오늘은 애랑 놀고 내일은 재랑……."

"그래서 시골 내려가면 끊을 거라고 생각했는데."

"그게 되겠니."

"잘못 생각했다는 거 알아."

둘이서 내려왔더라면 최악이었을 것이다. 나는 나를 알았다. 본성 때문이든 사고의 여파든, 나한테는 몇 가지 조건이 맞아떨어지면 불이 들어오는 논리회로의 스위치 같은 게 있었다. 무작정 순응해서는 안 되지만 얕봐서도 안 될 기질이었다. 나는 망설이다가 정말 궁금했던 질문을 꺼내 들었다.

"다시 연락 닿았을 때 내가 먼저 전화한 거잖아. 그때 무슨 기분이었어?"

"얘가 드디어 미쳤나 했지."

마지막으로 동거했던 오피스텔의 전세 계약은 결별 후에도 한동안 내 명의로 남아 있었다. 합천에 내려갈 준비를 하던 시기와 기존 전세의 만료 시기가 겹친 덕분에, 성북구 외곽 오피스텔을 새로 구했던 것이다. 이서의 연희동 술친구들에게서 한껏 떨어진 위치였다. 일종의 위자료였다. 나는 우리가 식만 올리지 않은 사실혼 관계라고 이해하고 있었다. 요새는 초혼 연령이 30대 초, 중반까지 올라갔고 비혼을 택하는 사람도 많아졌다고들 하지만 그때까지만 해도 20대 후반이 분기점이었다. 한편 어르신들 손에 자랐으니 사고방식에 구시대적인 면도 있었을 것이다. 어차피 끝날 인연, 그런 식으로 편의를 봐주려 드는 게 오히려 밉상이라는 의견에도 마음은 변하지 않았다. 어차피 끝날 인연이라면 밉상이든 호상이든 무슨 상관이란 말인가.

결과적으로는 좋은 선택이었다. 전세 계약이 끝나갈 때 두어 차례 만날 기회가 생겼던 것이다. 근황을 나누기는커녕 매번 돈 이야기만 짧게 하고 헤어졌지만, 충분한 시간이 흐른 뒤에 말을 붙인다면 이서도 기꺼이 받아줄 거라는 생각이 있었다. 하지만 실제로 통화 버튼을 누르는 건 다른 문제였다. 대개는 주소록을 열어 이서의 번호가 제자리에 있음을 확인하는 것만으로 충분했다. 생각이 깊어지면 메신저 프로필 사진을 뒤적이기도 했지만 거기에서 더 나아가지는 않았다. 그러다가 몇 년 전 겨울, 빙판에서 대차게 미끄러지고는 발목이 꺾여 한 달 내내 깨금발로 지내야 했던 시기가 있었다. 일이야 침대에서 노트북으로 한다 쳐도 누워 있으면 외로움이 통증과 함께 밀려들면서 눈가를 쿡쿡 찔렀고, 울음을 참으려 애쓰다가도 '볼 사람도 없는데 인내심이 무슨 소용인가' 싶은 생각에 서러워졌으며, 그러면 내가 이 나이에 이런 이유로 울고 있다는 사실이 한심해져서 더 울게 됐다.

결국 이서에게 충동적으로 전화를 걸었다. 내가 "나야"라고 말하자 이서는 가라앉은 목소리로 "왜 전화했어?"라 물었고, 나는 적당한 대답을 떠올리지 못해 머뭇거리다가 "요새 아는 사람들한테 들기름 한 병에 만 원씩 받고 보내주고 있는데 혹시 생각 있나 싶어서…… 약도 안 쳤고 완전 유기농이야. 택배비랑 기름값 빼면 사실상 공짜야……"라고 중얼거린 다음 얼굴이 새빨개졌다. 짧은 침묵이 흐르더니 "뭐야, 갑자기. 돌았어?" 하는 말이 귓전에 울렸다. 그러고는 웃음소리가 이어져서, 나는 안도했다.

"그때 무슨 생각으로 들기름 보내달라고 한 거야?"

"도대체 얼마나 맛있길래 나한테 전화했나 보려고."

"그거 방앗간에서 사 온 거야. 그해에는 들깨 자체를 안 심었어."

"뭐?"

"그다음부터는 들깨 제대로 심었어. 봐줘."

"와, 진짜 배신감. 나 집에 갈래."

이서가 내 손에서 가지를 빼앗아 들었다. 방향을 돌린 줄도 모르고 있었는데 어느덧 집 앞이었다. 평소 나는 토방에 오른쪽 무릎을 올려 앉은 다음, 집 문턱을 붙잡고 몸을 일으키는 방식으로 거실에 들어서곤 했다. 항상 그랬거니와 크게 불편할 구석도 없었던지라 다른 방법이 있을 거라고는 생각해본 적이 없었다. 이번에는 이서가 위에서 손을 내밀어줬다. 머리에 없는 동선이다

보니 도리어 불편했지만 이 손길을 오래 잊지 못할 거라는 느낌이 들었다. 나는 이서를 빤히 봤다. 이서가 입을 열었다.

"진지한 버전으로도 해줄까?"

"뭘?"

"아까 물어본 거."

나는 이게 무슨 소리인가 가늠하느라 눈을 끔벅였다. 그리고 겨우 감을 잡았다.

"으응."

"내 문제는 뭔가를 붙잡으면 그 손바닥 안에서 끝장을 보려 하는 기질이었던 것 같아. 인생은 시트콤인데 나는 영화를 찍으려 했던 거야. 그래서 해피엔드가 되고 크레디트가 올라갈 만한 장면이 지났는데도 인생이 계속된다는 걸 믿을 수가 없었나 봐. 살아 있다 보면 어떻게든 될 거라는 말도. 나는 그 말을 항상 싫어했어. 그게 사실이라면 자살하는 사람들은 왜 있겠냔 말이야. 그래도 뭔가가 되려면 일단 살아 있긴 해야 하는 것 같더라. 그러니까 시트콤인 거야. 주연 배우가 시즌 2 언저리에 계약 문제로 하차했다가, 흥행이 부진해서 한동안 제작이 중단됐다가, 갑자기 스폰서가 붙어서 리부트가 되고, 시즌 3에 나왔다가 흐지부지된 떡밥이 갑자기 시즌 7 중반에 메인이 되는 그런 시리즈처럼……."

낯설면서도 익숙하고, 이미 여러 번 들은 것 같으면서도 새로운 이야기였다. 내가 줄곧 해오던 생각과 비슷하면서도 방향이 정반대라서 그런 듯했다. 예전에는 내 인생이 하나의 사건으로부터 일직선으로 뻗어 나오는 장편영화라고 믿었는데, 요새는 두서없는 시트콤이 되어가는 듯해서 이상하다고 생각하던 차였다. 나는 "그렇구나" 하고 중얼거렸고, 한 번 더 "그렇구나……"라고 한 다음, 멍하니 물었다.

"그런데 시트콤 얘기, 직접 떠올린 거야?"

"직접 떠올렸다는 게 무슨 소리야?"

"장편영화랑 시트콤. 나도 요새 비슷한 생각 하고 있었거든."

나는 이게 흔해빠진 비유를 자기 창작물로 착각하는 실수일지도 모른다는 생각에 우물쭈물거렸다. 난데없이 문학 소년이 된 기분에 부끄럽기도 했다. 이서 눈이 휘둥그레졌다.

"야, 얘는 지가 쓴 일기도 기억을 못 하네. 네가 블로그에 비슷하게 써놨잖아."

내게는 토끼가 굴을 파듯 블로그를 열고 닫는 습관이 있었고, 그 중 몇몇은 관리 목록에서도 잊힌 나머지 그저 방치되어 있었다. 이서는 그런 블로그 중 하나를 알았으며 헤어진 후에도 종종 들어가서 글을 읽었다. 그리고 글 자체와는 별개로, 몇몇 키워드는 마음에 툭 얹혀 다른 생각으로 이어졌다고 했다. 열매를 통째로 먹자 뱃속에서 씨앗이 싹트는 동화처럼. 다른 글이었더라면, 하

316

다못해 내가 번역한 책의 독자였더라면 진심으로 감격했을 텐데 도무지 감상주의에 젖을 겨를이 없었다. 지금 당장 그 글들을 지워야 했다. 이서는 내 반응에 깜짝 놀라더니 휴대폰을 만지작거렸고, 주소를 모르겠으니 집에 가서 보내주겠다고 했다. 집 컴퓨터에 방문 기록이 있다는 거였다. 나는 안절부절못했다.

"그렇게까지 싫어할 일이야?"

"원래 글 밥 먹고 사는 사람들은…… 어쨌든 나도 글을 쓰는 사람이니까……."

"재밌던데? 너 대학생 때 쓴 글이라 엄청 귀여워. 웃겨."

이서가 깔깔 웃었다. 나는 문자 그대로 미칠 지경이 됐다.

"그래서 지워야 한다는 거야!"

머릿속에서 후보군이 슬롯머신 화면처럼 팽팽 돌아갔다. 대학교 1학년 여름에 쓴 것이었나? 3학년 봄? 아니면 졸업 직전의 짧은 시기? 뭐가 됐든 15년 전의 글을 지금 다시 볼 생각을 하니 눈에서 피가 나오고 머리가 홧홧해졌다. 수는 좋아할지도 모르니까, 일단 수에게 보여주고 "꽤 괜찮은데요?" 판정을 받은 뒤에야 나도 천천히 살펴볼 작정이었다. 아니다. 그냥 지워버리자. 지울 수 있다는 전제하에. 호스팅 서비스가 워드프레스인지 블로그스팟인지 네이버 블로그인지도 감이 안 잡혔고, 그게 어떤 메일과 연결되어 있는지는 더더욱 몰랐다…….

이서가 씻는 동안 나는 휴대폰을 붙잡고 짐작 가는 키워드를 검색창에 써넣느라 바빴다. 별 소득은 없었다. 덕분에 민석에게서 전화가 왔을 때는 차라리 반가웠다. 거대한 인형 뽑기의 기계 손이 나를 붙잡아 올리는 기분. 나는 단번에 15년 전의 문제에서 벗어나 지금 당장의 문제로 빨려 들어갔다. 건우가 말을 잘 들을 테니 다은이와 자신을 바꿔달라며 무릎을 꿇던데, 사전 협의가 있었느냐는 질문이었다. 예상은 하고 있었으나 정말로 그렇게 될 줄은 몰랐다. 오늘이 검정고시 당일이었으니 건우 녀석은 시험을 치자마자 곧바로 본론을 꺼내 들었다는 말이 된다. 나는 헛웃음을 실실대다가 입을 열었다.

"아니죠, 당연히. 낌새야 있었습니다만."

"그런 것 같더라. 혹시나 해서 물어봤다." 민석이 긴 한숨을 내쉬었다.

"그게 건우한테나 다은이한테나 좋다고 생각되지가 않아요. 제가 둘을 함께 맡는다고 해도 말입니다. 거기서부터는 저한테도 부담이고—."

나는 이 지점에서 말을 끊었다. 민석이 기다렸다는 듯 수긍했다.

"그래."

"다은이는 어때요?"

듣자 하니 상황이 애매했다. 학기 중에는 오히려 활기찬 모습도 보이고 친구들 이야기도 종종 했는데, 방학이 시작된 후로는 부쩍 비실거리기 시작했다는 거였다. 가끔 나가 친구를 만나더라도 밤에는 자기 방에서 유령처럼 운다고 했다. 들어가서 달래

봐야 피차 난처해질 듯해 내버려두고는 있지만 조마조마한 마음
이 크다는 게 민석의 입장이었다. 나는 이것저것 물어보다가 끝
내 입지 문제를 화두에 올렸다.

"동네가 동네인 것도 영향이 없지 않겠습니까?"

민석은 머뭇거리더니 조심스러운 어조로 운을 뗐다.

"헌데 지금으로서는 전세가 1년 넘게 남았다. 만약 경기도로
내려간다 치면 우혁이도 자취방 구해서 나가야 하고 말이야. 그
녀석이 워크아웃 월부금 내고 남은 돈이 얼마 없으니까 얹혀 지
내고 있거든. 서울 안에서 옮긴대도 어디로 갈지가……."

"생각해보니 내려가면 우혁이가 다은이 과외 맡은 것도 끊기
겠네요."

"그렇지. 그래도 지금 당장 성적 잘 나오는 것보다는 숨 돌릴
분위기 만들어주는 게 낫다고 보긴 해."

"방학 때 놀러 오는 건 괜찮아요. 여기서 일주일, 이주일쯤 쉬
다가 올라가면 도움은 되겠죠. 하지만 다 관두고 시골에서 홈스
쿨링을 하는 건…… 상담사나 의사 의견을 구해봐야겠습니다만
거기서도 딱히 권하진 않을 것 같습니다. 지금은 방학이기도 하
니까, 마음 내키면 개학 전에 한번 오라고 전해주십시오. 이번에
건우 내려올 때 따라와도 좋고요."

"그래, 알겠다. 분위기 봐서는 함께 내려가서 구경할 것 같다.
미안하지만 준비해다오."

그러나 체면치레로 한 말이지 놀러 오더라도 올해는 아니었으

면 했다. 무엇보다 세 번째 식구를 맞이할 준비가 되지 않았다. 친척 애들 소식을 처음 들었을 때는 둘이든 셋이든 큰 차이 없으리라 생각했으나 건우와 함께 지내면서 그게 아님을 깨달은 것이다. 포터 트럭은 2인승이었고, 누구 한 명이 거실에 보조 매트리스를 깔고 자는 것도 임시방편이었다. 그게 사나흘만 돼도 슬슬 성가실 것이다.

나는 통화를 마친 뒤 별채로 향했다. 할아버지가 문을 깨버린 후, 유리 깨진 부분에만 겨우 골판지를 덧대어 방치한 2.5평짜리 건물이었다. 건물이라기보다는 시멘트로 만든 직육면체 박스에 가까웠다. 집을 물려받아 본채를 대대적으로 리모델링할 때 함께 수리하긴 했으나 딱히 써먹을 곳 없는 공간으로 남아 있었다. 거의 창고나 마찬가지였다. 전기선이 이어졌고 콘센트도 2구 있었으나 이 여름에 에어컨을 설치하려면 한 달쯤 기다려야 할 테고, 그때가 되면 에어컨이 더 이상 필요하지 않을 것이다.

나는 별채 바닥에 죽은 사마귀가 하나 널브러진 것을 발견하고 집어 들었다. 참 웃기게도 생겼다. 사마귀가 있던 자리에는 곤충 모양으로 흰 자국이 남았다. 먼지가 피해 간 흔적이었다. 손날로 쓸어보니 손이 금방 새까매졌다. 벽지 또한 누렇게 떠 있었다. 누수가 됐는지 결로가 생겼는지 모서리마다 곰팡이가 심했다. 사람이 살지 않는 집은 쉽게 망가진다는 것이 이런 의미로구나 싶었다. 나는 잡동사니를 치우고 바닥을 닦고 벽지를 바꾸고 적당한 가구를 들여놓는 데에 품이 얼마나 들까, 올해 여름은 선풍기로 충분할까 헤아렸다. 그러다가 생각이 흘러 흘러 수십 해 전 여기 살았던 바깥네의 모습에 가닿았다.

이 집은 1970년대에 한 차례 개축되었으니 큰이와 작은이가 한창 자라던 시절에는 완전히 다른 모습이었을 것이다. 하지만 그 시절에도 본채와 별채의 구분은 엄연했을 것이다. 작은이는 별채에서 자란 뒤 서울로 올라갔다가 빈손으로 돌아왔고, 조부님께서 돌아가실 때까지 머슴 노릇 하며 별채에서 지냈다. 나는 당신의 마음이 오래도록 궁금했다. 내가 여기 틀어박혀 있는 걸 그토록 싫어했던 이유와 문을 깨부쉈던 이유 따위가. 가설은 세울 수 있지만 확정하지 않는 게 예의일 듯했다. 나는 잃어버린 것과 소중한 것과 세월에 실려 사라진 것과 그럼에도 남은 것을 생각하느라, 그리고 누군가를 아끼는 마음을 고민하느라 잠시 그 자리에 멈춰 있었다.

내가 대학생이던 2000년대 중후반은 학내 정치의 탈정치화가 이슈일 수 있었던 마지막 시절이었다. 87년 체제의 등장과 함께 대학생 운동은 차츰 동력을 잃어갔고, 1990년대 중순부터는 소위 '비권' 선본들이 학생회 선거에 출사표를 던지기 시작했다. 2000년대 중후반에 이르러 비권과 운동권 세력을 막론하고 총학 선거의 최대 화두는 학생 복지와 등록금 이슈로 고착되었고,

기자들은 '캠퍼스 안에 갇힌 공약만이 학생 복지의 이름으로 넘쳐나고 있'다며 우려를 표했다. 이로부터 스무 해가 흐른 지금은 대학교 축제에 어떤 아이돌이 와서 노래를 불렀다느니 하는 이야기만 기사화될 뿐 대학가의 탈정치를 진지하게 염려하는 글을 찾아보기 힘들다. 죽음을 개탄하지조차 않게 될 때 비로소 죽음이 찾아오는 법이다.

달리 말해 그때까지는 대동제가 대동제인 이유와 그게 5월에 열리는 이유를 아는 대학생이 다수였다. 이서는 운동권이 아니었지만 문제의식을 공유하며 학내 소모임 두 곳에서 활동했는데, 아마 지금의 기준으로는 강경한 운동권으로 분류될 것이다. 이서가 "전두환은 경제 부흥을 이끈 대통령인데 왜 학살자라는 거냐"라고 묻던 남학우를 이곳저곳 데리고 다니며 의식화 교사를 자처한 것은 자연스러운 귀결이었다. 방학맞이 세미나를 한답시고 사람들을 모아 〈해방전후사의 인식〉 전권과 보조 자료를 순차적으로 독파하기로 약속하기도 했는데, 그 모임은 첫 권을 끝낼 무렵 각자의 사정으로 와해되었다.

당시 나는 이서가 소개해주는 책들, 특히 역사와 기억에 관한 책들을 흥미롭게 읽으면서도 반사적인 거슬림을 느끼곤 했다. 어떤 아픔을 어떻게 기억하는가의 문제야말로 가장 치열한 정치적 전투라느니, 혹은 역사 속에서 고통받았던 사람들의 얼굴을 소환하고 무한한 책임을 짊어지는 윤리적 실천이야말로 기억이라느니 하는 가르침 앞에서 나는 동네 노인들의 얼굴을 떠올렸고, 그러면 어김없이 화장장 유족 대기실에서의 기억이 뒤따라왔다. 2006년 초겨울이었다. 그때 합천은 공원의 명판을 갈아 끼우는 문제로 시끌벅적했고 최씨 집안에서는 또 누군가가 죽었다. 나는 동네의 어른들이 다 같이 상갓집에 간다기에 따라나섰다가 엉겁결에 삼일장을 치르게 되었다. 천수를 다한 호상인지라 대기실에서도 고인에 대한 이야기는 얼마 없었고 각자 살아가는 이야기만 오갔다.

다만 합천에도 자생적인 좌파 세력과 '좌파는 아니라도 전두환이 달갑잖은' 젊은이들이 있기 마련이었으므로, 정치가 화두에 오르자 분위기가 과열됐다. 합천 군수가 공원 이름을 전두환 아호에서 본따 일해공원으로 바꾸겠답시고 주민 표결을 부친 참이었는데, 우편 설문 조사의 졸속 행정과 명칭의 정당성을 두고 갑론을박이 벌어졌던 것이다. 그때 나는 이틀 내내 장례식장 바닥에서 모포를 깔고 자다가, 새벽같이 일어나 화장장으로 이동한 여파로 꾸벅꾸벅 졸고 있었는데(졸지 않았더라면 전두환이 학살자라는 사실을 일찍 알게 되었을지도 모른다) 친척 아저씨의 일갈에 번뜩 깨어났다. 아저씨가 합천 억양이 뚜렷한 서울말로 말하기를, 박정희가 진작 폴 포트처럼 했더라면, 그래서 부산과 마산에서 3백만 명이 죽었더라면 당신네들이 이 자리에서 이딴 소리를 하고 있진 않으리라 했다.

그는 이렇게도 외쳤다. "지금 이 사람들 싸그리 죽기 전에는 안 끝납니다!"

이 사람들이란 물론 자신을 포함한 최씨 어른 모두를 일컫는 것이다.

대기실 공기가 싸늘하게 얼어붙었지만 어르신들의 마음은 바뀌지 않았다. 그들은 다음 날에도, 그다음 날에도, 열흘 뒤에도, 10년 뒤에도, 죽을 때까지도 계속 전두환을 사랑했다. 요새 인터넷 한구석에서는 경상도의 우경화 경향을 놓고 "그 동네는 토질부터가 잘못됐다"는 이죽거림이 나도는 것으로 아는데, 합천에 국한한다면 반드시 틀린 말이라고는 할 수 없다. 인간의 삶은 피와 흙으로 이루어진다. 히로시마에 리틀보이가 떨어졌을 때 한국인 피해자의 80퍼센트 이상이 합천 사람이었던 것은 이곳이 워낙 척박한 산지기 때문이다. 강제징용으로 끌려간 사람도 있었지만 먹고살 거리가 도통 없어서 일본행을 선택한 사람들도 많았다. 합천은 그런 고장이었다. 합천이 한국의 히로시마가 된 것은 그래서고, 전두환이 '이 고장에서 난 사람 중 제일 크게 된 사람'인 것도 그래서고, 노인들이 신작로에 아스팔트 깔리던 1980년대의 영광을 잊지 못하는 것까지가 그래서다. 리틀보이와 전두환과 토질. 보통은 같은 문장에 오르지 않는 낱말이지만 나한테는 이 셋이 도통 떼어놓을 수 없는 하나의 문제처럼 느껴진다. 그 연관은 정서이자 호흡이자 언어 이전의 삶이다. 정신의 혈맥이다. 논리나 윤리로는 해부할 수 없는 것이다.

요컨대 합천 한 귀퉁이에는 창의사(倡義寺)라 하여 임진왜란 당시 의병 3천 명을 모아 팔만대장경판을 지켜낸 합천 사람 정인홍을 기리는 절이 있다. 그 절에 내걸린 현판은 전두환이 직접 붓으로 써서 낙관까지 찍은 것이다. 정인홍의 존재도 창의사가 어디에 있는지도 모르던 사람들은 이 아이러니를 접하는 즉시 "그러면 당장 현판을 갈아야지"라고 반응하기 일쑤인데, 이치를 따진다면 나도 그게 옳다고 믿는다. 그러나 세상에는 자기 외부에서 역사를 발견하는 사람들이 있는가 하면 역사의 질곡이 곧 삶인 사람도 있다. 전자의 사람들이 언어로 말할 때 후자의 사람들은 심장으로 말한다. 후자는 피 흘리고 죽어간 사람들과 학살자들로, 혹은 둘의 교집합으로 이루어진다.

전자에 속하는 사람들은 감히 학살자 측에 서는 인간들에게 "도무지 말이 안 통하네" 같은 평가를 내리곤 한다. 실제로 번역될 수 없는 사안이기 때문이다. 언어를 초과하는, 펄떡거리는, 끈질기고 징그럽고 질척한, 애착과 애정과 애상으로 이루어진, 불의하지만 당위만으로는 멈춰 세울 수 없는 생의 잔여가 시간의 파도에 쓸려나가고 앙상한 뼈가 남으면서 비로소 투쟁이 완성된다. 피 흘린 사람들의 목소리가 끝내 살아남아야 한다는 점에서 기억은 중요하다. 동시에 그 목소리들에 객관성의 갑주를 부여하고 정전으로 못 박으려면 반대편의 사람들이 스러져야 한다는 점에서는 망각이 중요하다. 30여 년 전 전두환이 석방되고 창의사가 막 세워질 무렵, "현판에 전두환 글씨가 있으면 안 되지 않겠습니까" 하는 말이 얼마나 힘을 얻었겠는가 말이다. 이 동네에서 그런 말을 했다가는 한 대 얻어맞았다.

그러나 당시 노인이었던 사람들은 오래전에 죽었고, 30대 청년들은 어느덧 환갑에 이르러 전두환의 부고에 대해 "연민의 정은 있으나 생전에 5.18을 사과했더라면 좋았을 것이다" 하는 말을 남겼으니 세월이란 무상해서 다행인 것이다. 이제는 "합천의 토질이 어쨌든 간에 전두환은 학살자고 그런 인간을 사랑하면 안 되죠, 각각을 분리해야죠"라는 말이 어렵지 않은 사람들, 그걸 1 더하기 1이 2라거나 세계에서 가장 높은 산은 에베레스트라거나 하는 상식처럼 읊을 수 있는 사람들이 허다하다. 그리고 더 오랜 시간이 흐른다면, 홍경래의 난에 이입하는 남양 홍씨가 없고 정인홍이 인조반정의 여파로 참수당했다는 사실에 곡기를 끊는 사람이 없듯이, 더 나아가 그런 일들을 판단하기는커녕 아예 몰라도 살아갈 수 있듯이, 전두환도 무감한 세계의 눈길 아래 놓일 것이다. 그 무감함은 시간이 베푸는 가장 과분한 친절이지만 사람 한 명에게는 더없는 불행이다. 살아가기 위해서는 잊어야 하는데 잊은 상태로는 살아갈 수 없는 일이 있다. 이 모두가 역사책의 한 줄로 전락하는 미래에 위안을 얻다가도, 이토록 많은 사람이 죽은 일조차 한 줄로 쭈그러든다는 사실에 몸서리치게 되는 일이 있다…….

리틀보이와, 이 땅의 흙과, 맨해튼의 자욱한 연기와 시뻘건 빛과 더 많은 사람들의 피와……

세상의 언어로는 온전히 쓰이지 못할 고통이 모두…….

대학교 2학년 여름방학이 되어 나는 의사의 권유로 수술대에 올랐다. 장애를 되돌릴 수는 없겠으나 관절염 악화를 막고 신경통을 덜어낼 수 있으리라고 했다. 그런데 내가 퇴원한 후 느낀 감정은 기쁨이라기보다는 공포였다. 이 아픔은 착각이자 꾀병이라며 10년 내도록 스스로를 설득해왔는데 그게 전혀 아니었음을 깨달은 것이다. 고통을 외면하기 위해서는 우선 고통이 있어야 하는 법이고, 나는 제때 괴로워할 기회를 놓쳤다는 사실에 벌벌 떨었다. 그리고 내 존재가 신경통과 함께 이 세상 저편으로 뽑혀나갔다는 생각에 다시금 괴로워했다. 고통은 분명히 있었다. 고통은 사고의 증거이자 나 자신이었다. 고통은 이제 희미하다. 그렇다면 나는 도대체 무엇이 될까?

나는 삶이 끔찍하지 않을 수 있다는 사실을 이해하지 못했고, 사고가 끝났지만 아직 끝나지 않았다는 역설을 유지시키기 위해 고통을 사들였으며, 그 모두를 견딜 수 없을 지경이 되고서야 합천으로 내려왔다. 귀촌 초반 몇 달 동안 내 마음은 감기약 기운에 취해 늘어지게 자다가 잠시 깨어났을 때처럼 노곤하고 또 평온했다. 그러다가도 한번 소용돌이가 시작되면 기억이 기억을 휘감아 멈출 줄을 몰랐다. 기억의 공백 앞에서는 이걸 왜 떠올릴 수 없는지가 궁금해졌고, 선명한 기억 앞에서는 어째서 이것만큼은 잊히지 않는지가 궁금해졌다.

그러다가 개가 나오는 꿈을 꿨다. 꿈에서 나는 개가 되어 안락의자에 앉아 흔들거리는 주인을 올려다보고 있었다. 주인은 나를 무릎에 올렸고, 방은 어둡고 평온했으며, 아무 일도 일어나지 않았다. 그러다가 돌연 나를 쓰다듬는 주인의 손과 개를 쓰다듬는 내 손이 겹치는 순간 나는 합천 서재의 안락의자에서 깨어났다. 그리고, 그때 비로소, 유년기의 풍경에 안락의자와 테리어견이 있었음을 깨닫고 서글퍼졌다.

열두 살의 나는 안락의자에 앉아 흔들거리며 잡지 읽는 시간을 무척이나 즐겼다. 테리어견이 발치를 맴돌면 내 무릎에 올려놓아야만 성미에 찼다. 그 상태로 고개를 들면 고동색 커버로 양장된, 1976년도부터의 잡지 합본 호가 24년 치 꽂힌 책장을 마주 볼 수 있었다. 책장에 담긴 세월은 부모님이 미국으로 넘어와 지낸 햇수보다 길었다. 비록 25년째의 합본 호가 꽂히는 일은 영영 없게 되었지만 기억 속의 양장본들은 합천 서재 책장에, 안락의자 맞은편 위쪽에 자리 잡고 있다. 과거가 유령처럼 되살아난다는 말, 인간이 과거를 잊더라도 과거는 인간을 잊지 않는다는 말은 그런 의미인 것 같다.

입 벌린 별채의 어둠 속에 내 그림자가 어른어른 드리웠다. 그 그림자가 잠깐은 작은이의 실루엣 같더니 히로시마에서 온 친척들의 얼굴로 변했다. 다들 노인이 되도록 한국어가 묘하게 서툴렀는데, 아마도 생각 자체를 일본어로 했을 것이다. 나는 그들을 열심히도 따라다녔고 그들도 나를 반겨주었다. 말이 거의 통하지 않았는데도 그랬다. 다들 오래전에 죽었고 그들을 글줄의 조연으로나마 불러낼 사람은 나 외에 없다. 내 그림자가 계속 일렁일렁 움직이면서 수많은 사람의 얼굴을 그렸다. 그러다가 건우의 모양이 되는 순간 주머니에서 진동이 울렸다. 이서의 전화였다.

"왜 갑자기 전화야?"

"씻고 나오니까 없길래. 어디 갔어?"

"마당에 있는데."

"아하."

나는 복도의 무늬 유리 너머로 검은 그림자가 움직이는 걸 봤다. 검은 그림자도 나를 봤다. 통화가 뚝 꺼졌다. 나는 본채를 향해 발을 질질 끌었다. 다은이는 아마도 건우와 함께 올 것이다. 그 애들이 오려면 이틀 남았고, 내 기억이 도착하기까지도 이틀 남았다. 나는 그 이틀 동안은 불안해하지 않기로 마음먹었다.

12

8월 3일에는 온종일 비가 왔다. 국립공원에 놀러 가기는커녕 차를 몰기도 부담스러울 만큼 세찬 비였다. 낮에 노닥거리고 밤에 일하겠다는 말은 밤일을 열심히 하겠다는 의미가 아니었지만, 이런 상황에서는 그렇게 된다. 이서가 떠나고 건우가 돌아오는 8월 4일까지 내가 한 일이라고는 스카우트 리포트용 책을 읽고 메모한 것 외에 없었다. 그거라도 해놨으니 다행인가? 모를 노릇이었다. 큰 틀을 잡아놨으니 글 자체는 하루이틀 안에 완성되리라는 점을 위안 삼을 뿐이었다.

한편 이서에게도 《깨진 거울의 방》을 읽혀봤다. (비록 분야는 다르지만) 마케터 겸 기획자의 관점을 빌리겠다는 구실이 절반, 독자 반응을 눈앞에서 보고 싶은 마음이 절반이었다. 이서는 책을 읽어달라는 말에 "내가 휴가 쓰고 여기까지 와서 일을 해야겠냐"며 질색 팔색을 하더니 몇 페이지 넘긴 다음부터는 소설에 푹 빠져들었다. 30대 여성의 시야는 역시나 내 시야와 많이 달랐다. 나는 이서의 소감을 따라가다가도 말을 끊고 "잠깐, 이 장면이 그런 의미였다고?" 하며 되묻기 일쑤였다. 근황 이야기를 하는구나 하고 넘겼던 대목에는 은밀한 신경전이 숨어 있었고, 평범해 보였던 일상 속 풍경들은 내가 이해한 것보다 훨씬 음산한 뉘앙스를 깔고 있었다. 아무래도 나는 색감 좋은 영화를 흑백 화면으로 보면서, 미장센은 모두 놓치고 스토리 라인만 겨우 따라간 모양이었다.

"야, 이걸 이해를 못 했으면 도대체 뭘 읽은 거야?" 이서는 진심으로 놀라워했다.

"첫째 줄 보면 성적이 떨어졌다고 쓰여 있잖아. 애 성적이 떨어져서 엄마 입장에서는 걱정이 된다. 걱정을 하는구나. 옛날 생각이 떠오른다. 옛날에는 아버지가 고함을 질렀는데 지금은 엄마가 조곤조곤 말한다. 그렇구나."

"지금 엄마가 애한테 눈치를 죽어라 주고 있잖아. 이거 훈훈한 장면 절대 아니야. 너 소설 번역을 도대체 어떻게 해? 그게 가능해?"

"음, 이거는 장르가 장르다 보니 핸디캡이 있는 거고…… 능력의 백 퍼센트가 아니라는 거지……."

이서는 내가 기본적으로 한국인이 아니라며 쏘아붙였고, 나는 나야말로 진정한 한국인이라고 받아쳤다. 서울 아파트에 거주하는 중산층의 삶은 명백하게도 한반도의 시공간에서 통계적 예외

값을 점하고 있었다. 그에 비하면 합천의 정서는 훨씬 전통적이고 뼈대 있는 것임이 분명했다. 이서는 내 말을 듣더니 입을 벌려보라고 시켰다.

"왜?"

"틀니 꼈는지 보려고."

나는 이를 캐스터네츠처럼 딱딱 부딪히며 건치를 과시했다. 이서가 또다시 질색하는 표정을 지었다.

"다섯 개 중에서 하나 골라서 번역한다고 했던가?"

"내가 고르는 건 아니고, 현지 출판사 마음이지. 하나만 할 수도 있고, 두세 개 묶어서 추진할 수도 있고, 묶어서 추진한다 치면 그중 뭐가 내 쪽으로 떨어질지는 몰라. 그리고 스카우트 리포트에서 밀어준다고 해서 확실히 밀리는 안건도 아니야. 검토자 논조는 부차적이니까……."

"어쨌든 양심이 있으면 이 소설에서는 손 떼. 딱 보니까 네가 할 일이 아니네."

농담조였는데 말투에 뼈가 섞여 있었다. 나는 "음—" 하는 소리를 길게 냈다. 이상하게도 이서의 촌평은 낙담보다는 낙관에 가까운 느낌으로 다가왔다. 확실히 어떤 글에는 한때의 장본인이 아니라면 감지할 수 없는 공기가 깃들어 있고, 사실은 그 공기야말로 모든 것이다. 자기 기억을 이끌어내도록 읽는 이의 마음을 두드리는 촉매다. 그러나 잘 만들어진 이야기는 종종 완전히 다른 시공간에 속한 사람들에게도 자리를 내어준다. 삼사가 우리에게 중앙아시아식 만두로 보이는 것처럼, 만두은 삼사가 아니지만 그렇게 이해하더라도 큰 문제가 없는 것처럼, 나는 아무것도 몰랐지만 흥미롭게 읽었다. 그러니까 미국의 독자들도 마찬가지일 것이다. 《깨진 거울의 방》에 대한 고민은 그렇게 정리됐다.

최종적인 문제는 8월 10일이 코앞에 닥쳐온 지금 이 순간까지도 스카우트 리포트 본문을 한 글자도 시작하지 못했다는 거였다. 도무지 정신이 차려지지를 않았다. 여기에는 물론 15년 전의 블로그 링크가 한몫했다. 이서에게서 링크를 받아 첫 게시글을 읽자마자 피가 차갑게 얼어붙었던 것이다. 어린 사람이 쓴 글은 귀엽게 읽지만 어린 시절의 내가 쓴 글은 도무지 읽을 수가 없다. 그건 기교라거나 문장력 이전의 문제다. 다행히 블로그에 연결된 메일 주소가 기억났다. 본문을 워드 파일에 백업해둔 뒤 게시글을 모두 내렸다. 그러고는 아무것도 하지 않았다. 완전히 지우기엔 아까운 마음이 컸고, 마음을 다잡고 천천히 읽어보자니 스트레스가 심했다. 심지어 잊고 지냈던 기억마저 꼬리에 꼬리를 물고 솟아나기 시작했다. 판도라의 상자를 잘못 연 기분이었는데 상자 밑바닥에는 희망이 없었다. 희망이 필요한 것도 아니었다. 나는 그냥 쓰레기 집 안쪽을 슬쩍 들여다본 사람의 기분으로, 저걸 총체적으로 뜯어봐야 마음이 놓일 것 같다는 생각과 지금 당장 할 일을 해야 한다는 생각 사이에서 전전긍긍하느라 일을 할 수가 없었다. 그런 와중 6일 날 아침에 찾아온 긴급 번

역 일감은 반가운 변명거리였다. 전문용어가 살짝 섞인 3천 단어
짜리 문건을 자정 전까지 처리하는 조건으로, 35만 원. 밤 11시
50분에 딱 맞추어 마감을 친 뒤 하루에 35만 원을 벌었으니 공
친 건 아니라며 마음을 다독였지만 자기 위안에 불과했다. 나는
10일이 되기 전까지 스카우트 리포트를 써야 했다!

아니지, 중부 표준시 기준이라면 11일 오전까지는 시간이 충
분할지도…….

이런 생각을 하는 시점에서 이미 글러먹었다.

그리고 또 다른 문제도 있었다. 건우가 난리였다.

"뭐야, 차 멀쩡히 있네."

4일 오전이었다. 이서는 검정 산타페를 보자마자 그렇게 말했
다. 나는 운전석 문을 열고 들어갔다.

"당고모네 아저씨 차야. 애 둘 데려오려면 포터로는 안 되지."

"빌릴 수 있었으면 미리 빌리지 그랬어?"

"뭐, 포터 타고 데이트 하는 것도 흔치 않은 경험이잖아. 이색
체험 했다고 쳐."

"하여간 말은 잘해요."

오늘은 이서를 서대구역까지 데려다준 뒤 건우와 다은이를 데
려오기로 이야기가 되어 있었다. 대화는 나흘 내내 충분히 했다

고 생각했는데, 고속도로를 타고 대구까지 올라가는 그 한 시간 동안에도 이야깃거리가 넘쳐났다. 대개는 내가 질문을 쏟아내고 이서가 대답하는 식이었다. 합천 여행은 즐거웠는지, 다음에 또 올 계획이 있는지, 블로그 주소를 보내주겠다는 약속 기억하는지, 중학생 여자애를 데리고 가야산 국립공원에 가는 게 좋은 생각일지, 국립공원이 별로라면 어디가 좋을지, 중학생 여자애는 뭘 해야 좋아할지, 기타 등등. 이서의 반응은 묘했다. 알찬 시간이었다고 느끼는 듯도 했고, 3박 4일 중에서 여행다운 여행은 하루뿐이었다고 여기는 듯도 했다.

"일단 현지인 가이드가 트럭을 끌고 다니는 데에서 3점 감점. 관광지도 딱 두 곳밖에 못 갔고요, 가이드가 손님한테 흑심이 있는 것 같아. 뭘 자꾸 만져. 여기에서도 2점 추가로 감점. 그래서 빵점. 재방문 의사는 없구요."

이서는 인터뷰 요청이라도 받은 사람처럼 굴었다. 나는 길게 묻지 않았다.

"진짜?"

"진짜는 뭐가 진짜야, 징그럽게."

"어제 당고모한테 차 키 받으러 갔다가 건우 이야기를 잠깐 했거든. 시간 괜찮으시면 아저씨가 같이 테마파크든 공원이든 애들 데리고 다녀달라고…… 용돈 조로 해서 20만 원 넣어드렸더니 질문이 덤으로 오더라."

"무슨 질문?"

"선재네 집 드나드는 여자가 건우 엄마인지, 합가를 한다는 건지 안 한다는 건지, 그거로 내기가 붙었나 봐. 보아하니 멀쩡히 서울 사는 여자 같은데 왜 선재한테 시집을 오냐, 선재가 저래 봬도 할 일은 다 한다, 뭐 그런 거 있잖아. 인당 5만 원씩 걸었다던데, 당고모는 인제 잃는 쪽이라가지고 10만 원 더 찔러드렸어. 동네에서 내 직업 제대로 아는 사람은 당고모 하나뿐이니까……. 기껏 내부자 정보로 투자했는데 물먹은 거지."

"아, 뭐야. 진짜 앞으로는 오래도 안 온다."

이서가 질색했다. 나는 하하 웃었다.

"오지 마, 오지 마. 해인사 봤고 테마파크도 갔으면 볼 거 다 본 거지. 그냥 나중에 부동산 임장 다닐 때 나 데리고 길 안내나 해줘. 거기서까지 포터 끌고 다니는 건 안 될 일 같다."

"서울에 집 사게?"

"밭에서 잠깐 이야기했잖아. 나는 이 동네에서 자라서 좋았고 돌아올 수 있어서 좋았는데, 그게 20년 뒤에도 좋을지는 잘 모르겠다고. 노후 대비를 안 할 수가 없겠더라. 꼭 서울이 아니라도 경기도 안쪽으로, 대학 병원 가기 좋은 곳으로……."

이서는 무언가 고민하는 듯싶더니 눈을 동그랗게 떴다.

"너 근데 1가구 2주택에 걸리지 않아?"

"뭐, 설마 시골집도 규제 대상이야? 아닐 텐데?"

"나도 잘 몰라서 물어보는 거야."

"1가구 2주택이라는 게 서울 아파트 가격 잡으려고 묶어둔 거잖아. 설마 촌 동네 시멘트 집이 걸릴라고."

"나도 저번에 오피스텔 투자하려다가 알게 된 건데 양도세랑 취득세 기준도 다르고, 주택공사 대출도 다르게 나오고, 이거저거 복잡해. 한번 찾아봐."

"귀찮게." 나는 불퉁스러운 목소리로 중얼거렸다. "그냥 건우 명의로 살까. 어차피 나 죽으면 이놈이랑 다은이한테 유산 넘어가지 싶은데……."

"너 그러다가 나이 70에 골병들고 빈털터리로 쫓겨난다. 죽으면 넘어가는 거랑 미리 사주는 거랑 완전 달라. 우리 엄마도 통장 절대 안 넘겨주니까 그 인간 휘어잡고 사는 거야. 생각 잘해."

"좀 재밌네."

"뭐가?"

"동네 노친네들이 그 이야기 똑같이 하거든. 자식 놈들한테 유산 미리 주지 말고 죽을 때까지 인감도장 꼭 쥐고 있으라고."

"얘가 진짜." 이서는 손을 들어 등짝을 내려치는 시늉을 했다. 정말로 때리진 않았다. 굽이굽이 휘어지는 산길을 지나오고 있어서 그런 듯했다. "그건 합천 할아버지 할머니들만 하는 게 아니라 강남에서도 똑같이 나오는 소리야. 브루클린 노인네들도 똑같은 소리 할 거야. 1 더하기 1이 2니까 2라고 하는 거잖아, 응? 걔가 니 아들이라도 돼? 말이 친척이지 생판 남이잖아, 남. 요새 6촌이면 그냥 남이야."

"그렇긴 한데."

“그러면 그런 거지 뭘 더 따져. 정신 차리고 살아.”

“Yeah well, I wish that water wasn’t wet, I wish the sky wasn’t blue and I wish…….”

브루스 윌리스가 등장한 영화의 대사를 읊고 있노라니 이서가 이 영화를 알고나 있을지가 궁금해졌다. 아마 모를 것이다. 대사가 어떻게 끝나는지는 나만 안다. 그래서 나는 말끝을 흐렸고, 이서는 “얘 또 이러네” 하는 표정으로 나를 바라보았다. 잠깐 탈선했던 대화는 그렇게 원위치로 돌아갔다. 이서는 해인사든 테마파크든 가야산 국립공원이든 가족여행 코스로는 나쁘지 않을 거라고, 그런데 다은이가 여행을 다니면서 즐길 만한 상태인지는 모르겠다고 말했다.

“그러니까 나한테는 딸이 직업이었던 거야. 학생이 직업인 것처럼 딸도 직업이야. 서비스업이지. 가족여행 가면 방긋방긋 웃고 일부러 아빠한테 친한 척 애교도 부리면서 분위기 띄워야 돼. 실적 압박이 있다고 해야 하나. 내가 웃고 좋아하는 모습 보려고 아빠가 날 여기저기 데려가는 건데, 내가 못 웃으면 안 된다. 못 웃으면 집안 분위기 망가진다. 그 생각을 초등학생 때부터 했던 것 같아. 다은이도 그런 면이 있지 않을까 싶네. 걔가 학교생활은 나름대로 잘한다면서.”

“그러면 뭐, 어디 데리고 다니지 말고 그냥 집에서 쉬라고 그래?”

“내가 어떻게 알아. 이건 내 생각이고, 애 반응을 일단 봐야지. 애가 진짜로 좋아하는지, 분위기 맞춰서 활발한 척하는 건지……. 너 눈치는 은근히 빠르잖아."

이서와는 그렇게 헤어졌다. 내 집에 돼지 모양 컵을 놓고 갔으니까, 다시 만날 기회가 한 번은 더 있으리라 믿을 뿐이었다. 이제 새로운 손님을 맞이할 때였다.

서대구역 플랫폼에서 만난 다은이는 전자회로가 내장된 곰 인형 같은 애였다. 배를 누르면 '사랑해요'를 내뱉는데, 다른 기능은 없는 물건 말이다. 반응은 밝지만 먼저 말을 걸어오진 않았다. 건우도 조심스러워하는 게 느껴졌다. 결국 대화를 주도하는 역할은 내 몫이 되었고, 마찬가지로 할 말이 없었다. 사무적인 이야기뿐이었다. 건우가 별채에서 자고 다은이가 당분간 건우 방을 쓰기로 한 것, 일주일쯤 놀다가 올라가리라는 것, 가리는 음식은 딱히 없다는 것. 나는 관광객 한 명을 떠나보내자마자 새로운 관광객을 맞이한 가이드의 심정으로 합천 놀거리를 읊어주었다. 빔 프로젝터가 있으니 영화를 틀어줄 수 있다고도 덧붙였지만 별다른 호응이 없었다. 원한다면 언제든 극장에 걸어 들어갈 수 있는 애 앞에서 괜한 물건을 자랑했는지도 모르겠다. 나는 본론을 꺼내 들었다.

"아무튼, 내가 일을 해야 하는 만큼 붙어서 케어해주기는 어렵다. 대신 너희 고모할머니 되시는 분한테 시간 되면 애들 이곳저곳 구경시켜달라고 부탁을 해놨거든. 다은이 너도 고모할머니 이야기는 들어서 알지?"

“네.”

다은이는 눈치를 보듯 건우의 표정을 살폈다. 건우도 고개를 끄덕였다.

“이왕 내려왔으니 다양하게 구경하고 가면 좋겠다만, 강요는 아니야. 서재에 책 많으니 그거 읽어도 되고, 근처 산책하고 밭 구경하면서 시간 보내도 된다. 그 경우에는 건우 네가 같이 다녀 줘라.”

“네.” 이번에는 건우가 대답했다.

어릴 적에는 케이블 채널에서 상영되는 마술 쇼를 많이도 봤다. 마술사는 멋들어진 원맨쇼를 벌이다가도 종종 방청석에서 지원자를 골라내는데, 나는 그걸 보면서 ‘아무도 지원을 안 하면 어쩌지’ 하는 궁금증에 사로잡히곤 했다. 그때는 인간 심리를 제대로 몰랐다. 방청객이란 생판 모르는 사람의 안방에 엑스트라 역할로나마 송출되기 위해 스튜디오에 들어선 인종이다. 스포트라이트를 받을 기회에 목마른 사람들만 가득가득 모아놓은 셈이다. 마술사가 퍼포먼스를 성공시키기 위해서는 참여자들의 열망이랄지 염원 같은 게 반드시 필요했다. 이 자리에는 그게 없었다. 심지어 ‘내가 좋아하는 여자애 이름을 마술사 따위가 어떻게 알겠어, 응?’ 같은 반감으로 손을 드는 심술쟁이조차 없었다. 네, 아뇨, 네, 아뇨, 그런 단답뿐이었다. 게다가 이제 보니 다은이는 수시로 휴대폰을 쳐다보고 있었다. 누군가의 연락을 기다리는 듯도 했고 그냥 식사에 집중하기가 어려운 듯도 했다. 나는 둘을 번갈아 바라보고는 질문을 던졌다.

"건우랑 다은이가 서로 반년 만에 얼굴 본 거지?"

"네." 둘이 동시에 대답했다.

"기차 타고 내려오는 동안 무슨 얘기 했어?"

"별 얘기 안 했는데요." 건우가 말했다. 목소리에 묘하게 퉁명스러운 감이 있었다.

"저는 그냥 잤어요. 요새 방학이라 좀 늦게 잤는데 일찍 일어나니까 졸려서……."

"서울 있는 동안에는?"

"그냥, 얘가 이렇게 조용해진 거 보니까 잘 지내나 보다……."

"이게 진짜."

마음 놓고 티격태격할 수 있을 만큼 사이좋은 사람들끼리의 대화는 배구 시합 같다. 힘을 한껏 실어서 공을 던지는 동작에는 상대가 너끈히 받아치리라는 기대가 담겨 있다. 말인즉슨 건우가 이렇게 나온다면 다은이가 한 번 더 밀고 들어갈 만했는데, 대화가 그 지점에서 딱 끊겨버렸다. 짐작했던 것만큼 가까운 사이는 아닌 듯했다. 하기야 두 살 터울의 10대 형제자매라면 친한 게 더 이상했다. 나는 이어 물었다.

"그나저나 합천 이야기는 누가 먼저 했냐?"

"제가 강남 할아버지한테 직접 말한 건데요." 건우가 말했다.

"그건 나도 민석 형님한테 들었다. 그런데 그전에 너희 둘끼리 말을 맞추든 고민 상담을 하든 했을 거 아니냐. 건우가 초대를 했는지, 다은이가 먼저 시골 구경하고 싶다고 했는지……. 이거를 알아둬야 내가 맞춰줄 부분이 생길 것 같아서 그래."

"다은이가 다른 애들은 다 학원 특강 다니는데 자기만 집에 있어서 우울하대요. 그래서 제가 먼저 오라고 한 거고요. 할아버지 일 방해 안 되게 할 테니까 신경 안 쓰셔도 돼요."

어조가 꽤 단호했다. 나는 건우가 오빠로서 하고 싶은 게 있는가 보다 생각했고, 그게 죽이 되든 밥이 되든 일단은 녀석의 기획을 응원해주기로 했다. 애당초 이 나이씩이나 먹고, 처음 보는 중학생한테 해줄 말이 얼마나 있겠는가. 트라우마 상담 세션을 열 게 아니고서야……. 비록 건우와는 간간이 음악 이야기를 나누긴 했지만 시간과 운이 맞아떨어진 덕분에 가능한 일이었다. 언더그라운드 힙합과 유럽 EDM은 젠체하며 들을 수 있다는 점에서 공통점이 큰 장르다. 중고등학생의 세계에서는 말할 것도 없다. 대중의 취향을 은근히 깔보면서 '리스너'를 자기 정체성으로 여기는, 그렇고 그런 10대들의 세계가 있다. 건우는 그 세계의 일원으로서 합천 할아버지가 2000년대 발라드나 아이돌 노래가 아니라 트랜스를 듣는다는 사실을 고평가했고, 선심 쓰는 듯한 태도로(그러나 '고급 리스너'에게 혹평을 들을까 봐 쭈뼛쭈뼛 망설임을 감추지 못하는 상태로) 자기가 좋아하는 뮤지션들을 소개하기도 했다. 상업성과 예술성의 관계에 대한 장광설은 덤이었다. 대중성 없는 뮤지션들은 알고리즘의 선택을 받기 전에 무관심으로 폐사하기 마련이라고, 그래서 '들을 만한' 아티스트 하나 찾기가 너무 힘들다고 했던가. 건우 녀석이 15년 뒤에 이 일을 어떻게 기억할지는 미지수였지만 지금 당장은 열정이 보기 좋았으므로, 나는 웃으며 들어주었다. 건우가 합천에 온 지 두 달 만에 일어난 일이었다. 이 녀석이 영어 수업에 하도 집중을 못 하기에 힙합 가사를 보조 교재로 썼던 게 효과를 발휘했을 것이다. 20년이 넘는 나이 차이를 맨땅에서 뛰어넘으려면 최소한 그 정도의 공통분모와 시간이 필요하다. 반면 건우의 설명에 따르면 다은이는 영 어덜트 판타지와 로맨스 판타지 웹소설의 애독자였고, 햄스터 쇼츠를 좋아했으며, 항상 아이돌 음악만 들었다. 그러니까 정말로, 도대체 무슨 말을 할 수 있겠는가? 차라리 영어 과외를 해주는 게 나을지도 몰랐다.

"그나저나 우혁이가 지금 공부 봐주고 있지?"

"영어랑 국어 해요. 일주일에 두 번……."

다은이가 대답하자마자 건우가 흐름을 끊었다.

"쟤한테 공부 시키려고 그러죠?"

"그건 아닌데."

"아니면 말고요."

추가 협상까지도 이렇게 끝났다. 건우한테는 확실한 기획은 물론이고 사명감마저 있는 듯했다. 자신이 좋아했던 것들, 자신에게 도움이 됐던 것들을 모두 다은이한테 똑같이 물려주고 싶어서 안달이었다. 카이로프랙틱의 효과에 만족한 아이가 얼치기 물리치료사로 전직하는 현상처럼 보였다. 가족을 눕혀놓은 뒤

안마를 해주겠답시고 이곳저곳 누르고 다니는데, 정작 근육이 뭉치는 자리는 제대로 짚어내지 못하는 것이다.

그래도 안마 실력이 부족한 건 잘못이 아니니까, 성가실 뿐이지 해롭진 않으니까 마음만 너그럽게 먹는다면 장단을 맞춰줄 만했다. 내 입장은 그랬다. 나는 다만 평소처럼 아침 6시 반에 일어나 여덟 시간 내내 컴퓨터 앞에 앉아 있다가 밭에 나가는 생활이 지속될 수 있다는 사실에 만족했다. 아니다. 솔직히 말하자면 본업을 제대로 하는 것도 아니요, 15년 전의 글을 제대로 읽지도 못하는 상태로 전전긍긍하고 있자니 건우가 오빠 노릇을 도맡으려는 게 대견할 지경이었다. 그게 고마워서 도움을 줬다. 창고에서 그릴과 숯을 꺼내 바비큐 파티를 해준다거나, 밤에 빔 프로젝터로 영화를 틀어준다거나.

그런데 건우 녀석은 내 정성에 만족하면서도 그 만족이 도리어 얄미운 모양이었다. 삼겹살을 굽다가 다은이에게는 안 들릴 만큼 작은 소리로 물어왔던 것이다.

"그릴 원래부터 있던 거예요?"

"응, 뭐, 그렇지."

"전 몰랐는데……."

"응?"

"저 해인사도 안 가봤는데……."

생각해보니 건우를 데리고 여행다운 여행을 해본 적이 없었다. 몇 번 테마파크 이야기를 꺼냈다가 모두 퇴짜 맞은 후로 아예 잊고 지냈던 것이다. 외출이라고는 기껏해야 하나로마트에 쇼핑을 가거나 고령 읍내에서 외식을 하는 것뿐이었다. 그리고 솔직히 말하자면 싹싹하게 구는 여자애를 관광지에 데려가는 것보다 고양이를 수로에 처넣는 남자애를 참아주는 게 훨씬 어렵다.

"네가 저번에 테마파크 가자고 할 때 그러지 않았냐. 제가 초등학생인 줄 아세요, 하고. 등산 가자고 하니까 제가 아저씨인 줄 아세요, 하고. 그래서 멀리 가는 건 싫어하는가 보다 했지."

"근데 테마파크랑 해인사는 다르잖아요."

"그게 그렇긴 한데……."

"빔 프로젝터 있는 줄도 몰랐는데요."

"아냐, 아냐, 저번에도 영화 보여줄 수 있다고 했어. 세 번이나 그랬는데 네가 세 번 다 됐다고 그랬어."

건우가 입을 꾹 다물었다. 섭섭했을 것이다. 좋아, 나는 여자친구랑 노닥거리느라 중학생 애를 혼자 서울로 보낸 놈이다. 심지어 여동생에게는 극진한 대접까지 해주는 중이다. 도의적으로 미안한 것과 별개로 적당한 사과문이 떠오르지 않았으므로 나도 침묵을 지켰다.

사실 다은이의 반응이 더 큰 문제였다. 기왕 섭섭함을 무릅썼다면 그만큼의 호응이 돌아와야 할 텐데, 정작 다은이는 휴대폰을 손에서 내려놓지 못했던 것이다. 당연하다면 당연했다. 낙엽 쌓인 산길과, 모래흙이 파스스 떨어지는 개울가와, 밭과, 시멘트 도로 밟는 감촉이 다르다는 사실에 기쁨을 느끼는 능력은 거저

주어지는 것이 아니다. 눈이 익고 마음의 준비가 되어야 자연 풍광을 즐길 수 있다. 그런데도 건우는 자신이 첫 한 달은 잠만 자고 있었다는 사실을 아예 잊어버리고 처음부터 합천에서 평생을 보낸 듯 굴고 있었다. 이튿날 저녁 즈음에 나를 붙잡고 불평불만을 쏟아냈던 것이다. 요새 애들은 너 나 할 것 없이 휴대폰 중독이라고, 눈앞에 진짜 자연이 있는데도 빗소리 ASMR 쇼츠를 보려 한다고 했다. 나는 가만히 듣고 있다가 한마디했다.

"그래도 이해해줘야지. 너도 스마트폰 없앴으니까 강제로 끊은 거 아니냐. 스마트폰 그대로 들고 내려왔으면 너도 다은이랑 똑같아."

"그래도요."

"무슨 생각을 하는지는 대강 알겠다. 합천이 마음에 들어서 동생한테도 보여주고 싶었던 거잖아. 좋은 걸 시켜주고 싶은 거야. 멋진 사진을 찍는다거나 비싼 기념품을 사는 게 아니라, 진짜. 진짜로 좋은 거. 밭에 가만히 앉아서 아무것도 안 한다든지, 개울물 흐르는 모습을 바라보다가 송사리 떼를 발견하고 신기해한다든지…… 맞지?"

건우는 한참을 망설이더니 고개를 끄덕였다.

"다은이 반응 때문에 실망했지?"

"그렇긴 한데요."

"그런데 그런 반응이 정상이고 자연스러운 거야. 며칠 전에 서울 다녀왔을 때 기분이 어땠냐? 자동차든 사람이든 건물이든 물건이든 간판이든 눈 돌아가게 많구나 싶지? 나는 아주 가끔씩 서울 올라갈 때마다 이런 생각을 하게 되거든. 신기한 게 사방에 널려 있는데 이 사람들은 아무렇지도 않게 걸어 다니는구나. 외계인이 지금 당장 광화문에 내려와도 다들 그러려니 하겠구나. 나한테도 이게 일상이던 시절이 있었구나.”

“무슨 말인진 알겠는데요.”

“그러니깐 말이야. 평생 그거만 보다가 시골에 내려온 애한테, 나무니 계곡이니 하는 게 눈에 들어오겠냐.”

“아닐 수도 있겠죠.”

“기다릴 줄을 알아야 돼. 너무 기대하지 말고.”

그 말을 하면서도 나는 내심 기대했고, 건우가 깨달음을 얻고 한 발짝 나아가는 순간을 상상했다. 나조차 어려워하는 일을 건우가 해내기를 바랐던 것이다. 정반대였다. 건우는 계속 기대했으며 기다릴 줄은 몰랐다. 결국엔 실랑이가 벌어졌다. 밭에서 애호박을 따던 건우가 다은이에게 불퉁스러운 소리를 뱉었던 것이다. 8일 저녁이었다.

“야, 넌 진짜 휴대폰 없으면 못 사나? 그거 집어넣으라고 했지?”

나는 흠칫 놀라 뒤를 돌아봤다. 건우와 다은이가 밭 가장자리에 딱 붙어 있었다. 이게 도대체 뭘까. 지난 며칠 국립공원이든 바비큐든 실내 영화관이든 즐길 거리는 충분히 슬긴 상황이었다. 그런데도 건우 놈은 집을 나설 때부터 불만이 드글거리는 표정이었다. 자기가 기른 애플 수박을 자랑하는데 다은이가 심드렁한 표정이었던 것도 한몫했을 터였다. 혹은 그전에 내가 모르는 말싸움이 있었는지도 모른다. 다은이도 심기가 불편한 건 마찬가지인지 휴대폰을 놓지 않고 버텼다.

"시간 보려다가 메시지 와서 답장한 거거든."

"나중에 답장해도 되잖아."

"친구가 보낸 건데."

"그러니까 나중에 하라고."

"굳이?" 다은이가 쏘아붙였다.

"굳이?" 건우가 따라 말했다.

"어, 굳이."

"너 왜 그러는데?"

"뭐가. 뭐가 문젠데. 내가 뭐 잘못했는데."

다은이는 입을 삐죽거리면서도 은근히 겁먹은 듯했다. 둘 다 어찌나 신경이 곤두서 있는지 내가 보고 있다는 것조차 모르고 있었다. 슬슬 멈춰 세워야겠다 싶어 가장자리 쪽으로 걸음을 옮기는 찰나 고함이 분위기를 깼다.

"씨발 진짜 장난하냐? 진짜 중요할 땐 휴대폰 보지도 않으면서 씨발 왜 그러는데?"

"내가 진짜 뭐……." 다은이는 살짝 고개를 수그린 채로 입을 다물더니 내가 다가오는 걸 보고는 중얼중얼 말했다. "내가 뭘 잘못했는데……."

그제야 건우도 고개를 돌려 나를 봤다. 사람이라도 죽일 것 같은 표정을 짓고 있었다. 그 표정이 금방 사라지더니 얼굴이 텅 비었다. 나는 고개를 설레설레 내저었다.

"야, 이 녀석아. 그런 거로 왜 화를 내고 있어? 욕은 또 왜 하고?"

건우는 묵묵부답이었다. 나는 이어 다그쳤다.

"빨리 다은이한테 미안하다고 해라. 다은이 말에 틀린 게 하나도 없어. 친구랑 연락하는 걸 가지고 네가 화낼 이유가 도대체 뭐야."

"싫은데요."

"너 키가 도대체 얼마냐. 별문제도 아닌 거로 그렇게 소리 지르면서 욕해대면 다은이 기분이 어떻겠어. 네가 잘못한 거야."

"아, 씨발 싫다고요."

건우는 홱 짜증을 내더니 뚜벅뚜벅 걸어 나갔다. 나는 따라가려다가 다은이의 울음소리에 발목이 잡혔다. 밭과 시멘트 도로 사이의 경계에서 갈팡질팡하다가 그만 "야, 야, 이 자식아, 너 집에 가서 가만히 있어라" 하고 외쳤고, 이만 방향을 틀어 다은이 곁으로 갔다. 다은이를 농막 앞 의자에 데려와 앉힌 후 바지 주머니를 더듬으니 구깃구깃 접힌 담뱃갑이 손에 잡혔다. 옆에 애가 있기도 하고, 담배를 태운다고 기분이 나아질 것 같진 않았으므로 그저 한 개비를 꺼내 물고만 있었다. 다은이는 한참을 흐느끼다가 가까스로 멈췄고, 멈춘 뒤에도 한동안 침묵을 지켰다. 그러더니 대뜸 입을 열었다.

"저 집에 가면 안 돼요?"

"그래……."

길게 고민할 필요도 없는 일이었다. 내가 민석 형님에게 전화를 걸어 사정을 설명하는 동안 다은이는 KTX 표를 예매했다. 세 시간 뒤에 출발하는 차편이었다. 제때 차를 타려면 한 시간 안에 출발해야 하는데도 다은이는 가만히 앉아 입을 삐죽거리고만 있었다. 건우를 보고 싶지 않아서 집에도 돌아가지 않으려는 듯했다. 나로서도 비슷한 마음이었다. 한 줄도 쓰지 않은 스카우트 리포트라거나, 20대 초반의 일기라거나, 건우의 성미 따위에 대해서는 결코 생각하고 싶지 않았다. 셋 다 어떻게든 결착을 내야 한다는 걸 아는데도 그랬다.

"있잖아요, 재한테 뭐라고 안 하셔도 돼요. 재가 원래 지 아빠 닮아서 좀 그래요. 사과 절대 안 해요."

한참을 뭉그적대고 있노라니 다은이가 한마디를 툭 던졌다. 깎인 자존심을 만회하려는 시도처럼 들렸다.

"오빠 말하는 거지?"

"오빠라고 부른 적 한 번도 없어요. 그런 사이 아니에요. 그냥 야, 최건우, 재, 저거……. 원래는 재도 저한테 친한 척 절대 안 했거든요. 진짜예요."

"알았다, 알았어."

"근데 재도 불쌍하긴 해요. 그거 봤거든요. 그래서 제가 참아주는 거예요. 쟤는 저 불쌍하다고 그러는데 사실 그럴 필요 없거든요. 제일 병신인 게 누군데. 진짜 제일 병신인 게 누군데…….”

“그렇다고 건우가 꼬장 부리는 것까지 봐줄 필요는 없지. 그건 그거고, 이건 이거고.”

“잔소리하지 마요.”

다은이는 윗몸을 슬쩍 수그리더니 운동화 앞코로 바닥을 걸어찼다. 자동차가 비 웅덩이를 내달려 물을 튀기듯 흙이 허공에 날았다. 접영 선수의 발처럼, 혹은 수면을 스쳐가는 오리의 발처럼 운동화가 계속 움직였다.

“저 사실 시골에 관심 없었거든요. 올 생각도 없었고요. 쟤랑도 하나도 안 친해요.”

“강남 할아버지 말은 좀 다르던데.” 나는 괜히 딴지를 걸었다.

“몰라요. 그냥 그래요. 학교 갈 생각 하면 토 나오는데 방학 동안 아무 데도 안 가는 것도 싫고 시골도 싫어요. 진짜 다 싫어요. 근데 제가 위클래스에서도 상담받거든요. 학교에서 하는 상담요. 학기 초에 무슨 검사를 했는데 우울증인지 뭔지가 중증도라잖아요. 위클래스 선생님이 자꾸 이거저거 물어보는데 말하기 싫으니까 그냥 아무 말이나 하죠. 인생에 하고 싶은 것도 없고, 내가 뭘 느끼는지도 모르겠고, 다 모르겠다고 그러면 저만 그러는 게 아니래요. 저만 그러는 게 아니니까 안심해도 된대요. 근데 아니거든요. 아니라는 거 알고, 아, 아닌데 이걸 어떻게 설명해. 진짜 아니니까 아무 말도 안 했으면 좋겠는데 말을 자꾸 걸면서 뭐라도 해주려고 하거든요. 그게 아니라니까. 그리고 다른 애들 보면 별거 아닌 거로 지들 엄마 아빠 욕하고 그래요. 지들 운동화도 휴대폰도 학원도 다 엄마 아빠 돈으로 하는 거고 엄마 아빠가 다 해주는데 미친 애들이에요, 진짜. 그거 욕하려면 최건우 말고 말할 상대 없어요. 진짜예요."

거기까지 말한 순간 다은이 어깨가 움츠러들듯이 떨렸다. 고개가 획 돌아 나를 빤히 봤다. 해를 등져 어두운 얼굴 속 두 눈동자가 무언가 절실한 걸 호소하는 듯했다. 단순한 부탁 이상이었다.

"근데 이거 재한테는 비밀이에요. 제가 최건우라고 했다는 거 알면 또 난리 나요."

"알았다, 알았어." 나는 오른뺨을 쓱 문질렀다. "그러면 민건우라고 부르는 건 괜찮아?"

"그것도 싫어하던데요."

그러고는 대화가 잠시 샛길로 빠졌다. 다은이는 나한테 바깥 삼촌 이야기를 물었고, 자기네가 첩의 자식이라는 게 사실이냐고도 했다. 건우에게 들은 이야기를 재확인하려는 듯했다. 나는 솔직히 답해주었고, 하도 오래전 일이니 대놓고 혀를 찰 사람은 없겠지만 예민한 애들에게는 스트레스일 거라고 했다. 다은이는 또다시 입을 삐죽거렸다.

"근데 어차피 다 그러고 사는 거 아니에요?"

"뭐가?"

"조선 시대에 양반이었던 집안이 거의 없잖아요. 다들 성씨 산 거라면서요. 고조할머니가 백정이었든 노비였든 첩이었든 누가 신경 써요. 재벌 집안에도 노비랑 백정이랑 첩이랑 다 섞여 있을 텐데, 진짜 그게 중요한가? 왜 그러지? 최건우가 그 얘기 자꾸 해서 저까지 짜증 나요. 아니, 얼굴도 모르는 사람들을 가지고, 진짜."

"건우는 여기서 지내니까⋯⋯. 1980년대, 1990년대라면 너희 태어나기 전이지만 동네 노친네들한테는 자기 젊을 적이야. 바깥삼촌이 그때까지도 이름 날리고 다녔으니 다들 생각나면 한마디씩 하지. 너희 고모할머니도 그렇고."

"모른 척하면 되잖아요. 알 바예요? 그거 가지고 뭐라 하는 사람 있으면 대놓고 지랄하라 그래요. 어차피 그거 말고는 잘하는 거 하나도 없는 앤데요. 걔 맨날 영어 단어 외우기 너무 어렵다고 징징거리는데, 아니, 걘 원래 공부 못했어요. 아시죠?"

"모르겠다." 나는 실실 웃었다. "핏줄이라는 게 중요하다고 생각하면 중요해지는 거야. 세상일이라는 게 뭐든 그래. 조선 시대라고 해서 백정이니 노비니 첩이니 하는 게 처음부터 구분이 됐겠냐. 사람들 모두가 그걸 중요하다고 믿었으니까 그렇게 되는 거라."

"솔직히 걘 아빠 닮았어요. 똑같아요. 그냥 150퍼센트 복사본이에요."

"건우한테는 그 얘기 하지 마라."

"최건우도 알아요. 걔가 제일 잘 알아요."

“그런데 네가 하지는 말아야 돼. 앞으로 다시는 안 볼 작정이 아니라면.”

“안 해요.” 다은이는 나를 쳐다보지도 않고 어딘가 먼 곳을 향해 말했다. “그러면 걔가 진짜 저 죽일걸요.”

톤이 높고 쨍알댈 뿐이지 다은이 말투는 건우와 거의 비슷했다. 하지만 그 약간의 질감 차이만으로 목소리가 달라진다. 인간 사라는 게 그렇고 남자와 여자라는 게 그렇다. 나는 믿음이 세상을 만들어낸다고 믿었지만 그 믿음이 허공으로부터 대뜸 던져진다고 생각하진 않았다. 건우는 상대를 주먹으로 갈기고서도 후폭풍을 두려워하지 않을 수 있기 때문에 건우인 것이고, 그래서 아버지와 바깥삼촌의 피를 겁내는 것이다. 그건 분명히 다은이에게도 나에게도 건우 자신에게도 두려운 일이다.

“그나저나 궁금한 게 따로 있는데, 이런 걸 물어보는 게 좋은 생각인지를 잘 모르겠다. 굳이 떠올리기 싫은 부분 들쑤시고 싶지는 않아.”

“뭔데요? 그거 관련된 거예요?”

나는 말없이 고개를 끄덕였다. 다은이는 짧게 고민하더니 미간을 좁혔다.

“왜요?”

“건우 녀석 분위기가 저번부터 묘한데, 정확히 무슨 생각인지를 모르겠어. 단순히 시골집 구경시켜주고 싶어서 너를 부른 건 아닐 것 같거든. 아예 자리를 바꾸고 싶어 하는 거 같더라. 너는 여기 내려오고 건우가 서울 올라가는 쪽으로다가……."

"엥." 다은이는 진심으로 의아해하는 기색이었다. "왜요? 고모할머니한테 지가 민건우 아니고 최건우인 거 들킬까 봐요?"

"건우가 그 걱정을 자주 하냐? 너한테도 그랬어?"

"가끔 해요. 근데 제가 보기엔 들켜도 별문제 없을 거 같은데. 아니, 뭐, 옛날 일이잖아요. 알면 오히려 미안하다고 하시겠죠. 할머니 착하시던데. 애초에 네 할아버지 때문에 학교 못 갔으니까 위자료 물어내라고 할 사람이 세상에 어디 있어요. 아무도 안 그래요."

"아무래도 그렇지. 근데 건우는 바깥삼촌한테 이입하는 것 같아서…… 너희한테는 증조할아버지구나."

"암튼 얼굴도 몰라요. 알고 싶지도 않고요."

다은이는 죽은 사람들 이야기에는 아무 관심이 없는 듯했고, 관심이 없어서 짜증스러운 듯했다. 요컨대 이런 것이다. 자기 얼굴에 불만이 많은 사람들은 내 얼굴 흉터에 대해 이런저런 말을 늘어놓으며 동정하기 일쑤였는데, 정작 나는 다른 문제가 태산이었기 때문에 그런 종류의 자기연민에는 사로잡힐 겨를이 없었다. 나는 깊은 한숨을 내뱉고는 결심을 다졌다. 분위기를 보아하니 이 정도 질문은 해도 될 성싶었다.

"아니다, 단도직입적으로 가자. 건우 녀석이 자기 때문에 일이 터졌다고, 자기가 엄마를 죽인 거라고 그러거든. 자꾸 그런 주장을 해. 이러다가 사고를 거하게 치지 않을까 싶다. 이거 도대체 무슨 일이냐? 생각나는 거 있어?”

다은이는 놀란 표정으로 눈을 동그랗게 떴다.

“엥, 아뇨. 모르겠는데요. 진짜 왜요?”

“이유를 모르겠으니까 답답하지…….”

“저도 몰라요. 저한테는 그런 말 한 번도 한 적 없어요. 완전 처음 들어요. 진짜 할아버지한테 그랬어요?”

“그래.”

“아니, 아닌데. 아무 관련 없는데. 오빠가 뭘 해요. 애초에 그게 누군가가 뭘 해서 생기는 일은 아니잖아요, 그쵸? 그리고 오빠가 뭐라도 했으면 문 열어보기 전에 알았을 거잖아요. 전 도대체 무슨 소리인지 모르겠거든요.”

“나도 모르겠긴 하다.”

“저, 혹시 이따가 가서 물어볼까요?”

“아니……. 그건 나한테나 건우한테나 안 좋을 것 같다. 너한테도. 그랬다가 또 울면 어쩌려고.”

“그러게요.”

다은이는 그 말을 끝으로 입을 꾹 다물고 자기 발을 노려보았다. 운동화가 계속 위아래로 움직이며 흙을 차올렸다. 탁 탁 소리가 규칙적으로 났고 풀벌레 소리도 들렸다. 어느 순간부터 울음소리가 끼어들었다. 해가 산줄기 저편으로 내려앉고 있었다. 휴대폰을 꺼내 시간을 봤다. 지금 바로 포터 트럭에 시동을 걸면 가까스로 열차를 붙잡을 수 있을 듯했다. 그러나 다은이가 울음을 그치지 않았으므로 나는 내버려두었다.

다은이가 내려오기 전에 나는 애들 침실 문제로 고민했다. 내 생활 패턴과 집 채광을 생각하면 거실은 사람 잘 곳이 못 됐다. 다은이에게 건우 방을 잠시 내어준다 치면, 건우에게는 내 방에 보조 매트리스를 깔고 자게끔 하는 방안과 별채를 주는 방안이 있었다. 불편한 동거를 버티며 에어컨 바람을 쐬느냐, 단독 공간에서 선풍기만 틀고 버티느냐 중에서 택일하는 셈이었다. 내가 건우 놈이라면 8월에 선풍기만으로 버틸 생각은 않겠지만 혹시 몰라 별채를 청소해놨다.

건우는 첫날 밤에는 내 방을 택했다가 다음 날부터는 별채로 도망갔다. 늦어도 밤 11시에 잠들어서 아침 6시 반에 일어나는 건 녀석의 체질이 아니었던 것이다. 그리고 스스로도 별채를 마음에 들어하는 듯했다. 마음에 들어한다는 설명이 적절한지는 모르겠다. 하여간 묘한 애착이랄지 관심 같은 게 느껴졌다. 다은이에게는 내일 오전 차편을 예약하게끔 시킨 다음 집으로 돌아와 저녁을 챙겨 먹었고, 건우를 찾았다. 별채는 어두운데 거실에도 주방에도 서재에도 흔적이 없어서 처음에는 이 녀석이 아예 집을 나가버렸나 덜컥 겁을 먹었다. 그러나 다시 보자 별채 불을 끈 상태로 선풍기만 틀고 드러누워 있었다. 나는 섬돌에 발을 디디고 서서 손만 별채 안으로 뻗어 불을 켰다. 건우가 누운 자세 그대로 고개를 들어 나를 보았다.

"그렇게 누워가지고 뭐 해?"

"아무것도 안 해요."

"다은이가 엄청나게 울더라. 지금 방에서 쉬고 있으니까, 가서 미안하다고 해라."

"싫은데요."

"잘못한 줄은 알지?"

"아까 그거는 다은이한테 욕한 거 아니고 그냥 짜증 나서 한 건데요. 개한테 욕한 거면 씨발년이라고 했겠죠." 목소리에 불만이 그득했다.

"이 새끼야, 너 지금 그걸 말이라고 하냐? 당장 일어나."

건우는 듣기 싫다는 듯 홱 돌아누웠다. 나는 좀 짜증이 났고, 이런 식으로 말하는 게 요새 애들 특징인지 개인의 성격 문제인지도 궁금해졌다. 이 녀석을 붙잡고 한두 시간은 이야기를 해야 할 듯했다. 문턱에 걸터앉았다가 생각을 고쳐먹었다. 나는 별채 안으로 들어가 선풍기 앞에 섰다. 건우가 바람이 가로막힌 걸 깨닫고 미간을 좁혔다.

"뭐예요, 진짜."

"내일 아침 차편으로 올라가기로 했다. 배웅하면서 한마디하는 것보다는 조금이라도 일찍 해두는 게 낫지 않겠냐."

"올라간다고요?"

358

"그러면 가만있을 줄 알았어?"

그제야 건우가 부스스 몸을 일으켰다. 해놓은 짓이 많은 주제에 멍한 표정이었다. 나는 다그쳐 물었다.

"애초에 너 아까 한 말 진심이냐? 씨발이 욕이야, 아니야?"

"욕하려고 그런 거 아니라니까요."

"했잖아."

"아니라고요."

"저번에, 내가 말싸움을 하고 싶으면 사람이 대답할 수 있는 말로 하라고 했지. 개 같은 소리를 하지 말라는 거야. 씨발 개소리를 하지 마. 그래야 대화가 돼. 내가 너한테 바라는 건 그거야." 나는 일부러 쌍소리를 섞어 내뱉고는 문간을 가리켰다. "덥다. 편의점 가서 사이다나 사 오자."

그러고는 먼저 나가서 건우 놈이 일어날 때까지 문간에 버티고 서 있었다. 해가 졌는데도 여전히 덥고 습했다. 열기를 머금은 공기가 사람 살갗처럼 축축하고 미지근했다. 이마에 흐르는 땀을 닦는데 오른뺨 근육이 꿈틀 경련했다. 그간 피곤이 쌓이긴 쌓인 모양이었다.

나는 야구 선수에게 두 가지 체력이 있다는 사실을 떠올렸다. 경기 중의 체력과 시즌 중의 체력. 1회전의 힘과 9회전의 힘은 같을 수 없고, 또, 시즌 첫 경기와 마지막 경기에서의 체력도 다르다. 이서가 내려온 잠시 달콤한 휴식을 즐겼을 뿐이지 건우 앞에서는 둘 다 바닥을 향해가는 게 느껴졌다. 건드리기도 귀찮아서 내버려두게 되는 게 먼저일까, 아니면 폭발하는 게 먼저일까? 둘 중 어느 쪽이든 상상하고 싶지 않았다. 나는 그냥 건우를 빤히 봤다. 선산 봉우리에 오른쪽 끝을 걸어놓았던 구름이 왼쪽 끝으로 넘어갈 무렵에야 건우가 미적미적 일어났다. 우리는 굴다리 밑을 지나 편의점에 이를 때까지 말없이 걸었다.

“저녁 안 먹었지?” 내가 물었다.

“옥수수 삶아둔 거 먹었는데요.”

“네 덩치에 얼마나 된다고. 빵이든 컵라면이든 먹고 싶은 거 골라라. 음료수랑. 먹고 들어가자.”

건우는 샌드위치와 삼각 김밥, 그리고 닥터페퍼를 골랐다. 나는 보리차로 충분했다. 우리는 편의점 건물 옆 공터에 설치된 간이 탁자에 자리 잡았다. 주변은 그야말로 무주공산이었다. 늦은 밤인지라 관광객 발길도 끊겼다. 대화를 나누기에 딱 좋은 분위기였다. 나는 다은이에게 “건우랑 대화하고 들어갈 테니까 피곤하면 먼저 자라” 하는 메시지를 남긴 뒤 보리차를 한 모금, 두 모금 들이켰다. 백스페이스 키가 눌린 키보드로 글을 쓰는 것처럼, 이런저런 문장을 만들다가도 머릿속이 까맣게 죽기가 반복됐다. 결국엔 충동적으로 입이 열렸다. 누군가가 내 뒤통수를 탁 쳐서 입에 물고 있던 걸 뱉게끔 하는 느낌이었다.

“나는 요새 좀 피곤해.” 어째서인지 이 말부터 튀어나왔다. 나는 결국 이 소리를 하게 됐다는 생각에 한숨을 내쉬었고, 내친김에 남은 말을 털어냈다. “남한테 뭐라 하는 게 쉬운 일이 아니야.

남한테 이래라저래라 하고, 이거저거 틀렸다고 잡아주는 것도 다 에너지가 들어가는 일이라. 화풀이로 그러는 사람도 있을 텐데 나한테는 그게 다 스트레스야.”

“네.” 건우는 보다 순순해진 목소리로 답했다.

“그런데도 내가 너한테 화를 낸 건, 다은이가 너보다 중요해서가 아니라 네가 잘못을 했는데도 인정하지 않아서야. 그건 너한테도 나쁘거든. 계속 그러면, 응, 다은이가 지금은 중학생이지만 나중에 나이 먹고 혼자서 돈 벌면 너랑 아는 척을 하겠냐. 연 끊기는 건 싫지?”

“사과해도 다은이는 안 좋아할걸요. 개도 불편하고, 저도 그런 거 잘 못 하고…….”

기세등등한 분위기는 어디론가 사라져 있었다. 나는 한숨을 가까스로 삼켰다.

“둘이 끌어안고 감동의 눈물을 짜내라는 게 아니야. 사이좋게 지내라는 것도 아니고.”

“개 반응 별로일 거예요. 그런다고 안 좋아해요. 제가 알아요.”

“다은이도 속으로는 너 걱정하더라.”

“그건 그거고요.”

“사과받는 사람이 좋아하기를 기대할 필요가 없어. 해야 하는 건 하고 하면 안 되는 건 안 하는 거야. 기분이 아니라 원칙이 먼저야. 그러니까 그냥…… 남이 자기 생각대로 안 될 수 있다는 거, 어쨌든 남을 함부로 대하면 안 된다는 거, 그걸 머리에 박아

넣어야 해. 네가 배워야 하는 게 그거야. 사과는 그걸 확실히 해내기 전에 양해 각서를 교환한달지 하는 개념으로다가…… 너는 양해 각서가 뭔지 모르겠구나. Memorandum of Understanding, 아, 이걸 뭐라고 설명하지."

단어가 자꾸 생각과 어긋났다. 혹은 생각이 계속 미끄러져 내렸다. 건우는 나를 물끄러미 바라보더니 툭 물었다.

"할아버지는 제가 잘되면 좋겠다고 했잖아요. 맞죠?"

"그렇지."

"제가 잘 안 되면 어떻게 할 거예요?"

"처음부터 그럴 일이 없어야지. 나쁜 쪽으로 생각하지 마."

"근데 그렇게 될 수도 있잖아요."

"나는 기본적으로 참을성이 많은 사람이야. 기다리고 참을 수 있어. 피곤하긴 하겠지만, 그 피곤함을 감수하고서라도 기다릴 만큼 너한테 마음이 간다는 거야. 왜냐하면 나도 어릴 때 합천으로 쫓겨났고, 교도소에 가거나 자살하거나 평생 백수로만 살 줄 알았고……."

"그러니까 제가 결국 교도소에 가면요? 교도소에 갔다가 나왔는데 또 가면요? 계속 가면요? 사람 죽이고 돈도 날리고 못 할 짓도 많이 하면요?"

건우가 자꾸 어깃장을 놓았다. 나는 이런 종류의 질문에는 공수표를 던져야 한다는 걸 알았고, 그게 공수표기 때문에 허망하다는 것 역시 알았다. 건우는 언제든 참아주고 기다려주겠다는 말을 듣고 싶을 것이다. 내가 매번 면회를 가고 영치금을 넣어주고 편지도 보내주리라 말한다면 수표에는 사람 마음을 사들이기에 충분한 금액이 적히겠지만, 그건 거짓말이다. A4 용지에 50억을 쓴 뒤 돈이랍시고 건네주는 짓과 똑같다.

솔직히 말해 사람을 죽이거나 억대의 사기를 벌이는 수준이 아니라도, 건우가 혼자 도박 빚을 지고 털레털레 집으로 돌아오면 한심해하지 않을 자신이 없었다. 그렇게 되면 나는 건우를 호적에서 파낸 뒤 혼자 적적한 노후를 보낼지도 모른다. 좋다, 난 우혁이 생각을 하고 있는 거다. 민석 형님은 아무리 자기 아들이라지만 어떻게 그걸 참아줬을까? 끝끝내 참았으니까 우혁이 놈도 30대 중반에 접어들어서야 겨우 정신을 차린 걸까? 모르겠다. 나는 나빠지는 것들을 거듭 인내하고 용서하고 사랑하다가 함께 파멸한 사람들의 이야기를 알고 있다. 건우도 잘 알 터였다.

"아빠든 바깥네든, 그런 사람이 되는 게 무서운 거지?"

건우는 선뜻 고개를 끄덕였다.

"다은이한테 욕할 때는 제가 진짜 아빠처럼 말하고 있다는 생각이 드는데, 하게 돼요. 말투도 똑같고 웃는 표정도 똑같아요. 그런 건 못 바꿔요. 바꾸려 해도 못 바꾼다고요. 해야 할 건 하고, 하면 안 되는 건 안 한다. 그건 알겠는데 제가 규칙이라는 걸 못 지키는 사람이라니까요. 영어 단어도 못 외우는데 뭘 지켜요. 아니, 검정고시도 과락 나와서 떨어질 거 같다니까요. 진짜예요."

"야, 그래도 네가 7월 들어서 상태 안 좋아지기 전까지는 꽤 괜찮았어. 단어 외우는 날도 늘어났고 운동도 잘했고 쓸데없이 짜증 내는 것도 많이 줄었어. 너 팩트 좋아하지 않냐. 이게 팩트 야. 그리고 시험을 어떻게 봤는진 모르겠지만 떨어지면 내년에 한 번 더 치면 돼. 진짜 그러면 끝이야.”

나는 단호해졌다. 건우도 마찬가지로 단호하게 말했다.

“또 나빠졌잖아요.”

“3보 전진 1보 후퇴라는 말 모르냐.”

“아뇨, 할아버지는 자기가 됐으니까 저도 된다고 생각하는가 본데 안 되는 사람도 있다고요. 할아버지는 미국 살다가 갑자기 한국 왔고 갑자기 장애인 됐는데도 적응한 사람이니까 그게 가 능한 거고요, 전 몸 멀쩡하고 다친 곳도 없고 평생 한국에서 살 았는데 아무것도 안 된다고요. 세상엔 진짜 저 같은 사람도 있다 니까요. 지금 시간 낭비 하는 거예요. 할머니도 할아버지도 다 시 간 낭비에 돈 낭비 하는 거고요, 할아버지는 몰라요. 제가 무슨 생각 하는지 알면 바로 저 보육원 보낼걸요? 진짜거든요?”

건우는 울화가 치미는 듯 점점 큰 목소리로 외쳐대더니 급기 야 당고모를 나와 한 세트처럼 들먹였다. 내가 당고모와 한 세트 일 수 있다니 격세지감이었다. 열다섯 살이었을 때 누군가가 내 게 이런 식으로 말했더라면 미쳤다고 했을 것이다.

“내가 왜 모르겠냐, 나도 알지……”

나는 건우에게 20대 초반 이야기를 어디까지 털어놓을 수 있 을까 고민해봤다. 딱히 말하고 싶지 않다는 게 솔직한 심정이었다. 이건 큰아버지네 텔레비전을 박살 낸 일과는 궤가 달랐다. 스무 살도 안 된 녀석에게 8년을 더 버텨도 똑같았고, 멀쩡히 서울에서 대학을 다니고 있을 때도 마음 깊은 곳에는 1인용 지옥이 펼쳐져 있었으며, 결국 서른 가까운 나이가 되어서야 균형을 잡았다고 털어놓는 게 좋은 생각일 것 같지가 않았다. 서른까지 이렇게 살고 싶지 않다는 마음은 서른까지 살 이유가 일절 없는 삶을 만들어낸다. 애당초 나도 나 스스로가 부끄러웠다. 20대 초반의 블로그 글을 읽을 수가 없는 건, 내용이 어렴풋이 떠오르기 때문이다. 나한테 떳떳한 마음이 없는데 건우한테 자신을 믿으라고 말할 수 있나?

침묵이 길었다. 건우가 먼저 쓰레기를 챙겨 일어났다. 나도 따라 일어섰다. 그리고 말실수인 줄을 알면서도 떠오르는 대로 중얼거렸다.

"네가 그렇게 느끼는 이유는 알겠다. 그런데 느낌이랑 현실은 다를 때가 많아. 저번에도 말했지만 결론을 정해두지만 않으면 돼. 네가 확신해야 하는 건 결론이 아니라 목적지야. 결론은 네가 도착하는 곳이지만 목적지는 네가 가겠다고 정한 곳이야."

"그래서요?"

"네가 이런저런 고민을 하는 건 알겠고, 굉장히 진지하다는 것도 알아. 하지만 계속 그런 방향으로만 생각하다 보면 사고를 치게 될 거야."

"제가 뭘 생각을 하는데요?" 목소리가 불퉁했다.

“그건 나도 모르지. 하지만 너는 알 테니까⋯⋯.”

“뭔 사고를 칠 거 같은데요?”

건우는 여전히 자기 엄마 생각을 하고 있을 테고, 나는 확실히 말실수를 했다. 덮어둔 채 넘어갈 수 있었던 문제를 풀겠답시고 페이지를 넘겨버린 것이다. 물론 나는 이 퍼즐에 어떤 블록이 들어가고 어떤 블록이 빠져야 하는지를 알았는데 그것들 각각은 내 손에 없었다. 가장 먼저 건우가 손을 펼쳐서 자기 패를 내어줘야만 했다. 그건 건우가 상담실 문턱을 스스로 밟는 것만큼이나 어려우며 중요한 일이었고, 내가 끼어들 수 있는 사안조차 아니었다. 도울 기회가 오더라도 건우가 나한테 그 기회를 줘야 했다. 솔직히 인정하건대 나는 그 기회 자체가 두려웠다. 그래서 소리 내어 약속했다.

“그것도 몰라. 하지만 나는 네가 사고를 치더라도 무슨 일이든 한 번은 반드시 참을 거야. 약속이다. 그게 무슨 일이든 반드시 한 번은 참아주마. 참는다는 건 잘잘못을 따지지 않겠다는 게 아니라 널 포기하지 않겠다는 의미야. 두 번째부터는 그때 가서 생각하자. 지금은 진짜 모르겠다. 나는 좀⋯⋯.” 적당한 낱말이 떠오르지 않았다. “피곤해.”

건우는 자기 머릿속이 워낙 엉망진창이라 내가 알면 기겁하며 쫓아낼 거라고 확신하는 듯했지만, 나는 건우가 칼부림 이야기를 하더라도 놀라지 않을 자신이 있었다. 내가 칼에 찔려 드러누워 있거나 자기가 찌르는 쪽이 되는 이미지가 번쩍번쩍 머리에 떠오르겠지. 방화일지도 모른다. 장담할 수는 없지만 그럴 확률이 있다. 충분하다. 반드시 구체적인 이미지가 아니더라도…….

평범한 사람들이 몸으로 항상 겪으면서도 논리로는 이해하지 못하는 사실이 하나 있다. 충동과 강박과 불안이 한 세트라는 것이다. 사람은 불안해하기 때문에 강박적으로 자신을 단속한다. 동시에 불안해하기 때문에, 강박적인 규칙들이 버겁기 때문에 충동적으로 이곳저곳을 향해 튀어 나간다. 원하는 대학에 갈 수 없는 미래를 두려워하느라 아예 수능 시험장을 뛰쳐나오는 사람처럼. 혹은 내일 당장 핵전쟁이 터질지도 모른다는 공포에 몸서리치다가 스스로 폭탄 버튼을 눌러버리는 사람처럼. 방향타 없는 불안보다 예상할 수 있는 최악이 낫다. 예상 가능성이란 견고한 지반 같아서 그 위에 발을 디디고 선 동안에는 어디로든 갈 수 있다. 그러니까, 최악이 보장하는 한도 내에서.

반면 욕망과 쾌락과 분노는 충동과 강박과 불안의 이웃이다. 그것들은 완벽히 하나로 얽혀 굴러가지는 않지만 톱니바퀴에 교묘하게 끼어드는 재주가 있다. 강박이 불가항력적으로 무너지는 순간 분노가 모습을 드러내고, 충동은 종종 욕망으로 오역되며, 그럼으로써 쾌락은 범주를 넓힌다. 불확실성이 실패로 귀결되는 순간의 역설적인 해방감에도, 까닭 모르게 저질러버린 일에도,

긴장 자체에도, 무감각의 수렁으로부터 벗어나려는 몸부림에도 쾌락의 라벨이 달라붙는다. 요컨대 압도적인 삶의 무게에 짓눌린 나머지 어떤 것에도 즐거움을 느끼지 못하게 된 사람, 그래서 즐거움이라는 감정 자체를 잊어버렸으며 살았는데도 죽은 것처럼 느껴지는 사람, 결국 심장이 두근거리고 머리가 핑글거리고 피가 빠르게 도는 감각을 스릴로 착각하게 된 사람이 있다고 생각해보라. 그 사람은 20대의 나다. 졸음운전으로 휘청거리던 마을버스가 중앙선을 넘어 자동차들을 들이받은 뒤 인도로 돌진하는 광경을 반대편에서 직관한 적이 있다. 10중 추돌 사고였다. 마을버스가 마침내 대학교 캠퍼스를 둘러싼 벽돌담에 고개를 처박은 채 찌그러졌을 때 길거리에는 뜯겨 나간 보닛 파편과 헤드라이트가 널브러져 있었다. 그리고 내 정신은 언제나처럼 몸에 갇혀 있었고, 몸은 어째서인가 계속 이 광경을 바라보고자 했으며, 곧이어 내 몫이 아닌 목소리가 머리 뒤편에서 쾅쾅 울렸다. **야, 바로 이거야.**

나는 내가 반대편에서 걷고 있었다는 사실에 아쉬움을 느꼈다. 조금만 일찍 횡단보도를 건넜더라면 마을버스에 부딪혀 한 번 더 온몸이 으깨지거나 마을버스가 한 발짝 앞에서 아슬아슬하게 멈추는 경험을 하게 되었을 텐데 지금 나는 구경꾼이었다. 이번에 나는 구경꾼이었다. 하여간 이 쇳덩이들, 하늘을 날거나 파도 위에서 유유히 미끄러지거나 콘크리트 길을 내달리는 거대하고 육중하며 정교한 쇳덩이들이 본질적으로 살육 기계라는 사실을 왜 다들 외면하고 있는 걸까? 그것들은 사람을 태우고 물건을 옮긴다는 명목으로 사람을 죽인다. 전장의 군마처럼 다른 쇳덩이들을 으스러뜨리고 철근콘크리트 커튼월 빌딩을 샴페인 탑처럼 깨부순다. 그걸 다시 한번 겪으려는 충동, 한가로운 사람에게 세계의 민낯을 맛보여주고자 하는 충동이 나를 사로잡으면 어깨가 벌벌 떨렸다. 하지만 욕망하지는 않았다. 그건 즐거움도 아니고 쾌락도 아니었다. 다만 충동이었다. 대로변 카페에서 일하다 보면 걷잡을 수 없는 불안에 사로잡혀 이서에게 연락하고, 이서가 전화를 받지 않으면 주변인에게 "혹시 오피스텔에 불난 거 봤어?" 하는 메시지를 보내는 것과 똑같은 충동이었다. 하지만 평온이 낯설던 시절, 즐거움을 모르던 시절에는 결코 구분할 수 없었다.

그러나 공포와 쾌락을 혼동할 때조차도 두려운 것을 피하는 본능은 살아 있다. 그건 정말이지 인간 정신의 신비다. 나는 걷는 게 익숙했거니와 복지 카드가 있어 지하철이 무료였으므로 웬만하면 차를 타지 않았다. 마을버스도 택시도 꺼렸다. 거리가 3킬로미터 안팎이고 시간이 넉넉하다면 그냥 걸어 다녔다. 동대문역에서 광화문역까지 가는 정도라거나. 그런데 환승 실수 때문이든 지하철 연착 때문이든 경로를 처음부터 잘못 생각했든 간에, 아무리 조심하더라도 택시를 타지 않으면 제때 목적지에 도착하지 못하는 상황이 종종 생겼다. 그럴 때마다 허황된 걱정이 머릿속을 떠돌았다. 선배와의 식사에 10분이나 늦었기 때문에 일감이 끊길 거라는 생각, 차를 타고 가던 중에 사고가 나서 또 늦으리라는 생각, 생각, 생각. 택시를 부르고 기다리다 보면 속이 부글부글 끓었다. 심지어 어떤 택시 기사는 사람 심기를 끔찍하도록 긁었다. 딱 한 번이었다. 나는 택시를 거의 타지 않으니까 그 한 번의 빈도는 내게 있어 꽤나 높다.

지하철을 타고 낯선 동네에 가려다가 경로가 꼬인 날이었다. 중간 지점의, 낯선 역에 내린 뒤 택시를 불렀다. 10분가량 기다렸더니 택시 기사에게서 전화가 왔다. 몇 번 출구냐는 말에 4번 출구라고 답하자 불퉁한 반응이 돌아왔다. 4번 출구면 유턴을 해야 한다고, 보통은 건너편에서 부른다고 했다. 거의 타박이었다. 그러면 제가 건너편으로 갈까요, 아니면 4번 출구로 오신다는 건가요, 하고 거듭 공손하게 물었는데도 마땅한 답은 없고 불평만 이어졌다. 중국인이냐는 질문을 얻어낸 게 유일한 수확이었다. 내 억양을 듣고 외국인 노동자라고, 외국인 노동자니까 화풀이를 해도 된다고 생각했던 모양이다. 그러나 사실 그런 것들은 중요하지 않다. 죄송합니다, 그래서 지금 하시는 말씀이 제가 1번 출구로 가야 한다는 건가요, 하는 질문을 네 번쯤 반복했는데도 대화가 도돌이표에 그치니 나로서도 갑자기 공손한 느낌이 사라지고 화가 머리끝까지 폭발해서 야 그러니까 반대편으로 오라는 거야 아니면 4번 출구에 가만히 있으라는 거야? 알았어 알았으니까 씨발 개새끼야 1번 출구에 딱 있어 내가 지금 칼 들고 가서 니 찔러 죽여버릴 거니까 씨발 1번 출구에 딱 가만히 있어

나는 숨 한번 쉬지 않고, 더듬지조차 않고 완벽한 발음으로 그렇게 말했다. 깊은 생각을 거친 것조차 아니었다. 그냥 붉고 뜨겁고 출렁거리는 게 내 안에 담긴 채 뚜껑이 열리기만을 기다리고 있었다. 일이 이렇게 된 이상 택시 기사의 인성은 큰 문제가 아니었고, 또, 이서가 내 곁에 있었다. 연애 놀이를 시작한 지 얼마 안 된 시점이었다. 이서가 눈을 동그랗게 뜬 채 아무 말도 하지 않던 순간의 충격은 지금까지도 내 마음을 찢어놓는다. 뒤늦은 평정이 핏줄을 채우는 가운데 내 존재가 역겨운 한 점으로 압축되어 들어가고, 최씨 집안의 내력이라든지 트라우마틱한 유년기를 보낸 살인마들의 이야기, 그리고 이서의 망연자실한 표정이 나머지 공간을 가득 채울 때의 그 아득함과 현기증…….

그때까지만 해도 이서는 나를 미국에서 살다가 큰 사고가 나서 한국으로 돌아온, 덜떨어진 남자애로만 알고 있었다. 자기가 더워한다는 사실 자체를 몰라서 에어컨을 켜야 할 때를 분간하지 못하고, 그걸 알려주기만 하면 무척이나 고마워하고 신기해하는 애. 그래서 챙겨주는 보람이 있거니와 놀리듯 야단치기도 좋고 이것저것 시켜먹기도 편한 애. 하지만 그 정도로 망가진 사람이 나머지도 멀쩡하리라 믿는 것은 카드 리볼빙만큼이나 위험한 사치다. 지뢰가 파묻힌 DMZ의 대수림이다. 다은이가 대학에 합격해 나 같은 스무 살과 연애를 시작한다면 따라다니며 말릴 것이다.

하지만 이서는 나를 고쳐보기로 마음먹었다. 두 가지 이유가 더불어 작용하지 않았을까 싶다. 첫째, 곧장 이별 통보를 날리고 연락을 차단하자니 후폭풍이 두려워졌을 것이다. 이런 종류의 남자가 상대라면 헤어지는 것조차 쉬운 일이 아니다. 객관적으로 말해 헤어지느냐 곁에 남느냐는 어떤 총으로 러시안룰렛을 할 것이냐 하는 문제에 가깝다. 게임이 시작된 이상 둘 중 무엇을 고르든 방아쇠를 당겨야 한다. 둘째, 정신분석학적 추론을 가미하자면 이서는 내게서 자기 아버지의 그림자를 봤을 것이며 그걸 제압할 기회를 노렸을 것이다. 그래서…… 아니다. 이런 추측은 별 의미가 없거니와 모욕적이다. 나는 나를 바꾸고 싶었으며 이서는 내게 기회를 줬을 뿐이다. 그래서 이서와 나의 관계는 끈질기게도 이어졌고, 내 충성심은 다시 이서의 알코올의존증을 완성시켰다.

가끔은 이서가 매주 나흘씩 취하기 시작했을 때 진작 말렸더라면 사태가 훨씬 나아지지 않았을까 후회했다. 그래봤자 사후약방문이다. 그 시점의 내게는 이서에게 잔소리를 한다는 선택지 자체가 없었다. 잔소리를 할 수밖에 없게 되었을 때는 이미 늦었고, 나는 논리로 이해할 수 없으며 설명할 수도 없는 시간을 다시 한 차례 지나오느라 극심한 진통을 앓았다. 그 진통이 나를 꽤 괜찮아 보이는 사람으로 완성시켰다. 이런 얘기를 건우한테 어떻게 하겠느냔 말이다. 내가 겉보기만큼 강한 사람이 아니거니와 그 모든 역경이 B급 시트콤의 에피소드에 불과했다는 사실은 의외의 위안이겠지만, 나한테는 여전히 점잔 빼고 체면을 차리려는 마음이 있었다. 집으로 돌아온 건우가 다은이에게 사과한 뒤 비척비척 별채로 기어들어 갈 때부터 잠들 때까지 나는 그 마음을 헤아렸다.

다은이가 예매한 표는 오전 9시 30분 차였다. 서대구역까지 가려면 넉넉잡아 8시 15분쯤엔 출발해야 했다. 건우에게는 배웅하려면 일찍 자야 한다고 미리 말했는데 아마도 새벽까지 뜬눈으로 밤을 지새운 모양이었다. 깨우니 마지못해 일어나긴 하면서도 병든 수탉처럼 꾸벅거렸다. 나도 입맛이 없었다. 건우에게는 마당까지만 따라와서 인사하고 들어가 자게끔 시켰고, 다은이는 서대구역 푸드 코트에서 김밥을 사 먹었다. 그러고는 며칠간의 폭풍이 이런 식으로 끝났구나, 하는 감회에 가슴을 쓸어내렸다. 찝찝함이 남긴 했지만 이제는 정말로 본업에 집중할 수 있게 된 것이다. 9일이었다. 텍사스 시간으로는 8일 저녁이다. 수가 원한 최적의 데드라인을 막 지나가는 참이었고, 이제는 정말로 스카우트 리포트를 써야 했다. 초안은 모두 짜둔 상태니까 시작만 한다면 하루이틀 내로 완성할 수 있었다. 어쩌면 반나절 안에도…….

나는 기본적으로 합리주의적인 사람이고, 직감 외에 아무 근거가 없는 주장은 결코 믿지 않지만, 그럼에도 불구하고 직감의 존재 자체는 인정했다. 기전이 어떻든 그건 존재할 뿐만 아니라 굉장히 효율적이다. 불길한 곳에는 가까이 가지 않는 편이 낫다거나, 찜찜한 부분은 한 번 더 확인해보는 편이 좋다거나, 멀끔한데도 어딘가 이상한 느낌이 드는 사람에게는 경계하는 마음을 남겨둘 필요가 있다거나, 그런 주의 사항들. 대개는 지레 겁먹은 것으로 결론이 나지만 이따금 예언에 가까운 효과를 발휘하는 걸 보면 육감이란 참 신기한 것이다.

다은이가 열차에 올라타는 모습까지 본 뒤 팔달시장으로 올라가 닭강정을 샀다. 그러고는 다시 운전대를 잡자마자 불길한 기운이 심장 안쪽에서 스멀거렸다. 스카우트 리포트의 첫 문장을 머릿속으로 떠올리는 동안에도, 돌아가서 가계부를 정리해야겠다고 생각하는 중에도(손님맞이를 두 번이나 하고 당고모께도 용돈을 찔러드리느라 돈을 꽤 썼다), 편의점 테이블에서 일어서던 건우의 표정이 그림자처럼 따라붙었다.

동네는 언제나처럼 조용했지만 꺼림칙함은 가실 줄을 몰랐다. 쨍한 여름 햇빛이 시멘트 발린 마당을 하얗게 비췄다. 저편에 보이는 텅 빈 외양간은 크게 벌린 입처럼 검고 어두웠다. 마당 수전 아래 받쳐둔 대야는 떠날 때의 모습 그대로였고 별채 문은 닫혀 있었다. 열어보니 텅 빈 방에서 선풍기만 돌아가고 있었다. 가뜩이나 환기가 안 되는 구조인데 꽁꽁 문을 닫아둔 까닭에 거의 찜통이었다. 선풍기를 껐다. 다은이가 떠났으니 건우는 원래 쓰던 방에서 남은 잠을 청하고 있을 것이다. 그럴 것이다. 나는 시내에서 사 온 닭강정을 부엌 식탁에 부려놓은 다음 건우를 깨우러 갔다. 그런데 돌연 별채 섬돌에서도 본채 토방 위에서도 그 녀석 운동화를 보지 못했다는 사실이 떠올랐다. 나도 모르게 뒷걸음질했다. 그러고는 바깥을 보자 신발이 정말로 없었다. 잠깐 산책하러 갔나? 편의점에 샌드위치를 사 먹으러 간 걸까?

직감이 아니라고 말했다. 아니었다. 내 침실 문이 약간 열려 있었다. 4 대 3 스크린에 구겨져 들어간 16 대 9 사이즈 영화처럼. 하지만 창문도 책장도 책상도 침대도 협탁도 의자도 내가 떠날 때 그대로였다. 지갑에도 손댄 흔적이 없었다. 달콤하고 부드러운 커피 향기마저 감돌았다. 그런데 커피라니? 나는 축축한 느낌에 발밑을 내려다봤다. 작업용 책장 아래에서 갈색 액체가 실뱀처럼 기어 나오고 있었다. 출발지는 컴퓨터 본체였다. 나는 잠시 멍하니 있었다. 멍하고 추웠다.

이건 분명히 한 번이었다. 내가 반드시 참아주겠다고 약속한 한 번이었다. 바로 어젯밤에 한 약속이었다. 그러나 프리랜서 번역가의 컴퓨터에 커피를 부어 망가뜨리는 건 참을 만한 일이 아니었다. 저 컴퓨터에만 들어 있는 것들, 클라우드에도 외장 하드에도 메일에도 백업하지 않은 파일들의 목록이 머릿속을 휘휘 지나다녔다…….

나는 약속을 했다.

약속이라면 지켜야 한다고 생각했다.

지키기가 쉽지 않았다.

나는 건우 놈의 속마음을 짐작해봤다.

이 녀석은 자기가 여기에 있어서는 안 되는 사람이라고 믿었을 것이고, 낙원 같은 전원생활을 즐기는데도 딱히 나아지지 않았다는 데에 죄책감을 느꼈을 것이다. 다은이를 초대해놓고 울려버렸다는 사실에, 그런 상황을 만든 스스로에게 분노했을 것이다. 그래서 더더욱 다은이가 누린 환대가 섭섭했을 것이다. 자신이 고양이 사건으로 욕먹지 않은 것이야말로 환대임을 이해하면서도, '나는 화낼 가치도 없는 사람이라 이건가' 하는 생각에 열이 올랐을 것이다. 혹은 '고양이 때는 잘 참더니 다은이가 욕먹으니까 나한테 화를 내?' 하는 불만도 품었을 것이다. 그래서 어떻게든 욕을 얻어먹고 쫓겨날 기회를 노렸을 것이다. 최소한 얻어맞는 애로 포지션을 옮긴 뒤 나를 실컷 미워하고자 했을 것이다. 내가 자기 아버지처럼 행동하기를 절실히 바랐을 것이다. 동시에 이 개짓거리를 벌이고서도 그 한 번의 약속이 작동하는지를 확인하고 싶었을 것이다. 상처 받은 열다섯 살짜리 남자애다운 생각이다. 상처 받은 열다섯 살짜리 남자애들은 씨발 개새끼들이다.

나는 이 개새끼들이 얼마나 악질적인지 잘 알았다.

세상에는 조건 없고 값없는 사랑이 정말로 무한한지를 확인하려다가 모든 걸 망쳐버린 뒤 "역시 아니었네, 역시 아무도 날 사랑하지 않아" 하며 침을 뱉어버리는 인간 유형이 있다. 그런 침을 맞으면 기분이 각별히 나쁘다. 나는 건우를 위해서만이 아니라 내 자존심을 위해서라도 더 참기로 마음먹었고, 비록 화낼 수밖에 없겠지만 손을 올리진 않으리라 다짐했으며, 건우 자식이 여기에 없다는 데에 깊이 안도했다. 지금이라면 보이는 즉시 뺨따귀를 갈겨버렸을 테니.

[10:19]전화 안 받나

[10:24]일단 집에 와라. 아니면 전화를 받든가

문자메시지를 보냈고 전화도 거듭 걸었지만 소식이 없었다. 계속 걸다 보니 어느 순간 "전원이 꺼져 있어 삐 소리 후 음성 사서함으로 연결되오며 통화료가 부과됩니다" 하는 메시지가 들려오기 시작했다. 나는 이 개자식이 지금에라도 돌아오길 바라는 마음 절반, 사라져서 영영 보이지 않았으면 하는 마음 절반으로 숨을 씨근댔다. 심장이 계속 두근거리고 속이 울렁거렸다. 이대로 운전대를 잡았다가는 사고가 날 듯했다. 반드시 사고가 난다. 그 생각을 하다 보니 토기까지 치밀어 급히 쪽문으로 나섰다. 아침을 먹지 않은 게 그나마 다행이었다.

텅 빈 외양간 앞에 쓴물을 토했다. 입맛이 썼다. 주머니에 담뱃갑이 있었는데 라이터가 보이질 않았다. 나는 마당 수전에서 입을 씻은 뒤 부뚜막으로 돌아와 성냥갑 하나를 골랐다. 두약은 초록색이었다. 이게 길한 표시였던가, 흉한 표시였던가? 기억이 안 났다. 불은 다행히도 한 번 만에 붙었다. 나는 담배를 태우면서 시야 정중앙의 작고 새빨간 점이 나를 향해 다가오는 모습을 지켜보았다. 한 개비가 두 개비가 되고 세 개비가 되는 동안 그 불꽃은 오래전의 독립기념일 기념 불꽃놀이가 되었고, 새카만 연기를 가로지르는 연분홍색 안개가 되더니, 작은이의 얼굴로 변했다. 작은이가 별채 문을 깨부수던 순간이 머릿속에서 명멸했다. 그때 딱 한 번 맞은 뺨이 화상처럼 홧홧했다.

작은이가 그 후로도 계속 나를 때렸더라면 나는 이서를 손찌검하는 사람이 되었을 것이며 건우에게도 그랬을 것이다.

하지만 한 번뿐이었다.

그러니까…….

작은이는 그 뺨 한 대로 자신이 이전에도 이후에도 내게 손대지 않은 것이 철저한 인내의 산물이었음을 알려주었다. 노인이 보여준 그 인내가 나 역시 인내할 수 있다는 사실을 증명했다. 상담사들이 뭐라고 말할지는 모르겠지만 그건 정말로 나한테 도움이 됐다. 정확히 나처럼은 아니더라도 나만큼이나 망가진 사람이 있음을, 그 사람이 무언가를 이겨냈음을 알게 되는 것. 완벽하지 않기 때문에, 흠결 가득하기 때문에 도리어 가치 있는 모본을 발견하는 것. 나는 부뚜막 가장자리에 걸터앉은 채 숨을 씨근거렸다. 그러고는 내가 정말로 많은 것들을 이겨냈다고 중얼거렸다. 나는 사고를 겪었지만 죽지 않았고, 시골에 처박혀 장애인이 되었지만 혼자 대학에 갔고, 취업 길이 절반쯤 막힌 상태로 밥벌이를 찾았으며, 믿고 따랐던 여자 친구가 알코올중독자로 전락했을 때도 충성을 바쳤다. 충성이 언제나 좋은 결과로 이어졌던 것은 아니며 종종 도망치기도 했지만 결국엔 잘되었다. 나는 어느 누구도 탓하지 않으면서 나를 이겼다. 그러니까 건우 문제도 어떻게든 처리할 수 있을 것이다. 건우도 나처럼 할 수 있을 것이다. 그래야만 한다…….

일어나서 마당을 몇 바퀴 돌다가 수전에서 세수를 했고, 다시 맴맴 돌아다니다가 밖으로 나가 걷기 시작했다. 국도 변을 따라 해인사 방향으로 걷다가, 방향을 바꾸어 톨게이트 근처 카페를 살폈다가, 밭에도 가봤지만 건우는 어디에도 없었다. 112에 가출 신고를 할지 말지가 고민이었다. 워낙 좁은 마을이다. 심지어 마을 바깥에는 숨을 곳이 허다했다. 경찰들이 애를 찾는답시고 동네를 들쑤신다면 역효과만 날 듯했다. 나는 당고모에게만 "건우 보이면 집으로 바로 가라고 전해달라"는 메시지를 남긴 뒤 건우에게도 메시지를 보냈다.

[11:03]보니까 밭에도 카페에도 없더라. 어디 갔길래 그러냐

[11:04]가출 신고는 하려다 말았다

[11:04]나는 일단 컴퓨터 고치러 대구 간다. 이상한 데 돌아다니지 말고 집에 들어와서 앉아 있어. 한 번까진 참아준다고 했으니 추가로 사고 치지만 않으면 된다. 자세한 건 저녁에 이야기하자.

그리고 왜인지 모를 충동에 메시지 두 줄을 추가했다.

[11:06]나는 널 믿는다. 진짜야
[11:06]이건 네 인생이야. 그러니까 너한테 나쁜 일은 하지 마라

어떤 사람들은 다이어트를 시작하기 전에 주변인들을 붙잡고 "나 이제부터 살 빼려는데……" 하고 말하는 것으로 의지를 다진다. 마찬가지로 알코올의존증 치료의 첫 단계는 주변인들에게 자기 상태를 솔직히 밝히며 단주 결심을 굳히는 것이라고들 한다. 그건 자기실현적인 예언이자 일종의 제례다. 선언이다. 내가 건우에게 보낸 메시지도 그럴까? 제발 그렇기를.

그러나 이렇게 된 이상 지금 당장은 별다른 기대가 없었다. 컴퓨터 본체를 포터 조수석에 앉혔고 노트북과 스카우트 리포트에 쓸 자료들도 함께 실었다. 대구로 올라가서 컴퓨터 수리점에 들른 후 모텔 방에서 남은 일을 처리할 작정이었다. 오늘은 정말로 일을 해야 했거니와, 무엇보다도, 블로그 글을 백업해둔 워드 파일이 마음에 얹히기 시작했다. 도저히 두 눈을 뜨고 볼 수 없는 글일지라도 남겨두고 싶은 마음은 여전했다. 외면하더라도 존재하는 것들을 외면하고 싶었다. 하드조차 복구할 수 없을 지경이 됐다면 나는 돌아버릴지도 모른다. 그러니까 제발.

시동을 걸기에 앞서 나는 정말로 오래간만에, 두 손을 모아 쥐고 기나긴 기도를 올렸다. 이유는 다양했다. 컴퓨터의 파일들이

멀쩡하기를, 특히 블로그 원고가 남아 있기를, 건우가 제발 저녁
까지 잠잠하기를, 더 이상의 사고가 없기를, 내 마음의 여유가 충
분하기를, 내가 건우를 용서하지 못할 일이 없기를…… 나는 빌
었다.

대구 시내에 하드디스크 복구와 컴퓨터 수리를 겸하는 업체가
몇 곳 있었다. 전원을 켠 상태로 커피를 부어버린 모양이라고, 파
워에 더해 메인 보드와 그래픽 카드까지 완전히 죽었지만 하드
디스크 데이터는 80퍼센트 정도 살릴 수 있으리라고 했다. 운이
좋으면 90퍼센트까지. 10퍼센트에 대해서는 생각하고 싶지 않
았다. 사실은 어떤 것에 대해서도 생각하고 싶지 않았다. 본체를
맡긴 뒤 아무 모텔에나 들어가 대실을 잡았다. 시야가 이렇게 좁
아지고 나니 도리어 일에 집중할 수 있었다. 기계 사출구에서 나
온 고기 반죽이 아이싱으로 들어가 소시지로 만들어지듯, 메모
가 나를 그대로 통과해 나가더니 모양 잡힌 글로 변했다. 다섯 시
간 만에 4천 단어를 썼으니 말 다한 것이다. 처음부터 이랬더라
면 참 좋았을 텐데.

  당고모에게서 전화가 온 것은 마지막 꼭지를 쓰기 시작할 무
렵이었다. 건우가 돌을 던져서 당고모네 집 거실 창문을 깼다는
소식이었다. 쨍그랑 깨지는 소리가 나서 나가보니 건우가 도망

치지도 않고 그냥 마당에 서 있었다는 거였다. 나는 출판사 편집자와 이야기하듯 "아, 그래요, 그렇군요, 아, 이게 도대체 무슨 일인지 모르겠네요, 제가 정말 죄송합니다, 건우 녀석은 뭐라고 하나요, 아무 말도 안 한다고요, 아저씨께서 댁에 계신가요, 아, 그렇습니까, 술 자시러 가셨고 30분쯤 뒤에 올 거다. 그 부분 확인했습니다. 아저씨 오시면 그게 큰일이 날 텐데, 예, 아, 제가 정말 죄송합니다, 제가 죄송합니다, 지금 대구 올라와 있는데 바로 가보겠습니다, 죄송합니다, 네, 아이고, 네, 잔소리 좀 많이 해주시고요, 어디 안 가게 좀 붙들어 놔주십시오, 죄송합니다, 제가 진짜 빨리 가보겠습니다"라고 말한 뒤 잠시 멍한 기분에 늘어져 있었다. 이제 두 번째였다.

두 번째.

나는 수에게 메시지를 보냈다.

[오후 06:55]ShepDog(Not a dog): 제가 오늘 안에 끝내려 했는데

[오후 07:01]ShepDog(Not a dog): 상황이 좀 안 좋네요. 일단 지금 쓴 부분까지만 보내고 나머지는 초고입니다. 초고 부분 선생님께서 처리해서 콤프 달고 최종적으로 보내시면 될 것 같습니다

[오후 07:02]ShepDog(Not a dog): 일이 터져서 하루이틀쯤은 좀 어려울 것 같습니다

그 후 짐을 챙겨 체크아웃하고서야 정신이 약간 돌아왔다.

[오후 07:14]ShepDog(Not a dog): 나중에 상황 설명드리겠습니다

[오후 07:15]ShepDog(Not a dog): 미안합니다

13

편의점에서 담배를 한 갑 사면서 남은 알림을 확인했다. 컴퓨터 수리 업체에서 연락이 와 있었다. 빠르면 반나절, 늦으면 내일쯤 처리될 거라더니 운이 좋았다. 커피 세례가 파워, 메인 보드, 그래픽 카드에 파멸적인 은총을 내리는 동안 하드디스크는 용케도 그 운명을 피해 갔다. 과전압의 여파로 회로 기판이 불타고 헤드가 디스크를 살짝 긁었을 뿐……. 회로 기판은 교체하면 그만이고, 긁히지 않은 부분의 데이터는 복원할 수 있다. 그 정도의 일이다. 미리 들었던 대로 90퍼센트 정도 복구됐다고 했다. 나는 사장님에게서 데이터가 담긴 외장 하드를 건네받았다. 내친김에 사무용 본체까지 샀다. 흥정은 하지 않았다. 노트북 화면은 너무 작았으며 나는 내일 당장 데스크톱이 필요했다. 그러니까 8월 카드값이 도합 얼마지? 카드사 애플리케이션을 열면 3분 내로 풀릴 궁금증이지만 알고 싶지 않았다.

나는 심호흡하며 카드 결제기에 서명했고, 트럭 조수석에 새로운 본체를 앉혔다. 그러고는 최대한 잽싸게 내달려 동네 입구에 도착한 뒤 아긴 시간이 무색하도록 줄담배를 태우기 시작했다. 나는 암에 취약한 편이었다. 갑상샘암, 전립샘암, 다발골수종, 폐암, 백혈병, 기타 등등. 분진과 석면과 매연으로 가득한 사고 현장은 그런 가능성을 평생의 기념품으로 남기는 법이다. 스트레스가 방아쇠를 당길지, 아니면 이 줄담배가 제일 원인이 될지 궁금했다. 세 개비를 연달아 태우고서야 차에서 내렸다. 당고모네 아저씨가 이미 집으로 돌아왔을 시간이었다.

결과적으로는 굿 캅, 배드 캅 쇼가 됐다. 집으로 돌아온 아저씨께서 실컷 화내고 건우 뺨따귀도 때리며 나쁜 놈 역할을 도맡은 다음에야 내가 나타난 것이다. 나한테까지 불똥이 튀었다. 죄송합니다, 건우 야가 와 그랬는지 모르겠네요, 바로 돈 보낼라니까 이따가 창문 견적 내가 알려주세요, 하고 굽실거리고 있노라니 당고모가 아저씨를 멈춰 세우고 나를 창고 근처로 데려갔다. 사정을 듣자 하니 건우가 자기 부모님 이야기를 했는데, 워낙 횡설수설이라 당고모도 아저씨도 절반만 알아들은 상황이었다. 나는 사실대로 털어놓았다. 이제 와서 더 숨길 것도 없었다.

"아이고야."

당고모 반응은 그게 다였다. 애당초 길게 반응할 사안조차 아니었다. 나는 그걸 알면서도 묘하게 불퉁해졌다.

"저번에 건우한테는 바깥네 이야기 삼가시라 했죠. 이래 될 줄 알았어요."

"그라모 말을 똑띠 해야재."

"아지매 같으면 그게 되겠어요?"

그런데 말해놓고 보니 당고모 표정이 슬픈 듯도 하고 시무룩한 듯도 해서 나는 또 죄스러워졌다. 습관적으로 뺨을 쓸어내리자 턱에 수염이 까슬까슬 난 게 느껴졌다. 이 나이를 먹고, 이 꼬락서니로 열다섯 살처럼 투정을 부리고 있는 것이다. 한심스러웠다. 한숨을 토하듯 참 죄송하고 할 말도 없다고 말하니 당고모가 아니라며, 자기가 생각을 잘못했다며 한숨을 내쉬었다. 우리는 머리끝까지 물 밑에 잠긴 듯 숨만 겨우 쉬고 있었다. 무언가 커다랗고 투명하고 어두운 것이, 건우에게서 시작되어 내게로 이어지고 당고모에게 가닿고 이 동네 전체를 꿰었다가 더욱 먼 과거로 흘러들어가는 강줄기 같은 것이 우리를 부끄럽게 만들었다. 또다시 굽실거리며 건우를 데리고 나오는 수밖에 없었다. 아저씨에게 사연을 풀어 전달하는 역할은 당고모께 부탁드렸다. 건우가 시뻘게진 얼굴로 나를 뒤따라왔다.

"인제부터는 동네 사람들이 니 이야기를 실컷 하겠다. 당고모야 그래도 사람 봐가면서 할 말 못 할 말 가리지만, 당고모네 아저씨는 그렇지가 않아."

나는 당고모 댁에서 충분히 멀어진 뒤에야 운을 뗐다. 건우는 나를 빤히 바라보더니 듣기 싫다는 듯이 고개를 푹 수그렸다. 나는 엄지로 관자놀이를 꾹 누르고는 계속 걸었다. 왼발이 계속 땅에 질질 끌렸고 신경통이 심했다. 이번에는 심인성이었다. 마음 가짐만 달리한다면 몸의 고통만큼은 덜어낼 수 있으리라는 걸 알았는데 일이 마음대로 되질 않았다. 잠깐이나마 왼 다리에 몸무게가 실릴 때마다 발목 관절에 끼워진 스파클라 폭죽이 번쩍 터지는 것만 같았다. 뼛조각 사이사이 무수한 빛의 파편이 한차례 번쩍거렸다 사라지더니 다음 파편들이 밀려들어 왔다. 유리가 곱게 바수어지듯 번쩍번쩍하고 날카롭고 발목 안의 광점들이 눈앞에 보일 듯했다. 이럴 때는 눈물이 머리 뒤편이 아니라 심장에서 올라왔다. 가슴이 짓눌리듯 간질거리고 쑤시는 찰나에 눈도 질끈 감겼다. 수시로 따끔따끔 조여드는 뺨은 차라리 견딜 만했다. 나는 눈물이 보이지 않도록 손등으로 눈가를 쓱 훔치고는 떠오르는 대로 주절거렸다.

"왜 그런 짓을 했어? 뺨이라도 여러 대 얻어맞고 싶었냐? 이제 만족해?"

그리고 건우 놈에게 솔직한 대답을 들을 수 있다면 이렇게도 묻고 싶었다. 너는 내 얼굴을 알고 내가 절뚝거리는 것도 매일 보는데, 몸 아픈 사람한테 못 할 짓을 저지르고 있다는 죄책감은 없느냐? 물론 없을 것이다. 이놈에게는 내가 수많은 역경을 너끈히 이겨낸 까닭에 낙오자의 사정은 상상하지도 못하는 인종으로 보일 것이다. 그래서 얼굴 흉터도 발목도 모두 개선장군의 훈장처럼만 느껴질 텐데, 그것이야말로 상이군인에게 훈장을 수여하면 끊긴 밥줄과 정신 줄이 알아서 붙으리라 믿는 관료들의 순진

함이다. 베트남전의 군인들은 마약중독에 시달리고, 나는 괜찮지 않다. 괜찮지 않은 삶에 적응한 결과 펜타닐 중독자들의 거울상이 되었을 뿐이다. 그들은 완전무결한 희락을 잠시 즐긴 후 현실로 다시 떨어지는 바람에 매 순간을 고통으로 느끼게 됐고, 반대로 나는 매 순간이 고통인 까닭에 일일이 호들갑을 떨지 않을 수 있다. 오직 그것뿐이다. 나는 여전히 호들갑을 떨고 싶지 않았다.

"이놈의 자식아, 나도 자존심이라는 게 있는 사람이야. 그게 아주 강해. 나는 인생이 한번 절단 났는데도 참고 이겼어. 나는 나를 이겼고 앞으로도 이길 거야. 그냥 감옥에 안 끌려가고 내 손으로 밥 벌어먹으면서 살아 있기만 하면 이기는 거라—너 내 말 이해하냐? 아마 모를 거다. 너는 아직 아무것도 몰라. 내가 화내는 꼬락서니를 보고 싶었겠지. 너한테 화내고 욕을 하고 매를 꺼내 들기를 바랐을 거야. 차라리 널 포기하기를 빌었을 테고. 그게 익숙하니까. 그게 편하니까. 너는 나를 쓰레기로 만들어서 부전승을 따내고 싶었겠지만, 나는 그딴 수법에는 안 넘어가. 그딴 식으로는 안 져. 하지만 너는 이런 식으로만 게임을 한다면 영원히 지게 될 거야. 너는 나랑 싸우는 게 아니라 네 미래랑 싸우는 거고 네 인생 전체가 판돈이야. 내 말 똑바로 듣고 있어? 알아들어?"

말을 끝마치는 순간 시멘트 발린 마당이 떠날 때 그대로와 같이 고요하고 견고하게 눈앞에 펼쳐졌다. 어둡고 희었다. 불 꺼진 구옥의 모습이 캄캄한 밤바다로부터 솟아 나와 밤하늘을 등진 빙하 같았다. 나는 뒤를 홱 돌아봤다. 건우의 어깨가 과열된 노트북의 냉각 팬처럼 맹렬하게 떨리고 있었다. 그러고는 울음소리가 들렸다. 나는 그제야 이 자식이 나보다 키가 좀 더 커졌다는 사실을 알아차렸다.

사내놈들의 문제는 전두엽 발달 속도와 신체 성장 속도가 들어맞지 않는다는 것이다. 그리고 더 큰 문제는, 이 자식이 10년 전에 빠져나왔어야 할 관문을 이제야 직면하고 있다는 것이다. 행복한 아이들은 발달과업을 제때 끝내고 다음 단계로 넘어가지만, 불운한 아이들은 너무 큰 힘을 거머쥔 시기에 기초 테스트를 시작하는 바람에 펀치 기계를 망가뜨리는 괴력의 사나이처럼 굴게 된다. 그들은 얄밉게 메롱 하는 표정을 지어 보이는 대신 폭언을 퍼붓고, 어머니의 옷을 잡아당기는 대신 주변 사람들에게 주먹을 휘두른다. 그걸 감당하기는 어렵다. 엇나간 흐름을 제자리로 돌려놓기는 더더욱 어렵다. 그럼으로써 가진 자는 더 많이 가지고 궁핍한 자는 계속 궁핍해지는 세상의 이치가 성립하는 것이다.

다만 내가 괴력의 도전자에게 배상금을 청구하는 게 아니라 두 번째 펀치 기계를 가져다놓으려는 것은, 그래, 건우가 스물다섯이 아니라 아직 열다섯인 까닭이요 내가 나를 믿는 까닭이다. 내가 여기서 손을 뗀다면 건우 놈은 자기 패배를 하나 더 수집할 뿐이지만 내가 버틴다면 건우에게도 다음 단계가 열린다. 내가 더욱 견고해질수록 더욱 많은 고통을 인내할 수 있다는 것, 그렇게 더욱 큰 책임을 짊어질 수 있다는 것을 나는 알았다. 그러니까 이번만큼은 정말로 지랄을 해야 했다. 나는 거실 불을 밝히고는 건우를 불렀다.

"여기 와서 앉아라."

건우는 시키는 대로 했다. 나는 안방 문에 슬쩍 기댄 채 오른다리에 몸무게를 실어 섰다. 맞은편 거실 벽에 달린 시계가 밤 10시를 가리키고 있었다.

"무슨 생각으로 그랬어?"

울음을 그친 두 눈이 말없이 나를 올려다보았다. 왜 앉지 않느냐고 항의하는 듯했다. 맨바닥에 양반다리로 주저앉는 것은 내가 세상에서 가장 싫어하는 일 중 하나였다.

"화 안 낼 테니까, 할 말 있으면 뭐든 말해봐라."

"할 말 없는데요."

"내일부터는 어쩔 거야?"

"모르겠는데요."

"그러면 내가 정해주마. 내일 일어나면 당고모네 댁에 정식으로 사과를 드리러 가야 돼. 자기 전에는 반성문을 써라. 반성문이라기보다는 일기에 가깝겠지. 나한테 사과할 필요는 없으니까, 네가 무슨 생각으로 그랬는지, 뭘 하고 싶었던 건지, 컴퓨터를 켜둔 채로 커피를 부으면서 도대체 무슨 반응을 기대했는지, 당고모 표정을 볼 때는 어땠는지 잘 고민해서 써. 네가 뭘 느꼈는지, 뭘 원했는지, 왜 그랬는지를 각각 나누어서 쓰란 말이야. 노트로 최소한 세 장은 필요해. 알겠어?"

"싫다고요."

"그러면 너는 지금 여기서 나한테 대답을 해야 돼. 무슨 생각으로 그랬어?"

나는 기다렸다. 심장이 백 번은 뛰었을 텐데도 돌아오는 말이 없었다. 나는 억지로 차례를 넘겨받았고, 길게도 주절거리기 시작했다.

"사실 물을 필요도 없지. 왜냐하면 쫓겨나고 싶어서 그랬다는 걸 너도 알고 나도 알고 이제는 당고모까지 알게 됐으니까. 그러니까 너는 쫓겨나기를 바라면서도 우리가 널 붙잡아줬으면 했을 테고, 또 붙잡힌다면 거절할 자신이 없어서 정말로 끝장인 상황을 만들고 싶었던 거야. 당고모한테 정체를 들키면 그 할머니가 널 싫어할 거라고 믿었고, 싫어하더라도 참겠다고 결심했겠지. 그런데 네가 진짜 무서웠던 게 뭔지 내가 맞혀볼까? 싫어하지 않을 수도 있다는 거야. 사람들이 널 생각만큼 싫어하지 않고, 이 세상을 지옥으로 만드는 건 오직 네 대가리라는 걸 깨닫는 상황 자체야.

봐라, 남들이 속으로 널 미워하는 것처럼 느껴질 때는 그냥 견디고 참으면 돼. 싫은 새끼들이 무슨 말을 하든 뭘 기대하든 알 게 뭐냐. 엿이나 먹으라지. 그런데 그게 다 착각이라면 너는 주변 사람들을 실망시킬 수가 없어. 정말로 좋아져야 하고, 정말로 나아져야 하고, 어렵고 지루하고 힘든 일을 해야 돼. 삶이라는 건 원래 영어 단어 외우기만큼이나 어렵고 힘들고 느리고 지루한 거고, 하루하루가 차곡차곡 쌓여서 완성되는 거고, 남이 도와줄 수야 있겠지만 가장 중요한 부분은 스스로 해내야 하는 건데 넌 그 지겨운 짓이 싫어가지고 좋은 미래를 피하는 거야. 일종의 도 망이지.

뭐라도 저질러서 소년원에 간다고 쳐보자. 그러면 너는 오히 려 안심할 거라. 왜 소년원에 왔냐? 범죄를 저질러서 왔다. 왜 범 죄를 저질렀냐? 씨발놈의 새끼라서 그런 거고, 씨발놈의 새끼인 건 범죄를 저질렀기 때문이지. 완벽한 논리 아니냐!

논리가 이만큼 완벽하니까 너는 이 안에서만 뱅뱅 돌면 되고 스스로 선택할 필요가 아예 없어. 함부로 기대했다가 실망하는 상황이 없고, 바뀌려 노력할 이유도 없고, 더 나은 삶을 상상하느 라 골치 아플 일도 없고, 실패할까 봐 겁먹을 것도 없고, 편하겠 지. 아주 편할 거야."

중간에 말허리가 한 번이라도 끊기면 기꺼이 차례를 되돌려주 려 했는데 그런 일은 일어나지 않았다. 그러나 듣고 있는 것처럼 보이긴 했다. 나는 건우를 똑바로 바라보며 물었다.

"그러니까 하나 물어보자. 너는 뭘 하면서 살고 싶어?"

"되긴 뭐가 돼요."

"뭐가 될 거냐고 묻지 않았어. 뭘 할 거야? 어떤 생각을 하면서 살아갈 거야?"

"그냥 보육원 보내면 되잖아요. 결국 보낼 거면서 뭘 자꾸 물어봐요."

"야, 이 자식아, 그건 네가 원하는 거야. 하루에 두 번씩이나 사고를 친 새끼가 왜 나한테 이래라저래라야? 내가 왜 네 말을 들어줘야 돼? 지금 여기서 네가 뭐라도 요구할 입장이야?"

"아 씨발."

건우가 그렇게 외치더니 벌떡 일어났다. 나는 짧게 말했다.

"앉아."

건우는 앉지 않았다. 뛰쳐나가지도 않았다. 움직이지도 않았다. 말대꾸하지도 않았다. 나는 이어 말했다.

"네가 들어가봐야 방이고 나가봐야 국도 변이야. 어차피 너는 내일도 모레도 내 얼굴을 봐야 하니까 지금 쇼부를 보는 편이 나아. 일차적으로 결판을 내자 이거야."

"그냥 경찰 부르든가……." 건우 놈이 나를 보지도 않고 허공을 향해 혼잣말했다.

"이래라저래라 하지 말라고 했다."

건우의 입매가 꿈틀하더니 꾹 닫혔다. 이마부터 귓바퀴까지가 불에 데워진 것처럼 시뻘겠다. 관자놀이에 핏줄마저 보일 듯했다. 몇 주 전 새벽에 보았던 것과 똑같은 표정이었다. 건우의 각본대로라면 나는 폭발해야 했다. 지금처럼 적당히 화내는 수준으로는 부족했다. 고함을 지르고, 건우를 탓하고, 네가 구제 불능이며 손해가 이만저만이 아니라고 외쳐야 했다. 그리고 건우를 포기하는 것으로 단막극의 커튼을 내려야 했다. 그건 인간 보편의 각본이기도 했다. 심지어 거기에는 우리 서로가 떠올리면서도 감히 말하지 않는 지름길이 있었다.

"좋아, 언젠가는 경찰을 불러야 할 수도 있겠지. 네가 나를 때리면 그렇게 하자. 나는 몸싸움이 되는 인간이 아니야. 키가 엇비슷하면 절대 못 이겨. 발목만 걸어차면 바로 끝난다. 그런 일이 터지면 나는 널 포기할 수밖에 없고 자존심도 상할 거야. 둘 다 내가 싫어하는 거야. 그러니까 날 진심으로 미워한다면 그렇게 해라. 지금 바로 하면 돼. 하루에 두 번 한 거 세 번은 못 하겠냐?"

나는 건우가 나를 존경한다는 걸 알았다. 부러워한다는 것도 알았다. 부러워하기 때문에 싫어한다는 것까지 짐작했다. 그리고 또 어떤 면에서는 얕본다는 것도 알았다. 증기로 가득 찬 압력솥의 추를 슬쩍 당기는 심정이었다. 이제 어떻게 되는지 보자.

"못 할 줄 알아요?"

"할 수 있다는 거 알아. 그러니까 할지 말지 선택하라는 거야. 능력이 안 돼서 못 하는 건 참는 게 아니잖아, 그렇지?"

그 말을 끝으로 건우가 나를 노려보고 나는 건우를 마주 보는 교착상태가 계속되었다. 그 시간이 아주 길었다. 숨 씩씩거리는 소리만 들려오는 가운데 거실 벽면에 달린 시계가 밤 11시 반을 가리켰다. 나는 건우 녀석이 당장 덤벼들거나 뛰쳐나가지 않은 것에 만족했다. 그것만으로도 충분한 대답이었다. 나는 안방에서 뜯지 않은 노트패드와 볼펜을 꺼내 온 뒤 건우 앞에 툭 던져놓았다.

"안 때릴 거라면 숙제를 하나 하자. 아까도 말했지만 여기에다가 일기를 써. 무슨 생각으로 그랬는지, 사고를 칠 때 어떤 기분이었고 무슨 반응을 기대했는지, 사람들이 널 어떻게 대해줬으면 하는지, 왜 그런 걸 바라는지, 그리고 무엇보다도 왜 네가 엄마를 죽였다고 생각하는지 구체적으로 써. 죄송하다고 빌 필요는 없고. 빌어서도 안 되고, 나한테 보여줄 용도가 아니라 네가 스스로 읽고 생각할 용도로 써야 돼. 완성 못 해도 괜찮으니까 뭐라도 써봐. 알겠어? 내가 약속 지킨 거 기억하지? 너도 그건 지켜라."

건우는 한참을 묵묵부답으로 버티더니 툭 내뱉었다.

"언제까지요?"

"내일 밤까지로 하자. 난 오늘은 컴퓨터만 설치하고 바로 잘 거야. 배고프면 부엌 식탁에 닭강정 있으니까 그거 먹고…… 아까 낮에, 너 먹으라고 사 온 거니까 다 먹어도 돼. 에어컨 켜놨으니 상하진 않았을 거라."

이건 대화가 아니라 통보였다. 건우가 무슨 대답을 내뱉든지 결국 해야 하는 일이었다. 지금이 아니라도 10년, 20년 뒤에는 스스로 하게 될 일이었다. 나는 말을 마치자마자 거실을 떠났다. 침실 바닥의 커피 자국을 닦고, 새로 산 본체에 각종 전선을 연결하고, 운영체제를 설치할 때였다. 외장 하드 데이터도 확인했다. 천만다행으로 가장 중요한 것들은 남아 있었다. 내 블로그 원고 역시 몇몇 문단이 깨졌을 뿐 대체로 멀쩡했다. 가장 큰 걱정거리가 해결되자마자 긴장이 탁 풀리며 졸음이 밀려왔다. 거실 복도를 지나 욕실로 향하는 동안 건우가 나를 흉흉하게도 바라보다가 급기야 훌쩍거리기 시작했는데 나는 의식하지 않으려 했다.

씻고 침대에 누웠다. 잠기운이 파도처럼 밀려오며 신경통을 저편으로 밀어냈다. 통증으로 뒤척이며 차라리 기절할 수 있기를 빌었던 밤이 무수했음에도 이번만큼은 잠이 이겼다.

어김없이 아침 6시 반에 눈이 뜨였다. 거실로 나가보니 그곳만 밤 11시 반에 시간이 멈춰 있었다. 바닥에 앉아 있던 건우가 인기척에 고개를 들어 올렸다. 나는 건우를 힐끔 보고는 바닥에 놓인 노트패드를 주워 들었다. 페이지 절반 정도가 뜯겨 나가 있었고 나머지는 텅 빈 상태였다.

"글 쓰느라 밤을 새웠구면."

"잠 안 와서요."

"뜯은 종이는 어쨌어?"

건우의 눈동자가 주저하듯 양옆으로 굴렀다. 대답은 짧은 침묵이 지나간 뒤에야 왔다.

"버렸는데요."

"처음부터 다시 쓰겠다 이거지. 얼마나 더 기다려줄까?"

"못 써요. 안 써져요. 안 쓸래요."

목소리는 꽤 누그러져 있었다. 불퉁함이 남긴 했지만 평소와 거의 비슷했다. 반항이라기보다는 정직한 항복처럼 들리는 대답이었다. 나는 "너도 생각해보니까 어제 한 짓이 쪽팔리지?"라고 묻고 싶은 마음을 가까스로 억눌렀다.

"그래도 써보려고 노력한 거지?"

"잘 안 됐어요. 욕도 많이 들어갔고 좀 별로였어요. 봐도 안 좋아하실 거예요."

"최선을 다했다는 건 알겠다. 그러면 됐어."

솔직히 인정하건대 나는 중학생의 작문 실력에 별 기대를 걸지 않았고, 결과물이 멀쩡하리라 생각하지도 않았다. 기억이든 감정이든 산산조각 난 사람들에게, 자기 자신을 똑바로 돌아보는 작업은 자신을 만들어나가는 작업이나 마찬가지다. 두서없는 파편 더미에서 건져내고 싶은 것, 건져내야만 하는 것, 잃어버릴 수 없는 것들을 골라내 새로이 짜맞추는 기예다. 그걸 제대로 해내려면 오랜 시행착오가 필요하고, 사실은 그 시행착오의 각 단계야말로 온전한 결과물이다. 내가 나를 이해하기 위해 여닫은 블로그의 개수는 두 손으로 셀 수 없을 만큼 많거니와 그 블로그 각각의 질감은 조금씩 다르다. 타인에게 무엇을 감추고 싶어 했는지, 내가 어떤 사람으로 보이길 바랐는지, 그 위장이 도대체 어떤 종류의 자학이었는지, 어떤 사건과 감정에 무게를 담았는지, 어떤 식으로 거짓말했는지……

"그나저나 지금 졸리냐?"

"아까 커피 세 잔 마셨어요."

말투도 그렇고 눈빛이 또랑또랑했다. 하기야 열다섯 살짜리한테 밤샘은 별 대수도 아니다.

"그러면 숙제를 바꾸자. 일기 쓰기라는 게 원체 어려운 거거든. 그러니까 오늘은 내 일기를 읽어봐라. 그걸 읽고 이야기하자. 대학교 다닐 때 쓴 건데, A4 용지로 50장 안팎이야. 책으로 치면 반 권쯤 될 거라. 인쇄해줄 테니까 내 눈앞에서 읽으면 된다."

나는 건우를 침대 가장자리에 앉혀놓은 뒤 컴퓨터를 켰다. 이 블로그를 운영하던 시절에는 한국어로 생각할 내용과 영어로 생각할 내용을 구분하는 습관이 여전해서, 원고의 절반은 영어로 된 꼭지였다. 지금 당장 번역할 여유가 없었으므로 그 부분은 인공지능 번역기를 돌렸다. 나는 새하얀 콘텍스트 창에 토큰이 하나씩 출력되어 덩이 글이 쌓여가는 장면을 바라보며 생각에 잠겼다. 인공지능은 빠르다. 또한 문화적이거나 개인적인 맥락에는 굼뜨지만 단어와 단어가 엮이는 패턴만큼은 어느 누구보다 잘 알고, 그래서 매끄러운 오역을 뱉는다. 눈앞의 번역문에도 그런 실수들이 숨었을 것이다. 인쇄하기 전에 약간이라도 검수를 봐야 할까?

하지만 손을 댄다면 내용을 뜯어고치거나 생략된 맥락을 덧붙이려는 충동을 참을 수 없을 듯했고, 결과적으로는 가장 완벽하기 때문에 가장 무의미한 번역이 나올 게 뻔했다. 나는 무의미한 깔끔함과 부분적인 실패 사이에서 망설이다가 후자를 골랐다.

과거의 렌즈로 바라본 과거에는 그 나름의 가치가 있는 법이다. 건우가 만나봐야 하는 건 번역가 최선재가 아니라 스물세 살의 정신 나간 대학생이다. 그 대학생은 내가 잊어버린 과거를 기억하지만 내가 이후에 배운 것은 아직 모르는 사람이고, 내게도 낯선 사람이다. 나는 낯선 사람이 쓴 낯선 원고를 건우에게 넘겼다. 자세한 내용은 여전히 모르는 상태였다.

건우는 원고를 읽어나가면서 거듭 질문을 던졌고, 가끔은 나를 칼로 찌르고 싶은데 칼이 없어서 말로 찌르는 것처럼 주절댔다. 나는 대답할 수 있는 질문에는 대답했고 아닌 부분은 대답하지 않았다. 그러다 보니 원고가 마지막 장에 이르렀고 건우는 더 많은 것을 묻기 시작했다. 나는 내 평생을 읊어주었다.

나는 별채 사건이 터진 뒤 며칠간 울화로 끙끙 앓았다. 만화를 읽다가 누워 잤을 뿐인데 끌려 나와서 뺨까지 얻어맞았다면, 심지어 아늑한 아지트까지 망가졌다면 분노할 수밖에 없다. 분노할 이유는 많고 서울로 돌아갈 가망은 아예 없던 시절이었다. 미래는 훨씬 막막했다. 어떻게든 끝내는 수밖에 없다고, 끝내야 한다고 생각했다. 그래서 집에 불을 지르기로 마음먹은 다음부터 당고모를 피해 다녔다. 대화가 길어지면 속내를 고스란히 털어놓게 될 듯했고, 당고모가 나를 달랜다면 결행이 또 늦어질 터였다.

나한테는 내가 가장 두려워하는 방식으로 가장 끔찍하게 죽으려는 소망이 오래전부터 있었다. 종이 막대에 불을 붙인 뒤 밑 둥을 붙잡고 버티는 취미는 그 발로였다. 불꽃이 자그마한 파도처럼 넘실거리다가 손에 따끔함을 남기고 끝내 사라지는 모습을 보면 안심이 됐다. 내가 그 짓거리를 하다가 부엌 바닥을 태워먹은 후로 할아버지께서는 외출할 때마다 창고 안쪽 가스 밸브를 잠근 뒤 창고 문까지 닫아걸었다. 불운이었다. 라이터를 구멍가게에서 사자니 돈이 없었고 할아버지 방에서 훔치자니 두려움이 앞섰다.

할아버지가 탐탁잖은 친척을 만난 후 집으로 돌아와 허공에 고래고래 고함을 질러대다가 겨우 잠들어 멈춘 날이었다. 오늘이야말로 기회란 생각에 사방을 두리번거리고 있노라니 부뚜막에 쌓인 성냥갑이 눈에 띄었다. 불붙이는 요령이 없어 신경도 쓰지 않았던 물건이었다. 성냥 자체가 워낙 싸구려인 탓도 컸다. 힘 조절을 약간만 잘못하면 몸통이 부러졌고 두약은 손만 대도 부스러졌다. 그래도 다른 방법이 없었으므로 한 통을 모두 분질러가며 불붙이는 법을 익혔다. 그러고는 다른 성냥갑을 고르자 이번에는 한 번 만에 붙었다. 두 번째도 성공이었다. 나는 아주 자그마한 불꽃 속에서 성냥 대가리가 까맣게 말라 죽고 몸대의 윗부분이 졸아드는 모습을 지켜보면서 생경함에 사로잡혔다. 이게 바로 성냥불 붙이는 법이구나, 내가 뭔가를 배웠구나 하는 감탄이었을 것이다. 그게 희미해지자마자 머리 위에 드리운 그림자가 의식되었다. 할아버지가 쪽문으로 나와 날 내려다보고 있었다. 나는 누가 묻지 않았는데도 변명했다.

"쓰레기 태울 게 있어가꼬요. 좀 많아요."

할아버지는 크게 하품하더니 부뚜막 한편에 놓인 병을 가리켰다.

"검은 병이 가솔린이니까는 거 뿌려라."

"알아요."

"그라모 됐고."

당신께서는 다시 들어가 잠들었다. 나는 이상한 느낌에 사로잡힌 채, 그래 가솔린이 저기 있고 성냥도 여기 있고 할아버지는 자는 중이고 나는 불붙이는 법을 안다 하고 생각하면서 아무것도 하지 않았다. 그러다 보니 낯선 숨결이 목덜미를 간질였다. 축축하고 뜨겁고 깊고 커다란 숨, 악취가 나는 숨, 도무지 인간의 것 같지 않은 숨이었다. 화들짝 놀라 뒤돌아보니 송아지가 나를 향해 콧바람을 불어 내쉬고 있었다. 무의식중에 조금씩 뒷걸음 치다가 외양간 바로 앞까지 왔음을 그때 알았다. 송아지가 크고 검고 축축한 눈으로 나를 빤히 바라보더니 혀를 내밀어 내 뺨을 핥았다. 사포처럼 까끌거리는 감촉이었다. 침 묻은 자리가 온통 끈적거리고 냄새가 났다. 손바닥으로 쓱 문지르자 손까지 찝찝해졌다. 송아지가 또다시 반대편 뺨을 크게 핥았다. 물컹거리면서도 탄력 있는 살덩이가 내 얼굴을 가로지르며 불탄 듯 쓰라린 열기를 남겼다. 애퉤퉤 소리를 내며 물러나는데 송아지의 눈이 여전히 크고 검고 축축하고 멍청하고 사려 깊어 보였다. 이 집에는 그런 짐승이 살았다. 나는 꺾인 성냥들을 아궁이에 던져 넣은 뒤 들어가서 씻었다. 이후에도 비슷한 충동이 불쑥불쑥 떠올랐지만 그때의 기억을 붙잡아 멈췄다. 몇 년 뒤 다 자란 송아지가 시장에 팔려나갈 때도 마음에는 미동이 없었다. 그 일은 그렇게 끝났다. 끝났으므로 새로운 생각들이 시작되었다.

처음에는 할아버지의 심리를 궁금해했다. 당신께서 내 변명을 믿어주었는지, 잠기운 때문에 생각할 겨를이 없었는지, 혹은 내가 불을 지르더라도 어쩔 수 없다고 생각하셨는지 나는 모른다. 그걸 한번쯤 물어봤어야 했는데 기회가 지나갔다. 그래서 대신, 합천 구옥과 함께 오래된 성냥 더미를 물려받은 다음부터는 첫 번째 성냥갑이 불량이 아니었던가 생각하기 시작했다. 아무리 요령이 없대도 서른 개 전체가 스파크 한 번 튀기지 못하고 맥없이 꺾이다니, 이상하지 않은가. 그 실패가 성취감의 발판이 되었음은 더욱 얄궂다. 만약 첫 번째 시도에 다른 성냥갑을 잡았더라면, 할아버지가 잠깐 깨어나 나를 내려다보던 그 순간보다 일찍 불이 붙었더라면, 내가 무의식중에 뒷걸음치지 않았더라면, 그 송아지가 잠들어 있었더라면 내 삶은 크게 바뀌었을 것이다. 두약 색깔로 점치는 습관은 그때의 우연으로부터 시작되었다. 나한테는 그런 습관이 아주 많다.

일직선으로 된 운명처럼 보이는 삶에는 실상 수많은 우연이 숨어 있고, 끝장나느냐 아니냐는 정말이지 한순간 차이다. 나는 수많은 기억과 수많은 요행을 닻줄 삼아, 수많은 사안에서 간신히 저지르지 않기를 택해왔다. 그러다가 언젠가부터는 관성이 몸에 배어서, 의식하지 않더라도 올바른 길을 택할 수 있게 되었다. 그러니 나는 동지들에게 이렇게 말하고 싶다. 종착점을 예견하는 대신 그때그때의 행선지를 정하라. 또한 세상이 당신을 내친 것처럼 느껴지더라도, 그게 명백한 사실일지라도, 그래서 당신 또한 세상을 불태우고 싶어질지라도, 스스로에게 나쁜 일은 하지 말아라. 매사에 최선을 다하라. 최선을 다하라는 것은 분골쇄신하라는 의미가 아니라 그때그때 우연히 주어진 조건과 상황과 비용을 잘 따져서, 최적의 균형을 맞추어나가라는 의미다. 또한 그 최적이 타인에게는 여전히 실수라면, 피해 입은 사람들을 향해서는 마음 깊이 사죄하되 자기 자신을 향해서는 너무 수치스러워하지 말아라. 실패를 자양분으로 다음 단계에 나아가라. 그러지 않으면 살아갈 수 없기 때문이다.

당신은 이렇게 물을지도 모른다.

세상이 나를 먼저 불태웠는데 나는 왜 살아야만 하나?

글쎄…….

나 자신은 이런 질문에 진지하게 맞선 적이 없다. 살아봐야 심드렁한데 죽음은 탐탁잖았으므로, 또한 책임질 것들이 허다했으므로, 훨씬 힘들었을 때도 죽지 않았는데 이제 와서 삶을 포기한다 치면 매몰 비용이 아쉬웠으므로 차일피일 미루다 보니 내 마음이든 삶이든 견딜 만하게 된 것이다. 그 외에 무엇이 더 있겠는가?

그러나 질문이 닥쳐왔으므로 응답해야 했다.

건우는 "저는 그냥 다 관두고 싶고요, 아무것도 안 하고 싶고요, 솔직히 죽는 게 편할 것 같고요"라고 말했다.

그러고는 "불공평해요"라며 중얼거렸다.

"제가 이 얘기를 하는 건 진짜 객관적으로 생각하고 싶어서예요. 객관적으로 제 탓이 몇 퍼센트인지 알고 싶은 거예요. 아빠가 폭력적인 사람이었던 것도, 가정 폭력범인 것도, 아빠 때문에 집에 빚이 생긴 것도 다 팩트인데 폭탄이 혼자서 터지진 않잖아요. 폭탄이 터지려면 도화선에 불이 붙든지 누가 지뢰를 밟든지 해서 그렇게 되는 거잖아요.

초등학생 때까지는 아빠가 난리 치면 전 그냥 죄송하다고 했거든요. 그러면 아빠가 저한테, 왜 죄송하냐, 죄송할 짓을 왜 했냐, 자기가 내 친구로 보이냐, 죄송합니다 한 번만 더 하면 맞는다, 이런 소리 막 하다가 엄마한테 가서 교육을 어떻게 시키길래 애새끼 싸가지가 저러냐 이래요. 근데 또 평소에는 잘 지냈거든요. 평소에는 농담도 재밌게 하고 조용하고 아주 나쁜 사람은 아니었어요. 그게 저는 싫었던 거 같아요. 눈깔 뒤집어지면 죽여버리겠다 어쩐다 하다가도 그거 끝나면 아무 일도 없었던 것처럼

착한 척하는 거요.

그래서 중학생 되고 운동 시작한 다음부터는 좀 틱틱거렸어요. 제가 많이 틱틱거렸던 거 같아요. 겨울 끝나갈 때쯤이었나 봄이었나, 사건 터지기 반년쯤 전에 집 들어가기 싫어서 동네 농구장 근처 돌아다니고 있는데 아빠가 저 찾으러 오더라고요. 그때 제가 좀 버릇없게 말하긴 했어요. 아빠가 또 눈깔 뒤집어지려 하면서 제 머리를 쿡쿡 건드리더라고요. 대가리가 멍청하면 성격이라도 좋아야 하는데 누구 닮아서 이러는지 모르겠다고 막 그래요. 갑자기 화가 나더라구요. 친구들이랑 싸울 때도 그렇게 화내본 적이 없는데, 말도 안 되게 화가 났어요. 씨발 개새끼야 니 닮아서 이런 거잖아 내가 니처럼 지랄해줄까 맨날 죽인다 어쩐다 지랄을 하는데 나는 못 할 거 같냐, 나는 손이 없어서 참는 거 같냐, 나도 니 어떻게 해버리고 싶은데 참는 거다. 딱 그렇게 말한 다음에 갑자기 제정신으로 돌아와서 겁이 났는데, 아빠가 저한테 아무 말도 안 하더라고요. 오히려 아빠가 겁을 먹었던 것 같아요. 그거로 겁을 먹는구나 싶어서 좀 웃겼어요. 그때부터 집에 있으면 아빠가 제 눈치를 보더라고요."

"그리고?"

"그냥 그게 다예요."

"잘못의 퍼센티지를 알고 싶다고 했잖아. 네 잘못이 구체적으로 뭐야?"

"학교에 간 거……."

“학생이 학교에 가야지?”

“아침부터 집 분위기가 이상했거든요. 3교시 때도 뭔가 엄청 이상해서 조퇴할까 생각했는데 피곤해서 그냥 엎어져서 잤어요. 공부를 제대로 한 것도 아니고 집에도 못 갔다고요.”

“그렇구나.”

“이런 데에 쓰는 말이 아니라는 거 아는데, 한순간의 관심이 사람을 살린다잖아요. 제때 집에 갔으면 그런 일도 안 터졌을 거라는 생각이 자꾸 들거든요. 그러니까 제가 궁금한 게 이거예요. 엄마가 불렀는데 안 갔으면 그건 제 잘못이죠. 백 퍼센트 제 잘못이이에요. 하지만 아무도 안 불렀는데 안 갔으면, 이건…….”

“그건 네 잘못이 아니지.”

“갈 수 있긴 했어요. 집에 갈지 말지 10분쯤 고민했고요.”

“네가 생각하기엔 할 수 있었는데 안 했다는 게 문제인 거지?”

“그렇죠.”

“퍼센티지를 따져서 뭐 하나. 그런 계산은 하지 않는 게 좋아. 가능성이라는 건 일어나지 않았으니까 가능성이고, 그런 식으로 책임질 범위를 넓히다 보면 죽은 사람들을 탓하게 되거든. 봐라, 그때 사고 현장에서 죽은 사람들도 맨해튼에 안 갈 수 있었어. 출근하는 대신 집에 누워 있을 수 있었단 말이야. 네 논리대로면 이 사람들은 자기 선택으로 죽은 게 돼.”

“그래도요.”

“후회는 되겠지만 그건 네가 잘못했다는 의미가 아니야. 후회랑 책임은 다르지. 달라. 해야 했던 것과 할 수 있었던 것도 다르고."

"그래도요."

"그래도?"

"그전에도 기회가 많았는데……."

건우의 말이 뚝 멎었다. 나는 기다렸다.

"사실 예전부터 아빠를 어떻게 해야겠다고 생각했어요. 초등학생 때부터요. 어떻게 해버린다는 게 무슨 소리인지 할아버지도 알죠. 싸워서 이길 정도가 되면 바로 그러려고 했어요. 어릴 때는 그런 상상을 많이 했죠. 근데 상상처럼 안 되더라고요. 무서웠던 것 같아요. 해버리면 엄마랑 다은이야 편해지겠지만 제 인생은 무조건 망하잖아요. 그건 진짜 무조건이에요. 그리고 또…… 솔직히 말하면…… 아빠가 제 눈치 보게 된 다음부터는 그런 상상을 거의 안 했어요. 밤까지 실컷 게임 하고 놀아도 뭐라 하는 사람 없고, 저는 많이 편해졌으니까……."

"기회라는 게, 어떻게 해버릴 기회라는 뜻이지?"

"네, 네, 네. 맞아요. 진작 그렇게 했으면 훨씬 나았을 텐데, 제가 되게 이기적이었다고 생각하게 돼요. 제 인생 망하는 거 싫어서, 게임 좀 더 하려고 엄마가 죽을 때까지 내버려뒀다고…… 제 기분은 그래요."

"그건 여전히 가능성의 문제야. 애초에 초등학생, 중학생이 그런 고민을 하는 게 정상이냐. 보통 애들은 그런 상상을 할 수 있다는 걸 생각도 안 하고 살아. 여기서 뭘 실제로 저지른 사람은 네 아빠 외에 없는 거야."

"그래도 할 수 있었는데……."

건우는 이어 말하려다가 그만 훌쩍대기 시작했다. 나는 휴지를 뽑아 와 건네고는 다시 기다렸다.

"저도 사실 알긴 하거든요. 저도 머리로는 알아요. 친구가 이런 소리 했으면, 아니, 인터넷에 모르는 사람이 올린 글에 이런 소리 나왔으면 바로 반박 댓글 달았을 거예요. 그런데 그냥…… 제가 왜 이런 생각을 하는지도 모르겠어요. 저는 그냥 다 관두고 싶고요, 아무것도 안 하고 싶고요, 솔직히 죽는 게 편할 것 같고요, 왜 살아야 한다는 건지도 모르겠어요."

"새벽에 닭강정 먹은 거 봤다. 한 통을 혼자 다 먹었더만. 밥을 먹는다는 건 결국 살려는 마음이 약간이라도 있다는 거 아니겠냐."

"근데 살다 보면 남들이랑 똑같아지잖아요. 남들이랑 똑같아져야 하잖아요. 왜 이러는지 말도 못 하고, 무슨 일이 있었는지 솔직히 말하면 이상한 사람 되고, 아무 일도 없었던 것처럼 멀쩡한 척해야 하고…… 멀쩡한 척을 못 하면 인생이 망한다구요. 아무 일도 없었던 사람이 돼야 하는데 저는 그건 싫어요. 엄마 때문에 울어본 적도 없는데 엄마 생각까지 멈추면 안 되잖아요."

"그러니까 살아야지. 죽으면 그 생각까지도 아예 끝장날 텐데."

"아뇨, 다른 얘기인데요. 완전히 다른 얘기라구요. 할아버지는 이해 못 해요. 얼굴에 흉터도 있으니까 딱 보면 이상한 사람이고, 사고도 엄청 유명해서 다들 알잖아요. 할아버지는 멀쩡한 척을 안 해도 사람들이 '아, 그런 거 당하셨구나' 하는데 저는 아니에요. 달라요. 사람 한두 명 죽은 건 아무도 신경 안 쓴다구요. 그냥 다들 아이돌 노래나 듣고, 신작 영화가 천만을 찍었다느니 손익분기점을 넘었다느니 어쩐다 하고, 봄에는 벚꽃 놀이 가고, 게임 하다가 지면 팀원한테 욕하고, 치킨 먹으면 좋아하고, 학교 성적 안 나와서 걱정하고, 사람 한 명 죽었다는 뉴스 기사는 휙 본 다음 스크롤 내리고, 사실 백 명이 죽어도 유튜브 소재고, 살인범 이야기 보면서 무섭다고 낄낄대고, 아, 그런데 저도 예전엔 그랬어요. 저도 예전엔 그랬는데……."

"그렇구나."

"불공평해요."

"불공평한 일이지……."

"죽고 싶어요. 국도 쪽으로 걸을 때마다 그 생각 해요."

"그렇지, 한 번에 성공하면 편하긴 할 거라. 나도 비슷한 생각 많이 하고 산다. 요새는 좀 줄었고."

"자동차 속도가 빠르지도 않고, 구급차도 애매하게 늦을 거 같아서 참는 거예요. 아예 안 오는 것도 아니고, 제때 오는 것도 아니고, 장애인 될 정도로만 늦게. 아, 그런데 장애라도 눈에 보이면 진짜 다르겠죠? 사람들이 넌 왜 그러냐고 물어보지도 않겠죠?"

나는 웃었다.

“내가 재미있는 얘기 해줄까?”

“뭔데요?”

“사람들이 내 이야기도 곧이곧대로 믿지를 않는다는 거다. 허언증이 아니냐며 의심을 하지. 왜냐하면 그런 건 영화나 다큐멘터리나 소설에나 나오는 소재거든. 차라리 교통사고를 당했다고, 그게 다라고 하면 믿어줄 거다. 교통사고가 나서 장애인 된 사람이라 치면 마음 편하고, 보통은 그래. 방법이 딱히 없어. 그런데 이 경우에는 내가 이렇게 사는 이유가 설명이 안 되는 거라—야, 여기서부터 진짜 웃긴 부분이야. 다른 게 있다고, 다른 게 있는데 딱히 말하고 싶지 않다고 얼버무리면 이 사람들은 또 공항 보안 검색대에서 일하는 마약 탐지견으로 변하거든.

이 마약 탐지견들이 알아내도 문제고 몰라도 문제야. 모른다면 나는 이 나이 먹고 혼자 유별난 줄 아는 인간이 되는 거고, 알아낸다면 이제 숙연해지거나 무턱대고 자기가 읽은 르포 내용을 뒤집어씌우거나……. 사람들이 다 안다는 게 결코 좋은 상황이 아니야. 전혀 아니야. 저기 고령에 사는 12촌 친척이 네 이야기도 알고 바깥삼촌 이야기도 알아가지고, 애 아버지가 그랬고 애는 이랬답니다 한다고 생각해봐라. 그런데 너는 그 12촌 친척의 얼굴도 모르고, 이름도 모르고, 심지어 존재도 모른다고…….”

“그래서요, 뭐요, 할아버지가 더 힘드니까 저는 별거 아니라는 거예요?” 건우 목소리에 가시가 돋쳐 있었다.

“아니야, 요점이 달라. 핵심은 인간이란 동물이 원체 떠들기를 좋아한다는 거고, 그걸 너무 좋아해서 자기 이야기든 남 이야기든 함부로 대한다는 거다. 남 인생이 공책인 양 그 위에 각본을 쓰려 들지. 잘 알려진 사건이든 묻힌 사건이든 별반 차이 없어."

"그러니까 그게 싫다고요."

"싫으면 네가 직접 펜을 쥐어야 돼. 그러는 수밖에 없어. 연쇄 살인, 방화, 뭐든 좋으니 내가 뭔가 저질렀다고 쳐. 세상 사람들은 내가 사고 때문에 돌았다느니, 작은이가 날 학대했다느니 하는 이야기를 저들끼리 실컷 떠들고 팟캐스트 소재로 쓴 다음 위키피디아에도 추가할 거라. 그 꼬락서니를 안 보려면 펜을 멀쩡히 붙잡고 있어야 해. 네가 어머니를 기억하는 문제도 마찬가지야. 앞으로 만나는 사람들이 네 속사정을 알았을 때, '그래서 성격이 꼽창이었군'처럼 반응하는가 아니면 함께 슬퍼해주는가 하는 문제는 네 평소 행실에 달려 있거든."

"그러면 전 일찍 죽어야겠네요. 하고 싶은 것도 딱히 없고, 할아버지가 저 때문에 욕먹을 테니 말예요."

"네가 그래도 내 걱정을 하는구나."

건우가 나를 묘한 표정으로 봤다.

"이 얘기를 남한테 하는 게 처음이 아니야. 서울에서 애들 가르치면서 수십 수백 번을 했지. 이것뿐이냐. 눈물이 안 나와도, 이상한 타이밍에 웃음이 나와도, 불쑥불쑥 화가 나고 누군가를 두들겨 패고 싶어져도, 머릿속에서 사람 죽고 조각나는 장면이 번쩍거려도 행실만 멀쩡하다면 충분하다고 말해줬다. 내가 누구이며 무엇을 느끼느냐가 아니라 매 순간 무엇을 선택하느냐가 중요하다고, 그러니까 너희는 여전히 노력할 수 있다고, 그 노력이야말로 자랑스러운 거라고……. 나는 그 애들한테 필요했던 이야기를 해줄 수 있어 다행이라고 생각해. 너도 마찬가지야. 사이코패스라거나 중2병이라거나 사춘기 같은 비웃음이 아니라 훨씬 사려 깊은 설명이 필요한 아이들이 있고, 걔네들이야말로 가장 고통받은 아이들이고, 걔네들한테는 네 이야기가 필요할 거야. 너랑 나 같은 사람들은 그 애들을 위해서라도 살아야 돼……. 나는 네가 살았으면 좋겠다.”

“무슨 이야기인지는 알겠는데요.”

“알겠는데?”

“그러니까 그건…… 남한테 좋은 거지 저한테 좋은 건 아니잖아요.”

“그 둘을 억지로 분리하려 하지 마. 사사건건 화내고 미친 듯 구는 게 그 사람 스스로에게 나쁘다는 건 너도 알겠지. 어제 내가 폭발하지 않았던 건 건 너를 진심으로 걱정해서야. 남을 책임진다는 건 내 선택을 책임진다는 거고, 나 스스로를 책임지겠다는 의미야.”

있는 그대로의 나 자신이라거나, 있는 그대로 소중하다거나,

진정한 나라거나, 하고 싶은 것이라거나, 좋아하는 것이라거나…… 하는 개념들은 내게 낯설다. 사고 이전으로 돌아간다는 게 무엇인지도 모른다. 나는 너무 어릴 때 산산조각 났다. 그래서 마음에 드는 살덩이를 주워다 꿰어 붙이기로 마음먹은 다음부터는 수많은 것들을 능히 해낼 수 있게 되었다.

그러나 가죽을 만들어 뒤집어쓰는 작업이 부끄러운 게 아님을 받아들이더라도 선택은 여전히 두려운 일이다. 화를 터뜨렸어야 했던 걸까, 아니면 딱 이 정도의 침착성이 알맞을까? 나는 언제 어떻게 웃고 화내는 사람이 되어야 하는 걸까? 자기 마음을 직접 빚어내는 인간은 더 좋은 길이 있지 않았을까 하는 의심 속에서 살아가고, 그렇게 자유만큼의 책임과 책임만큼의 불안을 짊어진다. 뚜렷한 정답이 없을 때는 말할 것도 없거니와 뻔히 보이는 정답에 가닿을 수 없을 때는 특히 더하다.

무언가의 피해자나 생존자로 살아가는 일의 고된 점은, 세상 사람들이 미쳤다는 게 아니라 내가 미쳤다는 것이다. 다른 누가 아니라 바로 내가 미쳐서 내 인생을 망가뜨릴 뿐만 아니라 멀쩡한 사람들에게 피해를 준다는 것이다. 따뜻한 격려 한두 마디쯤을 듣고 온 사람들이, 각오가 필요한 상황을 맞닥뜨린 뒤 "역시 꼬인 인간들과는 상종하면 안 돼" 하며 물러나는 꼬락서니를 수없이 봐야 한다는 것이다. 건우는 오래도록 자책하고 불안해할 것이다. 약과 상담이 충분한 효과를 발휘하더라도 자신이 나아지고 있다는 사실에 죄책감을 느낄 것이다. 자신이 그 시절로부터 멀어지고 있음에 괴로워할 것이다. 그런 시간을 통과하고 서야 비로소 건우 녀석은 자신이 살아왔으며, 살아 있고, 살아갈 것임을 깨달을 것이다. 그 깨달음에 부디 평강과 안도가 깃들기를……

교육 봉사에서 만났던 학생들 생각을 항상 한다. 살아 숨쉬는 것 자체가 힘겨워 보이는 애들일수록 나를 따라다녔다. 충성심이 어찌나 깊은지 내 말이면 뭐든 듣겠다 복창하면서도 영어 단어는 죽어라 외우기 싫어하는 아이들이 많았다. 왜 못 외웠느냐, 왜 책을 안 가져왔느냐, 왜 숙제를 하지 않았느냐, 왜 잊어버렸느냐고 물으면 이런저런 고통을 면벌부처럼 내미는데, 그 자리에서 한 발짝 나아가면 통제광이 되고 한 발짝 물러나면 무기력을 너그러움으로 포장하는 꼴이었다. 겉으로는 단호하게 분노하되 마음으로는 미워하지 않으려 애쓰며 답답해하는 수밖에 없었다. 그 답답함이야말로 핵심이다.

내가 기억하는 바 돌보는 일의 핵심은 절절한 정념이나 따뜻한 한마디가 아니라 인내심이었다. 쓰러진 사람을 자기 본위로 끌고 다니거나, 지금 당장 일어나지 못한다며 타박하는 게 아니라 스스로 일어날 근육이 붙을 때까지 손을 내밀고 기다리는 태도였다. 그 손에 칼이 날아들더라도 기꺼이 붙잡아 내던질 수 있는 담대함이었다. 나아질 기미가 보이는 듯하면 어김없이 실망할 만한 사건이 터졌고, 그 여파를 수습한 뒤에야 비로소 대변과 차변의 총합이 일보 전진쯤으로 변했다. 그토록 막막한 시간을 헤쳐나가다 보면 한때 건우에게 주절거렸던 것과 다른 이유로 신의 필요성을 절감하게 됐다.

대책 없는 존재들이 바뀌려면 신의 은총이라도 필요할 듯하고, 인내하다 보면 그들이 정말로 바뀌기도 한다는 사실은 신의 손길을 증명하는 듯하다. 그 변화를 지켜보고 있노라면 '아, 이건 내 공로가 아니라 이 사람 심장에서 무언가가 깨어나는 것이로구나' 하는 경이에 침묵하게 된다. 만약 인간이 증언대에 설 자격이 있다면 모든 발언은 일전의 인내를 위해서만, 그 경이가 도착할 자리를 예비하며 겸허해지는 노력을 위해서만 쓰여야 할 것이다.

나는 그렇게 믿는다.

대화를 끝마치자 오전 11시였다. 건우는 아직 쌩쌩했다. 나는 건우를 당고모네 댁에 데려가 제대로 사과를 시켰고, 내친김에 고령 읍내로 가서 고기를 구웠다. 이번에도 카드 결제는 내 역할이었다. 당고모와 따로 대화를 나누었는지 아저씨의 태도는 어제에 비하면 훨씬 너그러웠다. 다만 훈계에 내 이야기가 섞여 나오는 걸 보니 당분간 동네 전체가 시끄러울 듯했다. 평생 지겹도록 봐온 얼굴들 사이에 비로소 신입이 나타났는데(그렇다, 잠깐 머무르다 갈 애는 동네 사람이 아니다) 어찌 조용하겠는가.

"아재, 제가 알아서 잘 가르칠라니까 잔소리는 하지 마세요.
이 최씨 집안일 아이에요."

"우예 가르쳐가 남의 거실 창을 뿌수고 그라노? 딱 보이 선재
니는 선생 노릇 하기엔 영 파이다."

건우는 면목이 없는 듯 어색한 표정으로 듣고만 있었다. 졸린
것처럼 보이기도 했다. 기껏 하는 말이라고는 "죄송합니다……"
외에 없었다. 나는 집으로 돌아와 건우에게 물었다.

"너 진짜 당고모한테 무슨 생각으로 그 얘기 했냐?"

"무슨 얘기요?" 건우는 손등으로 눈을 비비더니 고개를 설레
설레 내저었다.

"사건 말이다."

"몰라요. 그냥……." 하품이 말을 끊었다. "그냥요."

식곤증이 밀린 졸음을 불러온 모양이었다. 더 묻지 않기로 했
다. 가면을 쓰고 예쁨받을 바에는 패를 까고 결판을 내겠다는 마
음은 인간 보편의 것이다. 나는 건우가 비척비척 자기 방으로 들
어가는 모습을 바라보면서 그 홀가분함이 후회로 변하지 않기
를 빌었다. 그리고 뒤늦게 8월 장부를 쓰기 시작했다. 돈이 끔찍
하게도 깨졌다. 이게 끝이었으면 했지만 앞으로도 돈 나갈 구석
이 허다하리라는 걸 알았다. 김 양식장 밧줄에 해초가 달라붙듯
지출 내역 한 줄마다 갖가지 생각이 몸을 겹쳤다. 민석 형님과
형수님은 하나뿐인 아들이 30대 중반까지 허랑방탕하게 나도는
걸 어떻게 견뎠을까? 근거가 없으므로 스스로를 근거로 하는 민

음들은 도대체 어디에서 출발하는 것일까?

블로그 원고를 아주 천천히 읽으면서 각주를 달았다. 건우의 질문에 대답할 때와는 또 다른 기분이었다. 나는 이서에게 몇몇 구간을 보내주고는 이 부분을 읽을 때 어떤 느낌이었냐며 물어보았다. 근무시간이라 그런지(직장인들이라는 게 보통 그렇다) 대답이 빨랐다. 뜻밖에도 며칠 전의 굴욕을 되갚을 기회가 찾아왔다. 내가 "아니, 아닌데, 그게 그런 뜻으로 쓴 말이 아닌데. 이것도 이해를 못 하다니 한국인이 아니네"라며 핀잔을 주자 이서는 "바쁜데 지랄하지 말고"라는 명언을 남기며 읽지 않음 표시 너머로 사라졌다. 이럴 수가. 나는 다시 혼자가 되어 남은 페이지를 읽어 내려갔다.

나는 풍경을 이루는 모든 나무와 강물과 빛줄기를 살피는 산책자였다. 서너 문단을 지날 때마다 추억의 장소를 검색하고, 오래전 읽은 책의 리뷰를 찾아보고, 본문에서 언급된 사건이 도대체 무엇이었는지를 가늠하느라 멈추는 일이 반복됐다. 그리고 마지막 꼭지까지 읽은 후 〈람보〉를 틀었다. 실베스터 스텔론이 트라우마에 시달리는 퇴역 군인 역할을 맡아 열연한 1982년도 영화. 기회가 되면 건우에게 보여줘야겠다는 생각이 있었고, 그 전에 나도 한번 보고 싶었다.

[오후 09:55]bsku⊙: Hell

클라이맥스에 이르러 메신저 알람이 스크린 우측 하단에 나타났다. 나는 일시 정지 버튼을 누르고 휴대폰을 찾았다.

[오후 09:57]ShepDog(Not a dog): Ooooo

[오후 09:57]ShepDog(Not a dog): 이틀 만이군요

[오후 09:57]bsku☺: 뭔 일 터졌구나 싶어서 메시지 안 했죠

[오후 09:58]bsku☺: 리포트는 잘 처리해서 넘긴

[오후 09:58]ShepDog(Not a dog): :hugging:

[오후 09:58]bsku☺: :tea: :face_with_raised_eyebrow:

[오후 09:59]ShepDog(Not a dog): 통화로 하죠

수가 통화 버튼을 누르는 손짓이 전기신호로 변환되어 지구 반 바퀴를 돈 뒤 내 휴대폰에 도착하기를 기다리는 짧은 찰나, 나는 침대 등받이에 기댄 채 스크린을 바라보았다. 창문을 가리며 내려온 빔 프로젝터 스크린이 우중충한 색으로 빛나며 먼 과거로 향하는 문을 부려놓고 있었다. 나는 전화를 받았다.

"헤이." 스피커 너머에서 수의 목소리가 윙윙 울렸다.

"아, 예. 잘 지내셨습니까. 저번에는 미안했어요."

"나야 뭐 괜찮죠. 항상 괜찮아요. 최 선생님이 이야기를 하셔야 할 것 같은데."

"그게 좀 복잡해요. 건우가 대판 사고를 쳐서 수습하느라 난리도 아니었어요. 잘 풀려서 그나마 다행이지, 삐끗했으면 하루이

틀로는 안 끝났어요. 운이 좋았어요. 그리고 대학생 때 쓰던 블로그를 찾았는데, 원고로 정리해놓으니까 4만 단어가 살짝 덜 됩디다. 다듬어서 팔아볼 수 있을 것 같아요……."

몸이 그렇게 떠들어대는 동안 내 정신은 계속 스크린 속으로, 내가 이 영화를 처음 보았던 날로, 영화가 찍히던 당시의 미국으로, 그 주인공의 삶으로 후퇴해갔다. 존 람보는 그린베레 출신의 퇴역 군인이지만 행려병자 취급을 받는다. 옛 상관이었던 트라우트만 대령이 람보를 설득하기 위해 찾아오자 람보는 비참한 현실을 토로하다가 친구 이야기를 게워낸다. 친구는 사이공의 한 바에서 터진 폭탄에 죽었고 람보는 친구의 살점에 뒤덮인 채 살아간다. 10초짜리 대사에 그치는 장면임에도 나는 매번 그 구간에서 영화를 멈추고 친구의 피와 살점과 내장을 그러모으려 애쓰는 람보, 친구의 다리를 찾지 못해 쩔쩔매는 람보, 멍하니 굳은 채 친구의 주검을 내려다보는 람보를 눈앞에 그리곤 했다. 그리고 내 발밑의 시체 탑을 떠올렸다. 여기에서 결코 내려갈 수 없다는 생각이 든다.

나는 살아남았다. 수많은 사람을 죽인 일로부터 살아남았다. 순전한 우연이었다. 내 몫의 시체 탑에 걸터앉아 있노라면 발밑의 세계는 한없이 평화롭고, 평화로운 동안에도 어딘가에서는 조용히 시체 탑이 쌓여 올라가고, 엉덩이 아래는 미지근한 핏물로 질척거리고, 내 목덜미를 간질이는 것은 다만 산들바람이다. 그 산들바람은 언제나 태풍이다. 모든 것이 끝났는데도 마음속에서는 어떤 것도 끝나지 않는다는 사실에 나는 매번 경탄하고 슬퍼했다. 죽은 사람들, 나보다 훨씬 고통받은 사람들을 향한 애도는 침묵만큼이나 깊고 끈질기다. 그들은 영원토록 말이 없으며 내 증언은 대개 실패할 것이다. 그 실패야말로 내가 침잠할 수 있는 유일한 감정이고…….

실베스터 스탤론은 〈람보〉와 〈록키〉의 각본을 썼고 주연으로 출연했다. 그는 이민 2세대이자, 학교의 낙제생이자, 구안와사를 동반한 언어장애인이었다. 매번 엑스트라의 말석을 서성이며 생활고에 시달리다도, "내가 주연일 수 없다면 각본을 팔 수 없다"는 일념으로 36만 불짜리 딜을 내던진 무명 배우였다. 최종적으로 자신이 꿈꾸던 미래를 거머쥐었지만 그 미래에는 패배자로서의 자의식이 깔려 있다.

거듭되는 실패와, 재도전과, 지난한 성취의 질감은 권투 선수의 이야기인 〈록키〉에, 좌절과 고통과 가없는 슬픔의 질감은 베트남전 참전 군인의 이야기인 〈람보〉에 각각 나뉘어 들어갔다. 거기에서 스탤론의 경험은 거울에 비추어 보듯 희미한 윤곽으로만 남아 있다 — 어떤 사람들은 그가 어째서 자신의 이야기를 하지 않았는지 궁금해한다. 안면 마비를 겪는 배우 지망생의 좌절은 그 자체로 흥미로운 역경이기 때문이다. 그러니까, 어째서일까? 어째서 실베스터 스탤론은 자신의 고통을 읊는 대신 베트남전 참전 군인의 입이 되었을까?

그 까닭을 타인이 어떻게 알겠는가?

그래도 추측은 가능하다. 추측해보자. 일단 첫째로, 팔릴 만큼 깔끔한 기승전결을 성립시키기 위해 삶의 각 부분을 오려내고 꿰맞추며 소비자들의 눈치를 보고 있노라면 비참해지기 때문이다. 어떤 인생의 진실은 차마 털어놓을 수 없을 만큼 추잡하거나 기이한 찰나에 응축되어 있고, 각본가들은 그걸 기꺼이 잘라낸다. 자신의 핵심에 상품 가치가 없으며, 그 무가치성을 극복할 방편은 팔리기 위한 열심이자 기교뿐임을 스스로 인정하고 도시의 카바 신전 앞에 무릎 꿇는다. 그건 존엄의 문제다. 그리고 타협할 수 없지만 무엇이든 말하고자 하는 사람은, 그 경험의 질감을 담아낼 만한 그릇을 찾아낸다. 무명의 권투 선수와 가난한 참전 용사는 스탤론의 성배이자 성반이었다.

그리고 둘째로, 괴로워하는 사람들은 겸허해지기 때문이다. 잔인하고 자족적인 겸허다. 보통 사람들을 바라보며 '왜 나는 이런저런 것들을 누릴 수 없을까?'라고 생각하기보다는 죽은 사람들을 바라보며 '나는 멀쩡히 살아 있는데 어째서 이토록 힘들까?'라고 자문하는 편이 훨씬 기껍다. 특히 스탤론이 젊었을 적에는 2차대전 참전 용사와, 아우슈비츠 생존자와, 베트남전의 상이군인들이 뻔히 눈을 뜨고 있었고, 그들 모두가 시체 탑에 걸터앉은 상태였다. 그 자리에서 무명 배우의 고통을 토로하는 것은 양심의 문제로 다가왔을 것이다.

모든 고발은 자기 고백이라고들 한다. 이건 모두 내 이야기다. 내 심리다.

어린 시절의 나는 내가 포크너와 달리 1차대전에 뛰어들지 않았고,

보네거트와 달리 드레스덴 폭격을 겪지 않았으며, 밸러드처럼 상하이 조계수용소에 감금당하지도 않았는데 어째서 이토록 힘들어하는지 의아해하곤 했다. 도대체 무엇이 나를 세상으로부터 밀어내는지, 왜 내게는 모든 사람들이 이방인으로만 보이는지 알고 싶었다. 그때는 진심으로 그런 것들을 궁금해했고, 진심으로 과거를 외면했다. 시간이 훌쩍 흐른 뒤에야 내가 꽤 기이한 유소년기를 보냈음을 받아들였다. 폭사한 전우의 살점에 뒤덮이는 것만큼이나 끔찍하진 않더라도, 기이하기로는 상당하다. 나는 그 이야기를 오래도록 망설여왔지만 조만간 털어놓게 될 듯하다. 내가 하지 않는다면 다른 사람들이 제멋대로 떠들어댈 것이기 때문이다. 학대나 참사를 겪은 아이가 감정 없는 살인마가 되는 이야기도, 무감각한 아이가 감정을 되찾아 완전해지는 이야기도 모두 지겹다. 나는 그냥 이 상태로 살아 있다. 삶이란 모든 것이지만 생각보다 별것 아니다.

무엇부터 시작해야 할까? 기이한 일을 겪은 인간의 내면은 기이할 수밖에 없다는 사실? 가장 고통받은 사람들을 구하려면 괴물마저 관용해야 한다는 사실? 또한 발목을 절뚝거리면서도 너끈히 살아낼 수 있듯이, 침투 사고에 시달리며 감정이 마모된 상태로도 성실한 직업인이 될 수 있다는 사실? 아니면 고통 자체? 내가 쓸 만한 회고록은 한국의 인터넷 서점 카테고리에는 적절한 분류가 없으며 미국 아마존의 문을 두드려야만 한다. 거기에는 분명히 나를 위한 카테고리가 단독으로 마련되어 있고, 나는 거기에서조차 부외자일 것이다. 그렇기 때문에 더더욱 시장에 뛰어들어야 한다. 허니크리스프 경매에는 참여할 길이 없고 내

뒷마당에는 시큼털털한 풋사과 한 그루만 자라고 있다면, 그것이라도 따서 파는 수밖에 없다.

누군가는 이렇게 말할지도 모른다. "이봐요, 선생님, 여긴 웬디스예요……."

하지만 누군가에게는 그 풋사과가 필요할 것이다.

(이 풋사과는 아직 비매품이다.)

성냥과 풋사과

초판 1쇄 인쇄 2026년 2월 24일
초판 1쇄 발행 2026년 3월 4일

지은이 단요
펴낸이 최순영

출판2 본부장 박태근
스토리 팀장 김소연
편집 곽선희
디자인 홍세연

펴낸곳 ㈜위즈덤하우스 **출판등록** 2000년 5월 23일 제13-1071호
주소 서울특별시 마포구 양화로 19 합정오피스빌딩 17층
전화 02) 2179-5600 **홈페이지** www.wisdomhouse.co.kr

ⓒ 단요, 2026

ISBN 979-11-7591-048-5 03810